KB273476

깊고 넓게 생각하기

안현수 교수의 철학 이야기

깊고 넓게 생각하기

안현수 교수의 철학 이야기

학고재 산문선 15

깊고 넓게 생각하기 ── 안현수 교수의 철학 이야기

ⓒ 안현수, 2001

지은이/안현수
펴낸이/우찬규
펴낸곳/도서출판 **학고재**

초판 1쇄 발행일/2001년 8월 30일
초판 2쇄 발행일/2004년 9월 15일

등록/1991년 3월 4일 (제1-1179호)
주소/서울시 종로구 소격동 77
홈페이지/www.hakgojae.co.kr
전화/736-1713~4, 팩스/739-8592
주간/손철주
편집/송승호 · 김양이 · 이창후 · 강지혜 · 홍지영
관리 · 영업/김정곤 · 박영민 · 김미라

인쇄/독일인쇄

값 10,000원
ISBN 89-85846-86-8 04810
       89-85846-77-9 세트

※ 지은이와의 협약에 따라 인지는 생략합니다.
※ 잘못된 책은 바꾸어 드립니다.

학고재 산문선 15

깊고 넓게 생각하기

안현수 교수의 철학 이야기

안현수 지음

학고재

2001

책을 내면서

누구나 삶을 살아간다. 나름대로 잘 살아보려고 생각도 하고 발버둥도 친다. 그리고 누구에게나 주어진 특별한 환경에서 그만이 겪는 삶의 진실이 있다. 그러므로 유명인이나 식자들만 삶의 일가견이 있는 것이 아니라 막노동하는 사람이나 술집 주모도 삶에 대해 나름대로 소견을 가지고 있다. 오히려 사형수의 '최후의 말'이 우리의 심금을 울리기도 한다.

명색이 철학 박사요 교수이고, 삶에 대해 나름대로 고민도 하고 철학 공부도 좀 했으나 아직도 삶이 무엇인지 모르겠다. 오히려 일반 사람들이 나보다 삶을 더 잘 살아가는 것 같다. 지식의 한계일까? 아니면 내가 철학 공부를 제대로 열심히 하지 않은 탓일까? 하기야 성격이 팔자라고 했던가! 어느 한 분야에 외곬으로 빠져서 집중적으로 파고들지 못하는 성격이고 보니 공부도 좀 하면서 또 사회 참여도 좀 하면서 또 먹고 살기 위해 직장도 가지면서 우물쭈물하다 보니 무엇 하나 제대로 한 것이 없다. 능력도 없는 주제에 그래도 나를 어디에 제한시키기 싫어서 늘 가능태로 살아온 셈이다. 이제 이순을 넘고 보니 가능성은 불가능으로 바뀌고 여러 가지 아쉬움도 남는다. 특히 좀더 열심히 학문 연구를 하거나 좀더 과감하게 사회 투쟁을 못한 것이 후회스럽지만 지금 와서 어쩔 수도 없다. 그러므로 이 글을 읽는 독자들은 나를 철학을 제대로 연구한 학자로 보지 말고, 이것 저것 조금씩 한 그러나 하나도 제대로 하지 못한 어중이로 보면 틀림없다. 그리고 나를 잣대로 학문에 조예가 깊은 철학자들을 폄하하지 말기를 간곡히 부탁드린다.

실제로 나는 다른 사람들에게 어깨에 힘주고 목청을 돋우어가면서 꼭 전하지 않으면 죽을 것 같은 고차원의 지식이나 심오한 사상도 없다. 이런 나이기에 책을 낸다는 것이 아주 외람되고 주저되었다. 그러지 않아도 인쇄술이 발달하여 출판물이 홍수를 이루며 공해를 일으키는데 나 또한 홍수에 빗방울을 첨가시키는 것이 아닌가 심히 두렵다. 5년 전 외우 유홍준(《나의 문화유산 답사기》의 저자) 교수가 추천을 하고 출판사 '학고재'에서 '철학 에세이'를 써달라고 요청했을 때 처음엔 무척 망설였다. 그러나 나도 이제 이순이 다 되어가고 하니 인생을 한번 정리도 하고 새 출발을 하고 싶었고, 얼마 되지 않지만 여기저기 쓴 잡문들도 보존하고 싶었다. 그리고 또 초등학교 교사를 7년 하고 31살에 대학 철학과에 진학했기 때문에 다른 사람이 보면 "머리가 좀 돈 사람이 아니냐?"고 말할 정도로 삶이 비정상적이었기에, 또 37살에 결혼을 했는데 49살에 아내와 사별한 팔자가 센 삶이었기에, 이러한 삶도 솔직하게 알려서 "이렇게 산 사람도 있구나" 하고 독자들이 새로운 느낌을 가지는 것도 과히 나쁘지는 않겠다 싶어 수락을 했으나 잘한 일인지 잘못한 일인지 아직 모르겠다.

출판사에서는 '에세이'를 요청했지만, 쓰다 보니 1부는 자서전 내지 참회록, 2부는 철학개론 내지 사회비판서 비슷하게 되어버렸다. 내가 한꺼번에 욕심을 많이 부렸는데 능력도 없는 주제에 한 분야만 제대로 하는 것이 낫지 않겠나 하는 생각도 했으나, 오히려 한 분야만 하려니까 내 밑천이 모자라 그렇게 했다는 것이 솔직한 답이다. 또 책을 여러

권 내고 싶지도 않았고 일반 독자를 대상으로 평범하게 이것 저것을 쓰다보니 유형을 찾기 힘든 산문집 같기도 하다. 독자들은 각자 취향대로 2부를 먼저 읽어도 상관 없고 대단한 내용도 아니니까 부담없이 읽으면 된다. 책이라는 것도 간접 경험이니까 세련되고 잘 다듬어진 글이 아니더라도 자신의 경험을, 투박하지만 솔직하게 드러내면 어느 정도 전달은 될 것이다. 독자들이 이 책을 읽고 경험의 폭이 조금이라도 넓어지면 나로서는 크게 만족하겠다. 또 행간 속에 체계도 논리도 없이 흩어져 있는 철학적 지식의 이삭을 줍는 독자가 있으면 나로서는 가슴 뿌듯한 일이다. 그리고 시종일관 '사회비판과 밝은 미래'를 꿈꾸는 필자의 입장에 동의하는 독자가 있다면 나는 삶의 보람을 얻겠다. 그도저도 아니고 읽고 나서 돈과 시간이 아까운 독자들은 어느 '어중이 철학자'의 푸념을 들어주었다는 데에, 또 그가 이 글을 씀으로써 좀 성장했을 것이니까 그의 성장에 도움을 주었다는 데에 위안을 삼기 바란다.

보잘것없는 글이지만 이 글을 쓴다고 사흘에 두 갑 피우던 담배가 서너 갑으로 늘었고, 소주 반 병이면 오던 잠이 한 병으로 늘었다. 따뜻한 인간적인 정을 나누는 자리에 참석하지 못해 괴로운 적도 제법 있다. 물론 기쁨도 있었고, 성장도 있었다. 막연하게 알고 있었던 지식도 글을 씀으로써 확실하게 알게 될 때는 글쓰기의 필요성도 느꼈다. 잘못 이해하고 있었던 부분을 바로잡을 때는 성장과 함께 부끄러움도 느꼈다. 책도 좀 읽게 되고, 독창적인 생각이 떠오를 때는 엄청나게 기쁘기도 했다.

그러나 이 책마저 나 혼자 힘으로 된 것이 아니다. 이명현(전 교육부 장관), 유홍준 교수의 많은 지도와 조언이 있었고, 백종현(서울대 교수), 박정하(호서대 겸임 교수) 선생의 조언과 정성어린 원고 검토가 있었기에 가능했던 것이다. 위 네 분과 출판을 기꺼이 맡아주신 우찬규 사장님께

심심한 사의를 표한다. 그리고 아무리 바빠도 쓰레기는 내가 버렸지만 설거지나 청소를 하고 또 가끔 워드도 치면서 협조한 아들(단)과 딸(수진)에게도 고맙다는 말을 권한다.

그리고 생전에 자식 노릇, 남편 노릇을 제대로 못했기 때문에 속죄하는 마음으로 어머님과 아내의 영전에 삼가 이 책을 바친다.

2001년 8월

사당동 자택에서 안현수

제1부 삶과 철학 이야기

제1부 삶과 철학 이야기

진인사대천명

1999년 2월로 서른세 해 동안 불입해오던 연금 납입도 끝났다. 초등학교에서 7년, 군대 1년, 고등학교에서 6년, 동양공업전문대에서 5년 그리고 경기대에서 17년을 보낸 것이 나의 총 경력이다. 내가 이렇게 초등, 중등, 대학 교육을 두루 맡은 경력을 알고 사람들은 종종 "초등교육이 제일 중요하냐, 대학교육이 더 중요하냐?" 하고 묻곤 한다. 하지만 나는 중요성에 있어서는 초등, 중등, 대학교육이 똑같다고 답한다. 그러므로 내가 초등학교에서 대학으로 자리를 옮겼다고 해서 만학한 것이 잘했다는 논리는 성립하지 않는다. "내가 대학에 가지 않았더라면 다른 곳에서는 대학에 간 것만큼 남을 위해서 더 일을 하지 못했을 것이다"라는 것이 확인된다면 모르지만 이런 문제는 확인될 문제가 아니다. 인간은 어디에 있든 자기가 처한 환경에서 주체성을 살리고 남과 더불어 살면서 최선을 다하는 것이 가장 가치있고 바람직한 삶인 것 같다.

단언할 수 없지만 내가 검찰서기직으로 갔더라면 지금보다 돈은 더 벌었을 성싶다. 죽을 때 돈을 가져가는 것은 아니지만 써야 할 곳에 쓸 돈이 없을 때는 내가 길을 잘못 들었나 하는 생각이 들기도 했다. 그렇다고 돈을 벌기 위해 철학과를 택한 것도 아니고, 철학을 택한 후 없어서 굶어본 적이 없고, 애들 등록금을 내지 못한 적이 없으므로 좀 여유

있게 못 산다고 해서 철학을 택한 것을 후회하지 않는다.

그러면 무엇이 후회되는가? 한마디로 말하면, 내 소신대로 살지 못한 것이다. 물론 소신대로만 살았으면 요절했을지도 모르고 현재의 위치도 얻지 못했을지 모른다. 유혹이 왔을 때 그것을 잡지 않았거나, 적당히 타협할 기회가 왔을 때 타협하지 못한 것이 간혹 후회될 때도 있지만, 그것보다는 양심의 명령에 따르지 않았거나 도덕법칙들을 철저히 지키지 못한 것이 더 후회된다. 이러한 생각은 나이가 들어갈수록 더 그렇다. 아마 모든 사람이 임종시에 반성을 한다면, 비도덕적 행위를 한 것만큼 후회되는 일이 없을 성싶다. 사형수의 눈물이나 후회를 가볍게 보지 말자. 칸트(Immanuel Kant)가 《실천이성비판(*Kritik der praktischen Vernunft*)》 끝부분에서 한 "밤하늘에는 별이 반짝거리고 내 마음에는 도덕률이 있다"는 말도 가슴에 아로새기자. 별들이 자연법칙을 지키듯이 인간도 도덕법칙을 지켜야 한다. 또 공자의 극기복례(克己復禮)도 항상 기억하자.

철학이 현실의 모순으로 인하여 생기는 고통으로부터 인간을 해방하고, 또 고통 없는 미래사회를 만들기 위해 비전을 제시하는 것이라면 철학을 철저하게 또 성실하게 못한 것이 정말 후회된다. 구체적으로 말하면, 유신독재체제하에서 과감하게 투쟁을 못하면서 월급받고 산 것이 부끄럽고, 또 열심히 공부하지 않아 내일의 비전을 제시할 능력이 없는 것이 후회된다. 역시 사람은 초심(初心)으로 돌아가는 것이 가장 옳은 것 같다. 나도 그동안 세파에 시달리면서 많이 오염된 것 같다. 남을 의심도 잘하고, 돈과 명예를 계산하고, 밥그릇 떨어질까 겁도 나고. 앞으로 이런 좀스러운 생각은 버리고 중학교에 가려고 주경야독하던 노력, 초등학교에서 애들을 가르치던 열정, 3·15 부정선거에 항의하던 순수한 용기 등 그런 초심으로 돌아가야겠다. 그것이 진정한 나의 자아이며 정체(正體)이고, 다른 모든 것은 껍데기요, 허상이다. 앞으로 가능한 한 머리 굴리지 않고 내 심신의 발로 그대로 살아가겠다. 현실 참여와 연구는 무능한 나에게 항상 모순과 갈등을 안겨준다. 그러나 그렇게 살아가는 것이 내 성격이요 실체라면, 철저히 모순과 갈등을 느끼며 초심이 움직이는 대로 행동하면서 살아가겠다.

1999년 2월 미국 버펄로(Buffalo)에서 환갑을 보냈다. 혼자 조용히 보내려고 했는데 우연히 정광호(버펄로 김대건성당 주임신부), 이중오(버펄로 뉴욕주립대 정신과 교수, 《이광수를 위한 변명》의 저자), 이왕주(부산대 교수) 님들과 같이 테니스를 치고 고맙게도 축하술을 얻어먹었다. 작년에 진갑까지 지냈는데 앞으로 얼마나 더 살지 모르지만 갈등이 해소되고 모순이 통일되면 좋고, 안 되면 그만이고. 결과를 초월히여 진인사대천명(盡人事待天命) 하는 마음으로 성실하게 철학을 하면서 살아가야겠다.

전쟁과 만학

내 고향 대산은 남강과 낙동강이 합류하는 의령군 창녕군 함안군이 강을 사이에 두고 나누어지는 곳에 자리잡고 있다. 6 · 25사변이 나던 해 나는 초등학교 6학년이었는데 학교나 왔다갔다하고, 한번씩 소꼴(풀)이나 베고, 농사철엔 보리타작, 벼 베기 같은 농사일을 거들면 되었다. 중학교에 가려면 공부를 열심히해야 한다는 부모님과 선생님 말씀 외에 특별히 부담될 것이 없었다.

막연하나마 공부를 좀더 열심히해야겠다는 생각으로 학교에 다니는데, 어느 날 선생님이 심각한 얼굴로 "전쟁이 났으니 내일부터는 학교에 오지 말거라" 하셨다. 이곳은 6 · 25 때 대단한 격전지였다. 하지만 어린 내게는 전쟁이라 해봐야 군인들이 서로 총을 쏘고, 비행기가 폭격을 하고, 그것에 맞으면 죽는다는 개념밖에 없었다. 매일 제트기(우리는 그것을 호주기라 불렀다)가 와서는 땅으로 내려앉을 듯하며 산 너머 의령 땅에 폭격을 하는 것이었다. 그것이 내려올 때는 꼭 우리 마을 맞은편 동네를 폭격할 것 같다가도, 산 너머 의령 땅만 폭격하고 우리 마을 인근에는 폭격을 하지 않았다. 그래서 나중에는 제트기가 와도 겁도 나지 않았다. 뒤에 알고 보니 의령에는 이미 북한군이 밀고 내려와 있었기 때문에 그들을 향해 폭격을 한 것이었다. 중학교 진학에 대한 열망이 없었던지 내게는 전쟁 때문에 중학교에 못 갈 것이라는 걱정도 없었다. 오히려 학교에 오지 말라고 하니까 숙제를 안 해도 된다는 해방감이 나를 자유롭게 했던 것 같다.

곧이어 마을에 미군 지프차가 들어오고, 경찰이 와서는 모두 피란을 가라고 했다. 그러나 모든 부락민이 피란 가기를 거부했다. 그 당시에는 북한군의 위세가 워낙 강해서 머지않아 그들이 부산까지 밀어붙이게 되면 모두가 부산 바다에 빠져죽게 될 것이라고 생각했기 때문이다. 재산을 버리고 가봐야 별수 없으니까 집과 선영을 지키면서 그냥 있겠다는 것이었다. 그러나 강제 소개령이 내려지고 우리가 떠나기도 전에 마을은 불바다가 되었다. 할 수 없이 걸어서 김해군 녹산까지 피란을 갔다가 3개월쯤 후에 고향으로 돌아왔다. 마을은 잿더미가 되어 있있고, 산에는 총알, 대포알 등과 함께 북한군의 시체가 즐비했다.

집안의 기둥이셨던 형님은 피란 중에 군에 끌려가고 말았다. 농사지을 사람이 없어서 나와 작은형이 학교를 그만두고 일을 했는데, 작은형은 곧 중학교에 복학하면서 농사일은 어머니와 내가 도맡아 해야 했다. 이렇게 전쟁으로 인해 상급학교 진학은 두 해나 늦어졌다. 나의 만학(晩學)은 이때부터 싹이 텄던 것이다. 좋아하고 따랐던 이웃집의 형은 전쟁에 나갔다가 돌아오지 않았고, 후배 아버지는 보도연맹(좌익단체)에 가입한 죄로 피란 직전 경찰에게 총살당하고, 형수님은 피란 도중 유산을 하셨다. 전쟁이 많은 사람들에게 엄청난 고통과 변화를 주는 저주스러운 것임을 나는 그로부터 한참 지나서야 알았다.

자본주의와 공산주의의 최초의 열전이었던 이 전쟁은 분단이라는 비극이 안겨준, 민족의 불행이었다. 수십만의 사상자나 수천억에 달하는 재산 피해는 말할 것도 없고, 민족의 발전을 크게 저해한 사변이었다. 냉전 체제가 강화되었고, 수많은 이산가족들이 반세기 동안 겪어야 했던 아픔도 이루 말할 수 없다. 미국과 중국이 이 땅에서 벌인 전쟁이었고, 미국과 일본이 이 전쟁으로 인해 호경기로 돌아섰다는 사실 등을 생각할 때 우리 남북한 모두는 자주독립의 주체적 역량이 부족했음을 부끄러워해야 한다. 어느 쪽의 잘못인가를 따지기 전에 외세에 의한 상처를 서로 위로하고, 지금이라도 손을 맞잡고 화해와 협력의 길로 나아가야 할 것이다.

누굴 보고 말을 높이나

　고향 골짝에는 마을이 네 개가 있다. 내가 전쟁 전까지 살았던 곳은 그 중에서도 가장 깊숙한 골짜기에 위치한 '동촌'이란 마을이다. 서른 가구가 모여 사는 가장 작은 마을이있다. 아래쪽으로 1.5킬로미터 내려가면 '서촌'이라는 마을이 있었다. 가구수가 100여 호가 넘는 제법 큰 마을이었다. 동촌에 살던 우리 가족은 전쟁으로 집이 불타버리고 해서 서촌으로 이사를 했다.

　큰 마을이라 그랬는지 동촌에서는 없던 일도 많았다. 서촌의 부잣집에 '전개'라는 고지기(노비 또는 하인)가 있었다. 그때 그분의 연세가 마흔은 넘었을 것이다. 한번은 그 부잣집 골목 앞을 지나는데 부잣집 어린 아들이, "전개야, 오늘 내 연 만들어 도(달라)" 하는 것이었다. 의아해서 걸음을 멈추었다. "예, 도련님 만들어 드리지요"라고 그분이 말했는데 그렇게 기분이 좋아서 나오는 소리는 아닌 것 같았다. 나도 물론 고지기한테는 하대를 하는 것이라고 들었지만 초등학교 2학년 어린애가 마흔이 넘은 사람에게 하대하는 것을 직접 들으니까 기분이 언짢았다. 속으로 '저건 아닌데. 저것은 나쁜데' 하는 생각이 들었다. 고지기가 불쌍하기보다는 어린애놈이 하대를 하는 것이 더 미웠다. 그 뒤에 보니까 어른들은 물론이고 내 친구들도 모두 말을 놓는 것이었다.

　한번은 무슨 일로 그분이 할아버님을 뵈러 우리 집에 왔기에 나는 "오셨습니까?" 하고 인사를 했다. 그는 얼굴이 붉어지고 머뭇머뭇 말을 못했다. 할아버지는 노하시면서 "이놈이 미쳤나? 누굴 보고 말을 높이나?" 하고 나를 꾸짖으셨다. 나는 그분이 무안하지 않도록 빨리 집을 나오면서, '아니야, 이것은 할아버지가 틀렸지, 내가 잘못한 것이 아니야. 다 같은 사람인데 그런 차별을 해서 되는가' 하고 생각했다. 그 뒤 그는 하인 생활을 그만두고 독자 생활을 했다. 그런 뒤에야 그도 동네 애들을 보고 말을 놓았다. 나하고는 가끔 마주쳤으나 목례만 하고 지나쳤다. 나중에 내가 고향에서 초등학교 선생을 하면서 만났을 때 내가 말을 높였더니 그분도 높이는 것이었다. 내 친구들은 그분과 서로 말을 놓고, 그분과 나는 서로 존대를 하고. 어느 것이 보기가 좋고 바람직한 것인가?

　왜 우리는 인간을 존중해야 된다고 하면서 그런 차별을 하고 멸시를 할까? 인간은 평등하게 태어나고 존엄하다는 것을 알면서도 실천을 하지 않을까? 우리가 '인간존중'을 강조하는 것도 그것이 실천하기가 어렵기 때문이다. 인간존중은 몇천 마디 말보다 단 한 번이라도 실천이 중요하다. 벌써 고향을 떠난 지도 33년이 되었다. 그분도 오래 전에 돌아가셨다고 한다. 그분은 생기기도 후덕하게 잘생겼고 점잖고 행동거지가 올바른 사람이었다. 우리는 무엇을 근거로 양반과 상민을 갈랐을까? 돈? 권력? 핏줄? 정말 웃기는 이야기다. 차라리 이런 것들로 갈랐다고 하면 솔직해서 좋다. 그러나 상놈은 행동거지가 나쁘고 양반은 좋다고 하는 뻔뻔스럽고 황당무계한 강자의 자의적 해석이 더 밉다.

　이젠 다 지난 이야기다. 그분이 돌아가신 지도 20년은 넘은 것 같다. 한번씩 그분 생각이 날 때면, 그나마 그분에게 존대말을 쓴 것은 잘했지만 그분에게 말을 놓는 친구들을 꾸짖지 못한 것이 후회가 된다.

물꼬 트는 소년

"네 이놈, 애놈이 거기서 뭣하고 있느냐? 물꼬에 손대지 말아라."

12살 소년은 고함치는 사람을 힐끗 쳐다보고는 그대로 꽉 막힌 물꼬를 텄다. 가까이 달려오는 소리가 나더니 "네 이놈, 어른 말 안 들어? 죽고 싶으냐?"고 소리치면서 그 어른은 삽괭이를 올려 멨다. 물꼬를 트고 있던 소년도 손을 멈추고 그 어른을 정면으로 쳐다보았다. 이웃 마을의 중년 아저씨였다. 지나칠 때 인사도 하는 분이다. 과히 나쁜 사람은 아니지만 자기 몫은 악착같이 챙기는 사람이다. "아저씨, 물이라는 것이 위에서 밑으로 흐르는 것이고, 못(저수지)은 아저씨 못이 아니고 동네 전체의 못이요, 아저씨 논보다 우리 논이 위에 있으니까 우리 논부터 먼저 물을 대고 나서 아저씨 논에 물을 대는 것이 순서 아닙니까? 아까 내가 우리 논 물꼬를 터놓았는데, 왜 우리 물꼬는 막아놓고 아저씨 논에만 물을 흘러가게 합니까? 쪼살라면 쪼스시오(찍으려면 찍으시오)."

삽괭이로 소년을 내려치는 시늉을 하던 아저씨는 위협하면 통할 줄 알았는데 안 되겠다고 생각했는지 삽괭이를 내리더니 자기 논으로 돌아갔다. 그러나 소년에게는 자신이 옳았고 아저씨를 물리쳤다는 승리 감은 잠깐이었다. 곧 자신이 비참해졌다. 내가 시골에서 이런 물싸움이나 하면서 농사나 짓고 살아서 되겠는가.

"에디슨은 초등학교 중퇴를 했어도 유명한 발명왕이 되었고, 링컨은 초등학교만 나왔어도 대통령이 되었다. 너희들 중학교에 가지 않아도 얼마든지 성공할 수 있다"고 하시던 초등학교 선생님들의 말씀에 한때 귀가 솔깃했고, 그래서 중학교에 가지 못하고 농사를 지어도 중학교 진학한 친구들이 부럽지 않았다. 또 어릴 때부터 나는 육체노동이 싫지 않았다. 중·고등학교 시절에도 집에 있을 때나 방학 때는 농사일을 많이 거들었다. 앞에 말한 선생님의 말씀이 진학하지 못하는 학생들에게 용기와 희망을 불어넣어 주기도 했지만, 학생들을 '성급한 일반화의 오류'에 빠뜨릴 수 있다는 것을 그때 선생님은 몰랐던 것 같다. 나는 물싸움을 하고 나서 그것이 오류라는 것을 어렴풋이 깨달았다.

그래 내 논부터 먼저 물을 대려고 아옹다옹 싸우는 사람이 되지 말고 저수지를 크게 만들어서 누구든지 마음대로 공평하게 물을 댈 수 있도록 하는 그런 사람이 되어야겠구나. 그러기 위해서는 역시 더 배워야 하고, 더 배우기 위해서는 중학교에 진학을 해야 한다. 이날 이후부터는 중학교 모자를 쓰고 다니는 친구들이 그렇게 부러울 수가 없었다.

그날부터는 그야말로 주경야독의 나날이었다. 저녁만 먹으면 방바닥에 배를 깔고 희미한 호롱불 밑에서 책을 보다 잠들고, 아침이면 일하러 나가곤 했다. 내가 중학교에 가려고 밤에 공부한다는 소리를 들으신 숙부님께서는 밭에서 김을 매면서, "현수야, 중학교에 갈 생각 말고 농사나 열심히 지어라. 너는 부지런해서 농사지어도 잘살 것이다" 하시며 내게 진학 포기를 종용하셨다. 사실 숙부님은 내가 말 잘듣고, 일 잘하고, 공부도 잘한다고 나를 귀여워하셨다. 그러나 그때 내 머리 속에는 더 배워야 한다는 생각이 꽉차 있었기에 숙부님 말씀이 귀에 들어오지 않았다. "좋다. 1년만 더 일하고 다음해에도 중학교에 보내주지 않으면 가출해서 부산이나 마산으로 가서 낮에 일하고 밤에 야간 중학교에 다니겠다"고 결심을 했다. 그러나 그 다음해에는 전쟁 피해의 복구가 어느 정도 되고, 형님도 제대해 오고 해서 그랬는지, 아니면 내 태도가 완강해서 그랬는지 가출을 하지 않아도 중학교에 들어갈 수 있었다.

만일 그때 집에서 중학교를 보내주지 않아 내가 가출을 했더라면 지금 어떻게 되었을까? 두 가지를 동시에 경험할 수 없는 인간으로서는 알 길이 없다.

철학자의 꿈을 키우다

　벌써 44년 전의 일이다. 사범학교 1학년 때 영어 선생님이 장래 희망을 써내라 하셨다. 그렇게 써낸 것을 선생님이 읽으셨다. 국회의원, 장관, 외교관, 교육자, 법률가, 사업가 등등 여러 가지가 나왔다. 선생님은 넓은 의미에서 외교관도 정치가이므로 전체적으로 볼 때 정치를 희망하는 사람이 제일 많다고 결론을 내리셨다. 교육자를 양성하는 사범학교에서 이런 통계가 나왔으니 인문계 고등학교에서는 월등히 많은 사람들이 정치를 희망했을 것이 분명했다. 예나 지금이나 정치에 뜻을 두는 사람이 많다. 그것은 정치영역이 막강한 힘을 가졌기 때문이리라. 특히 우리나라 같은 비민주적 권위주의 사회에서는 더욱 그렇다. 그러니까 민주주의를 발전시켜 정치, 학문, 예술, 문화, 종교, 노동, 사업, 스포츠 등 사회 모든 영역의 가치가 균등하도록 해야 한다.

　어쨌든 그 시간에 있었던 일로서 선생님의 결론 외에 두 가지가 기억난다. 각자 이름을 밝히지 않았기 때문에 누가 무엇을 희망했는지 모르는데, 가까이 앉은 송치호 형이 자기는 외교관을 썼다고 했다. 얼른 볼 때 키도 크고, 말쑥해서 외교관이 되면 좋겠다고 생각했다. 그 뒤 그가 얼마나 노력을 했는지는 모르지만, 외교관은 되지 못하고 교장은 비교적 빨리 되어 교육자로서 성공한 셈이다. 사실 젊을 때는 세상을 바로

잡아보겠다는 의욕이 강해서 정치에 뜻을 많이 두는데, 정치를 한다고 해서 세상이 쉽게 바로잡혀지는 것도 아니다. 이제 이순(耳順)을 넘기면서 생각해보니 그가 정치보다 교육에 종사한 것이 더 보람이 컸지 않았나 하는 생각이 든다. 그리고 야망의 정상에 오르지 못하더라도 인간이 지켜야 하는 도리를 묵묵히 지키며 가깝고 소중한 인연들의 소망과 바람을 채워주면서 살아가는 것이 더 값지고 행복하다고 생각된다.

다음으로 단 한 사람이 "나는 소크라테스 같은 철학자가 되겠다"고 쓴 것을 선생님이 읽으니까 제법 크게 박수소리가 나왔다. 장관, 국회의원, 판검사가 되겠다고 할 때는 박수소리가 나오지 않았는데, '철학자' 소리가 나왔을 때는 왜 박수가 나왔을까? 철학자를 존경하고 철학을 훌륭한 학문이라고 생각하고 손뼉을 친 것 같은데, 그렇다면 왜 자신들이 직접 철학을 공부하려고는 안 했을까? 아마 정치처럼 영광(?)스럽지 않았기 때문일 것이다. 영광이란 무엇인가? 바로 권력과 돈이다. 그러니까 가난한 철학자를 형식적으로 존경은 할망정 실질적으로 원하지는 않았던 것이다. 역시 예나 지금이나 사람 마음은 큰 차이가 없는 것 같다. 그리고 우리나라 사람들은 '사고와 행동의 이중성'이 강하다는 것을 알 수 있다. 즉 '생각 따로 행동 따로'이다. 머리가 둔한 이 함안 촌놈도 이런 것을 일찍 알았기 때문에 내 앞에서 "철학은 만학의 근본이요, 아주 훌륭한 학문이요, 인간을 인간답게 살게 하는 가치있는 학문이다"라고 칭찬하는 사람에게나, "철학은 현실을 무시하고 이상만 추구하는 실생활에 무익한 학문이요, 공상에 사로잡혀 말장난이나 하는 쓸모없는 학문이다"라고 비난하는 사람에게나 내 감정은 별 차이가 없다. 왜냐하면 두 사람의 말은 정반대이지만 행동에는 별 차이가 없기 때문이다.

그 뒤 누구에게도 내가 말하지 않았기 때문에 그때 누가 철학자가 되겠다고 했는지 아무도 모른다. 지금 이 수수께끼를 낸다면 아마 알아맞히는 사람이 많을 것이다. 우리 부산사범 동기 중 철학을 한 사람은 나밖에 없으니까. 어쨌든 그때 그 박수소리는 없었던 것보다 훨씬 좋았다. 왜냐하면 그것은 이해관계를 초월한 순수감정의 발로였기 때문이다. 그리고 또 내가 그 뒤 죽을 둥 살 둥 철학을 하기는 했어도 그 과정에서 나도 다른 방향으로 외도하고 싶을 때, 또 불의와 타협하고 싶을 때마다 그 박수소리가 들리는 것 같았고 그것이 나를 채찍질했다. 앞에서 예나 지금이나 인간 마음의 근본바탕은 별 차이가 없다고 했는데, 이것은 그때도 실질적으로 철학을 별로 중요시하지 않았다는 것을 강조한 말이고, 오늘날은 그때보다도 철학이 중요시되지 않고 있다. 지금은 누군가가 철학을 희망한다고 해서 박수가 터져나오지는 않을 것이다. 황금만능주의와 이기적 개인주의로 말미암아 철학이 설 자리는 더욱 좁아졌다. '철학의 종언'은 오늘의 유행어가 되어버렸고, 철학의 정체위기(identity crisis)가 팽배해 있다.

그러나 위기는 호기라고 했던가. 전쟁, 폭력, 범죄, 불평등, 환경오염 등으로 얼룩진 지금은 모든 것이 잘못 돌아가는 비상시이다. 비상시에는 일반적으로 철학을 천대하지만 오히려 이런 때일수록 철학의 역할이 더욱 절실히 요청된다. 사람들이 비관주의나 허무주의에 빠지지 않고 새 희망을 가지고 새로운 출발을 할 수 있도록 철학이 새로운 틀을 만들고 비전을 제시해야 한다. 그러기 위해서는 먼저 철학이 탈바꿈을 해야 한다. 철학의 출발점과 종착점은 현실이다. 우리의 현실에 바탕을 둔 철학이 아닌 것은 우리의 응어리를 시원하게 풀어줄 수 없다. 보통 사람들의 삶의 세계와 개별학문은 철학적 사고의 원자재 공급지이다. 철학은 개별학문의 성과를 눈여겨보면서 현실을 전체적인 시각에서 조망하고, 근원적으로 탐색함으로써 인간의 삶과 인류 문명의 참모습을 드러내어 모든 사람이 지향해야 할 올바른 비전을 제시해야 한다.

하나님 맙소사, 나 같은 석두가 언감생심 새로운 틀과 비전을 제시한다니……

　친구야!
　깊고도 먼 길,
　로고스에의 길
　거기 봉우리가 우뚝하다.
　진리의 길목에서 새벽을 열고,
　땀방울을 구슬로 엮어,
　누리의 눈을 틔우는
　새 꽃을 활짝 피워라.
　친구야.

위의 글은 이동태 형이 서상교 형한테 부탁하여 내 박사학위 기념패에 새겨준 글이다. 사교성도 별로 없고 남을 칭찬할 줄도 모르는 서상교의 글치고는 파격이요, 돌연변이다. 진실한 그도 거짓말을 할 줄 아는가. 아니면 열심히 노력하지 않아 친구들의 기대에 부응하지 못한 내가 나쁜 놈인가. 친구들아, 미안하다. 내 원래 천학비재한데다 박해나 궁핍을 받더라도 그것을 극복하고 외곬으로 철학을 할 용기도 없었다. 특히 이병한, 김귀식, 구영회야! 너희 셋은 내가 늦게 고생스럽게 공부하는 것이 안타까워서 또 좀더 큰 사람이 되라고 물심양면으로 도와주었지. 정말 보답도 못하고 미안하다. 마음으로라도 보답할 수 있도록 "병한아! 제발 건강이나 회복해다오." 최명사도 늦게 공부한다고 나와 자취도 하면서 고생을 많이 했다. 그리고 나는 안 박사다. '안'은 '아니'

의 준말 아닌가. 그러니까 나는 철학박사도 철학교수도 아니다. 그렇게 알고 마지막으로 안(no) 박사의 넋두리나 들어다오.

날아가는 까마귀야, 내 죽음을 설워 마라. 내 비록 어떤 족적을 못 남겼어도 철학한 것을 후회하지 않는다. 권력이나 금력의 유무와 관계없이 모든 사람을 한결같이 대하려고 노력했노라. 항상 약자 편에 서고 불의와 야합하지 않고 정을 나누며 인간답게 살려고 노력했노라. 몸은 비록 죽었으되 철학 정신은 살아 있다.

철학은 인간학이다

1956년 늦가을이었다. 부산서 함안 가는 버스 속에서 몸이 으스스 떨리고 추웠다. 하늘이 밑으로 내려앉는 것 같기도 하고 땅이 갈라져 버스가 땅 속으로 푹 빠진 것 같기도 하고. 추수도 마바지에 다다라 띠엄띠엄 쌓아놓은 볏단들도 을씨년스럽게 보였다. 고향 입구 내가 다니던 길을 보고, 이 길이 몇 달 전 여름방학 때 부산사범 모자를 쓰고, 우쭐대며 다니던 길이었던가! 이제는 남의 눈에 띨까 싶어 겁이 나고 다시는 뽐내며 걸을 수 없을 것 같았다. 그 당시는 학생수가 얼마 되지 않아 고등학생만 해도 일반 사람들의 선망의 대상이었다.

'정말 어머니가 천형(天刑)이라는 문둥병에 걸렸을까? 아닐 것이다. 내가 잘못 들었지, 절대 아닐 것이다. 우리 어머니 같은 어진 사람이 그런 몹쓸 병에 걸릴 일이 없을 것이다' 하면서 집으로 들어갔다. 조심스럽게 맞이하는 형수님을 뒤로하고 방에 들어갔더니, 어머님이 먼저 내 손을 잡으시면서 "이놈의 자슥아, 어미 아프다고 왔냐. 내 이래 가지고 살면 뭐 하겠나, 자식들에게 짐만 되지" 하면서 우시는 것이었다. 그래, 그러실 것이다. 그 잘난 남편은 배운 표를 낸다고 (나의 아버님은 일제 때 대학을 나오신 신·구학을 겸한 인텔리이셨지만 증조부님이 모은 재산을 거의 날리셨다) 부산서 딴살림 차려 계시고 어머님 당신 혼자서 자식들 키우고 살림한다고 밤낮을 모르고 일만 해오시다가 손까지 다쳐 몹쓸 병까지 얻었으니 그 심정 오죽했을까! 나도 어머니를 껴안고 가슴 아프게 울었다. 아무리 부정하려고 해도 어쩔 수 없는 엄연한 사실, 어머니의 얼굴에는 붉은 반점이 여럿 있었고, 아픈 손을 만져보니 대쪽 같아야 할 둘째손가락은 굽어가고 있었다.

어머님의 나병은 세상 물정을 모르는 나에게 엄청난 충격이었다. 처음으로 '인간이 무엇인지' '인생을 어떻게 살아야 할 것인지'에 대해 회의도 일어나고 고민도 했다. 플라톤과 아리스토텔레스가 철학의 출발은 '놀람'(wonder, Staunen)이라고 했고, 데카르트(René Descartes)는 '회의'(doubt, Zweifel)에서 시작한다고 했는데 내 경우에도 딱 들어맞았다. 그때까지 인생에 대한 나의 앎은 학교 선생님들이나 부모님들이 "사람이 착하고 열심히 살면 복을 받고 잘살고, 나쁜 짓하고 게으르면 벌을 받고 못산다"고 말씀하신 것이 전부였다. 그런데 마치 '죽으면 썩을 살을 아끼면 무엇하리'라는 철학을 가진 사람처럼 부지런하셨고 착하고 어지셨던 어머니가 왜 행복하지 못하고 불행한가! 사실(事實, fact)과 당위(當爲, what should be)를 구별 못했던 나로서는 그때까지의 '인생에 대한 생각'(이것을 인생관이라 해도 좋다)이 근본적으로 흔들리고 인생에 대해 고민을 하기 시작했다. 당위와 현실의 괴리를 극복하는 객관적 해결책을 생각하지 못하고 고민한 나머지 '철학이란 학문이 인간이나 인생에 대해 연구를 하는 학문이다'라는 들은 소리는 있는지라, 인간을 좀더 알기 위해서는 '철학을 공부해야 되겠다'고 결심을 하게 되었다.

때때로 "당신은 왜 늙은 나이에 진학하면서 부와 권력하고는 거리가 먼 철학과를 택했느냐?"고 물어오는 사람들이 있는데 나에게는 그러한 배경이 있다. 물론 이 의지가 철학과에 들어갈 때까지 흔들리지 않은 것은 아니지만 그때부터 철학이란 단어가 내 뇌리를 떠나지 않았던 것은 틀림없다.

　어머님의 병은 깊지 않았기 때문에 약(그때 부산 미군 산하 의료기관에서 무료로 나병약을 공급받았다)을 복용하니까 빨리 나았고, 그 뒤 비교적 장수를 누려 86세에 돌아가셨다. 그 뒤 나는 대학에서 칸트를 공부하면서 그가 덕과 행복의 불일치에 대해 고민을 한 나머지, 영혼불멸과 도덕의 신을 요청한 구절을 읽은 적이 있었다. 대철학자도 이런 고민을 했는데 백면서생인 내가 고민을 한 것은 너무나 당연하다고 쓴 웃음을 지었다. 한편 인격을 지고의 가치로 여기고 덕과 행복은 반드시 일치해야 한다는 칸트의 도덕심에 경의를 표하면서도 철학에 대해 상당히 실망도 했다. 철학이라는 것이 덕과 행복의 일치를 위해 직극직으로 노력하고 해결책을 마련해야지, 그것이 어렵다고 해서 죽음 후의 세계에 호소하는 것은 무책임하고 현실도피가 아닌가 하는 생각이 들었다. 또 '사후 세계를 믿지 않는 사람에게는 그러한 말이 무슨 위안이 되겠느냐' 하고 회의가 느껴지기도 했다.

　어머니, 인자하신 우리 어머니, 이제는 편안히 지내십니까? 못난 자식들 걱정을 하지 않으시면 편안하지 않을 리가 없겠지요? 어머니, 막내인 제가 환갑을 지낸 지도 2년이 지났으니, 자식은 아무리 나이가 많아도 부모 눈에는 어린애로 보인다고 하지만 이제 저도 어린애가 아니니까 자식들 걱정 마시고 편안히 계십시오.

뱀탕

예부터 '잔병치레하는 사람이 오래 산다'는 말이 있다. 그 이유가 어디에 있겠는가? 병이 든 사람은 건강의 중요함을 깨닫고 항상 건강에 유의하기 때문이다. 건강에 대해서는 지나친 자신감은 금물이다. '인명은 재천(在天)'이라 하지만 후천적 노력에 따라서 생명을 연장시킬 수 있다. 생명을 연장하는 데는 섭생, 운동, 마음의 안정이 중요하다. 나도 세 번이나 건강을 잃었기 때문에 40대부터 줄곧 건강에 신경을 써왔다. 그 결과, 지금 어느 정도 건강을 유지하고 있다. 아침에 일어나면 맨손체조를 하고, 시간이 있으면 테니스를 친다. 음식은 골고루 먹고 가능한 한 욕심을 버리고, 무리를 하지 않으며, 스트레스를 받지 않으려고 노력한다. 이것만으로 부족한 듯하여 올해부터는 등산도 좀 다니고 있다.

건강에 대한 나의 뼈저린 기억이 하나 떠오른다. 부산에서 학교에 다니던 시절이었다. 어머님의 병환 때문에 걱정이 깊어 밥맛도 없고, 살맛도 없고, 그러니까 공부도 제대로 되지 않았던 때였다. 그냥 기계적으로 학교에 갔다 왔다 하는데 그 해 겨울은 왜 그렇게도 춥던지. 다다미방이라면 불을 때지 않는 것은 당연하지만 온돌방에 불을 때지 않으니 그야말로 냉돌이었다. 이불을 뒤집어써도 몸이 으스스 떨리고 한기가 들고 하더니 몸살 감기가 왔다. 아픈 것은 고사하고 코가 막혀 숨을 못 쉴 지경이었다. 원래 비후성비염(축농증)을 안고 태어났는지 어릴 때부터 유난히 코가 많고, 코를 많이 흘렸기 때문에 별명이 '코보영감'이었다. 평소에도 코가 많이 나오는데 몸살 감기까지 들었으니 코 푸는 일이 생사의 갈림길 같았다.

처음 몇 번 코를 풀 때는 귀청이 울리곤 했는데, 웬만큼 풀어도 코가 트이지 않아 한번은 좀 세게 코를 풀었다. 그런데 귀에서 '탁' 소리가 났다. 이상하다 싶어 귀에 손을 대어보니 피가 묻어 나오는 것이 아닌가! 고막이 터진 것이다. 하기야 코를 세게 풀었으니 그 공기가 어디로 빠져나와도 나와야 하는데 콧구멍이 막혔으니 귀의 얇은 막을 뚫고 나온 것이다. 귀에서 피 좀 나온다고 해서 죽기야 하랴마는 겁이 좀 났다. 형님께 말씀드렸더니 놀래시 약을 사오셨다. 약을 믹고 빙에 불을 때고 해서 며칠 앓다가 감기는 나았다. 그러나 계속 기운이 없고 머리가 어지럽고, 조금만 추워도 몸이 떨려 견디기 어려웠다. 학교 오갈 때 버스나 전차를 이용했는데 어지러워서 빈 좌석이 없으면 바닥에 주저앉아야 했다. 되돌아보니 중3 때 자취생활로 인한 영양실조, 어머님 병환으로 인한 정신적 고민, 형님의 인색한 절약 작전 등으로 나는 기본 건강을 해쳤던 것이다.

건강을 잃으니 매사에 의욕도 없고 자신도 없었다. "앞으로 어떻게 살아가야 하나?" 하고 고민하고 있는데, 누가 어지럽고 추위를 타는 데는 뱀탕이 좋다고 했다. 죽지 않고 살 기회였는지 학교에서 조금 내려가면 검정다리가 있는데 그 밑 천변에 가마니를 둘러치고 뱀탕을 끓여 파는 곳이 있었다. 무조건 거기 가서 하루 한 탕씩 사먹었다. 일주일쯤 먹으니까 거짓말같이 어지럼증도 없어지고 춥지도 않았다. 지금은 뱀탕 값이 하늘을 찌를 듯하지만 그때는 값도 참 쌌다. 얼마인지 지금 확실히 기억나지 않지만 돈 없는 학생인데도 그 값이 그렇게 부담되지 않

았다. 그때는 살기 위해 호오(好惡)를 초월하여 먹었는데 지금은 건강
이 좋아져서 그런지 먹기가 싫다. 역시 혐오식품인 것만은 틀림없다.

초등학교 교사시절

'졸업하면 취직 보장'이란 미끼도 있었고 또 집안에서 대학 보낼 형편이 안 되었던지라 가족들이 무조건 권하는 대로 사범학교에 들어갔다. 사범학교의 교육은 국어 영어 수학은 말할 것도 없고, 논리학 심리학 교육학 음악 미술 체육까지 전능을 요구하고 전자보다 후자를 더 중요시했다. 그런데 나는 음악은 음정을 모르고 미술은 원근도 표현하지 못하니 기가 찰 노릇이었다. 입학시험 음악실기에 자유곡으로 노래 한 곡 부르기가 있었는데 무엇을 불러야 할지 몰랐다. 유일한 중학동기인 조준웅 군에게 "무슨 노래를 부를꼬?" 하니 "그만 애국가를 불러라" 하는 것이었다. 그러겠다 하고 애국가를 불렀다. 노래는 엉망이었겠지만 아마 음악 선생이 내 애국심에 감탄해서 합격을 시켰을 것이다. 뒤에 알고 보니 '하늘을 우러러 한 점 부끄러움이 없는 청백리'라고 큰소리 치는 성낙준 군도 애국가를 불렀다고 한다. 아마 나 같은 음치가 몇은 있었던 모양이다.

어쨌든 6개월 만에 사범교육이 내 적성에 맞지 않는다는 사실을 깨달았다. 그렇다고 대학 갈 형편도 안 되고 보니, 사범공부도 진학공부도 제대로 하지 못하고 방황하다가 3학년 때 육사에 응시했으나 가는 즉시 신체검사에 떨어졌다. 그래서 초등학교에서 2~3년 교편을 잡다가 돈 좀 벌어서 대학을 가야겠다고 생각하고 사범학교를 마쳤다. 그리고 고향에서 교편을 잡았으나 예상대로 교직생활은 적성에 맞지 않았다. 어린 학생들을 다루자니 꼼꼼하고 차분하고 세심해야 하는데 나는 엉성하고 산만하고 덜렁덜렁했다. 그래도 가식없이 공평하게 대해주니까 학생들이야 말도 잘 듣고 잘 따라서 좋았다. 문제는 사무처리와 돈 걷는 일이었다. 그때는 기성회비라는 것이 있었는데 이것을 담임이 걷었다. 돈을 잘 걷어야 유능한 교사라는 평을 들었다. 또 반 강요하다시피 판매하는 학습자료가 있었는데, 각 반에 할당된 수량을 팔지 못하면 봉급에서 물어내야 하는 실정이었다. 교육에 도움도 되지 않는 사무처리는 할 줄도 모르고, 하기도 싫고, 시간낭비라는 생각이 들어 교직에 대한 염증을 더욱 부채질했다. 40년이 지난 오늘에도 사무처리 때문에 교사들이 죽겠다고 아우성을 치고 있으니 이 일을 어떻게 이해해야 할까? 교육관료들의 권위주의가 주원인일 것이다.

한번은 학교장의 딸이 있는 반을 맡았다. 애가 얼굴도 예쁘고 영리하고 공부도 잘했다. 이 애로 인해 남녀의 두뇌에 우열이 없다는 확신을 하게 되었다. 남녀공학이었는데도 반장선거에서 당선이 되었다. 어느 날 교문 앞 청소 검사를 하는데 제대로 되어 있지 않아서 책임자인 반장을 한 대 때리고 "다시 깨끗이 청소하라"고 일렀다. 그리고 잠시 시내에 나갔다 왔는데 학교 앞 상점주인이 "○○이가 '5년째 학교에 다니면서 선생님들한테 한 대도 맞아본 적이 없는데 너희들 때문에 오늘 처음으로 맞았다'고 울면서 애들 청소를 시키대요"라고 일러주었다. 교문에 들어서니 정말 땀이 맺힐 듯 반질반질하고 돌멩이 하나까지 정돈이 잘 되어 있었다. 그런데 그 이튿날부터 학생들이 담임을 신뢰하고 이끌려오는 것이 피부로 느껴졌다. 인사도 아주 상냥하게 잘하고 자발적으로 나에게 와서 이야기도 하고 애들이 활발해졌다. 이상하리 만큼 조용하던 교실에 생기가 돌았다.

아하! 그 애가 최고지도자였구나. 공부도 잘하고, 학교에서는 최고 우두머리인 교장의 딸이라는 배경으로 선생보다도 더 학생들에게 군림하고, 학생들은 반장을 더 두려워했구나. 게다가 선생들은 그 애를 상전 모시듯이 했으니. 학생들이 나를 믿고 따르니까 처음으로 교직에 있는 것이 뿌듯하고 보람도 느껴졌다. 무엇보다도 '교사의 제1신조는 학생들을 공평무사하게 사랑하는 것이며, 아이들은 어른들이 올바로 가르치면 올바로 자란다'는 것을 뼈저리게 느꼈다. 학급의 입법·사법·행정을 한 손에 쥐고 있는 교사가 학생들을 부당하게 억압해서는 안 된다는 신념이 어느 교사에게나 반드시 있어야 한다. 그 후 얼마 있지 않아 부친이 전근 가는 바람에 그 애도 전학을 갔다. 지금 초등학교 교사로 있다는 소리를 들었는데, 지금 그 애는 나를 어떻게 평가하고 있을지?

어느 학생의 아버지는 자기 애가 4학년 때까지 우등상을 받았는데 5학년 때 우등상을 받지 못했다고 나를 상당히 원망한다는 소리를 들었다. 그 학부형은 선생을 가장 잘 대접하는 사람이었다. 내가 시골 초등학교에 있던 7년 동안 소풍간다고 촌지를 준 사람은 그 사람밖에 없었다. 그러나 성적을 낸 결과 그 애는 우등권이 아니었다. 그래서 6학년 때도 그 애는 우등상을 못 받았다. 중학교 시험을 치고 나서야 그 학부형도 자기 애가 우등생 실력이 되지 않는다는 것을 알고 나를 원망한 일을 사죄했다. 그 애는 결국 내 반에서 재수해서 1년 늦게 그래도 좋은 중학교에 들어갔다.

교사도 인간이다. 인간이기 때문에 여러 아이들 중에서 마음에 드는 아이와 덜 드는 아이가 있을 수 있다. 그러나 겉으로 드러나게 편애를 하거나 체벌이나 성적평가에 이중잣대를 갖다 대어서는 안 된다. 편애는 아이들 마음에 증오와 좌절을 심어주는 인간성 파괴 행위요, 사회를 분열시키는 행위요, 도덕의 기초를 허물어뜨리는 비윤리적 행위이다. 따라서 교사들은 사적으로는 마음에 드는 아이를 친애하더라도 공적으로는 공평무사해야 한다. 오해의 소지도 있고, 교사 자신의 판단도 흐려질 염려가 있으니까 졸업 후에 사적으로 서로 협조하고 친애하면 얼마나 좋은가.

  따지고 보면, 인사나 공천의 부정, 집단 이기주의, 지역 차별주의, 패거리 정치 등 모두가 '공정성 결여'에서 나오는 것이 아닌가. 이런 근본적인 중요한 덕목을 가르치고 함양시켜야 할 교사나 학교가 그것을 파괴하는 데 앞장을 선다는 것은 자기 모순이요, 교육의 부정이요, 엄청난 죄악이다. 그리고 우리나라 사람들의 의식 수준을 감안할 때, 내신 성적을 대학입시에 반영하는 것에 나는 회의적이다.* 교육부는 관여나 간섭을 하지 말고 대학입시를 각 대학의 자율에 맡겼으면 좋겠다. 교육부는 그렇게도 할 일이 없는가?

---

* 교사들뿐만 아니라 교수들도 마찬가지이다. 오히려 교수들의 성적 처리는 대법원의 판결처럼 최종심이기 때문에 더 책임이 막중할지 모른다. 여러 가지 방법이 있겠지만 대학개혁 중에 '입학은 쉽게 하고 졸업을 어렵게 하는 것'이 아주 중요한 개혁방책이라고 나는 생각한다. 우선 그렇게 되면 치열한 입시경쟁을 완화할 수 있고, 지나친 대학 선호를 막을 수 있다.
  졸업을 어렵게 하는 데는 성적 처리를 '엄하고 공정하게' 하는 것이 중요하다. 부끄러운 이야기이지만 나 자신도 일가친척이나 친구의 아들이 내 수업을 들었을 때 성적을 좋게 준 적이 몇 번 있다. 아마도 나와 비슷한 경험을 한 교수가 적지 않을 것이다. 그러니까 이 문제는 현재 우리 사회의 의식수준이나 관행 및 제도상 어느 한 교수의 반성이나 자각으로 해결될 문제가 아니다. 이 방책을 실천에 옮기려면 첫째, '운동부' 학생들에게 획일적으로 특혜를 주는 제도를 고쳐야 한다. 운동부 학생도 수업일수 1/3 미달일 때는 절대 학점을 주어서는 안 된다. 둘째, 어떤 일이 있어도 학교에서는 학생들의 부정행위가 없도록 시험감독을 엄하게 해야 하고, 또 학생들도 스스로 부정행위를 하지 않아야 한다. 셋째, 외부의 청탁이나 교수 자신의 비합리적 의식을 바로잡기 위해서 성적기재란에 '성적과 함께 성적을 낸 교수의 이름도 반드시 기재할 것'을 주장한다. 그렇게 되면 교수들도 청탁을 거부할 수 있어 외부 청탁이 줄어들 것이고 또 자신의 '봐주기' 성적 처리가 비난받을 우려가 있으므로 자제할 것이다. 어쨌든 '성적 처리'가 성역이 되지 않으면 학생들도 대학교육을 우습게 여길 것이고, 교수들도 학생들에게 떳떳할 수 없어 교육이 바로 설 수 없다. 실력 없는 자가 부정입학을 해도 졸업을 쉽게 할 수 있으니 이래서야 교육이 바로 설 수 있겠는가!

3 · 15 부정선거

　3 · 15 부정선거! 벌써 40년이 지나서 그런지, 민주화가 제법 진척이 되어서 그런지 지금은 신화처럼 들린다. 그러나 3 · 15 부정선거는 엄연한 역사적 사실이고, 천인공노할 만행의 부정선거였다. 선거 한 날 전부터 모든 공무원이 자유당(당시 집권당)의 선거운동원으로 활동하기 시작했다. 심지어 교육공무원까지 단축 수업을 하면서 학부모 집을 방문하여 "이번에 이승만 씨와 이기붕 씨가 당선이 안 되면 미국 원조도 끊어지고, 또 정 · 부통령이 같은 당에서 나오지 않아서(당시는 대통령은 자유당의 이승만, 부통령은 민주당의 장면이었다) 서로 싸우게 되면 나라가 어지럽고 망하게 되므로 반드시 대통령은 이승만, 부통령은 이기붕을 찍어야 한다"고 '선거계몽'을 하러 다녔다. 선거계몽을 제대로 하지 않아 자유당 표가 적게 나오면 그 공무원은 좌천 내지 직위해제 등으로 불이익을 받는다는 학교장의 전달도 있었다. 투표일에는 공무원들이 완장을 차고 3인 1조가 되어 투표소에 같이 들어가서 서로 어디에 찍는지 감시하도록 했으며, 투표하는 모든 사람은 선관원에게 자신이 투표한 용지를 보여주고 투표함에 넣도록 했다. 그러니까 협박선거요, 감시선거요, 공개투표였다.

　나는 그때 초등학교 교사경력 1년, 처음으로 참정권을 행사하는 사회

초년생이었다. 그래서 설마 천인공노할 3인조 공개투표가 있을 리 없다고 생각했고, 사람들이 다 나름대로 양심이 있으니까 자유당원을 제외하고는 부패하고 무능한 장기 독재정권인 자유당에는 표를 찍지 않으리라고 생각했다. 그런데 막상 투표장에 가보니 교장의 지시나, 민주당(당시 야당)이 신문에 폭로한 기사대로 3인조 공개투표였다. 기가 막혀 한참 투표하는 광경을 바라보았다. 자유당원이나 선관원들만 이리저리 왔다갔다하고 민주당 참관인은 있는지 없는지 보이지도 않았다. 간혹 어떤 사람은 투표한 용지를 선관원에게 보이지 않고 투표함에 넣으려다가 선관원의 "이리 내놔" 하는 호령에 죄를 지은 것처럼 선관원에게 건네주었다. 선관원은 누구에게 찍었는지 확인하고는 투표함에 넣었다. 적반하장이라기보다 날강도 같은 짓이었다. 물론 시골이었으니 그렇지 대도시에서는 그렇게까지는 못했을 것이다. 그러나 그런 살벌한 가운데서도 가뭄에 콩 나듯 간혹 장면 씨에게 당당하게 표를 찍는 신념 있는 용감한 사람도 있었다. 그런 이름 모를 민초들이 사회를 떠받치는 기둥이리라.

한참 바라보다 '이런 더럽고 개판인 선거에 참여하지 않겠다'고 마음먹고 투표소를 나와버렸다. 집으로 오는 중에 가만히 생각하니 내가 아주 비겁해 보였다. '자유당이 겁이 나면 자유당에 표를 찍든지, 그렇지 않으면 소신대로 민주당에 표를 찍든지 할 것이지 비겁하게 기권이 뭐냐?' 하는 생각이 들었다. 바로 뒤돌아 투표소로 다시 갔다. 투표소에 들어가려니 자유당 면 단위 선전부장이란 사람이 "공무원은 기다렸다가 세 사람이 되면 같이 들어가시오"라고 했다. 나는 그 사람을 밀치면서 "무슨 그런 선거가 다 있어. 나는 혼자 들어가서 찍겠다" 하고 기표소로 들어갔다. 투표지를 들고 조병옥 씨를 찍으려니 조금 망설여졌다. 그분은 민주당 대통령 후보로 나왔으나 선거일을 몇 주 앞두고 미국서 위암으로 돌아가셨기 때문이다. 하지만 나는 학부모들에게 "비록 대통령 후보는 이승만 씨 한 분이지만 그렇다고 무조건 당선되는 것이 아니라, 유효투표수의 1/3을 획득하지 못하면 다시 재선거를 해야 한다"고 계몽을 했었다. 비록 사표가 되더라도 조병옥 씨에게 표를 주어야겠다고 생각했다. 조병옥 씨에게 표를 찍고, 부통령은 장면 씨를 찍으려고 하는데 좀 전의 선전부장이란 놈이 어깨를 치면서 "여보, 당신 미쳤소. 공무원이 되어가지고 어디다 표를 찍는 거요?" 한다. 이때는 나도 화가 치밀어 정신이 없었다. 그 사람보고 "이 ××, 여기가 어딘데 들어오느냐? 신성한 투표소다. 당장 나가!" 하고 밀쳐내었다. 장면 씨에게 표를 찍고 나와서 투표함에 넣으려는데 선관원이 자동적으로 손을 내미는 것이었다. "이거, 왜 이래" 하고 눈을 부릅뜨고는 내가 직접 투표함에 넣고 나왔다. 아마 그 투표소에서 비밀투표를 한 사람은 나 하나뿐이었을 것이다.

기분도 나쁘고 해서 가게에서 막걸리 두어 사발 마시고 집에 와서 막 드러누우려는데 학교 급사가 자전거를 타고 와서 전갈을 했다. "안 선생님, 교장 선생님이 빨리 학교로 오시라고 하십니다." 투표 문제일 것이었다. 가기 싫은 것을 억지로 갔더니 교장은 사색이 되어서 "어떻게 공무원이 야당에 표를 찍을 수 있소? 안 선생 때문에 나도 죽겠소. 부하 직원 감독 불철저로 교육감에게 꾸지람을 들었고, 교육감이 안 선생 사표를 받으라고 하니까 사표를 쓰시오" 한다. 전광석화였다. 언제 교육감에게 연락이 가고, 교육감이 교장에게 연락을 했지? 내가 사표를 쓰게 되리라고는 어느 정도 예상했지만, 교장도 문책을 당했다니 좀 미안했다. 두말 않고 사표를 쓰고 나왔다.

힘없는 정의의 무력함을 뼈저리게 느꼈다. 어떻게 힘을 키운담? 역시 진학하는 길밖에 없었다. '에라, 잘 되었다. 어차피 초등학교 교사는 적성에도 맞지 않고, 대학 진학은 오래 전부터 생각한 일이 아닌가! 이 기회에 빨리 공부해서 진학이나 하자!' 하고 마음을 굳게 먹었다. 내가 고등학교 졸업하고 10년 동안이나 대학 진학을 포기하지 않고 버틸 수 있었던 것도 이때의 결심 때문일 것이다.

투표사건에 대해 간혹 동정도 하고, 분개도 하고, 용기를 칭찬하는 사람도 있었지만 대부분의 사람들이 "남들 하는 대로 하지 뭐 중뿔나게 그렇게 했느냐? 혼자서 그렇게 한다고 해서 세상이 바뀔 것 같으냐? 자기만 손해지" 한다. 나는 그때 '내가 여기서 자유당에 굴복하면 다른 사람도 굴복할 것이고, 그렇게 되면 영원히 정권교체가 안 된다. 그러나 내가 여기서 저항하면 다른 사람도 저항할 것이고, 그렇게 되면 우리가 바라는 정권교체가 될 것 아닌가' 하고 생각했다. 예상대로 3월 말에 대기 발령이나 다름없는 변두리 학교로 출장근무 발령이 나고 사표는 도교육청으로 갔다는 소리를 들었다.

그러나 누가 예상했으랴, 4·19혁명이 성공할 줄을!

역시 민심은 천심이었다. 그 덕에 나는 바보에서 하루아침에 영웅이 되었다. 원래 있던 학교에 되돌아오고, 자유당 선전부장의 진사를 받고, 교장도 교육감도 미안해했다. 4·19혁명! 자연발생적인 순수한 민중의 혁명이었다. 학생이 주류를 이루었지만 학생만의 혁명은 아니었다. 당시 야당이나 언론, 양심적인 일반 사람들의 투쟁도 적지 않았다. (당시는 야당도 순수했고, 관변지를 제외한 대부분의 언론도 순수했다.) 우리 역사상 이때만큼 민중이 승리한 투쟁도 없을 것이다. 그러나 4·19에 대한 나의 생각은 너무 착잡하다. 그 무엇과도 바꿀 수 없는 200여 명의 목숨을 앗아갔으며 뒤집힌 가치관을 올바로 세운 4·19였지만, 그 뒤 5·16으로 인해 그 4·19 정신은 말살되었다. 하루아침에 나를 바보에서 영웅으로 만든 4·19로 인해 불의에 대한 나의 분노가 좀 사라지고 이것이 오히려 내 진학을 지연시킨 것이 아닌가 하는 생각도 든다. 몇 해 전 '4월혁명연구소'에 회원으로 가입했는데, 대부분의 회원들은 잘 모르지만 나에게는 4·19와 이런 관계가 있다.

부정선거에 항거한 젊었을 때의 순수한 소신이 죽을 때까지 그대로 지속되면 얼마나 좋을까? 4·19혁명의 가장 중요한 의미는 무엇보다도 우리 사회의 가치관을 바로잡았다는 점이다. 그 당시는 정의가 불의가 되고, 불의가 정의가 되는 가치관의 전도(顚倒) 현상이 일어났는데 이것을 4·19가 바로잡았다. 즉 정의는 정의가 되고 불의는 불의가 된 것이다. 그런데도 지금까지 가치관의 전도 현상이 계속 일어나고 있는 이유는 무엇일까? 물론 보수 반동 세력이 주원인이지만 그것만은 아니다. 민주화 세력이 분열하고, 처음 소신이 변질되고, 합리적이고도 끈질긴 응징의식이 결여된 것과 이기심 등 여러 원인이 있을 것이다. 그래서 해방이 되고도 친일파가 득세하고, 지금도 유신, 5공 잔당들이 활개를 치고 있지 않은가.

나도 그 후 여러 번 실패와 좌절, 건강 악화, 생활고, 힘의 한계, 껄끄러운 욕심 등으로 소신이 흔들리고 오염되기도 했다. 그래도 근본은 변질되지 않고 지켜온 것에 대해 다행스러움을 느낀다. 인간적으로 모질고 독하지 못해서 간혹 이용당하기도 했고, 여러 가지 실수도 범했지만 나는 모든 행동의 바탕을 휴머니즘에 두었다. 이제는 불의와 부정에 대한 투쟁을 모질고 독하게 하는 것이 오히려 휴머니즘적이라는 것을 깨달았다. 물론 용서와 화해도 필요한 것이고 휴머니즘적이다. 그러나 그것들은 강자의 미덕이지 약자의 미덕은 아니다. 그러니까 처음의 소신대로 과감한 투쟁을 못한 것이 후회된다. 앞으로 얼마나 살지 모르지만 껄끄러운 욕심을 버리고 초심으로 돌아가 소신대로 행동하겠다. 소신은 갖는 것도 중요하지만 그것을 계속 지키는 일이 더 중요하다.

대학 진학을 위한 결단

사람은 살아가면서 결단할 때 결단해야 한다. 사범학교를 졸업하고 초등학교 교사로 있으면서 진학할 생각을 하고 있을 때였다. 여러 가지 사정상 생각보다 공부가 잘 되지 않았다. 2년 만에 응시하려고 했으나 징집영장이 나왔다. 입대를 연기하고 시험을 칠까 했지만 비겁하다는 생각이 들어 군에 갔다. 군에서도 공부를 할 수 있을 것이라고 생각했는데 1년 단기복무자라 전방에서 쉴새없이 훈련받고 사역을 했다. 유일하게 시간이 날 때는 식사를 빨리 하고 다음 집합 때까지의 약 15분이었다. 한번은 영어단어 외우다가 집합에 늦어 선임하사에게 얻어맞고 입원한 일도 있다. 제대하고 돌아오니 학교에서는 고학년을 맡기겠다고 했지만 거절하고 진학준비를 위해 2학년을 맡았다.

그 이듬해 서울대 원서를 구입하여 제출했다. 시골이라 정보도 늦고, 모든 것을 우편을 이용하니까 시간이 많이 걸렸다. 그래서 모교인 사범학교에 가서 원서를 우송하려니까 마침 그날이 마감일이었다. 고등학교 은사님께서 "마감 날짜 우체국 소인이 있으면 괜찮다"고 하셨는데 허사였다. 서류가 되돌아온 것이다. 정말 미치고 환장할 노릇이었다. 3년쯤 교직에 있다가 대학가겠다고 한 놈이 4년이 되도록 시험 한 번 쳐보지 못했으니. 느리고 둔한 내 성격이 주원인이지만, 지방 사람에게는 그 날짜 우체국 소인만 있으면 받아주는 것이 합리적인 행정 서비스가 아닌지?

정말 세상사 마음대로 되는 것도 아니었다. 그렇다고 실의에만 잠겨 있을 수도 없었다. 또다시 공부를 하려고 또 저학년을 맡겠다고 하니 이번에는 학교에서 "안 선생은 금년에 5학년을 맡으시오. 그 애들을 6학년까지 이끌어주고 명문중학교에 좀 많이 넣어 학교 명예를 빛내주시오" 했다. 그 당시는 중학교 입시가 치열했고, 명문중학교 합격자 수가 초등학교를 평가하는 기준이었다. 6학년을 맡는 문제는 내년 문제고 저학년을 맡으면 시간이 다소 절약되는 이점도 있지만 기분전환 겸 말귀라도 알아듣는 고학년을 맡아보는 것도 괜찮다 싶어 5학년을 맡았다. 잎서 밀한 교징 딸이 있는 빈이었다. 학생들도 나를 따랐고, 나도 학생들을 듬뿍 사랑했다. 여름에는 강에 가서 같이 멱감고 원두막에 앉아 수박과 참외를 나누어 먹기도 했다. 때로는 학생들이 하숙방에 떼를 지어 와서 집에 갈 생각을 안 했다. 교무실보다도 교실이 더 좋았다. 오늘날 제도권 학교가 무너지고, 자연 학교가 일어나고 있는 데는 나름대로 이유가 있다. 자유분방한 학생들을 옹호할 생각은 없지만 기성세대가 먼저 반성할 일이다.

어쨌거나 그런 과정에서 실낱 같은 진학공부를 했다고 그 이듬해 서울대 시험을 쳤으나(1964년) 떨어졌다. 학생들과 정도 들었고, 명문중학교에 학생을 넣고 싶은 욕심도 생겨서 진학에 대한 고민을 제대로 할 겨를도 없이 6학년을 맡았다. 학생들과 침식을 같이 하면서 젊은 정열을 불태운 결과 좋은 성적을 올릴 수 있었다. 그러나 내 시험은 당연히 떨어졌다. 그 후 학교에서는 계속 6학년을 맡겨 연속 3년을 맡았다. 결과적으로 돈 몇 푼 더 벌고(아마 도시에서 6학년을 세 번 맡았으면 꽤나 벌었을 것이다), 6학년 연속 담임을 맡은 데다 진학 공부를 하느라 또다시 건강을 잃었다. 6학년 담임 3년째 되던 해에는 대학시험에도 자신이 없고, 교직에 대한 싫증은 극도에 다다르고 해서 5급(지금의 9급) 공무원 재정직에 시험을 쳐서 1966년 11월 5일자로 '부산 전신전화국'에 발령이 났다. 당장 가고 싶었으나 중학교 입시를 불과 한 달 앞두고 있는 애들에게 손해를 끼친다고 생각하니 도저히 그럴 수가 없었다. 그래서 1개월 병가를 내고 시험 뒷바라지를 해준 다음 12월 10일자로 전화국에 부임하였다. 비록 중학교 입시도 끝났고 곧 겨울방학에 들어가 다음해 2월이면 졸업할 것이지만, 졸업하는 것을 보지 못하고 떠나려니 마음이 무척 무거웠다. 이왕 떠날 사람이니까 빨리 떠나는 것이 교장, 교감과 주위 사람을 편하게 하는 면도 있었지만 화장실 가서 뭐 닦지 않은 것처럼 개운하지 않았다. 이렇게 칠칠치 못한 선생이지만 그래도 떠난다고 하니 눈물을 흘리면서 이별을 아쉬워하는 여학생도 있었다.

그러나 막상 부임하고 보니 대학에 진학할 기회가 완전히 사라졌다는 생각이 들어 도저히 견딜 수가 없었다. 진학을 더 이상 늦출 수가 없었다. 또 직장을 다니면서는 희망하는 대학에 갈 수 없다는 사실을 둔하게도 늦게야 깨달았다. 서울대가 인생의 전부도 아니고, 올해 떨어지면 2차 대학이라도 가야 되겠다고 생각하고, 1월 10일자로 초등학교와 전화국 둘 다 한꺼번에 사표를 냈다. 앞으로 내 인생이 어떻게 될지 모르지만 엄청난 결단이었다.

인간의 삶은 결정의 연속이다. 인간은 바보, 천치가 아닌 이상 '뷔리당의 나귀'*가 될 수 없다. 누구나 살아가면서 선택과 결정을 하게 되는데, 개인이나 단체의 앞날을 좌지우지할 만큼 중대한 결정이요, 선택하

---

* '뷔리당의 나귀'는 좌우로 같은 거리에, 같은 인력이 있는 풀에 대하여 어느 것을 먹을지 결정을 짓지 못하고, 굶주린 채로 있는 나귀를 말한다. 뷔리당(Jean Buridan:1315~1359)은 프랑스의 스콜라 철학자로, 오캄의 제자이다. 그는 심리적 결정론을 주장했다.

지 않는 쪽을 딱 자르는 용기가 필요한 결정이 결단이다. 결국 인생의 성패는 적절한 시기에 어떤 결단을 하는가에 좌우되는 것이 아닌가 생각된다. 결단을 해야 할 시기에 못하고 우왕좌왕하면 집토끼도 산토끼도 다 놓친다.

결단 행위에는 몇 가지 주의가 필요하다. 첫째는 아집보다 반성적 사유를 하여 보다 많은 사람에게, 보다 광범위하게, 보다 오래 지속할 수 있는 보편적 가치를 추구하기 위해 결단을 하라는 것이다. 둘째는 주변 환경이나 여건을 객관적으로 통찰하고, 주체의 능력을 합리적으로 평가하여 적절한 시기에 결단을 해야 성공할 확률이 높다. 셋째로 결단을 내렸으면 과감하고 강력하게 추진해야 한다. 원래 남의 밥에 든 콩이 더 커보인다고, 어떤 결정을 하고 나면 후회하기 쉽고, 다른 쪽을 선택했으면 더 낫지 않았겠나 하고 생각하기 쉽다. 그러나 어느 길을 택하든 다 장애물이 있고, 고통과 고난이 있기 마련이다. 이런 것들을 잘 극복하고 새로운 환경에 최선을 다해 적응하고 노력해야 한다. 최선을 다하고 '진인사대천명' 하는 것이다. 마지막으로 결단은 안락보다는 모험, 안주보다는 개척, 보수보다는 진보 쪽으로 결정을 하는 것이다. 그래야 개혁과 발전이 있는 것이 아닌가. 안전한 투자보다 위험이 좀 있는 쪽에서 돈을 많이 벌 수 있는 것도 이와 마찬가지이다.(물론 크게 실패할 경우도 있지만.) 그러므로 결단에는 용기가 필요한 것이고, 적절한 시기에 결단을 해야 개인이나 단체의 발전도 가져올 수 있다.

대학을 향한 칠전팔기

아리스토텔레스는《형이상학》첫머리에서 "인간은 본래 알기를 욕구한다"고 말한 바 있다. 공자도《논어》첫머리에서 "배우고 때때로 익히면 또한 기쁘지 않겠는가"고 했다. 과연 일상적인 상식에서부터 고도의 전문적인 지식에 이르기까지 인간의 삶은 앎의 연속이다. 먼저 알아야 행동도 할 수 있다. 따라서 배우고 깨닫는 것은 인간의 특징이요, 인간됨의 출발이다. 그리고 배운다는 것은 깨닫고 본받는 것이니까, 뒷사람은 먼저 깨달은 사람에게 배워야 한다.

중학교에 진학하지 못하고 농사지을 때 배움의 중요성을 깨달았다. 그리고 그때는 배우겠다는 열망 때문이었는지, 지금 생각하면 중학교 다닐 때 제일 공부를 열심히 했다. 20리 길을 오가면서 영어 단어를 외우곤 했다. 고등학교에 들어가서는 덕과 행복의 불일치, 건강 상실, 독재와 사회 부조리, 식민지 역사와 분단이라는 민족의 불행 때문에 순수하게 배움에 열중하지 못했다.

어쨌든 더 배우겠다는 열망과 나 자신의 성장과 국가와 민족을 위해 일하겠다는 포부 아래 두 군데 직장을 그만두고 진학하겠다는 결단을 내렸다. 앞날이 불안했다. 어쨌든 학비는 다음 문제이고 시험이나 붙어야 할 텐데, 서울대에 또 떨어졌다. 당연히 될 줄 알았던 2차에서도 마찬가지였다. 내 실력의 밑천이 완전히 드러난 셈이다. 처음으로 서울에서 학원에 다닐 뜻을 세웠다. 그런데 친구가 야당으로 국회의원에 출마했다. 죽자고 공부만 해도 될까 말까 한데, 친구는 선거운동을 해달라고 하고 정말 진퇴양난이었다. 망설이다가 '내 이익만 차릴 것이 아니라 평화적인 정권교체에 이바지하는 것도 국가를 위하는 길이 아니냐' 하고 선거운동에 투신했지만 결국 실패했다.(1967년 당시 야당이 윤보선 씨를 중심으로 단일화한 것도 선거운동에 투신하게 된 요인이었다.) 승패야 병가지상사(兵家之常事)지만 선거운동 자체에 대해 환멸을 느꼈다.

정말 심신이 피로했다. 나이 서른이 다 된 놈이 직장을 버리고 대학입시 학원을 다니러 서울로 간다? 스스로 생각해도 한심한 일이었다. 그러나 장사나 사업에도 소질이 없고, 이미 내린 결단이라 어찌할 수도 없었다. 옷 가방 하나 챙겨들고 집을 나서는데, '무엇이 어떻게 되었는지, 앞으로 어떻게 될 것인지'도 잘 모르시는 어머님은 그저 자식이 원하는 것이 이루어지기만 비신다. 동네 어귀, 꺾어지는 곳에서 뒤돌아보니 어머님은 아직도 나를 쳐다보고 계셨다.

부산 형님 집을 들렀다가 서울행 완행열차를 탔다. '부산 전신전화국' 사표 제출을 극구 만류하시던 형님의 곱지 않은 눈길이 쉽게 지워지지 않는다. 형님을 인색하다고 원망한 적도 있지만 사실 우리집은 큰형님이 노력하고 절약한 덕분에 절박한 빈곤은 면한 셈이다. 그렇게 생각하니 죄송스럽기도 했다. 또 형님의 눈길을 무시할 만큼 자신이 있는 것도 아니었다. 내 결단이 잘한 것인지, 형님 말씀이 옳았는지 확실한 판단도 서지 않았다. 열차가 대전을 지나 서울에 가까워지니 겁이 나기 시작했다. 서울에 가까운 친척이나 친한 친구들이 있는 것도 아니고, 호주머니가 넉넉한 것도 아니고, 게다가 건강도 좋지 않고······.

서울에 살고 있던 유일한 고향친구의 도움으로 동숭동에 하숙을 정하고 학원에 다녔다. 오랜만에 직장 없이 공부하니까 시간도 많고 해서 건강을 위해 합기도 도장에도 다녔다. 5개월 후 응시했으나 또 떨어졌다. 아찔했다. 정말 하늘이 노란 것 같았다. 처음으로 패배를 자인했다. 직장을 그만둔 것이 후회도 되었다. 몽골의 지배, 일제 식민지, 남북분단, 독재정권 등으로 단련되어온 나의 민족주의와 민주주의 신념도 흔들리기 시작했다. 민족을 위하고 국가에 공헌하는 일은 유능하고 먹을 것도 넉넉한 사람이 할 일이지, 나처럼 무능하고 가난한 놈이 왜 그런 생각을 했는지, 아니 왜 그런 생각이 들었는지 나 자신이 저주스러웠다. 그러나 곧 생각을 달리했다. '액셀을 밟고 핸들만 돌리면 바퀴가 굴러서 차가 움직이는 것 같지만, 내부의 보이지 않는 무수한 부속품들이 서로 움직여서 차가 가는 것이다. 나는 그런 부속품이 되어도 좋다. 힘이 적으면 적은 대로 보태면 되지 않느냐' 하고 스스로를 달랬다. 그래서 마지막으로 한 해만 더 하기로 했다.

또 떨어지면 다시 안 한다는 각오 아래 떨어질 때의 대비책으로 5급 중에는 가장 어렵다는 검찰사무직에 응시하여 합격했다. 마음이 좀 안정되었다. 진학실패의 원인에도 생각이 미쳤다. 좋지 못한 환경도 원인이지만 독학을 하다보니 내 실력을 객관적으로 평가하지 못한 것이 큰 원인이라 생각되었다. 무엇보다도 기초 실력이 턱없이 부족했다. 그래서 수학은 공통수학, 영어는 기초문법과 단어 외우기부터 시작했다. 3개월 지나니까 기초가 잡히는 것 같고 학습능률도 올랐다. 중단했던 합기도장에도 나갔다. 모든 것을 운명에 맡기고 되어도 좋고 안 되어도 좋다고 생각하니 마음이 아주 편했다. 되든 안 되든 마지막 시험이니까 그 지긋지긋한 시험 공부를 안 하게 된다고 생각하니, 시험 날이 빨리 왔으면 하고 기다려지기도 했다. 양심에 부끄럽지 않게 공부한 것 같고, 더 이상 공부한다는 것은 자학이라고 생각했다.

시험 당일 시험지를 받아도 떨리지 않았다. 자신있는 것만 쓰고, 어려운 것은 밀쳐놓았다. 시험 마지막날인 21일에는 서울검찰청에서 인천지청에 근무하라는 통지가 왔다. 1월 25일부터 근무를 시작했는데, 2월 5일에 서울대에서 합격 통지가 왔다. 그것도 최고령 합격(1969년)이었다. 전쟁으로 2년간 학업을 중단했고, 또 고등학교를 졸업한 지 10년이 되었으니 당연한 일이었다. 이틀 후 동아일보 '휴지통'과 당시 대한일보 기자인 구자호 형의 덕택으로 대한일보 3면에 나에 관한 기사가 실리기도 했다.

그러나 합격을 축하하면서도 대학 포기하고 검찰서기직에 있으라는 사림이 다섯 중 셋은 되었다. 이유는 나이가 너무 많고, 돈도 없는 데다 또 검찰서기직이 아주 좋은 직장이라는 것이다. 그러나 나 자신은 이때 그렇게 고민하지 않았다. 돈이고 출세를 떠나서 내가 그렇게 염원해온 대학이요, 10년 동안 목숨을 걸다시피 노력을 했는데 합격하고도 안 간다는 것은 도저히 용납이 안 되었다. 결단이라고 할 것도 없이 당장 사표를 쓰고 오랜만에 고향으로 내려갔다.

지나고 보면 추억도 될 수 있지만, 대학 진학을 위해 10년이라면 아무리 직장을 가지고 있었다 하더라도 너무 길다. 한마디로 내가 너무 우둔하고 고지식했다. 남들은 나를 보고 의지가 강하다고 하지만 사실은 정에 약한 놈이다. 아무리 학교에서 권해도 6학년 담임 3년째는 뿌리쳤어야 했으며, 또 2~3일 후면 시험치러 상경해야 하는데도 친구 결혼식에 우인대표(그 당시 시골서는 결혼식에 우인대표가 가는 것이 관례였다)로 가서 술에 녹초가 되기도 하고, 또 '가는 사람 잡지 않고 오는 사람 막지 않는' 성격이라 처녀들이 놀러 오면 좋아서 어쩔 줄을 모르고. 좀더 모진 마음을 먹고 열심히 공부를 했어야 했는데……. 역시 시험을 앞둔 사람은 너무 휴머니즘을 찾지 말아야 한다. 시험 끝날 때까지는 비인간적이라는 비난을 받더라도 시험 공부에 집중해야 한다. 또 사범교육이 전인교육이라 나처럼 음정도 모르는 인간에게는 교양을 쌓는 데 크게 도움이 되었지만, 역시 대학을 갈 사람은 인문계로 가야 하고, 사범계로 갔으면 교직을 천직으로 삼는 것이 좋을 것 같다. 그래도 내 사주팔자에 대학갈 팔자는 있었나 보다. 칠전팔기 끝에 들어갔으니까. 사주팔자가 무의식적인 자연적 시간의 한 점이라면, 여기에 의식적 자유의지가 얼마나 침투하여 운명이 만들어지는 것일까?

어쨌든 7년 동안 초등학교 교사 생활을 한 것이 아깝기도 하면서 어린 학생들에게 내 젊음의 열정을 불태웠던 것이 보람으로 여겨진다. 오히려 좀더 제자를 사랑하고, 좀더 알뜰하게 가르치지 못한 것이 후회될 뿐이다. 오늘따라 주재화(당시 교감) 선생님 생각이 난다. 버릇없고 인정머리없는 나를 어지간히 이해해주셨는데. 또 칠전팔기 끝에 늦게라도 대학에 갔으면, 그때부터라도 열심히 공부했어야 했는데, 학문과 현실 참여 사이에 갈등을 겪다가 하나도 제대로 못하고 어중이가 되고 말았다. 사실 어떤 때는 학문의 한계나 무기력도 느끼고, 먹고사는 경제의 중요성도 새삼 깨닫고 또 이렇게 늦게 공부해보아야 무슨 결실이 맺어지겠나 하는 회의 속에 스스로 학문을 중단하기도 했다. 지금 생각하면 정말 후회되는 일이다.

3선개헌과 10월유신 : 서울대 학생시절

내가 대학에 입학했을 당시, 초등학교 담임을 맡은 학생 중에 부산대 3학년에 재학중인 학생이 있었다. 나보다 2년 대학선배인 셈이다. 그러니까 나와 같이 대학에 다닌 동문들은 나이로 따지면 초등학교 제자뻘이다. 내 성격도 그렇거니와 나이가 많은 것이 자랑도 아니고 더구나 특별대우를 받을 일은 더더욱 아니어서 같은 학생으로서 같이 공부하고 뛰놀려고 했다. 그런 과정에서 그들이 나를 존중해주면 좋고, 안 해줘도 그만이었다. 나에 대한 호칭도 형, 형님, 선배님, 심지어 아저씨 하는 학생도 있었다. 어쨌든 젊은 친구들과 노니까 신선한 맛도 있고 재미도 있었다.

입학한 지 몇 달 되지 않아 '3선개헌' 문제로 전국이 시끄러워졌다. 나는 그때 두 가지 면에서 크게 놀랐다. 첫째는 박정희 씨 같은 애국자는 이승만 씨의 전철도 있고 해서 권좌 유지를 위한 비애국적·비민주적 개헌은 하지 않을 것이라고 생각했는데 그것이 빗나간 것이고, 둘째는 개헌지지 세력이 의외로 많다는 것이었다. 옳고 그름을 떠나 무조건 권력을 추종하고 권력을 추구하는 군상들에게 서글픔을 금할 수 없었다. 또 현실의 부조리나 개혁 등에 대해 옳고 그름을 제대로 분석해주고 올바른 행동을 제시해주는 교수도 드물었고, 일방적으로 시위를 막는 데만 급급한 보직교수들을 보고 실망을 했다. 개헌을 반대한다고 시위도 하고 농성도 했으나 학생시위로 해결될 문제가 아니었다. 또 시위가 전반적으로 일어나면 휴교령을 내리니 어찌할 수도 없었다. 마땅히 부결되어야 할 사안이 국회에서 가결되었으니 개헌반대는 실질적으로 끝난 셈이었다.

개헌안이 통과되어 대통령을 한 번 더 할 수는 있었지만 박정희 정권은 이로 인해 불신을 받게 되었다. 그 후로 교련반대, 전태일 분신사건, 부정선거 규탄 등 크고 작은 시위가 끊이지 않았다. 철학과 모 교수님이 "자네는 나이도 많은 주제에 공부는 안 하고 대학에 시위하러 들어왔나?" 하고 핀잔을 줄 정도로 시위에 참여했으나 시위로 모든 것이 해결될 것 같지 않았다. 또 대학 밖에서 막연히 생각했던 철학에 대한 기대감이 학교 안에서 채워지지 않았다. 형이상학적인 문제들, 예를 들면 '우주의 근원이 무엇이냐, 신은 있는가, 죽은 후에 영혼이 있는가'라는 문제들은 대학에서 철학공부 좀 한다고 해서 알 수 있는 문제도 아니었다. 그것도 모르고 나는 이런 문제에 대해 명증성(明證性)을 요구하다 그것이 불가능함을 깨닫고 철학에 실망했으니 내가 철학을 몰라도 한참 몰랐던 것이다. 마르크스(Karl Marx)가 《포이어바흐에 관한 테제(*Thesen über Feuerbach*)》에서 "이제까지 철학자들은 다양하게 세계를 해석해왔을 뿐이다. 문제는 세계를 변화시키는 데 있다"라고 했는데 대학에서의 철학공부가 현실개혁에 대한 나의 갈구를 채워주지는 못했다.

그렇다고 학생운동이 나의 기대감을 채워주는 것도 아니었다. 개헌안은 비록 통과되었지만 민주화 운동은 포기할 수 없어 개헌반대운동을 한 학생들이 주동이 되어 '후진사회연구회'를 만들었으나 시위나 농성도 쉬운 일이 아니었으며, 명색이 민주화하자는 단체인데도 임원진의 비민주적 권위주의에 실망도 적지 않았다. 학생들의 구호도 어떤 것은 너무 과격하고, 어떤 것은 거부감이 갔다. "부익부, 빈익빈"이란 구호가 자주 등장했고, "농촌은 기아선상에서 허덕인다"라고 주장했는데, 나 자신 시골 출신이라 방학에 시골에 가보면 분명히 옛날보다 살기가 나아지고 있었다. 그러니까 당시 실상은 기왕의 부자는 빠른 속도로 더 부자가 됐고, 기왕의 가난한 자는 더딘 속도로 가난을 벗어나는 상황이었다. 부의 상대적 격차는 더 컸을지라도 모든 국민의 물질적 생활은 빠른 속도로 향상되고 있었다. 그러나 이러한 학생들의 좀 과격한 주장도, 정부가 3선개헌으로 도덕성을 잃음으로써 일어난 당연한 현상이었다. 흔히 권력을 가진 자는 도덕성을 우습게 보는데 도덕성을 잃으면 그 정권은 결코 오래가지 못하며 도덕성이 뒷받침되지 않으면 경제도 지속적으로 발전힐 수 없다. 잎으로는 어띤 정부도 힘, 논리, 법보다 도덕성, 공정성, 연대성을 앞세워야 국민의 신뢰와 지지를 받을 것이다.

어쨌든 공부가 그렇게 재미있는 것도 아니고, 학생운동이 매력있는 것도 아니고, 건강도 좋지 않고, 아르바이트도 해야 하고……. 이래저래 어느 것 하나 제대로 못하고 빌빌거리고 있었다. 그러던 차 학교에서 나이도 많고 해서 '한일친선 학생교류단'에 추천을 했다며 일본에 갔다오라고 하였다. '학생운동 저지용'이라는 냄새가 풍겼지만, 외국에 한번 가보고 싶었고 또 일본에 계시는 숙부님도 꼭 뵙고 싶었기 때문에 가기로 했다.

숙부님은 조총련에 가입해 있었기 때문에 그 당시는 아무리 한국에 오고 싶어도 올 수가 없었다. 또 그때까지 우리 집안에 그 누구도 외국에 갔다온 사람이 없었다. 해방되기 직전 숙부님이 잠깐 한국에 왔다가셨기 때문에 숙부님에 대한 기억은 아련했지만 분단상황이 핏줄을 가로막고 있다고 생각하니 숙부님을 더 만나고 싶었다. 집안의 어떤 어른은 '일본 가더라도 숙부를 만나지 않는 것이 신상에 좋지 않겠느냐'고

하셨지만, 나는 '내가 숙부님을 만나지 않을 것 같으면 일본 갈 필요도 없는 것이요, 내 핏줄을 만나는 것이 무슨 죄가 되느냐. 그로 인해 내가 어떤 고통을 받더라도 후회하지 않겠다'면서 일본 가서 숙부님을 거리낌없이 만났다(1971년). 정말 그 당시로서는 극적인 상황이었다. 약 열흘 동안 있으면서 네 번이나 만났다. 네번째 만난 자리에서 숙모님께서는 '우리가 만났다고 한국 가서 네가 고초를 당하면 내가 피를 토하고 죽을 것이다' 하면서 오히려 나보고 만나는 것을 자제하라고 하셨다. 역시 피는 물보다 진했고, 남한 피나 북한 피나 조총련 피나 민단 피나 본질적으로 같다는 것을 알았다. 할아버님이 94세까지 장수하셨는데, 숙부님은 그렇게 오고 싶어하던 고국을 할아버지 생전은커녕, 사후 무덤에도 와 보시지 못하고 5년 전에 돌아가셨다.

일본 갔다와서 6개월쯤 지난 후 수업 마치고 나오는데 군인 두 사람이 나를 보안사(지금의 기무사)로 연행해가더니 몇 시간 동안 일본서 숙부님 만난 것에 대해 취조를 했다. 곤봉으로 어깨를 두 번 맞아가며 나는 사실대로 말했고, 자기들은 내가 북한과 무슨 접선이 있는가 의심했지만, 없는 사실을 만들어내지는 않았다. '앞으로 학생운동만 과격하게 하지 않으면 이 일로 당신에게 불이익은 가지 않을 것이다' 하면서 나를 보내주었다. 일본 갈 때만 해도 '내가 보내달라고 요구한 것도 아니고, 비밀리에 갔다오는 것도 아니고, 무슨 조건이 붙은 것도 아니니까, 내가 갔다와서 시위 못할 것도 없다'라고 생각했는데 막상 갔다와서 시위할 의욕이 조금 줄어든 것도 사실이었다. 그렇다고 시위하지 말라는 어떤 압력을 받은 것은 아니다. 뭔가 억울하다는 분함이 조금 삭은 것은 사실이다. 그러고 보면 나라는 인간도 어지간히 이기적이고 모순된 동물인가 보다.

지금 와서 생각하니 일본 간 것은 분명히 잘못이었다. 우리 속담에

"오얏나무 밑에서는 갓을 바로하지 말라(李下不整冠)"라고 했는데 시위방지용이라는 냄새가 풍겼는데도 갔으니까 결국 내가 이용당한 셈이다. 그러나 숙부모님을 뵙고 올 수 있었고, 또 숙부님은 북한 가서 살고 있는 사촌누이 동생 때문인지 한국에 오지 않았기 때문에 내 개인은 그렇게 후회되지 않는다. 지난번 50년 만의 이산가족 상봉을 보고, 어떻게 저런 끔찍한 단절이 있었는지 또 저런 참혹한 고통을 겪으면서 어떻게 50년을 참아왔는지, 저런 비인간적인 비극을 만들어낸 원흉은 누구인지 등을 한참 생각해봤다. 기쁨에 앞서 분함과 억울함을, 또 우리 역사에 대해 부끄러움을 느꼈다. 그분들에 비하면 나는 행운아였으며, 이산가족의 고통에 동참하지 못한 것이 그분들께 죄스러웠다.

시간이 갈수록 정부와 학생 사이의 적대감이 고조되어갔나. 나는 선동이나 주동은 하지 않았으나 시위에는 열심히 참여하였다. 결국 박정희 정권은 격렬한 교련반대 시위 후, 학생시위의 씨를 말리려는 듯 휴교령을 내리고 운동하던 친구들을 제적하거나 강제 입대시키고, 수배하고 투옥하는 등 강경책을 썼다. 나는 이때 두 가지 극적인 운명을 겪었다. 하나는 극적으로 제적을 면한 것이다. 그때 '학생운동 서클' 회장은 시위를 했건 안 했건 무조건 제적을 시켰는데, 나는 2학년 한 해 동안 '후진사회연구회' 회장을 하다가 그만두었는데, 그만두고 나니까 그런 일이 벌어진 것이다.

또 하나는 그때 면목동에서 중학생 가정교사를 하고 있었는데 기대한 만큼 학생의 성적이 향상되지 않는 데다, 시국에 대해 불길한 예감이 들어 가정교사를 그만두고 홍릉으로 이사를 했다. 이사한 지 사흘 만에 휴교령이 내린 것이다. 나는 아무렇지도 않게 이사한 하숙집에서 생활하고 있었다. 그때 마침 영남 국토건설국에 있는 중형이 서울서 연수를 받고 있었는데, 치안국 형사가 와서 가정교사로 있던 집에도 함께

갔다왔다고 하시면서 "하숙집에서 나가지 말고 집안에만 있으라"고 하
셨다. 뒤에 알고 보니 시골 본가는 물론 누님 댁, 고모님 댁까지 나를 찾
으러 형사가 왔다갔다는 것이다. 사실 나는 이사 때문에 운좋게 아무런
힘도 들지 않고 아무런 고통도 받지 않고 피신을 한 셈이다. 하숙집 옆
에 홍릉파출소가 있었는데 그 앞을 여러 번 지나쳐도 '누구냐'고 묻지
않았다. 나는 그때 우리나라 '수사공조체제'가 엉망이라고 생각했다.

한달 가량 있다가 휴교령이 해제되었고 곧 기말고사에 들어가 겨울
방학이 되었다. 가까운 운동권 학생들이 입대하거나 제적이 되고 보니
고독했다. 학생과 직원들이나 보직교수들도 전과는 달리 나를 백안시
하는 것이었다. 처음으로 철학책도 좀 보고 되지도 않는 독일어 공부도
했다. 곧 4학년이 되니까 취직 걱정도 하게 되었다. 나이도 나이고, 가
정형편도 그렇고 해서, 우선 학문이나 다른 이상을 품기에 앞서 취직을
하여 먹고살아야 했다. 제일 가고 싶은 곳이 언론계였으나 나이가 초과
되어 원서를 낼 수 없었다. 대부분의 회사도 30세 이하로 제한하고 있
었다. "배움에는 끝이 없고 나이가 문제되지 않는다"는 말도, "나이가
많으니까 대학을 포기하고 직장으로 가라"라는 말도 다 일리가 있는 것
이었다.

비록 독재국가라 해도 국가에서 보는 시험이 연령에 있어서 가장 너
그러웠다. 당시 행정고시는 40세까지 응시자격이 있었다. 철학을 제대
로 하기 위해서도 다방면의 공부가 필요하고 또 행정고시를 의식해서
헌법, 정치학, 경제원론, 민법, 행정학 책을 사서 보기도 했다.

그럭저럭 공부를 좀 하면서 지내고 있는데 10월유신이 선포되었다.
아하, 그렇구나! 권력을 쥐고 있는 사람은 힘이 있는 한, 어떤 일이 있
어도 권력을 놓지 않으려고 하는 것이 권력의 속성이구나! 역시 나는
순진하고 어리석었구나. 세 차례나 대통령을 한 것도 부족해서 죽을 때

까지 하려고 하다니. 애국, 애국도 그렇다. 자기가 애국하는 것은 좋지만 남에게 애국할 기회를 주는 것도 더 멋지지 않은가. 더구나 다른 사람의 애국할 기회를 막는 것은 아주 나쁘다. 박정희란 사람은 아주 잔인하다. 같이 목숨 걸고 혁명을 했는데, 야당에게 주기 싫으면 김종필 씨에게라도 넘겨주려고 해야지 인간으로서 어쩜 그렇게 잔인할 수 있는가! 좀 과격하다고 생각한 학생들의 구호는 아주 정당했으며, 좀더 과감하게 투쟁하지 못한 것이 후회되었다. 박정희 씨에게 두 번이나 크게 속임을 당한 내가 바보였다. 나보다 열 살이나 어린 학생들이 나보다 훨씬 똑똑하고 현명했구나 하는 생각이 들었다.

사족이지만 '박정희 기념관'을 짓는다니 말도 안 되는 소리이다. 설사 그가 경제를 좀 발전시켰다 하더라도 그로 인한 윤리, 도덕의 파괴, 민주주의 후퇴, 인권탄압 등을 고려하면 그는 공보다 과가 많은 사람이다. 그는 권력의 화신(化身)이지 정상적인 사람이라 할 수 없다. 경제도 그렇다. 그 당시 양질의 노동력, 국민의 의식수준 변화, 미국의 극동정책 변화 등을 감안하면 누가 대통령이 되었다 하더라도 경제는 발전하기 마련이었고, 그것도 온 국민이 노력해서 발전한 것이지 그 혼자 힘으로 된 것이 아니었다. 경제도 도덕성의 뒷받침이 없으니까 그 뒤 지속적으로 발전할 수도 없었다. 오히려 독재로 인한 정경유착, 과잉투자 등으로 그 부작용이 현재까지도 우리 경제의 발목을 잡고 있다.

또다시 정신이 번쩍 들었다. 일시적이나마 행정고시를 의식한 것이 부끄러웠다. 그러나 취직은 절대 명제였다. 처음에는 교직이 싫었다. 선생하기 싫어 대학간 놈이 졸업을 하고도 선생을 한다? 또 그 당시 서울 문리대 나온 사람에게 교사는 거의 최하위직이었다. 그러나 이병철 씨나 정주영 씨 같은 사람이 나 같은 놈보고 오라고 할 리도 만무했다. 조그마한 중소기업에는 갈 수 있었으나 이보다 월급은 좀 적더라도 배운 도적질이고, 나이 제한도 느슨하고, 시간적 여유도 있고 해서 그나마 삶의 의미와 가치를 다루는 고등학교 교사를 택했다. 자존심이 좀 상했지만 자존심이 밥 먹여주는 것도 아니고, 택하고 보니 잘했다는 생각이 들었다. 유신 덕택이었다. 민주화 투쟁도 단기적으로 어떤 결판을 낼 문제가 아니고 장기적으로 죽을 때까지 계속해야 된다고 어렴풋이 생각했다. 그러나 뭔가 아쉬운 마음도 들고 또 외우 백종현 형의 권유도 있고 해서 학문을 하겠다는 뚜렷한 생각도 없이 대학원에 적을 두고 1년 휴학했다. 1973년의 일이다.

이철과 제정구

만 20세에 첫 직장을 가져(빠른 친구는 18세) 남들이 부러워했는데 그 뒤, 6년 간이나 직장도 없이 헤맸다. 그러다가 다시 직장을 가져 사회인이 되고 보니 그때까지 모른 칙하고 있던 친인척들의 길흉사, 동창회, 향우회 등 찾아갈 곳도, 찾아오는 사람도 많아졌다. 또 여기저기서 중매도 들어왔다. 역시 직장이란 무서운 것이었고, 사람들은 가능성보다는 현실성을 더 중요시하는 것 같았다. 나는 우선 그동안 어머님께 마음고생을 시켜드린 것이 죄스럽고 또 어머님과 너무 적조해 있었기 때문에 그저 같이 있고 싶었다. 그래서 신촌에 방을 하나 얻어서 어머님과 같이 생활을 했다. 내가 모셨다기보다는 밥이고 빨래고 어머님이 다 하셨다. 어머님께서도 고생은 되어도 나와 같이 있는 것을 좋아하셨다.

두번째 월급을 받고 나서 운동권 선후배들과 소주를 한잔 나누었다. 2차는 자기들이 내겠다면서 가자는 것을 다른 일이 있어서 사양을 하니까, 고 제정구 형이 "형님, 그러시면 중매 안 해줍니다" 하는 것이 아닌가! 좀 뜻밖이라 놀랍기도 했지만 '농담이겠지' 하고 잊어버렸다. 그런데 열흘 정도 지난 후 제정구 형으로부터 전화가 왔다. 몇 날, 몇 시, 명동 ○○다방으로 나와서 선을 보라는 것이었다. 담담한 마음으로 나갔다. 가서 보니 처녀가 아주 예뻤다. 대학 출신에다가 아버님이 의사로

계시고, 집안도 우리보다는 훨씬 나았다. 나는 선선히 응낙했는데 그 뒤 제형 말에 의하면 처녀 쪽에서 망설인다는 것이었다. 그러면서 자기가 되도록 노력을 할 테니까 나보고 좀 기다리라고 했다. 그리고 2주쯤 있으니까 이번에는 이철 형이 학교로 나를 찾아왔다. 식사를 하면서 이런저런 이야기 끝에 부산에 좋은 처녀가 있는데 서울 본사에 오면 나에게 선을 보이겠다는 것이다. 한달쯤 후에 이형으로부터 연락이 와서 선을 보았는데 이번에도 처녀가 시원하게 생기고 마음에 들었다. 그런데 헤어질 때 이 바보 멍청이가 서울역까지 배웅도 안 해주고 전화번호도 물어보지 않았으니.

숫기가 없어서 그랬는지 그 뒤에라도 이철 형에게 연락해서 처녀 전화번호도 알려 하지 않고, 감나무 밑에 드러누워 입 벌리고 감 떨어지기만 기다리는 격으로 제형, 이형으로부터 연락오기만 기다리고 있었다. 서너 달은 족히 흘렀던 것 같다. 나도 조바심이 나서 이래서는 안 되겠다 싶어 이철 형에게 연락을 취하려는데 '민청학련' 사건이 터져 제형은 구속되고 이형은 수배되었다. 정말 어안이 벙벙했다. 하필 노총각 장가가려고 하는데 그렇게 되니까 부아가 났다. 한편으로 저자들은 저렇게 목숨 걸고 민주화 투쟁을 하는데 나는 결혼할 생각이나 하고 있었으니 부끄럽고 미안했다.

기분도 그렇고 해서 결혼은 당분간 보류하고 다음해에 대학원을 다니려면 야간고로 옮기는 것이 편리할 것 같아 야간고 물색에 나섰다. 다행히 경성고에 같이 있던 한성교 선배님의 도움으로 한영고에 갈 수 있었다. 경성고에서는 담임을 맡지 않아 학생들과 깊은 인연을 맺지 못했으나 1학년 반장들 예닐곱 명이 나의 집에 찾아와서 "1학년 모 담임이 자기 반 반장이 촌놈 같아서 소풍가서도 선생 대접 제대로 못한다고 하시면서 ○○ 반장을 계속 바보 취급하는데 이것을 어떻게 해야 합니까?” 하고 호소했을 때, 같은 선생 입장에서 참으로 난감한 일이었다. 2년 후 내가 결혼했을 때 그 친구들이 모두 왔었다. 오래되어서 이름도 기억이 잘 나지 않는다. 장원섭, 황희만, 홍성문(?) …… 등등. 지금 어디서 무엇을 하고 있는지 궁금하고 보고 싶다.

한영고에 와서 한달쯤 된 어느 날 수업을 마치고 교무실로 들어가니까 건장한 30대 후반의 청년 두 사람이 나에게 인사를 했다. 함안 향우회 총무를 맡고 있다고 하면서 향우회 일로 의논을 좀 하고 싶어서 왔다는 것이다. 좀 이상한 예감이 들었으나 “그럽시다” 하고 퇴근을 했다. 교문을 막 벗어나자 두 사람이 양쪽에서 내 팔과 어깨를 움켜잡으면서 자기들이 주차해놓은 지프차로 끌고갔다. 무조건 “차를 타고 우리 집으로 가자”는 것이었다. “왜 이러느냐?”고 했더니 “우리들은 이철이를 잡으러 왔다. 당신이 이철이하고 친하니까 당신 집에 이철이를 숨겨두었는지 수색을 하겠다”는 것이었다. 마음대로 하라고 했다. 지은 죄가 없으니까 아무 두려움도 없었다. 그때 어머니는 설 쇠러 시골에 가 계시고 나 혼자 행당동에서 자취를 하고 있었다. 어머님이 계시지 않은 것이 천만다행이었다. 샅샅이 찾아보았으나 홍길동도 아닌 이철이 나올 리가 없었다. 이철이 없는 것을 확인하고는 조사할 것이 있으니 청량리 경찰서로 가자고 했다. 서에 가서 “철이가 어디 있느냐, 언제 만났느냐, 언제 전화했느냐, 만나서 돈을 얼마나 주었느냐” 하고 밤새도록 신문을 하는 것이었다.

아무리 신문해보아야 나하고는 아무런 접촉이 없다는 것을 알고 아침에 집에 가도 좋다고 하면서 형사 한 사람이 “당신 내일이라도 이철이를 만나면 어떻게 하겠소?” 하고 물었다. “자수를 권하겠소.” “자수하지 않으면?” “안 하면 그만이지.” “뭐? 소위 공무원이 되어가지고 안 하면 그만이라고!” 철썩. “자수 안 하겠다는 사람을 내가 어떻게 한다 말이오?” 철썩. “자수 안 하겠다 하면 국가를 위해서 철이가 어디 있다고 우리에게 신고를 하는 것이 교육자의 도리 아니오?” “…….” “이 사람 이거 안 되겠어. 교육청에 보고를 하여 파면을 시켜야지.” “신고하겠소.” “처음부터 그렇게 나오셔야지요. 손찌검을 해서 미안하오. 철이 만나면 꼭 신고를 해주시오.” 경찰서를 걸어나오면서 엄청난 모멸감을 느꼈다. 국가가 무엇인지? 국가기관이란 것이 그렇게도 권력이 센지? 개인 인권을 그렇게 짓밟아도 좋은지?

그 이듬해(1975년) 결혼 날짜를 잡고 나니 제형과 이형이 다 석방되어 나왔다. 결혼 날짜를 잡지 않고, 그때 그 사람들이 처녀로 있었으면 어떻게 되었을지 모른다. 다 운명이라 생각하고 지나갈 수밖에. 아무튼 결혼이 성사되고 안 되고를 떠나서 돈도 없고, 나이는 많고, 별볼일 없는 나의 중매를 서준 데 대해 제형과 이형에게 참으로 고마움을 느낀다. 세월이 흘러 금배지를 단 여러 친구들도 있지만 정치인 중에서 순수하고 인간미가 있어서 내가 좋아한 사람이 제정구, 이철, 유인태, 안양로인데 네 사람 모두 왜 잘 안 되는지? 순수하고 비판적인 사람은 아직도 우리 정치 풍토에서는 살아남지 못하는지? 특히 제정구 형은 내가 미국에 교환교수로 가 있을 때 타계했기 때문에 장례식에도 참석하지 못했다. 고인과 유가족들께 사죄를 드린다.

얼마 후 한영고에서 다시 동양공고로 학교를 옮겼다. 동양공고에 와서는 난생 처음으로 버거운 교무주임이라는 감투를 썼다. 야간이라 교장, 교감은 주야간을 겸하고 있었기 때문에 그들이 일찍 퇴근하고 나면 내가 제일 우두머리였다. 그때 선생님들하고 참 재미있게 지냈다. 그때 동양공고는 흑석동 산등성이에 있었는데 더운 여름 수업하고 본동에 내려와서 선생님들과 함께 마신 시원한 생맥주 맛은 지금도 잊을 수가 없다. 박석준, 양길환, 안석근, 류동규, 동양공전의 임덕수, 최삼영, 이

재오 선생님들도 잊을 수 없고 ……. 맥주집 여주인의 인상도 지워지지 않는다. 사람이 얌전하고 경우가 밝았다.

밥그릇 날아갈까봐 지은 죄가 없는데도 국가권력이 내 인권을 짓밟은 데 대해 아무런 항의도 못하면서 학생들 앞에서 민주주의가 어떻고 인권이 어떻고 하면서 가르치려니 부끄럽기도 하고 비애감이 들었으나 힘없고, 비겁한 나로서는 참는 수밖에 없었다. 그리고 내 경우는 아주 경미한 것이었다. 그 당시 유신체제하에서 가혹한 고문을 당하여 얼마나 많은 사람이 병신이 되거나 죽기까지 했는가! 정말 그분들께 무릎 꿇고 사죄를 드린다.

정말 인권은 인간이 날 때부터 타고난 '신성불가침의 권리'라고 명시한 프랑스의 '인권선언'이나 미국의 헌법성신을 이해할 섯 같다. 법률을 위반하지 않는 한, 남의 권리를 침해하지 않는 한, 개인은 물론 국가라도 개인의 인권을 침해해서는 안 된다. 요사이 인권법 때문에 진통을 겪고 있는데, 하루 빨리 인권법을 올바르게 제정해야 한다. 그리고 인권보장이야말로 민주정치의 지표이다. 인권이 보장되지 않으면, 그 국가는 민주주의 국가가 아니다. 왜냐하면 민주주의의 근본이념이 인간존중이요, 인권보장이니까. 인권을 침해당하지 않고 영구히 보존하기 위해서는 민주복지국가를 넘어선 다음에는 국가권력을 축소하고, 자치와 분권화를 확대해야 한다.

어중이 철학자

직장을 다니면서 대학원을 다녔다. 직장생활로 바쁘기도 했지만 학문에 확고한 뜻이 없어서 그랬는지 사실 학문에 발을 푹 담그지 못했다. 이따금 회의가 들기도 했지만 어떤 때는 학문의 필요성을 느끼기도 했다. 명증성이 불가능한 문제도 연구를 좀 하니까 이해도가 깊어지고 어떤 것은 의심이 풀리기도 했다. 자의 반, 타의 반 공부하다가 3년 반 만에 석사학위를 받았다(1976년 8월). 대학원을 졸업하니 고교 교감이나 전문대 교수가 될 가능성이 비쳤다. 공부는 제대로 못했어도 학문에 미련을 버리지 못했는지 전문대 교수를 택했다. 전문대로 옮기니까 조·종례가 없고, 사무 볼 일도 없고, 시간적 여유가 있어서 좋았다. 슬그머니 박사과정을 밟고 싶다는 욕심도 들었다. 잘하면 4년제 대학의 교수가 될 수도 있지 않을까 하는 생각도 났다. 박사과정 입학에 처음 실패한 후 1년 동안 시간이 나면 서울대에 가서 청강을 했다. 박사과정 시험도 역시 현역이 유리하고 졸업한 지 오래된 예비역은 까먹은 것도 많이 있지만 정보가 어두워서 불리했다. 정보란 현장 주위를 맴돌면 의식적으로나 무의식적으로나 다소 얻게 마련이다. 대학입학 정원 확대로 교수 수요가 높아지자 박사과정도 경쟁이 치열해지고 있었다. 두번째 응시할 때는 나보다 나이 많은 분이 한 분, 동갑이 한 분, 서너 살 적은 이가 한 사람, 그러니까 고령자가 네 사람이나 되었다. 최고령이신 분은 외국어 실력이 아주 뛰어나다고 했다. 대학을 들어갈 때는 내가 최고령자였는데, 이번에는 설사 합격한다 해도 최고령자는 아니겠구나 생각했는데 막상 뚜껑을 열고 보니 내 나이가 가장 많았다(1981년). 1년간 학교 주변을 맴돌면서 청강한 덕이었다. 박사과정에 들어가니까 지방대학 여기저기서 연락이 왔는데도 가지 않았다. 우여곡절(?) 끝에 1984년 경기대 교수가 되었다.

이듬해 백종현(당시 독일 유학중) 동문의 도움으로 학위논문 자료 수집차 독일에 갔다 왔다. 그러나 호사다마(好事多魔)라 할까? 독일에 체류하고 있을 때 처가 위암 수술을 받았다. 본인은 몇 달 전부터 몸에 이상을 느꼈으나 독일 가는 데 지장있을까봐 내색하지 않았던 것이다. 나를 독일로 보낸 후 바로 병원으로 갔는데, 수술을 빨리 해야 한다고 해서 수술을 받은 것이다. 내 고달픈 인생을 내가 제대로 추스르지 못하니까 처가 대신해주다가 자기가 먼저 쓰러진 것이다. 정말 세상사 마음대로 되는 것이 아니었다. 글자 그대로 불알만 차고 결혼했으나 마누라 덕택(처가 약사였고 당시 약국을 경영했다)에 조금 살 만하니까 그런 일이 일어난 것이다. 독일에 70일 체류할 예정을 했는데 자료 수집을 대충 하고 40일 만에 귀국했다.

이때부터라도 처를 잘 보살폈어야 했는데 무뚝뚝한 성격에다가 논문도 써야 했고 곧이어 논문제출 자격시험 준비하느라고 그러지도 못했다. 그리고 86년 봄부터는 대통령 간선제를 폐지하고 직선제를 하자는 운동이 고려대 서명교수들을 필두로 각 대학에서 일어나기 시작했다. 처가 수술을 하여 드러누워 있고 애들이 어린 것이 부담스러웠으나 당연히 해야 할 일이고, 또 유신체제하에서 투옥되거나 사형언도를 받은 사람을 생각하면 죄스러워서도 가만히 있을 수 없었다. 경기대 1차 서명교수에 참여하고 또 전국대학 연합서명, 경기대 2차 서명까지 모두 참여했다. 1차 서명을 한 그날 저녁에 명단이 난 신문을 처에게 보여주면서 "당신을 제대로 보살피지도 못하는 주제에 미안하오" 했더니 처는 오히려 담담한 표정으로 "잘했어요. 교수직을 그만둔다고 해서 굶어 죽겠어요? 옳은 일이라면 소신대로 하세요" 한다. 처음으로 처의 손을 꼬옥 잡아주었다. 전국대학교수연합 서명 때는 "밥그릇 날아갈 일 아니냐"고 생각했는데 무사했다. 강경 투쟁을 안 해서 그리된 것이지만 "투옥되거나 밥그릇 날아가는 것도 쉬운 일이 아니구나, 그것도 팔자에 있어야 하나?" 하고 쓴웃음을 지어보았다.

암이란 어쩔 수 없는 것인지, 내 간호가 부실했던지 처는 87년 11월 3일 그렇게도 애지중지 기르고 사랑했던 자식 남매를 두고 눈을 감았다. 그때 큰애가 초등학교 6학년, 작은애가 5학년이었다.

정말 나라는 인간도 팔자가 세기는 어지간히 센가 보다. 서른여덟 살, 늦게야 결혼했는데 10년 남짓 살다가 처가 돌아가다니. 내가 마누라 속을 너무 태워서 그렇게 되었을까. 왜 좀더 따뜻하게 대해주고 자상하게 배려하지 못했을까? 슬픔도 슬픔이려니와 어린 자식들 데리고 살아갈 일이 정말 막막했다. 지금까지 나는 월급만 갖다주면 남편 의무 다한 양, 가정이 어떻게 돌아가는지도 몰랐고 관심도 두지 않았다. 또 그만큼 처가 가정을 잘 꾸려왔던 것이다. 항상 '아이들은 마누라 차지다' 하고 생각했는데 그런 나쁜 생각에 대한 천벌인지 이제 내 차지가 되니 정말 정신을 바짝 차리지 않을 수 없었다. 좋으나 궂으나, 죽이 되든 밥이 되든 이제는 애 둘하고 이 가정을 내가 꾸려가야 한다는 각오를 단단히했다. 형수나 애들 이모가 살림을 좀 살아주겠다는 것도 거절하고 가정부를 두었다. 교수 월급에 가정부를 두게 되니 생활이 빠듯할 수밖에 없었다. 그렇다고 박사학위를 포기할 수도 없었다. 안간힘을 써서 89

년에 학위를 받았다.

실력이야 어찌 되었건 철학교수요, 박사다. 박사라면 자기 전공 분야에는 심오한 경지까지 들어가서 그 분야를 통달했을 것이라고 일반적으로 생각한다. 따라서 나는 철학박사 소리를 듣는 것이 심히 부끄럽고 부담스럽다. 순수한 학문적인 면에서 내 양심에 따른다면 박사학위를 반납해야 할 것이다. 그런 용기도 없는 속물이다. 또 실제로 나는 다른 사람에게 내가 연구한 사상이야말로 참된 진리요, 가치있는 것이라고 어깨에 힘을 주고 목청을 높여가면서 전달할 것도 없다. 어디서나 공동체의 화목과 결속을 위해 가능한 한 합리적 사고를 하고, 내가 알고 있고 옳다고 인식한 바를 실천에 옮기면서 살아갈 뿐이다. 그리고 사실 박사학위는 어떤 분야에 통달했다는 것이 아니고 스스로 학문 연구를 할 수 있다는 능력에 대한 증명서에 불과하다.

결론적으로 나는 머리가 쑤시도록 공부를 한 것도 아니고, 뼈가 부러지도록 현실 참여(시위)를 한 것도 아니고 양쪽 다 조금씩 했던, 따라서 하나도 제대로 못한 어중이다. 어중이는 양쪽 모두에게 크게 환영을 받지 못하지만 양쪽 모두에게 협조를 받는, 또 양쪽 모두를 이해할 수 있다는 이점도 있다. 철학을 생계수단으로 삼는 것은 바람직하지 않다고 강단 철학을 비판해온 나이지만, 달리 생계수단이 없는 나로서는 어쩔 수도 없었다. 지금 돌이켜보면 내가 철학교수가 될 수 있도록 도와준 철학계 모든 선생님과 선후배, 동료들께 감사할 따름이다. 고 최재희, 차인석 지도교수님을 비롯하여 또 학생운동을 같이했던 여러 학형들, 특히 65학번부터 69학번 중 서울 문리대 운동권들의 모임인 "문우회(文友會)" 회원들과의 끊임없는 교유와 협조도 큰 힘이 되고 있다. 오히려 인간적 교류에 있어서는 운동권 출신들과 더 가깝다.

역시 인간에게는 성격이라는 것이 참 무서운 것 같다. 나는 학문과 현실 참여에만 어중이가 아니라 평소 취미생활에서도 어중이다. 무엇 하나 제대로 하는 것이 없다. 그러나 조금씩은 다 한다. 그래서 누가 테니스 치자고 하면 테니스 치고, 바둑 두자고 하면 바둑 두고, 등산가자고 하면 등산도 가고, 또 고스톱 치자고 하면 그것도 한다. 나는 나이나 학력을 초월해서 누구하고나 사귄다. 음식도 사람 먹는 것이면 다 먹는다. 어찌 보면 아주 교양인 같다. 어느 선배가 '불광불급(不狂不及)'이라고 어느 한 곳에 미치지 않으면 미치지 못한다고 했는데 나는 어느 한 곳에 미치지 못해 아무것도 이루지 못한 것일까? 어느 한 곳에 미치지 못하니까 어느 한 분야에 집중하지 못하는 것이 나의 큰 약점이다. 대학 진학이 늦어진 것도, 현실 참여와 학문 사이를 방황한 것도 이런 성격 탓이다.

또 내가 어중이가 된 것은 어떤 잘못이 있으면 적군이나 아군을 가리지 않고 비판하기 때문에 그로 인해 '왕따'를 잘 당한 데도 원인이 있다. 단 예외인 곳은 이익 단체나 권력 단체가 아닌 순수한 인간적인 친목 단체뿐이다. 여기서는 비교적 환영을 받는 편이다. 정말이지 대외적으로 민주화 투쟁을 하면서 대내적으로는 비민주적 운영을 하며 주도권을 잡으려고 패거리 작태를 일삼는 민주화 단체에 환멸도 많이 느꼈다. 그들에게 비판을 하면, "너는 우리가 아니다"라고 따돌리는 것이다. 민주화가 된 지 10년이 다 되어가는데도 보수반동 세력이 득세를 하는 그 이유가 어디에 있는가! 물론 그들이 악착같이 기득권을 놓지 않으려고 하는 데도 이유가 있지만, 민주화 세력의 분열, 그리고 분열된 뒤 서로 주도권을 잡으려고 보수반동세력을 껴안는 데에 더 큰 이유가 있는 것이다.

사주팔자는 태어난 시간을 의미하는데 시간은 동시에 공간(환경)을 수반한다. 타고난 기질과 시공으로 인해 성격이 형성되는지는 모르겠으나 나는 사주팔자를 성격으로 이해하고 싶다. 다시 말하면 성격이 그 사람의 운명(팔자)을 좌우하는 것이다. 속담에 '세 살 버릇 여든까지 간다'는 말이 있듯이 성격이란 참으로 고치기 어려운 것 같다. 그러나 반성에 반성을 거듭하면 성격도 고칠 수 있다. 그러니까 인간의 운명을 크게 좌우하는 성격을 잘 고치면 팔자도 바꿀 수 있다. 특히 중심이 약해서 절도있는 생활을 못하는 사람은 반드시 중심을 잡아야 하고, 개성을 살리는 것도 좋지만 너무 모가 나면 정을 맞는다.

내가 제때 제대로 교육을 받지 못한 비정상적인 삶을 살아서 어중이가 되었는지, 내 성격이 어느 한 곳에 제한당하거나 얽매이는 것을 싫어해서 어중이가 되었는지, 아군이나 적군을 가리지 않고 비판적이었기 때문인지 나 자신도 확실히 모르겠다. 특정 종교를 믿지 못한다거나, 특정인을 무비판적으로 지지하지 못한다거나, 특정 여인을 미치도록 사랑하지 못하는 것을 보면, 세 가지가 다 영향을 미친 것 같다. 철학을 버리지 못하는 것도 철학이라는 학문이 어디에 얽매인다거나 제한되지 않고 비교적 자유스럽고 평등을 추구하는 학문이기 때문이다. 게다가 철학에도 여러 분과가 있다. 친구들은 다들 고전철학, 칸트 철학, 실존철학, 윤리학, 동양철학 등 전공 분야를 빨리 선택하는데, 나는 어느 분야를 전공해야 좋을지 우물쭈물하다가 여러 분야에 조금씩 걸쳐 있는 범위가 모호한 사회철학을 선택했다. 엄격히 말하면 선택했다기보다 어쩔 수 없이 선택된 것이다. 그러니까 나는 철학 안에서도 어중이가 된 것이다.

교양과 전공, 보편성과 특수성, 전체와 개인 간의 갈등 문제는 항상 우리를 피곤하게 한다. 철학자들 중에도 당파성(Parteilichkeit)을 강하게 내세우는 사람도 있고, 자기의 견해를 절대적 진리인 양 고집스럽게 주장하는 사람도 있다. 나는 그렇게 할 실력이 없지만 그렇게 할 성격도 못된다. 당파성도 아집이 아닌 반성적 사유에서 나올 때는 객관성을 유지할 수 있고, 개인이나 사회의 발전도 가져올 수 있다. 플라톤의 '철인정치' 지지나 아리스토텔레스의 '중우정치' 비난도 그 나름의 일리는 있다. 이제 나도 나이가 들어서 그런지 당파성도 좀 가지고 싶고 마음에 드는 여인에게 얽매이고도 싶다. 그러나 보편성, 전체성, 교양이 먼저이고 바탕이다. 우리는 전문인 이전에 인간이요, 인간이 먼저 되어야 한다. 그러므로 보편성을 바탕으로 해서 특수성을 살려야 하고, 전체 속에서 개인의 존엄이나 개성을 살려야 하지 않을까? 그리하여 화이부동(和而不同)하면서 부동이화(不同而和)하는 것이 바람직할 것이다.

철학 교수가 되다

민주화와 사회정의를 위해서 나름대로 투쟁하다가 크게 억울한 일을 당한 적이 몇 번 있다. 그런데 묘하게도 시차는 좀 있었으나 모두 다 다른 사람들이 해결해주었다. 사필귀정인가? 아니면 "내 원수는 남이 갚는다"는 옛말대로 된 것인가? 첫째는 앞에서 말한 대로 3·15 부정선거에 항의하다가 권고사직까지 당했지만 4·19혁명으로 살아난 일이다.

또 한번은 이런 일도 있었다. 1983년 경기대에서 나를 채용하기로 하여 호봉사정을 마치고, 강의시간표까지 끝냈는데 신원조회에 걸려 채용이 취소되었다. 이유는 치안국에서 보내온 신원조회에 '내가 3선개헌, 교련반대 시위 주동자'라고 되어 있었던 것이다. 학장을 찾아가서 치안국의 수배는 당했지만 구속되거나 형을 받은 일이 없으므로 채용에 아무 문제가 없다고 했다. 아무리 사정을 해도 관료출신인 학장은 막무가내였다. 학교 다닐 때는 억세게 운이 좋더니만 결국 한 번 걸린 셈이다. 지은 죄(?)가 있기는 했으나, 학생운동으로 인해 교수의 꿈이 물거품이 되는가 생각하니 크게 시위도 못한 주제에 좀 억울했다. 동양공전에 있을 때였기 때문에 생계에는 문제가 없었으나 불안한 마음으로 다른 학교를 탐색할 수밖에 없었다.

　그때는 학생입학 정원이 갑자기 30% 늘어나서 교수의 수요는 제법 있었다. 그 해 말 차인석 지도교수님이 부산대에 추천을 해서 실질적으로 내정이 되어 있었다. 그런데 그 해 9월에 경기대를 종합대학으로 승격시키지 못했다고 학생시위가 일어나고 그로 인해 학장이 바뀌었다. 작년 일도 있고, ‘새 학장은 어떻게 할까’ 하는 생각도 들어서 배부른 흥정으로(부산대에 내정이 되어 있었으므로), 새 학장에게 작년에 일어났던 전후 사정을 이야기하고 “나를 채용하겠느냐?” 하고 편지를 보냈더니 새 학장은 “좋다, 채용하겠다”는 것이었다. 정말 세상일이란 묘한 것이다. 안 될 때는 그렇게 안 되더니, 되려니까 쌍나팔을 불어 사람을 고민에 빠뜨리는지? 고민을 하다가 어느 곳이 좋은지 확실히 모르고 우선 생활근거가 서울이고 애들 교육문제가 얼른 떠올라 경기대를 택하고 말았다. 어쨌든 학생시위로 학장이 바뀌었기 때문에 경기대에 갈 수 있었지 그렇지 않으면 불가능했다. 나이가 많아 하루가 무서운 나에게 1년 늦게 대학에 진출한 것은 사회경력에 좀 손해는 되었다. 고참 행세는 군대서나 하는 줄 알았는데 신성하다는 대학도 그런 면에서 군대와 큰 차이가 없었다.

　사실 우리가 중대한 선택이나 결정을 할 때 의식적 이성이 얼마만큼 작용하는지 의심스럽다. 물론 마지막 선택이나 결정은 의지가 한다. 이성은 결정의 성격을 명백히 해주고 선택해야 할 여러 가지 대안을 이해하게 하여 합리적 판단을 돕는다. 그런데 이 힘이 얼마나 강할까. 오히려 쇼펜하우어가 말한 맹목적 의지, 니체의 권력의지, 프로이트가 말한 성적 충동(libido) 내지 무의식의 힘이 더 강하지 않을까? 중대한 결정을 하고 나면 후회될 때가 많고, 합리적으로 판단하지 못했다고 생각할 때가 많으니 말이다. 프로이트는 “현실이 처리하기에 너무 어려운 것이 될 때, 내면적 자아에 심각한 비합리성이 생긴다”고 했다. 욕망(이해관계)을 초월하는 것이 제일 중요하지만 앞으로 본능, 감성 및 무의식의 세계에 관심을 가지고 연구를 많이 해야 할 것 같다.

총장 직선제

대학 다닐 때부터 총장이나 보직교수들이 일반적으로 시위를 막는 데 급급함을 보고 불만이 많았다. 물론 제자들의 희생을 막겠다는 뜻도 있었겠지만, 그보다는 정부의 지시와 문책에 대한 두려움이 더 컸기 때문일 것이다. 그래도 국립대학이라 재단과의 싸움 같은 것은 없었다.

간혹 반정부 시위도 있었지만, 경기대에 부임하자마자 얼마 있지 않아 학생들이 '재단 퇴진'을 구호로 반재단 시위를 하는 것이었다. 어느 쪽이 옳은지 확실한 판단도 서지 않고, 신임 교수인 내가 관여할 바가 아니라고 생각하고 학생 시위에 별 신경을 쓰지 않았다. 그 당시 나는 박사과정을 밟는 중이었기 때문에 수업과 학위 준비로 바쁘기도 했다. 반독재 투쟁에는 관심이 많았기 때문에 교수 서명에만 빠짐없이 참여했다. 그러나 시간이 지날수록 사학재단에 문제가 많다는 것을 알았고, 부정입학, 등록금 유용, 교수채용 비리, 족벌체제 등은 우리 학교만의 문제가 아니라 대부분의 사립학교들이 안고 있는 문제라는 것을 알았다. 그리고 국가 장래를 위하여 이런 문제들이 개혁되어야 한다는 생각을 점점 굳히게 되었다.

해가 갈수록 학생들의 반재단 시위가 격화되더니 93년에는 급기야 유도부 학생들이 시위 학생을 폭행하고 그로 인해 일반 학생과 유도부 학생 간에 난투극이 벌어졌다. 학교도 민주적으로 운영이 되지 않고 혼란스러웠다. 교수협의회도 깨어지고 해서 나와 몇몇 교수가 주동이 되어 '평교수협의회'를 만들어 내가 회장을 맡았다. 그리하여 수는 얼마 안 되었지만 학교재단과 집행부에 대해 시시비비를 따져 비판을 했다. 비판에 대한 직접적·공개적인 보복은 없었다.

그런데 안식년 신청을 했더니 거부당했다. 어떤 사람은 교환교수로 다녀온 뒤 안식년도 하는 마당에 나는 교환교수로 갔다온 일도 없는데……. 심지어 교육부 모 국장을 지낸 사람이 우리 학교 교수가 되었는데 부임도 하지 않고 바로 미국에 파견교수로 가기도 했다. 또 우리 학교는 안식년을 보내고 와서 잔여임기가 5년 이상 남아야 1년을 쉴 수가 있고, 잔여임기가 5년 이하면 6개월밖에 쉴 수가 없다. 이런 제한에 걸려 있는 가장 나이가 많은 나를 탈락시킨 것이 '학교 비판에 대한 보복'인지는 아래 신문기사*를 보고 독자들이 판단하기 바란다.

총장의 지시였는지, 아니면 치사한 박 모 학장의 과잉충성이었는지, 나이많은 교수에게 양보할 줄 모르는 이기적인 젊은 최 모 여교수 때문이었는지는 확실히 알 수 없지만 어쨌든 최종책임은 총장에게 있는 것이다. (자존심상하는 일이었지만 총장을 직접 찾아가서 탈락된 사실을 알리고 나를 보내달라고 부탁을 했으니까.) 재량권 일탈이나 남용으로 고소를 할까 하다가 참았다. 우리나라가 민주주의와 법치주의가 아직 제대로 발달하지 못해서 그렇지 선진국이면 어림도 없는 짓이다. 그리고 해외 파견교수 연령을 92년도인가 하루아침에 60세에서 45세로 낮

---

* 총장 직선제 요구(경기대 평교수협의회):경기대 평교수협의회(회장 안현수, 철학)는 2일 성명을 내 "현 재단은 이사장은 장인이, 총장은 사위가 맡고 있는 전형적인 족벌체제"라며 "재단과 학교 당국의 횡포를 막기 위해 총장을 교수들이 직접 선출해야 한다"고 총장 직선제 시행을 요구했다. 교수협의회는 "총장추대위원회를 구성해 교수들이 직접 선출한 총장 후보를 재단이사회가 임명할 것"을 재단 쪽에 요구했다.(《한겨레신문》 1996년 6월 3일자)

추었는데 이것 자체도 합리성이 없을 뿐만 아니라, 이 규정을 시행하려고 해도 몇 년 경과규정을 두어서 60세로 믿고 신청을 늦게 한 사람을 구제해야 하는 것이다.

민주화가 제대로 되려면 기관장들의 재량권 남용에 대해 철저하게 제재를 가해야 한다. 동일한 사안에 대해 사람에 따라 이중잣대를 갖다 대는 것은 아주 이중인격적인 야비한 짓이다. 요사이 시민단체에서 기관장들의 판공비 공개를 요구하고, 재량권 남용에 대해 감시를 하는 것은 시민의 정당한 권리행사요, 잘하는 일이다. 그리고 재단 이사장이나 총장들은 고위 공무원에 준하는 재산 등록을 하도록 해야 한다.

개인적인 이야기를 해서 안 됐지만 내가 안식년을 늦게 신청한 것은 앞에서도 말했지만 아내와 사별하고 나서 애들 대학 입학 때까지는 외국에 나갈 수 없었기 때문이다. 93년에 애들이 순조롭게 다 대학을 들어가, 94년에 안식년을 신청했던 것이다. 이런 사정을 뻔히 아는 총장이, 또 그분도 조실부모한 사람이 어떻게 그렇게 할 수 있나 생각하니 참 씁쓸했다. 물론 나에게도 문제는 있다. 학교의 좋지 못한 점을 신문에 공개했으니까 총장이 화가 날 만했다. 그러나 내 비판이 틀렸다거나 내 행동이 마음에 들지 않으면 자기도 나를 비판하고, 탄압을 해도 떳떳하게 공개적으로 하면 안 되는지? 알량한 문제를 가지고 신성한 재량권을 남용하면서 탄압을 포장한 채 시치미를 뚝 떼는 행동이 정말 더럽고 아니꼽고 메스꺼웠다. 물론 현 총장 체제하에서 해직된 교수는 한 사람도 없다. 그러나 실질적으로 소유권과 경영권을 한 손에 쥐고 있으면서 재량권을 남용하고 학교를 자기 마음대로 주무르니까 굳이 누구를 해직할 필요성도 없을 것이다. 이런 현상은 어느 한 학교에 국한된 것이 아니다. 우리나라 사립대학에서 소유주의 재량권 남용은 일반화되어 있는 것이 현실이다. 재량권 남용이 많다는 것은 공과 사를 엄격히 구분하지 않으며, 학교를 개인의 소유물로 생각하는 의식에서 나온다. 소유주의 이러한 의식이 개혁되지 않는 한 참된 교육과 학교의 민주적 발전은 연목구어(緣木求魚)라고 생각한다.*

불편한 마음으로 지내던 중 95년에 다행히 교육부 지원으로 뉴욕 주립대 버펄로 캠퍼스에 1년 동안 연수 가는 행운을 얻게 되었다. 이번에는 원상복구가 아니라 전화위복이었다. 안식년은 연구비 지원이 없지만 파견교수는 학술진흥재단에서 연구지원비를 대주었으니까.

이왕 말이 나온 김에 총장 직선제와 관련된 이야기를 좀더 하겠다. 대부분의 국공립대학과 사립대학은 6·29 민주화 선언 이후 총장 직선제를 실시했다. 이에 불만을 품은 사립 재단주들이 호시탐탐 기회를 엿보다가 느슨한 노태우 정부 때, '사립재단연합회'를 결성하여 힘을 결집하고 막대한 금력으로 정치권에 로비를 하더니 90년 2월 당시 노태우의 민정당, 김영삼의 민주당, 김대중의 평민당, 즉 '여소야대'의 국회에서 여야합의로 사이좋게(?) "재단주나 그 친인척은 학교 경영자가 될 수 '없다'"라는 교육법 조항을 될 수 '있다'로 개악했다. 그리하여 재단주들은 '이사회'라는 사제(私制) 무기고에서 총칼을 꺼내어 무장해제

---

* 이러한 재량권 남용 사례들은 비일비재하다. 예를 들면 내가 잘 아는 어떤 대학의 경우 교수초빙 공고에서는 응모자격을 박사학위 소지자로 한정해놓고 실제 채용시에는 응모자 중 박사학위 소지자가 있었음에도 불구하고 미소지자를 일방적으로 채용한 사례도 있다. 더 심한 경우는 신임교수를 뽑을 때, 면접 위원이 6명인데도 총장이 단독으로 면접 평가를 하여 학과 교수들이 인사, 전공에서 평가한 1순위, 2순위자를 탈락시키고, 꼴찌를 채용한 사례들이 있다. 그런데 이러한 부정의에 대한 정부의 감사가 형식적이고 의례적인 차원에 그쳐, 오히려 총장의 위법하고 부당한 처사에 면죄부를 주는 역할에 그친 점이 대단히 유감이다. 감사가 인사의 부당함을 지적하는 수준에 끝날 것이 아니라, 부당하게 채용된 사람들을 해임조치하고 다시 인사위원회를 열어 합당한 사람을 뽑도록 시정조치를 해야 하는데 그렇게 하지를 못했다. 그리고 총장의 독주를 방조한 면접위원들은 직무유기를 범했고, 총장은 재량권을 남용했으므로 중징계를 받아야 하는데, 가장 약한 '경고' 정도로 끝나버렸다. 이렇게 되면 인사를 적당히 해도 크게 징계받을 염려가 없다는 생각을 갖게 만들어 오히려 나쁜 짓을 되풀이하게 함으로써 감사가 사립학교 부정의 공범 역할을 하게 되는 것이다.

상태에 놓여 있는 직선 총장을 몰아내고 그 자리에 자기들이 앉기 시작했다. 이에 반발해 96년 계명대, 연세대, 국민대 등에서 진통을 겪었다.

총장 직선제든 무슨 직선제든 직선제는 민주화의 산물이요, 민주주의 발전의 표지이고, 직선제 운동은 바로 민주화 운동이다. 이것은 4 · 19 후나 6 · 29 후 직선제 바람이 분 것만 봐도 알 수 있고, 또 교수들의 힘이 센 명문 사립대가 먼저 직선제를 실시했고, 비교적 오래 직선제를 유지한 것만 봐도 알 수 있다. 사정이 이러한데도 기득권 세력과 보수 언론이 직선제의 본질적 장점은 덮어버리고 현상적 부작용만 과대포장하여 직선제를 왜곡하는 데는 기가막혀 말문이 막힐 지경이다. 도덕성이라고는 하나도 없는 전두환 쿠데타 집단도 사학의 비리를 알고 소유(이사장)와 경영(총장)을 분리시켰는데(이것만은 정말 잘한 일이다), 재단 이사장들이 돈을 얼마나 싸들고 로비를 했는지 여소야대 국회에서 통과시켰다는 것은 여야를 포함한 기득권 세력의 야합이요, 정교(政敎)유착이었다.

이렇게 나빠지니까 전에는 국민들이 도덕성이 있는 야당은 존경하고 지지했는데 지금은 여야를 막론하고 정치를 불신하고 정치인을 욕하는 것이다. 정교유착을 누구보다 잘 아는 언론도 직선제의 부작용만 선전했는데 언론도 마르크스가 말한 것처럼 보수기득권 세력인가? 특히 언론은 비리 사학이 극소수라고 했는데, 이런 주장의 근거가 어디에 있는지 모르겠다. 드러난 비리는 빙산의 일각이고, 대부분의 사학이 비리에 물들어 있다. 앞으로 사립학교법 개정에 반대하는 보수 언론은 전 교수와 교사의 이름으로 구독금지운동을 당할 것이다.

나는 교육계에 몸담고 있는 사람으로서 사립학교 비리의 온상을 소유와 경영이 분리되지 않은 데서 찾고 있다(이것은 재계나 언론 등 다른 분야도 마찬가지이다). 사실 우리나라에서는 몇몇 명문 사립대를 제외하고는 형식적으로만 총장과 이사장이 분리되어 있지 실질적으로는 소유주가 경영권까지 쥐고 있다. 이사장이 자의로 임명한 이사회에서 총장을 뽑으니까 총장은 이사장의 눈치를 보지 않을 수 없고, 게다가 이사장과 총장이 한통속이 되면 의결권도 없는 교수나 학생들로서는 패거리 중에 누가 양심선언을 하지 않는 한 그들의 전횡을 막을 길이 없다. 직선 총장이 되면, 교수들을 의식해서라도 그렇게 한통속이 될 수 없다. 이것은 직선 총장들이 임명 총장과 달리 대학 운영의 민주성과 투명성 그리고 자율성을 크게 신장시킨 것을 봐도 알 수 있다. 작년 교육개혁위원회에서 '교수회의의 의결기구화, 공익이사제' 및 '재단수익사업의 신고제'를 폐기하고, 관권이사 임기 2년 제한으로 악덕재단이 2년 후 자동 복귀할 수 있는 징치를 만들었는데 그 이유가 사학의 '자율성 보호'라고 한다. 재단주 마음대로 부정과 비리를 저지르고, 그러한 것을 비판하는 교수나 학생들의 목을 자르고 핍박하는 것이 사학의 자율성인가 묻고 싶다. 물론 교육의 자율성은 아주 중요하다. 그러나 재단의 자율성만 중요하고 교수나 학생의 자율성은 마음대로 짓밟아도 좋다는 말인가?

　민주주의가 다수결과 견제와 균형의 원리라면 직선제가 좋다는 것은 상식 아닌가! 특히 그 어느 곳보다도 깨끗해야 하고 비리나 부패가 없어야 할 곳이 교육계가 아닌가? 부정과 비리 없는 사회를 만들려고 존재하는 교육계가 소금 역할을 못하면 사회가 썩어도 어떻게 치유할 수 있는가! 총장 직선제 문제에 대해 여기서 장황하게 논하고 싶지 않다. 간단하게 내 생각을 말하자면, 우리나라 민주주의가 사회 전 영역에 정착되고, 교수회의가 의결기구가 되고, 이사들을 재단에서 1/3, 평교수 회의에서 1/3, 동창회와 학부모 회의에서 1/3 정도 뽑아서 이사회가 공공성과 신뢰성을 회복하고 총장이 완전히 봉사직이 될 때까지라도 총장 직선제를 실시하는 것이 교육비리 제거와 교육발전의 첫걸음이라고 생각한다. 물론 직선제에도 문제가 없는 것은 아니다. 그러나 첫술에 배부를 수는 없고 지엽적인 부작용은 시행착오를 겪으면서 개선해나가면 된다. 문제로 따질 것 같으면, '지역감정조장, 과도한 선거비용, 악선전' 하고 왈가왈부할 것 없이 대통령도 체육관에서 선거하고, 국회의원은 대통령이 임명하면 될 것 아닌가!

최근에 지방자치 단체가 난개발과 선심성 외유 등으로 예산을 낭비하고 지역주의로 인해 중앙의 통제가 힘들어지자 단체장을 임명직으로 바꾸려는 시도가 국회의원들 사이에서 꿈틀거리고 있다는 것을 알고 있다. 정말 무서운 발상이다. 벌써 제3공화국 때의 중앙집권의 폐해를 잊었는가? 아니면 의원들이 자기 지역구의 인ㆍ허가나 인사를 좌우하겠다는 것인가? 그들 눈에는 자율이 무질서로만 보이는가? 물론 부작용이 적지 않게 있는 것은 사실이다. 그러나 그 문제는 그 자체를 놓고 주민소환제도나 주민감사청구제도 등으로 시정을 해나가야지 그것을 핑계로 지방자치제도 자체를 말살하려는 것은 독재정치를 하겠다는 음모이다. 어느 제도든 완벽할 수 없고 첫술에 배부를 수 없다. 교각살우(矯角殺牛)의 우(愚)를 범하지 않기를 바란다.

재벌보다 교육이 훨씬 더 공공성, 공익성, 도덕성이 높은데 정부가 단호하게 사학의 소유와 경영을 분리하지 않는 것에 대해 도저히 이해가 되지 않는다. 사실 기업이야 이윤을 목적으로 하니까 정경유착이나 소유자가 경영을 하는 것도 이해할 수 있지만 교육을 목적으로 하는 학교에서 정교유착이나 재단의 독선적인 경영이 생겨날 경우, 이것은 도덕성을 내세우고 비도덕을 행하는 이중으로 나쁜 짓이다. 재단 이사장들은 재단을 설립하면 설립에 투자한 재산이 공공재산이 되는 것도 모르는가? 그것을 사유재산이라고 생각하고 거기서 나오는 과일을 따먹겠다는 것은 돈을 벌기 위해 학교를 세웠다는 것이 아닌가? 김대중 정부가 들어선 후 이번에야말로 경천동지(驚天動地)할 교육개혁이 될 줄 알았는데 기껏 힘없는 교사들의 정년을 3년 단축시킨 것(이것도 수급계획을 잘못 세워 33.6%의 교사들이 교단에 다시 복귀했다)과 전교조 합법화뿐이고 오히려 개악이 되었다. 교육의 다른 부분을 많이 개혁하고 교사 정년도 단축시켰으면 교사들이 그렇게 반발하지 않았을 것이다. 정년 단축이 여론이라면 교사들을 설득하면서 단축시키면 된다. 마치 교사들이 돈봉투나 받는 비도덕적 집단으로 매도하여 교사들의 자존심을 상하게 해놓고 할 이유는 하나도 없다. 이번 언론사 세무조사도 그렇다. 언론을 비리집단으로 매도하여 분위기를 조성해놓고 세무조사를 하니까 오해를 받는 것이다. 막말로 돈봉투 싫어하고, 세금내기 좋아하는 사람이 얼마나 되겠는가? 범법자는 엄하게 처벌해야 하지만 일반국민들에게 도덕성을 너무 요구해서는 안 된다. 그러나 정부가 실수를 저질렀고 정부의 의도도 순수한 것만은 아닌 것 같지만 그렇다고 그로 인해 탈법이나 불법이 정당화되거나 용인되어서는 안 된다. 어쨌든 이번 기회에 언론 재벌의 소유와 경영을 완전히 분리시키고 탈세한 언론사주는 법에 의해 엄하게 처벌받아야 한다.

다시 사학의 문제로 돌아가자. 사학의 비리를 정부가 몰라서인가? 천만의 말씀이다. 그러면 왜 제대로 개혁을 하지 않는가?

우리나라 정교유착은 그 역사와 전통을 자랑한다. 이조시대 성균관의 치자를 위한 피치자의 훈민교육, 일제의 민족차별주의에 입각한 고등교육배제, 해방 후 정권유지를 위한 반공교육, 학도호국단 결성, 안보교육, 학문의 억압 등 일일이 예거할 수 없다. 그러나 가장 악랄하고 비교육적, 비도덕적인 짓은 권사정권의 정통성 부재로 인해 생긴 학생운동에 대한 탄압의 반대 급부로 사학비리를 묵인해준 일이다. 역대 정권의 비도덕성 비민주성에 대해 어느 대학 총장이나 이사장이 비판의 목소리를 내었는가? 그들은 학생데모 방지에 일익을 담당했고, 그 대가로 비리에 대한 단죄를 면제받아 왔던 것이다. 이러한 전통이 형태만 달리하여 문민정부와 국민정부에서도 이어지고 있다. 그러니 교육개혁이 올바르게 될 수가 있겠는가? 오히려 군사정부 때는 공개적이고 직접적인 물리력으로 탄압했지만, 문민정부부터는 은밀한 고차원의 각개격파 및 분할정책으로 탄압하고 있다.

또 요사이 신자유주의 교육정책을 추진하면서 시장논리, 수월성(exellence)이 강조되고 있는데, 시장논리는 교육 공공성의 포기이며, 질적으로 다른 기준들을 양화하는 수월성은 정부나 경영자의 통제력만 강화할 것이다. 정부나 재단이 통제력을 강화하겠다는 기본 전제 하에서는 어떤 정책을 써도 교육개혁은 될 수 없다. 정부는 정교유착의 고리를 끊고 진정으로 교육의 자율성을 살펴야 할 때다. 21세기 국가 경쟁력 제고를 위해서 대학개혁은 필수적이고 절박하다. 그러나 재단과 대학본부의 비민주적 운영을 가능케 하는 법적 장치가 있는 한 대학개혁은 물건너 갔다. 오히려 개악이 되지 않으면 다행이다. 한마디로 현 정부의 교육개혁도 의심스럽다. 정치판이나 기웃거리는 교수는 정치판으로 가게 하고 다시는 교육계에 돌아오지 못하게 하면 되는 것이고, 연구를 게을리하는 교수는 반성하게 하고 불이익도 주어야 하지만 그 무엇보다도 학교가 민주적으로 운영되고, 연구시설 확충, 연구분위기 조성, 연구비 지급 등이 더 시급하다. 그리고 정부나 재단이 간섭과 규제를 줄이는 일이 '교육의 자율성' 확보의 첫걸음이다. 다시 한번 김대중 대통령에게 새천년을 맞아 국가백년대계인 교육개혁을 촉구하며, 이번에 사립학교법 개정에 반대하는 국회의원은 전 국민이 낙선운동을 하여 반드시 떨어뜨려야 한다.

민주화와 전교조

전교조 하면 나에게도 멋있고도 슬펐던 추억이 있다. 41년 전 4·19 혁명으로 독재의 사슬에서 해방이 되자 봇물 터지듯이 민주의 목소리, 통일의 목소리가 터져나왔다. 민주의 목소리 속에는 회원수가 많아서 그랬는지 전교조의 목소리가 아주 컸다. 누가 주동을 하고 선창을 했는지 전교조 결성운동이 불길처럼 타올라서 순식간에 전국적인 거대조직이 결성되었다. 독재하에서 말 한마디 제대로 못하던 샌님들이 민주화가 되니까 크게 뭉치고 목소리를 내는 데 대해 한편으로 놀라기도 하고 또 한편으로 좀 얄밉기도 했다. 어쨌든 3·15 부정선거에 항의한 경력도 있고 보니 햇병아리 교사지만 내가 봉직하고 있는 학교에서는 만장일치로 나를 대의원으로 추대하는 것이 아닌가. 그리하여 교육감 인기투표도 하고, 교장의 교사 인권침해 사례가 있으면 회장과 함께 가서 교장에게 항의도 하곤 했다. 그리고 얼마 있지 않아 나는 군대에 갔다.(1961. 1) 그리고 이어서 5·16쿠데타가 일어나 통일혁신세력과 전교조가 된서리를 맞았다. 나는 본의 아니게 혁명군(?)이 되어서 아무런 피해가 없었지만 들리는 소문에 의하면 회장은 해직당하고 몇몇 간부들은 고초를 당했다고 했다. 슬픈 일이지만 어쩔 수 없었고 시간이 지남에 따라 잊어버렸다.

그런데 6·29 후 민주화 바람이 불더니 또 전교조 운동이 일어나는 것이 아닌가. 나는 그때 '민주주의 싹은 권력이 아무리 도려내도 또다시 돋는다'는 것을 뼛속 깊이 느꼈다. 또다시 강산이 변할 만큼 세월이 흐르니까 교수노조 결성운동이 일어나고 있다. 교수회조차 법적으로 의결기구가 되어 있지 않은 마당에 경영진에서 계약제, 연봉제를 들고 나오니, 그렇지 않아도 신분이 불안한 교수들이 노조를 만들겠다는 것은 자기 보호차원에서 정당방위이다. 또다시 대학가에서 회오리바람이 불 징조가 보이고 있다. 틀림없이 그 바람은 비극적인 바람일 것이다. 이런 비극적인 바람을 막기 위해서도 정부는 사립학교법을 개정하여 교수회를 의결기구화하고, 소유와 경영을 분리시키고, 학교를 민주적·교육적으로 운영하도록 해야 한다.

어쨌든 지금은 대부분 복직되고 전교조가 합법화되었지만 김영삼 문민정부가 들어서서는 아무 조건 없이 빨리 복직을 시킬 줄 알았는데 미적미적하고, 게다가 '탈퇴각서'니 '선별구제'니 하고 꼬리표를 달기에 화가 나서 《한겨레신문》에 기고를 했다. 시기적으로 별 가치가 없으나 참고 삼아 읽어주기를 바란다. 아래 글은 《한겨레신문》에 게재된 글이다.

해직교사 복직─개혁의 시금석

16세기 '태양이 도는 것이 아니라 지구가 돈다'는 자연법칙의 진리를 말한 것뿐인데 갈릴레오는 죽음의 직전까지 밀려갔다. 1989년 이 땅의 일부 교사들은 '마땅히 그렇게 해야 하는 참교육'을 주장하다가 밥줄이 끊기고 길바닥에 내동댕이쳐졌다. 이유는 무엇일까? 하늘이나 교황 및 천황 중심의 지배체제를 가진 기득권층에게 지동설은 비록 자연법칙을 말하는 것이었어도, 결과적으로 땅이나 인민중심의 정치를 하자는 혁명적인 것이었고, 전교조가 내세운 참교육은 교육부장관이나 장학사 및 교장 중심의 교육이 아닌 학생이나 학부모 및 교사 중심의 교육을 하자는 개혁적인 것이었기 때문이다.

참교육 주장하다 길거리에

새로이 출범한 김영삼 정부가 부정부패의 척결, 개혁, 국민화합을 부르짖는 것을 보면 현실진단은 거의 정확히 하고 있고, 또 그동안 부정부패를 척결한 것도 적지 않다. 그러나 전폭적인 지지를 보내기에는 불안한 면도 있다. 왜냐하면 이런 일은 이해관계를 초월하여 순수하고 공정해야 하며, 어느 한 사람의 독선적 결단보다 많은 사람의 의견과 비판을 수렴하여 결성해야 하고, 빨리 법률적·제도적 뒷받침을 해야 한다. 어쨌든 개운치 않은 것 가운데 대표적인 것이 전교조 복직문제이다. 김영삼 정부가 참된 민주정부인지를 보여줄 수 있는 시범 케이스가 바로 전교조 복직문제인데 '탈퇴각서'니 '선별구제'니 하면서 민주주의를 지체시키고 있다.

실제로 전교조의 주장이 옳다는 것은 교육부의 고위 관리들이 더 잘 안다. 왜냐하면 그들은 이미 전교조의 주장을 교육에 많이 반영하고 있기 때문이다.

선별구제 비인간적 분열책

정부는 전교조 선생님들의 자존심을 짓밟고 굴욕을 강요하는 항복문서나 다름 없는 '탈퇴각서' 요구를 즉시 철회해야 한다. 또 '선별구제'는 인간도 먹어야 산다는 원초적·본능적 약점을 이용한 악랄한 인간성 말살정책이요, 동지들을 이간시키고 분열시키는 야비한 분열정책이므로 이런 비인간적·비윤리적 조치는 정부가 취할 바가 아니다. 물론 전교조가 이상에 치우친 나머지 다소 급진적인 면이 있었고, 국민 정서보다 좀 앞서 갔거나 젊은 혈기왕성한 교사들이 상관의 지시를 우습게여겼다든지 하는 문제도 있었다. 그런 부차적인 문제는 전원 복직시키고 나서 대화로 해결할 수도 있고, 전교조 선생님들 스스로 반성하게할 수도 있다.

둘러치나 메치나 그게 그것이다. 지금 와서 '탈퇴각서'를 쓰나, 전교조가 제시한 대로 '앞으로 교육에 전념하겠다'는 각서를 쓰나 앞으로교육계에 미치는 영향은 거의 차이가 없을 것이다. 이왕 새 정부가 국민화합을 진정으로 바란다면 전교조의 자존심도 살리고, 교육개혁도하고, 진정한 화합도 이룩하면 일거삼득 아닌가!

'대도무문'다운 해결을

벌써 4년이 지났다. 그리고 당국이 정한 전교조 복직신청 시한도 다가오고 있다. 거의 누구도 응하지 않는 복직신청을 받을 것이 아니라김영삼 대통령은 '대도무문'을 주장한 사람답게 탈퇴각서니 선별구제니 하는 문을 달지 말고 전교조 선생님들을 전원 복직시켜 교육의 대도로 가게 하기를 바란다.

(《한겨레신문》 1993년 9월 19일자)

테니스회 총무

나이 40이 다 되어 아내가 "건강을 위해서 테니스를 치는 것이 좋지 않겠느냐?"고 권하기에 운동 삼아 테니스를 배웠다. 시간이 갈수록 건강에도 좋은 것 같고, 재미도 있고 또 스트레스도 풀 수 있고 해서, 실력은 없지만 지금도 열심히 치고 있다. 때로는 같이 치는 사람들과 맥주나 소주잔도 나누게 되는데 그 기분도 말할 수 없이 좋다. 그렇게 몇 번 서로 운동도 하고 친목을 나누다가 자연스럽게 나를 중심으로 테니스 친목회가 만들어졌다. 내가 초대 회장이 되었다. 처음부터 나는 "첫째, 돈은 총무가 관리하고 나는 관여하지 않는다. 둘째, 2년만 하고 회장을 그만둔다"는 각오를 했다. 첫째 것은 그대로 지켰으나 둘째 것은 회원들이 막무가내로 초창기이니까 좀더 해야 한다고 해서 4년을 했다. 그 뒤로 나이순으로 2년씩 회장을 맡고 보니 회원 10여 명인데 이제는 총무 할 사람이 없어 고민이다. 좀 젊은 두 사람보고 자꾸 총무를 시킬 수도 없고. 할 수 없어 금년부터는 내가 자진하여 총무를 맡고 있다.

아마도 우리나라 사람만큼 '회'를 잘 만들고 그 모임이 잘 깨지는 나라도 드물 것이다. 그런데 깨지는 주된 이유가 회장이 정치적 목적으로 회를 만들어 이용한다거나 아니면 회장이 비민주적 권위로 회를 운영한다거나, 그도 저도 아니면 회장이나 총무가 돈을 떼어먹는 경우이다.

심지어 국가를 운영하겠다는 정당도 이 수준을 크게 벗어나지 못하고 있다. 정말이지 해방 후 얼마나 많은 정당들이 이념이나 정책보다도 인물 중심으로 만들어지고 깨어졌던가!

우리 국민들은 지도자들이 솔선수범을 하면 말 잘 듣고 다스리기 편한 국민이다. 정치 지도자, 재벌 총수, 학교나 기관의 장, 가정의 가장들이 각성하고 솔선수범해야 한다. 사람들은 조그마한 권력이라도 행사를 못해서 안달을 한다. 심지어 가정을 소왕국이라 생각하고 거기서 왕 노릇하려고 하는 사람도 적지 않다. 교장 하다가 교사를 하고 총장 하다가 교수를 하면 누가 잡아먹는가? 권위나 체면이 일하는 것도 아니고, 밥 먹여주는 것도 아니다. 이 모든 것이 민주주의 의식이 철저하지 않기 때문이다. 이제는 비민주적 권위가 발을 붙이지 못하도록 해야 한다.

말이 나온 김에 쓴소리를 하나 하겠는데 테니스 같은 운동은 국민 보건을 위해서 정부가 권장해야 하는데도 테니스장에 공한지세를 부과하여 테니스장을 줄어들게 하는 처사는 도저히 이해가 되지 않는다. 김미현 선수가 우승을 하니까 골프를 대중화하겠다고 대통령이 말했다. 골프장 만들려면 땅이 얼마나 더 필요하고, 돈이 더 드는데 대통령이 그런 즉흥적인 인기 발언을 했을까? 골프장 건설이 학교 부지 마련에 앞서는 일이 일어나서는 안 된다. 물론 테니스도 돈이 좀 든다. 막노동하는 사람보고 건강을 위해 테니스치라고 하면 "배부른 소리 말라"고 화를 낼 것이다. 나도 그런 빈곤은 면한 사람이니까 행복한 놈이다. 그러나 테니스를 골프에 비할 수 있는가? 민관식 씨가 문교부장관이었을 때 국민보건을 위해 테니스를 보급시킨 데 대해 그분께 감사를 드린다. 앞으로 아파트나 큰 건물을 지을 때 테니스장이나 배트민턴장 같은 체육시설을 꼭 갖추도록 의무화해야 할 것이다.

우리 테니스회는 16년 전에 만들어졌는데 지금 기금이 1500만 원 정도 되고, 회원들 길흉사에 자기 일처럼 돌본다. 내가 박복하여 13년 전 상처했을 때도 운구 등 궂은 일은 우리 회원들이 다 했다. 머지않아 우리 회원들만의 전용 코트를 마련하는 것이 꿈이다. 그렇게만 된다면 자손들에게 물려주어 회가 계속 유지되도록 할 것이다. 그리고 회원 중 한 사람이 땅을 내놓았는데 그곳이 그린벨트 지역이 돼서 '녹지 훼손 부담금' 때문에 이러지도 저러지도 못하고 현재 고민하고 있다. 그리고 김광석 회원이 3년 전에 제주도로 이사를 가서 요새 테니스 모임에 나오지 못하는 것이 몹시 유감스럽다. 오늘 따라 김형이 그립다.

아인슈타인의 《나는 세상을 어떻게 보는가》를 읽고

고등학교 교사 시절에 아인슈타인의 《나의 세계관(*Mein Weltbild*)》 (1953, 신일철 옮김)을 읽었다. 그때까지 위대한 과학자로만 알았던 아인슈타인에 대한 인식을 새롭게 한 계기가 되었다. 특히 그는 과학뿐만 아니라 도덕·정치·종교·경제·예술 등 다방면에 걸쳐 올바른 인간 삶의 문제를 다루고 있었다. 자기의 전 생애를 바쳐 연구해온 과학보다 인류를 더 사랑했다. 따라서 필자는 무엇보다 먼저 그가 올바른 사람이었기 때문에 위대한 과학자가 될 수 있었다고 생각하기에 이르렀다. 그러다 1990년 1월 아인슈타인의 《나는 세상을 어떻게 보는가(*Comment Je Vois Le Monde*)》(1979, 박상훈 옮김)를 읽고 또다시 많은 감화를 받았다. 이 책은 《나의 세계관》의 내용을 대부분 포함하면서 그밖에 아인슈타인의 다른 연설·강연·편지도 수록하고 있다.

내가 또다시 감화를 받은 이유는 그동안 나도 변했지만, 세계가 엄청나게 변했기 때문이다. 특히 아인슈타인이 약 반세기 전에 도덕의 타락, 과학자의 몰가치적 연구, 무분별한 자연개발, 창의성 없는 교육, 군비증강, 핵전쟁, 팔레스타인 국가건설 문제 등에 대해 비판과 경각심을 불러일으켰던 예언이 그대로 적중되고 있기 때문이다.

그는 "인류의 운명은 다른 어떤 것보다도 본질적으로 인간의 도덕적 힘에 달려 있다"고 하면서 "인간의 도덕적 행위는 실질적으로 공감과 사회적 참여에 근거하기 때문에 종교적인 면을 전혀 포함하고 있지 않다"고 말한다. 또 그는 과학자의 몰가치적 탐구는 그 결실이 도덕적으로 눈 먼 정치권력자의 손에 회수되어 많은 대중을 억압·조종하는 데 이용되고 있다고 과학자들에게 경고한다. 더욱이 국가가 개인의 종(僕)이지 개인이 국가의 종이 아니라면서 "의무적인 군복무제를 거부하라"고 호소한다. 또 "전세계의 평화는 완전한 무장해제—단계적이 아닌 단번에 일시적으로—를 통해서만 가능하다"고 거듭 강조하면서 하나의 세계정부 수립을 제창하고 핵전쟁에 반대하는 평화운동에 앞장선다. 간디를 존경했던 그는 전쟁과 폭력을 철저하게 증오했다.

수서(水西) 비리, 페놀 오염, 원진레이온의 직업병, 전경의 학생치사 사건 등을 볼 때 아인슈타인의 생명에 대한 외경, 자연에 대한 경건은 나의 옷깃을 여미게 한다. 사실 이 사건들은 직간접적 살인행위다. 심지어 원진레이온은 은행관리업체이기 때문에 실질적으로 정부투자기관인데, 국민의 생명과 재산을 보호해야 할 정부가 경제성장 일변도나 정치자금을 위해 오히려 다수 국민의 생명과 재산을 파괴하는 일을 눈감아 주거나 조장한다면 그것은 이미 오만불손한 도당이지 정부가 아니다.

그리고 "학교에 강좌는 많지만 지혜롭고 관대한 교수는 없다. 그러면 인간은 인격체가 아니라 유용한 기계가 되고 만다"는 그의 말은 우리 현실을 미리 알고 말한 것 같다.

또 그의 주장대로 팔레스타인 땅에 권력적 정부를 세우지 않고 도덕적 정부를 세워 이스라엘 민족과 팔레스타인 사람들이 서로 형제처럼 지내게 되었더라면 2차대전 후 중동이 세계의 화약고가 되어 거기에서 처참하고 야만적인 전쟁이 되풀이되지도 않았을 것이고 전세계를 공포의 도가니로 몰아넣은 걸프전도 없었을 것이다.

이처럼 문명비판적인 입장에서 인류의 운명에 대해 상당히 구체적으로 언급하면서 경고를 보냈던 아인슈타인의 글을 읽노라면 우리는 개인적인 이득이나 국가·민족의 이익을 떠나 전 인류의 운명에 대해 생각하게 되고 인류의 운명이 곧 나의 운명이라는 경각심을 갖지 않을 수 없다. 특히 "자신의 존재 이유를 잘 알지 못하더라도 어떤 다른 사람을 위하여 살아야 하며, 그럴 때 빗나간 삶의 가능성은 극소화된다. 자기 삶의 성공 여부가 다른 사람의 미소와 행복에 달려 있다"는 그의 주장에 접할 때 더욱 그렇다

또 그가 나치의 독재에 굴하지 않고 미국으로 망명한 민주주의 신봉자인 점은 다 잘 알지만, 1933년에 "나에게 선택의 자유가 있다면 나는 다만 정치적 자유와 관용, 법률 앞에서 만민의 평등이 지배하는 나라에 가서 살 것이다"라는 그의 선언 속에 '관용'이 들어 있는 것을 보면 그는 냉철한 과학자이기 이전에 따뜻한 한 인간으로서 우리 앞에 와닿는다.

아무튼 이 책은 인생의 문제에 대해 가장 진지하게 생각할 청소년들에게 꿈과 이상을 심어주고, 어른들에게는 일상의 타성에서 벗어나 세상과 인생을 다시 새롭게 보게 한다. 물론 징병제 거부, 즉각적 무장해제, 세계정부 수립 등은 현실을 무시한 이상에 치우친 의견이라는 느낌이 들지만 앞으로 세계가 그런 방향으로 나가지 않으면 모두가 공멸하리라는 데는 공감하지 않을 수 없다

인간은 독립된 개체로서의 인간 자신과 공동체의 일원으로서 전체에 대한 책임을 동시에 가지고 있다. 개체의 유지와 공동체의 존속이 불가분의 관계에 있다는 것을 깨닫고 진실로 인격자로서 책임있는 도덕적 행위를 해야 한다. 징병제, 인류를 죽이는 데만 쓰이는 무기제조, 민중을 억압하는 독재자의 명령 등은 우리 모두가 거부해야 한다. 이제 과학자들도 '철학(가치판단)이 있는 과학연구'를 해야 한다

우리는 아인슈타인이 어려운 상대성이론을 발견한 금세기 최고의 물리학자라고만 생각하는 경향이 있는데 인도주의적이며 평범하고 소탈하며, 인간의 고통에 괴로워하고, 인류의 행복증진을 위해 일생을 바친 한 인간으로서의 아인슈타인도 반드시 이해할 필요가 있다.

(《중앙일보》 1991년 5월 17일자)

내 마음속의 문화유산

우리의 문화유산이라면 석굴암, 훈민정음, 고려자기 등 세계적으로 유명한 것들도 많다. 그러나 이런 것들은 모든 사람이 알고 있고, 그것들에 대해 전문가들도 많고, 나는 그것들을 재미있게 음미할 만한 지식도 없다. 서민생활과 밀접한 관계가 있고 내가 좋아하는 것으로 소주와 정자, 한복을 꼽고 싶다.

소주는 지금도 서민들이 즐겨 마시는 술이니 내가 굳이 사족을 달 필요도 없다. 그래도 간단하게 소주 예찬을 해볼까 한다. 첫째 소주는 우리 체질에 맞다. 양주는 너무 독하고 맥주는 좀 싱겁다. 또 맥주는 많이 마시면 배가 불러 거북하고 또 오줌누러 가기가 귀찮아 싫다. 술은 좀 취해서 기분좋아지라고 마시는 것이다. 그러려면 잔도 오고가고 하면서 제법 마셔야 한다. 따라서 홀짝홀짝 한 모금씩 마시는 양주는 도저히 내 취향에 맞지 않는다. 그렇다고 양주를 소주처럼 쭉 마시다가는 저승사자에게 빨리 잡혀가기 마련이다. 서양사람들은 체격도 크고 기름기 있는 음식을 많이 먹기 때문에 괜찮지만, 우리에게는 양주가 맞는 술이 아니다. 그리고 술도 그들은 개인적으로 마시지 우리처럼 여럿이 어울려서 공동체적으로 마시지 않는다. 테니스 몇 게임 하고 삼겹살이나 갈비를 구워서 소주 몇 잔 마시면 얼마나 맛이 좋은가? 또 양주가 독하다고 얼음을 타는 것을 나는 싫어한다. 복잡하고, 거추장스럽고, 진짜 술 같지도 않고…… . 독하다고 물을 탈 바에야 아예 처음부터 도수를 낮추어 만들지 그런 이중적인 일을 왜 하는가? 마지막으로 소주는 값이 싸서 좋다. 나 같은 서민도 별 부담 없이 술 먹은 기분을 낼 수 있다. 또 나는 숫기가 없고 음치라서 그런지 술이 들어가지 않으면 노래가 나오지 않는다. 술이 들어가면 작곡작사를 하면서 남이야 욕을 하든 말든 한곡조 뺀다. 그런데 작년에 양주와의 세금 균형 때문에 소주 값이 좀 오른 것이 몹시 유감스럽다. 그놈의 양주가 미운 짓만 한다.

산수가 아름답고 전망이 툭 터진 곳에는 으레 정자(亭子)가 서 있다. 정자에 서서 자연을 보면 자연을 껴안고 싶은 기분이 들고 또 내가 자연에 안겨 있다는 기분도 든다. 자연과 인간이 이렇게 절묘하게 조화를 이루고 일치할 수 있을까? 정자는 인간과 자연을 연결하는 통로다. 그래서 그런지 정자에는 벽이 없다. 누구나 올라갈 수 있는 열린 공간이요, 사방이 툭 터져 열린 세계가 펼쳐져 있으니 가슴부터 시원해진다. 그리고 정자에 오르면 누구나 다 시인이 되고 역사가, 철학자가 된다. 우리 조상들은 정자에 올라 소요하며 가슴속에 눌러두었던 정취를 펼쳐내어 한시를 읊조리거나, 고금의 역사와 문장을 논하고, 인생의 의미도 음미했다. 정자는 인간과 자연을 연결짓는 매개자이지만 호텔은 인간과 자연을 단절시키고 자연을 짓누른다. 요사이 사람들은 자연이 무엇인지도 모르는 것 같다. 그저 내가 필요하면 사용하고, 변형하고, 부숴버리고 그러다가 필요없으면 버리는 소모품 정도로 생각하는 것 같다. 그러니까 정자 같은 것은 거들떠보지도 않고 방해가 되면 밀어내버린다. 자연이야말로 나를 지탱하고 있는 모태요, 내가 배워야 할 산 교육자료요, 나와 같이 살아가는 영원한 친구이다. 앞으로 있는 정자나마 잘 보존하고 호텔은 그만 짓자.

정자와 비슷하게 천덕꾸러기 신세를 면하지 못하고 있기는 한복도 마찬가지다. 물론 농경사회와는 달리 산업사회에서는 한복이 활동하기에 불편한 것은 사실이다. 그러나 양복이 좀 편리하다고 해서 한복을 거추장스러운 물건 치우듯이 할 것은 아니다. 우리가 너무 바쁘게 치열한 경쟁 속에서 살다보니 양복의 편리함에만 매몰되어 한복의 장점이나 필요성을 너무 망각하고 있지 않나 하는 생각이 든다. 나는 나이가 들수록 여자들의 치마 저고리에 매료되고 있다.

그러면 치마 저고리에는 어떤 장점이 있기에 입으면 좋은가?

첫째, 한복을 입으면 여자들이 훨씬 이쁘다. 우리의 치마 저고리는 치마 대 저고리의 비율이 양복이나 다른 옷과는 아주 다르다. 다시 말하면 치마의 길이는 저고리의 5~6배가 된다. 서양옷은 하의가 상의보다 약간 길며 심지어 스커트는 상의보다 짧다. 우리 동양 사람들은 키가 좀 작은 편이라 치마를 입으면 훨씬 커 보이고 예뻐 보인다.

둘째, 한복은 인간과 인간을 결속하고 연대를 강화하는 인간적인 옷이다. 저고리의 길이는 유방까지다. 그러므로 아기 젖먹이기가 아주 편리하다. 저고리 앞섶만 살짝 들추면 된다. 그리고 우리 할머니, 어머니들은 아무리 바빠도 자식을 인간적으로 키웠다. 길쌈하고, 장 담그고, 빨래하고, 어른들 모시고 거기다 농사일도 반 이상 거들었다. 바쁜 농사철에는 죽으려야 죽을 시간도 없다. 그런 바쁜 농사철에 애 젖을 먹이려고 단추를 끄르고 웃옷을 벗고 하면 얼마나 시간이 걸리고 불편하겠는가? 남자들 보기도 쑥스럽고, 또 그렇게 하면 남자들은 꾸무럭거린다고 면박을 주었을 것이다. 오늘날 모유를 먹이지 않고 우유를 먹이는 데는 어떤 여자들은 바빠서, 또 어떤 여자들은 사고방식이 틀려먹어서 그러기도 하지만, 저고리를 입지 않은 데에도 영향이 크다고 생각한다. 또 스커트나 양복 하의는 사람을 떨쳐버리지만 치마는 사람을 감싸안는다. 치마는 어린애의 눈물이나 콧물을 닦아주고, 어린애를 감싸안기가 얼마나 좋은가. 그러나 양복은 어린애가 매달리기도 어렵고, 매달리더라도 떨쳐버리기 쉽다. 반면에 치마는 매달리기도 쉽고 떨치려면 옷이 찢어지기 때문에 떨칠 수도 없다. "엄마, 가지 마" 하고 어린애가 치마폭에 매달려 울면 여간 독한 여자가 아니고는 애를 두고 도망을 가거나 이혼을 못할 것이다. 오늘날 이혼이 많은 것이 한복을 입지 않는 데에 원인이 있지 않을까?

셋째, 여자 한복은 우선 입고 벗기에 아주 편리하다. 단추가 없고, 치마는 끈만 조이거나 풀면 된다. 또 치마 속의 공간이 넓어서 다리를 마음대로 움직일 수 있다. 치마를 '들었다 놓았다'만 해도 그것이 훌륭한 춤이 된다. 양복은 두 사람만 춤추기에 알맞지만 한복은 여러 사람이 어울려 춤추기에 좋다. 그리고 또 있다. 여름에 김매다가 밭이랑에 살짝 실례를 해도 치마폭이 가려주어서 다른 사람은 잘 모른다. 공중변소도 없는 시골 들에서 일하다가 집의 변소까지 가야 한다고 상상해봐라. 치마가 얼마나 과학적이고 편리한가!

마지막으로 요즘 와서는 누구나 삼베나 무명옷이 나일론 같은 화학섬유 옷보다 통풍이 잘 되고 건강에 좋다는 것을 알 것이다. 피부도 숨을 쉬어야 한다. 몸에 착 달라붙는 옷보다 옷과 몸 사이에 공기가 들어가는 옷이 좋다. 우리 한복은 자연과 함께 살아가는 옷이다.

"왜 여자 한복만 극찬을 하고 남자 한복에 대해서는 별말이 없는가?" 하고 항의할 사람이 있을지도 모르겠다. 남자 한복도 푹신하고 건강에 좋다는 점에서는 여자 한복과 마찬가지이다. 오히려 따뜻한 면에서는 더 나을 것이다. 그러나 대님 매는 것도 복잡하고, 두루마기는 코트보다도 불편하고 실용성도 없다.

물론 시대의 변화에 따라 옷도 바뀌어야 한다. 특히 사람이 들끓는 도시나 공장에서는 한복이 활동하기에 불편하다. 그러나 우리가 산업사회에서 치열한 무한 경쟁을 하다보니 사회가 얼마나 삭막하고 살벌한가. 남을 밀치고, 넘어지면 짓밟고 가는 세상! 이제 우리도 어느 정도 먹고 살 만하니 여유를 가지고 느긋하게 살아야 되지 않겠는가. 앞만 보고 갈 것이 아니라 옆도 뒤도 쳐다보고, 옆에 넘어진 사람이 있으면 일으켜 세우고 뒤처진 사람을 끌어주면서 좀 느리게 가더라도 서로 손잡고 함께 가야 되지 않겠는가. 약육강식이 판을 치면 동물의 세계이지 그게 어디 사람 사는 곳인가. 이제 좀 천천히 살자. 그런 면에서 한복은 우리의 마음을 넉넉하게 할 것이며 이웃을 돌아보게 할 것이다. 개량 한복에 대해서도 연구를 더하고 말이다.

특히 명절이나 결혼식, 장례식, 입학식, 졸업식 같은 의식 행사가 있을 때는 한복을 많이 입었으면 좋겠다. 그렇게 되면 우리 전통문화도 더 빛을 발하게 되고 얼마나 좋은가. 또 집안에서는 한복을 생활화해도 지장이 없을 것이다. 그런데 왜놈들은 왜 미운 짓만 하는지 모르겠다. 역사 왜곡은 말할 필요도 없고, 무엇 때문에 조선학교 학생들이 한복 입는 것조차 간섭하는지 모르겠다. 정말 괘씸하고 건방진 놈들이다. 이 문제에 대해서는 역사 왜곡과 마찬가지로 남북한이 다 같이 일본에 강력히 항의하여 못된 버르장머리를 고쳐야 할 것이다.

한복 하니까 나에게도 슬프고도 아름다운 추억이 있다. 내가 1967년 처음 서울에 왔을 때만 해도 서울에 한복 입은 여자들이 많았다. 시골 초등학교 있을 때 한 여인을 목숨 걸다시피 사랑했던 적이 있다. 그 여자도 주로 한복을 입었고 키가 좀 컸다. 처음 서울 와서는 길을 걷다가 한복 입은 키 큰 여자만 보면 그 여자가 아닌가 하고 여러 번 착각에 빠진 적이 있는데 이제는 옛 추억이 되고 말았다. 나도 그동안 바쁘게 살다보니 한복 입을 필요도 느끼지 않았다. 이제 나이가 환갑이 넘어서 그런지 한복에 대해 이해가 달라지고 간혹 한복 입은 사람을 보면 다시 쳐다보게 된다. (한복 예찬론을 펴면서도 죄송한 말이지만 어릴 때를 제외하고 나는 한복을 입지 않았다. 대님 매는 것을 몇 번 배웠지만 아직도 혼자 맬 줄 모르고 특히 오줌이 자주 마려워서 한복 입을 엄두를 못 내고 있다. 하지만) 나도 내년부터는 한복을 좀 입을 생각이다.

조문파동 회상

작년 6 · 15 남북정상회담은 민족의 저력을 전세계에 드러낸 우리 역사상 보기 드문 장거요, 쾌거였다. 그리고 '머지 않아 우리도 통일될 수 있겠구나' 하고 기대에 들떠 있었다. 그런데 1년 만에 상황이 이렇게 바뀔 줄은 몰랐다. 내가 순진하고 어리석었는가! 오히려 남한 내에 분열만 일어나고 혼란이 가중되고 있다. 수구세력들은 통일의 발목만 잡으려고 하고, 정부도 통일문제를 '정권재창출'과 연계시키는 것이 아닌가 하는 의심이 드는 것도 사실이다. 그러나 통일은 지상과제이다. 그러므로 우리는 냉철하게 반성하고 기득권, 사리사욕, 이데올로기(색깔론), 정권재창출을 초월하여 통일을 위해 노력해야 한다.

현재의 혼란을 보면서 나는 94년 김일성 주석의 조문문제를 둘러싸고 일어났던 대립이 조금도 사라지지 않고 있고, 반통일 세력들이 목소리를 크게 내는 것에 안타까움을 금하지 못하면서 그때 썼던 글을 다시 읽어보았다. 내 생각이 옳은 것도 있고 짧은 것도 있다. 그러나 다시 생각해도 김일성 주석이 죽었다고 김영삼 대통령과 김정일 위원장이 정상회담을 못할 이유는 없다고 생각한다. 그리고 김대중 대통령은 남북교류를 아주 투명하게 하고 또 야당과 진지하게 협의하고 전 국민의 동의를 받아가면서 계속 노력하기 바란다. 야당도 통일문제만은 정권을 초월하여 조국과 민족의 미래를 생각해야 하며, 기득권 세력들도 어머니 같은 거룩한 조국 앞에 순진한 어린이가 되어야 한다. 그리고 김정일 씨도 자주평화통일을 원한다면 남한을 빨리 방문하여 두 정상이 자주 만나야 한다.

아래 글은 조문파동 때 답답한 나머지 〈경기대 소식지〉에 게재된 글인데 같이 읽어보는 것도 좋을 것 같다.

조문파동에 부쳐

김일성 주석 사망 후 대남비방을 자제해오던 북한이 15일을 기해 "미국·일본의 정상들도 애도의 뜻을 표하고 있는 때에 정상회담의 상대방이고 동족인 김영삼반이 소포하고 경망스럽게 행동하고 있다"고 김 대통령을 비방했다.

참으로 안타까운 일이다. 북한이 밉기도 했지만 우리도 이런 비방을 얼마든지 듣지 않을 수도 있었는데……. 생전에 못된 짓을 한 악인에게도 죽은 후에는 관용을 베푸는 것이요, 누가 죽었건 죽음 자체는 슬픈 것이다. 김주석 사망소식을 듣고 김 대통령은 정상회담의 무산에 대해 "아쉽다"는 표현을 했다. 곧이어 '역사의 공과는 차치하고라도 명복을 빈다'는 정도의 애도가 이어질 것이라고 필자는 기대했는데 더 말이 없었다. 정말 안타까웠다. 도대체 무엇 때문에 정상회담을 하려고 했는가? 김일성이 전쟁범이고 독재자라는 사실을 모르고 하려 했는가? 정상회담을 했다는 것 자체가 중요한 것이 아니라 그것을 함으로써 서로 용서하여 화해하고, 신뢰를 구축하여 통일의 돌파구를 열자는 것 아닌가! 그런 상대방이 죽었는데도 애도의 표시도 없는 것을 보니 정상회담을 했다는 전시효과를 노려 인기만 얻으려고 했는가?

백보를 양보해서 만일 김주석이 죽지 않고 정상회담을 했더라면 자연히 "건강이 어떠하신지요? 또 헤어질 때 "건강하게 오래 사십시오"
하고 덕담을 나누었을 것 아닌가! 얼핏 생각하면 별것 아닌 것 같지만
입장을 바꾸어 생각하면 "애도 표시도 없는 것을 보니 남한은 아직도
자기들을 적으로 생각하고 미워하고 있다"고 북한에서 생각할 수도 있
다. 미워도 정상에게는 외교상, 예의상 애도는 표시하는 것이다. 더구
나 국토의 한 부분을 통치했던 동족의 정상이 아닌가! 물론 조문이나
조의가 미덕이라고 해서 강제할 성질은 아니다. 그러나 비록 과거 원수
관계였다 하더라도 애도를 하지 않고 그 죽음을 고소하게 생각하고 기
뻐한다면 우리는 그 사람을 비열한 인간이라고 욕할 것이다. 물론 김대
통령은 기뻐하지도 않았고, 정상회담이 무산된 데 대해 아쉬워했다. 그
러나 애도가 없었기 때문에 김정일에게 악의적인 공격을 할 빌미를 주
었던 것이다.

　더욱 안타까운 것은 조문문제를 가지고 왜 사상 내지 이데올로기 논
쟁을 벌이고 그로 인해 국론분열까지 일어나고 국민을 혼란 속에 빠뜨
리는지 모르겠다. 청와대는 "이런 저런 이유로 조문할 수 없다"고 하면
그만이요, 모 야당의원은 "이런 저런 이유로 조문했으면 좋겠다" 하면
그만이다. 그런데 '용공좌익세력'이니 '극우보수세력'이니 하고 서로
매도하고 심지어 상의군경들이 그 야당의원 사무실에서 야만적인 난동
까지 부리고……

　북한도 그렇다. 처음에는 조문사절을 받지 않는다 해놓고 뒤에 와서
받겠다는 것도 도리에 맞지 않고, 심지어 '애도 인파가 많아서'라는 이
유로 장례식을 연기한다는 발표에는 아연할 수밖에 없다. 또 아무리 김
영삼 대통령을 비난하고 싶어도 지금은 상(喪) 중인데 비방 자체가 예
가 아니며, 비난할 일이 있어도 장례식이 끝난 후 얼마든지 할 수가 있
는데 무엇이 그렇게 급한지?

정말이지 이것저것 안타까운 일이 한두 가지가 아니다. 남북한 다 같이 왜 이러는지 모르겠다. 무슨 저주받을 운명을 타고난 민족이기에 일제 36년에 분단 50년이 되는데도 반성과 교훈을 얻지 못하고 구태의연한 행동을 되풀이하고 있는지 모르겠다. 비록 외세에 의한 분단이었지만 이를 빨리 극복하지 못하면 외세를 원망하기 전에 자업자득이라고 우리 자신을 원망할 수밖에 없다. 지금부터라도 우리 민족의 위대한, 강인한 저력을 세계만방에 나타내어야 한다. 그리고 필자가 통일을 열망하는 나머지 그렇게 생각하는지는 모르지만 아무래도 현실적, 실제적인 면에서 김대통령에게 제일 기대를 걸 수밖에 없다. 김주석 사망 전에는 나이로 보나 항일투쟁경력으로 보나 김주석이 형님뻘이었지만 이제 그런 위치도 바뀌있고, 선거에 의한 정상이라는 정당성이나 경세적 우월까지 고려한다면 통일을 이끌어내는 데는 김대통령이 거의 절대적 위치를 차지하고 있다. 김대통령의 통일의지만 확고하다면 통일은 의외로 빨리 올 수 있다.

김영삼 대통령에게 충심으로 바란다. 먼저 비극적인 분단의 열매를 따 먹고 영화를 누리는 기득권 세력을 설득하여 국민들의 신임을 얻고, 북한에 대해서는 강자답게 관용도 베풀고 양보도 하고 도와줄 것은 도와주어야 한다. 또 상호주의에 집착하지 말고 평양을 두번 세번 방문해서라도 김정일을 설득시켜 북한 인민의 민심을 얻는다면 통일은 결코 절망적이지 않을 것이다. 부디 하늘이 주신 이번 기회를 놓치지 말고 통일을 이룩한 역사에 빛날 대통령이 되시기를 빈다. 양보없이 통일없다.

(〈경기대 소식〉 제4호, 1995. 8)

제2부 인간적인 철학하기

1. 철학이란 무엇인가 I

일반적으로 대학에서 교양과목으로 철학개론이라는 강좌를 개설하여 신입생에게 가르치는 내용 중 가장 중심적인 것이 바로 '철학이란 어떤 학문인가' 하는 것이다. 나도 대학 1학년 때 처음으로 철학 강의를 들었다. 그토록 배우고 싶었던 철학이건만 강의를 들어도 뭐가 뭔지 잘 몰랐고 덤덤했다. 교양필수(지금은 대부분의 대학에서 선택과목이지만 그 당시는 필수과목이었음)이다 보니 학생수가 많아서 그랬는지, 전공하는 사람이니까 개론을 우습게 보고 공부를 게을리해서 그랬는지, 아니면 교수가 어렵게 가르쳤는지 또는 3선개헌 시위 등으로 수업이 중단된 때가 많아서 그랬는지 모르겠지만, 철학개론 시간에 무엇을 배웠는지 머리에 남는 것은 별로 없었다.

철학개론 공부를 제대로 한 것은 대학원을 졸업하고 서울대 농대(1980년)에서 철학개론을 가르칠 때부터였다. 교학상반(敎學相伴)이라더니 정말 배우면서 가르치고 가르치면서 배웠다. 아는 것이 많지 않았기 때문에 처음 한 학기 동안은 가르치는 시간보다 연구하는 시간이 더 많았다. 궁즉통(窮卽通)인지 1학기 강의를 하고 나니까 개론이 무엇인지 또 그것이 얼마나 중요한가를 깨달을 수 있었고, 2학기부터는 가르침의 두려움에서 벗어날 수 있었다. 개론 공부를 열심히 하지 않은 탓으로 엄청난 시행착오를 겪은 셈이다. 지금도 많은 학생들이 개론 공부를 등한시하고 교양 과목을 우습게 생각하는데 이것은 아주 잘못된 생각이다.

이제 우리 모두 철학이 무엇인가를 알아보기 위해 나의 전철을 밟지 말고 경험을 되새김질하면서 또 스스로 생각하면서 부담감 없이 과감하게 출발해보자.

철학의 출발점은 '반성과 비판'

앞에서도 잠깐 언급했지만 플라톤과 아리스토텔레스에 따르면 철학의 '출발'은 '놀람(경이, 驚異)'이라 했고, 데카르트는 '회의(doubt)'에서 시작한다고 했는데 상당히 공감이 가는 주장이다. 일상생활의 평범한 경험과는 다른 특수한 경험으로 놀라거나 어려운 문제에 부딪혀 그러한 문제에 대해 계속 회의를 하는 것이 바로 철학함이요, 철학의 출발이다.

어느 날 갑자기 누나가 교통사고로 죽어서 다시는 그녀의 얼굴을 볼수 없게 되었을 때 "죽음이란 무엇인가?" 하고 죽음에 대해 깊이 생각하거나, 어느 날 친한 친구가 자기를 배신했을 때, "내가 무엇을 잘못했기에 저 친구가 나를 배신했을까?" 하고 반성하는 것도 철학의 시작이다. 또 어느 날 친구 집에 놀러 갔더니 그 집은 대지가 300평인 데다 건평이 100평이나 되고, 뒷마당에는 풀장이 있고, 고급 승용차가 2대나있는 것을 보고 놀라면서 '친구 집은 저렇게 부자인데 우리는 왜 집도없이 전셋집에서 비좁게 살아야 하며, 자가용도 없는가?' 하고 회의를하거나 나처럼 '덕과 행복의 불일치'에 대해 깊은 고민을 계속하는 경우, 그것이 바로 철학을 하는 것이다.

앞의 경우 어떤 소년이 빈부격차의 원인에 대해 고민할 때 나름대로 얻을 수 있는 해답은 다음과 같은 것 중에 하나일 가능성이 크다.

첫째, 친구 집은 할아버지 때부터 부자여서 그의 아버지가 유산을 많이 받아서 부자이고 우리는 할아버지 때부터 가난하여 지금도 가난하다. 둘째, 친구 아버지는 교육을 많이 받아서 높은 자리에 있기 때문에 월급이 많아 부자가 되었고, 우리 아버지는 그렇게 하지 못하고 노동자가 되어 월급이 적어서 가난하다. 셋째, 친구 아버지는 부지런하고 검소해서 부자가 되었고, 우리 아버지는 게으르고 낭비가 심해서 가난하다. 넷째, 들리는 소문에 의하면, 저 집 아버지는 땅 투기와 부정을 해서 돈을 많이 벌었고, 우리 아버지는 양심적이고 모험을 싫어해서 가난하다 등등 여러 인식들이 있을 것이다. 그리고 사람들은 이런 사색들을 바탕으로 나름대로 가치판단(반성과 비판)을 해서 행동으로 나아간다.

예를 들어, 첫째가 원인이라고 판단했을 경우, 나도 돈을 많이 벌어서 내 자식에게 유산을 많이 남겨주어야겠다고 생각할 수가 있고, 또 부모가 번 돈을 자식에게 그대로 물려주는 것은 옳지 않다고 판단하고 상속에 대해 많은 세금을 부과해야 한다고 주장하면서 자신은 죽을 때 전 재산을 사회에 환원하겠다고 판단할 수도 있다. 또 철학자 마르크스처럼 사유재산은 빈부격차를 가져오는 '악'이라고 판단하고 '사유재산 폐지운동'에 이바지할 수도 있다. 둘째가 원인이라고 생각하는 사람은 과외 수업이나 조기유학을 해서라도 공부를 많이 하여 돈 많이 주는 직장에 취직을 할 수도 있고, 노조에 가입하여 노동자의 임금인상 투쟁을 할 수도 있다. 셋째가 원인이라고 생각했으면, 그는 낭비하지 않고 근검 절약할 것이다. 마지막으로, 넷째가 원인이라고 생각한 사람은 자기도 땅 투기나 부정을 해서 돈을 벌려고 하거나, '인간이라면 최소한 남에게 피해를 주어서는 안 된다'며 부정을 하지 않고 부자를 부러워하지 않으며, 적게 벌면 적게 쓰면서 떳떳하게 살 수도 있다. 이러한 것들이 바로 '반성과 비판'이다.

　명확하게 의식의 단계를 규정할 수는 없지만 대체로 인간의 의식은 느낌(감각)→지각→회의→반성→비판을 거쳐서 행동으로 나아간다. 반성과 비판을 거치는 것은 바로 훌륭하게 철학하고 있는 것이다. 여기서 알 수 있듯이 철학은 하늘에서 내려온 신비스러운 것도 아니고 우리의 일상 경험과 관계없는 초경험적인 것을 다루는 것도 아니다. 철학의 재료는 어디까지나 자기가 경험하고 있는 현실에서 공급된다. 또 강단에서 논리적·체계적으로 철학적 지식을 배우는 것만이 철학하는 것이 아니요, 철학자만이 철학을 하는 것도 아니다. 행동을 무시하고 이론 탐구에 치우쳐 공리공론만 일삼는 것은 더욱 아니다.

　삶의 문제에 대해 스스로 진지하게 고민하는 사람은 누구나 철학을 하는 것이다. 삶의 문제나 인생의 의의, 목적 등에 대해 어떤 태도나 견해를 가지는 것을 그 사람의 인생관이라고 하는데, 이 인생관에 따라 그 사람의 삶의 방식이 달라지므로 '인생관을 어떻게 세울 것이냐' 하는 문제가 아주 중요하다는 것을 알 수 있다. 일찍이 칸트는 자주 사람들에게 "철학을 배우지 말고 철학함을 배우라"고 강조했고, 이른바 철학하는 사람들이 내용없는 개념을 농(弄)하고 '흉내내 얘기'하는 것을 경계했으며 스스로 생각하고 '제 발로 설 것'을 요구하였다.[1]

철학은 광범위한 학문

　학문이라면 반드시 탐구 대상이 있다. 법학은 법, 생물학은 생명체, 물리학은 물리현상을 탐구한다. 그러니까 개별과학은 그 명칭만 들어도 탐구대상을 대충 알 수 있다. 그렇다면 철학의 탐구대상은? 정말 막

---

1) 백종현, 《철학논설》, 철학과현실사, 1999, 21쪽 참조.

연하다. 꼭 집어서 무엇이라고 말하기가 곤란하다. 철학을 "인간을 포함하여 우주만물의 궁극적 원리를 추구하는 학문이다"라고 정의하는 경우 그 대상은 무엇일까? 어떤 구체적 대상을 관찰·실험하는 것도 아니고 궁극적 원리가 눈에 보이는 것도 아니요, 우주 전체라고 하니까 더 막연하다. 철학이란 원래 그렇게 막연한 것이다. 만물의 궁극적 원리가 모든 대상에 보편적으로 적용되는 원리이고 보면 철학의 대상은 우주만물 전체라고 할 수밖에 없다. 그리고 모든 학문은 각자 나름대로 근원적 원리가 있기 때문에 철학은 모든 학문에 일정 부분 관여한다.

이처럼 철학은 모든 학문, 모든 대상에 일정 부분 관여하기 때문에 모든 학문이나 대상에 철학이란 명칭을 붙일 수 있다. 그러므로 법철학, 정치철학, 과학철학, 언어철학, 예술철학, 종교철학 등이 생겨나며, 술철학, 섹스철학, 돈철학, 사랑철학, 자연철학, 동물철학도 성립될 수 있는 것이다. 그렇다고 철학이 모든 대상 하나하나에 철학이란 명칭을 붙여서 모두 탐구할 수도 없고 그럴 필요도 없다. 중요한 몇 가지를 분석해보면 거기에는 공통의 원리가 있다는 것을 알 수 있으며, 이러한 원리가 존재자 전체에 적용될 때 그것은 만물의 보편적 궁극원리가 된다.

아리스토텔레스는 철학이 존재하는 사물들을 포괄적으로 보고 전체지(全體知)로서 파악하려고 하기 때문에 철학의 대상은 '존재하는 것으로서의 존재' '존재하는 것의 전체'라고 했다. 그리고 그것을 '존재자의 존재'라고 불렀다. 개별적인 존재자가 아니고 모든 존재자를 포괄하는 존재에 관한 전체지[2]는 감각적인 경험을 뛰어넘으며, 개별과학에서 얻어지는 지의 합계도 아니다. 그러니까 철학적 전체지는 개별적 사물

---

2) 모든 존재자를 존재자이게끔 하는 원리, 즉 모든 존재자를 포괄하는 존재에 관한 원리는 무엇일까? 그것이 도(道)일까, 이(理)일까, 기(氣)일까? 아니면 마음일까? 물질일까? 아니면 신의 섭리나 제3의 무엇일까?

들을 하나하나 구체적으로 관찰·실험하여 얻는 것이 아니라 존재하는 것들을 포괄하는 지평에 서서 근원적인 것을 지향하여 이루어지는 것이다. 따라서 관찰이나 실험 등의 귀납적 방법이 아니고 추리적이고 직관적인 방법이 철학의 방법이다.[3]

그러나 이 중에서도 철학의 가장 중요한 대상은 인간이요, 인간에 있어서도 정신(의식)이다. 그런데 정신은 고정·불변하는 실체도 아니요, 구체적 감각물이 아니기 때문에 역시 철학의 대상은 막연하다. 또 정신은 탐구의 주체이기도 하고, 탐구의 객체이기도 하기 때문에 역시 철학의 대상은 공허하다는 느낌도 들고 어렵다는 느낌도 든다.

철학은 보편적 원리를 탐구한다

모든 존재물은 홀로 존재하는 것이 아니다. 다른 존재자와 서로 관련되어 있고 서로 영향을 미친다. 따라서 내용과 형상 및 관계까지 고려한 전체적·포괄적 이해란 아주 어렵다. 그러나 전체적으로 이해하여야만 보편적 진리에 접근할 수 있고, 철학은 보편적 원리를 탐구하는 보편학이다.

나무를 예로 들어보자. 우선 눈에 보이는 나무의 줄기, 가지, 잎, 열매 등을 알아야겠지만, 땅을 파서 뿌리도 보아야 하고, 나무의 몸통을 잘라서 속도 보아야 하고, 나무의 근원인 씨도 알아야 한다. 또 나무와 땅, 공기, 물 및 햇빛과의 관계도 알아야 하고, 나무의 성질 및 용도도 알아야 하고 그리고 나무가 변하면 무엇이 되는가를 알아야 나무에 대해 어느 정도 전체적·포괄적 이해를 했다고 할 수 있다. 그러나 아직 멀었다. 지금까지는 "장님이 코끼리 만지는 격이다"라는 경구의 비난만 면

---

3) 백종현, 앞의 책, 23쪽 참조.

할 뿐이다. "나무만 보고 숲을 보지 못했다"는 비난은 어떻게 면할 것인 가? 그러니까 뒤 배경까지 보아야 하며 다른 나무들과의 관계까지 알아 야 한다. 다시 말하면 나무의 역사성과 사회성까지 알아야 한다.

이러한 논리를 인간사회에 적용해보자. 성격과 환경이 다르고, 사회 적 위치나 계층이 다르고, 따라서 이해관계가 다르고, 욕망 충족을 위 해 사실 관계를 왜곡하고 거짓을 행하기도 하는 인간사회에서 그 구성 원 모두에게 보편타당한 원리를 찾거나 규범을 만드는 것은 거의 불가 능에 가깝다. 위의 나무를 알기보다 훨씬 어렵다. 또 보편적 규범을 만 들었다고 해서 그것을 실천하기란 더 어렵다. 여기서 우리는 "최대 다 수의 최대 행복"이란 공리주의 원리가 민주주의의 다수결 원칙과 마찬 가지로 어떤 것을 결정해서 실행하기 위한 방편에 불과하지 그 자체가 진리가 아니라는 것을 알 수 있다. 가능하면 소수자의 억울한 피해가 없어야 한다. 그러기 위해서는 전체적·포괄적으로 이해하여 구성원 모두에게 타당한 보편적 원리를 찾기 위해 최대한 노력해야 한다. 한 7~8년 전에 강의실에서 다음과 같은 대화를 나눈 적이 있다.

학생:선생님, 신이 있습니까?
선생:모른다.
학생:최초의 인간은 누가 만들었습니까?
선생:그것도 모른다.
학생:모든 인간에게 타당한 절대적 진리가 있습니까?
선생:글쎄, 나도 거기에 대해 '있다, 없다' 단정적으로 말할 수는 없 고, 보편 타당한 진리를 찾기 위해 노력중이다.
학생:그렇게 확실히 모를 바에야 철학을 공부할 필요가 있습니까?
선생:???

다른 학생들:하하하

선생:(좀 뜸을 들이고, 그 학생을 쳐다보면서) 자네 말이 상당히 일리가 있고 좋은 질문이다. 그러나 너 오늘 운이 좋다. 네가 안현수 같은 민주적이고 개방적이고 솔직한 선생을 만났기에 칭찬을 듣지, 권위적이고 폐쇄적이고 교만한 선생을 만났더라면 "너 이놈, 아직 어린놈이 철학을 알면 얼마나 안다고 배울 필요가 있느니, 없느니 하느냐?" 하고 심히 꾸중을 들었거나, 알밤을 몇 개 까먹어야 했거나 아니면 "철학 공부 필요없으면 공부하지 말고 당장 나가" 하고 강의실에서 내쫓겼을 것이다. 어쨌든 질문을 했기 때문에 약속대로 성적이 C가 나오면 B를, B면 A를 주겠다.

다른 학생:야, ○○는 땡잡았다. 나도 질문을 할걸······.

그렇다. 어차피 우리가 철학(다른 학문도 마찬가지지만)을 한다는 것도 장님이 코끼리 만지는 격이다. 코끼리 다리를 만진 사람은 기둥 같다고 할 것이고, 코를 만진 사람은 야구 배트 같다고 할 것이고, 귀를 만진 사람은 부채, 몸통을 만진 사람은 드럼통 같다고 할 것이다. 그러나 코끼리의 다리도 만져보고, 코, 귀, 몸통, 꼬리까지 만져본 사람이 코끼리의 코나 다리만 만져본 사람보다 코끼리에 대해 이해도가 더 깊고, 진리에 더 가까이 다가갈 수 있을 것이다. 또 두 사람의 의견이 대립될 때 서로 대화를 나누고, 토론을 벌이고, 반성과 비판을 거쳐 두 의견이 종합·통일되면 이 통일된 의견은 각자의 의견보다 진리에 더 가까울 것이다. 그래서 헤겔은 "진리는 전체이다"라고 말했던 것이다.

예를 들어 현재 의술로 모든 병을 다 고칠 수는 없다. 또 설사 다 고친다 하더라도 새로운 병이 또 생겨난다. 그러나 병을 완전히 다 고칠 수 없다고 해서 우리가 의학 공부를 포기할 수 있는가? 안 될 말이다. 그리스 신화의 시지프스처럼 돌이 굴러 내려오면 올리고, 또 내려오면 올리고 하는 것이 우리의 삶이요, 끊임없이 노력하는 데 삶의 가치가 있는 것 아니겠는가! 또 그렇게 노력했기 때문에 오늘날 찬란한 문화나 문명을 이룩한 것 아닌가! 코끼리가 있는 한 "코끼리가 무엇이다"라는 진리가 있듯이 나는 모든 인류에게 타당한 절대적 진리가 있다고 믿는다. 또 절대적 진리가 없다 하더라도 상대적 진리는 그것대로 필요하다. 천연두에 대한 지식은 모든 병에 대해서는 상대적이지만 천연두에 대해서는 절대적 진리이다.

신이 있는지, 최초의 인간은 누가 만들었는지, 또 어떻게 사는 것이 가장 올바른 삶인지 나도 확실히 모른다. 그러나 그러한 한계가 있다고 해서 학문이 불필요하다거나 처음부터 명증성을 요구하면 우리는 진리를 향해 한 발자국도 나아갈 수 없다. 나도 앞서 말한 학생처럼 대학 다닐 때 그러한 명증성에 집착하다가 학문을 게을리한 것이 지금 몹시도 후회가 된다. 확실하게 모르는 것은 보류한 채 이성의 요구에 따라 연구를 하다 보면, 몰랐던 것도 알게 되고 또 확실히 몰라도 이해가 깊어진다. 인간을 좀더 연구해보겠다고 철학을 택했지만 아직도 안개 속이다. 모순·갈등·회의가 해결된 것도 있고, 줄어든 것도 있지만 더 큰 새로운 회의와 갈등을 겪기도 한다.

그리고 모든 사람이 철학을 하고 철학적 지식을 가져야 하겠지만 특히 정치 지도자나 사람을 거느리는 지위에 있거나 사람을 가르치고 심판하는 사람은 반드시 철학을 해야 한다. 왜냐하면 일반 사람은 판단을 잘못해도 자기 자신만 손해를 보면 그만이지만 높은 지위에 있는 사람이 부분만 알고 전체적으로 올바른 판단을 못하면 그 사람만 손해를 보는 것이 아니라 많은 사람에게 손해를 끼치기 때문이다. 전체적 파악이라 해서 부분적인 분석을 게을리해서는 아니 된다. 예리하게 파헤쳐서

종합을 해야 전체적 파악도 제대로 되지, 부분도 모르고 두루뭉수리로
전체를 파악해서는 안 된다. 따라서 철학은 다양한 시각으로 사태를 조
망할 수 있도록 하여 일반 사람들이 한 시각에 쏠려 있을 때 그것을 비
판하여 균형 감각을 잃지 않도록 하는 일이다. 이런 점에서 철학이 구
하는 것은 지식이 아니라 지혜라 할 수 있다.

철학은 기초학문의 기초학문

철학개론 첫 시간에 학생들에게 '철학은 어떤 학문인가'에 대해 물어
보면, "모든 학문의 근본학, 학문 중의 학문, 고민하며 깊이 생각하는
학문, 애지(愛知)의 학문, 인생관을 세워서 가치있는 삶을 살아가게 하
는 학문, 어렵고 골치아픈 학문, 실생활에 별로 도움이 되지 않는 말씨
름(탁상공론)만 하는 학문, 모든 대상에 관련이 되는 광범위한 학문, 미
래를 점치는 신비로운 학문" 등등의 대답을 한다. 그러나 이런 대답 중
에는 철학에 대해서 잘못 생각하거나 오해하고 있는 부분도 적지 않다.

먼저 근본학부터 분석해보자. 학문의 시작이 '말하기'와 '셈하기'라
고 할 때 국어와 산수가 가장 근본학이요, 기초학이다. 학문은 '체계적
지식'이기 때문에 말하기와 셈하기 그 자체만으로는 학문이라 할 수 없
다고 하는 경우에도 수학과 물리학만큼 체계가 정연하고 근본이 되는
학문도 없다. 또 인간은 공동생활을 하기 때문에 그것의 질서유지, 개
인의 생명 및 재산보호 등 통치가 필요하므로 이런 의미에서 정치학이
근본학이라 할 수 있고, 인간도 먹고살아야 하므로 재화를 생산·공급
하는 경제학이나 자연과학도 근본학이라 할 수 있을 것 같다.

그런데 왜 철학을 근본학이라 하고 학문 중의 학문이라 하는가? 아마
여기에는 두 가지 뜻이 있는 것 같다.

앞에서도 말했지만 '철학의 시작'이라는 것이 바로 삶의 시작이고 학

문 일반의 시작이라고 할 수 있다. 지식이나 사회가 단순하고 발달되지 않았던 옛날에는 학문이 분화되어 있지 않았고 그저 의문이나 회의를 가지고 탐구하는 모든 것을 철학이라고 했다. 그러니까 초기에는 철학이 '학문 일반'을 가리켰다. 그런데 지식과 사회가 발달함에 따라 학문이 분화되고 해답이 분명하게 주어지는 것은 모두 철학에서 분리되어 개별과학이 되자, 아직 물음의 대상도, 해답도, 찾을 수 있는 방법도 확실치 않은, 그러면서도 인간의 삶에 기초적인 문제들이고, 잠정적으로라도 각자 나름대로 하나의 답을 택해 살 수밖에 없는 문제들(예를 들면 인간이란 무엇인가, 인간은 어떻게 살아야 하는가, 인간의 삶에는 목적이 있는가, 진리란 무엇이며 영혼은 불멸한가, 신은 존재하는가 등)을 철학이 다루고 있다. 이런 의미에서 철학은 근본학이라 할 수 있다.

또 다른 의미로는 인간은 야수처럼 약육강식하거나 돼지처럼 먹는 것만으로 만족할 수 없고 또 혼자 살 수 없으므로 사회를 구성하여 문화를 창조하고 가치있는 생활을 영위한다. 공동생활에서는 먼저 윤리규범이 있어야 하고 또 공동생활에서 오는 모순과 갈등을 조화롭게 해결해야 한다. 그러기 위해서는 공동체의 모든 사람에게 타당한 보편적 원리를 찾거나 규범을 만들고 지키는 것이 중요하다. 이런 면에서 정치학, 법학, 철학이 근본학이 될 수 있다. 그러나 힘이나 법에 의한 강제보다 자율적으로 지키는 것이 참된 인간사회이다. 그리고 삶의 의미나 목적, 가치 등을 제대로 알아야 훌륭한 사회를 만들고 바람직한 인간이 될 수 있다. 이런 면에서 철학은 중요한 근본학이다.

그러나 철학을 근본학(radical science)이라고 말하는 가장 중요한 이유는 철학은 모든 개별학문의 근원을 밝히고 그것의 대상 인식에 관한 근거를 제공하고, 그리고 그것의 의의, 영향 등을 전체적으로 관련지어 비판도 하고 의미를 부여한다는 점에 있다. 다시 말하면 물리학은 자연법칙을 연구하고 법학은 법률관계를 연구하지만, 철학은 '자연법칙' 자체가 무엇인가, '법'이란 무엇인가를 묻는다. 그러니까 학문이라는 것이 진리를 탐구하는 것인데, 철학은 철학적 지식만 탐구하는 것이 아니라 모든 지식의 궁극원리, 근거, 요소, 곧 '진리란 무엇인가' '존재란 무엇인가' 등을 묻는다. 이러한 학문의 뿌리를 묻는 것은 철학에만 해당된다. 따라서 물리학이나 수학이 기초학문이라고 한다면 철학은 '기초학문의 기초학문' 곧 '근본학'이다.

요사이 신자유주의 교육이라는 기치 아래 가시적 물량적 성과를 내는 실용학문을 중시하고 사회를 떠받치는 눈에 보이지 않는 보편성을 추구하는 기초학문을 무시하는 경향이 짙다. 기초학문을 무시하면 장기적으로 실용학문도 제대로 발전할 수 없고 결국 학문 전체가 피폐해지고 사회도 침체에 빠질 수밖에 없다. 지금부터 바로잡지 않으면 머지 않아 값비싼 대가를 치를 것이다.

철학은 본질을 탐구하는 학문

본질 탐구야말로 철학의 가장 중요한 영역이요, 가장 많이 다루는 또 어려운 분야이다. 우리가 인간의 본질을 정확히 안다면 어떤 사람에게 사기를 당했느니, 배신을 당했느니 하고 분노하거나 억울해하는 일도 없을 것이며, 독이 있는 버섯을 먹고 죽는다거나 설탕인 줄 알고 먹었다가 소금이어서 물을 마구 마셔대는 일도 없을 것이다. 여기서 영리한 독자는 "아, 본질이라는 것이 직접 눈에 보이지 않기 때문에 어렵구나" 하는 것을 알 수 있을 것이다. 그렇다. 우리 눈에 보이는 것을 우리는 사물의 현상(現象, phenomenon, 보임새)이라 하고, 보이지는 않지만 현상의 배후에서 현상을 있게 하는, 사물이 본래부터 가지고 있는 근본 성질, 또는 사물의 구성 요소, 구성원리를 본질(本質, essence, 참모습)

이라 한다.

그렇다면 소금의 본질은 무엇일까? 짠맛일 것이다. 소금이 가루로 되었든 덩이로 되었든, 빛깔이 검든 희든, 짠맛이 없으면 그것을 소금이라 할 수 없다. 그러면 화폐의 본질은 무엇일까? 교환가치라는 것을 알수 있다. 가령 내가 A에게 만 원을 빌리고 나서 그 뒤 갚을 때 만 원짜리 지폐 1장을 주든, 오천 원짜리 2장을 주든, 천 원짜리 10장을 주든 아무 상관이 없다. 운반에 지장이 없다면 백 원짜리 동전 100개를 주어도 된다.[4] 왜냐하면 교환가치가 같기 때문이다.

그러면 소금이 짠지 단지는 그 맛을 보면 알지만 사람의 성격이 어떤지는 어떻게 알 수 있을까? 우선 외모로 판단하고 그 다음에는 말과 행동으로 판단한다. 그러나 그의 보임새만으로는 참모습을 알기 어렵다. 왜냐하면 인간은 얼마든지 가면과 위선을 쓰기 때문이다. 인간의 보임새와 참모습이 같다면 얼마나 좋을까? 참모습과 겉모습이 거의 일치하는 사람이 어린애들이다. 그래서 우리는 어린애를 천사라고 부른다. 영국의 비트겐슈타인(Ludwig J. J. Wittgenstein)은 "인간의 신체는 인간 영혼에 대한 최상의 그림이다"라고 말했는데 그는 어린애처럼 순진해서 그런 말을 했을까? 사실 그는 부모님으로부터 받은 유산을 형제들에게 다 나누어주었으며, 대학교수를 그만두고 초등학교 선생 노릇도 한 그야말로 순수한 사람이었다. 그러나 그의 성격 때문에 그런 말을 한 것만은 아니다. 결국 본질은 현상을 통해 드러나기 마련이다. 사람을 "한두 번 속일 수는 있어도 영원히 속일 수 없다"는 말도 언젠가는 본질이 드러난다는 뜻이다. 특히 위급한 상황이나 이해관계가 크게 얽혀 있

---

4) 2000년 4 · 13 총선 때, 입후보자 등록비 2000만 원에 대해 그것이 부당하다고 판단한 민주노동당의 모 후보가 항의 표시로 백 원짜리 동전 20만 개를 납부한 일화가 있다. 귀찮고 불편하지만 교환가치가 같으니까 선관위원으로서는 받을 수밖에 없는 것이다.

는 경우를 만나면 본질은 여지없이 드러난다.[5] 또 술이 취하면 인간은 자신의 가면을 잘 벗는다.

그러나 인간은 의도적으로 본질을 속이거나 감춘다. 또 지배세력이 권력을 유지하기 위해서 본질을 왜곡하고, 본질을 드러내는 비판세력을 탄압할 때는 현상과 본질이 나타나는 시간 차이가 너무 길 수도 있다. 따라서 개인의 성격을 알기 위해서는 오랜 사귐이 필요하고, 통치구조나 이데올로기의 본질을 알기 위해서는 이성적 통찰과 분석이 필요하다. 사실 본질과 현상이 똑같으면 학문은 불필요할 것이며, 반대로 본질과 현상이 전혀 다르다면 학문은 불가능할 것이다.[6] 현상으로부터 본질에 이르는 과정이야말로 고난에 찬 학문적 탐구의 과정이거나 실천적 투쟁의 과정이다. 코페르니쿠스의 지동설이나 프랑스대혁명은 오랜 시차를 두고 진리나 정의의 본질이 현현(顯現)한 것이다. 헤겔이 "이성적인 것은 현실적이요, 현실적인 것은 이성적이다"고 한 말도 이해하기 어려워 보이지만, 긴 시차(time-lag)를 넣으면 이해가 되는 말이다.

다음으로 사물의 구성원리에 대해 분석해보자. 흔히 외형은 본질과 별 상관이 없다고 하는데 과연 그럴까? 우리는 우선 사람을 무엇으로 구별하는가? 얼굴 모습이다. 사람과 소를 비교하면 그 형태가 다른 것을 쉽게 알 수 있다. 그러나 사람 형태가 비슷해도 우리는 개개의 사람들을 구별한다. 이것은 개인마다 독특한 얼굴형을 가지고 있기 때문이다. 얼굴 형태가 다르다는 것은 구성인자(이것을 생물학에서는 유전인자라고 하는지도 모르지만)가 다르기 때문이다. 그리고 이 인자원리가 사람의 성격(성질)과 외형(얼굴 형태)을 상당히 규정짓는 것 같다.

---

5) 비슷한 예로 그냥 테니스 게임을 하면 떼를 쓰지 않던 사람도 '내기' 게임을 하면 공이 분명히 라인에 떨어졌는데도 '아웃' 하고 떼를 쓴다.
6) 한국철학사상연구회, 《삶, 사회 그리고 과학》, 동녘, 1991, 219쪽.

아무튼 이런 구성원리를 다른 존재자들에게로 확대해보자. 우리는 일소와 젖소가 아무리 달라도 소라고 부른다. 또 말처럼 생긴 소가 있어도 우리는 소와 말을 구별한다. 당나귀가 일반 말과 달라도 그것을 말의 일종이라 부르지, 소의 일종이라고 부르지 않는다. 이처럼 우리가 소와 말을 구별할 수 있는 것은 소의 구성원리와 말의 구성원리가 다르기 때문이다. 또 우리는 시골서 소를 보고 서울 와서도 눈앞에 소가 없는데도 소의 상(image)을 떠올린다. 이것이 소의 표상(관념)이다. 그리고 동두천 가서 소를 보았을 때 '아, 저것은 내가 시골서 보았던 것과 같은 종(種)의 동물이구나' 하고 인식한다. 이렇게 각 종마다 공통적으로 가지는 보편적 상(像)을 철학에서는 '형상(形相)'이라고 하는데 이것을 플라톤은 이데아(idea)라고 했고, 아리스토텔레스는 에이도스(eidos)라 했다. 이 형상이 바로 사물의 구성원리이다. 이 구성원리는 일정한 구성비율로 되어 있어서 이것을 수로 나타낼 수 있다고 주장한 사람이 피타고라스이다. 그래서 그는 만물의 근원을 '수'라고 했던 것이다. 여기서 수란 만물의 구성비율, 즉 구성원리이다. 그리고 그는 직각삼각형에서 눈에 보이지 않는 $a^2 = b^2 + c^2$이라는 비율(성질)을 발견해낸 것이다.

그리고 아리스토텔레스는 모든 사물이 질료(質料, hyle, matter)와 형상(形相, eidos, form)의 결합으로 만들어진다고 했다. 그런데 여기서 주의할 점은 자연물과 인공물은 다르다는 것이다. 사실 아리스토텔레스가 반성적 추리로 질료와 형상이 결합된다고 말한 것이지 그가 질료와 형상이 결합되는 것을 보고 한 이야기는 아니다. 자연물이 어떻게 만들어졌는지는 아무도 모른다. 따라서 질료와 형상으로 나누어짐은 우리의 의식이 나누는 것이요, 우리 의식 안에서이지 현실 공간에서 개체가 질료와 형상으로 나뉘어져 따로따로 존재하는 것이 아니요, 따로 따로 존재했다가 결합하는 것도 아니다. 플라톤은 의식 속에 남아 있는 불변하는 관념을 이데아라 하고 그것이 의식 밖에 독립자존(獨立自存)하며, 만물의 근원이라고 했지만 나는 동의하지 않는다. 아무튼 관념 내지 개념(보편적 관념, 보편자)이 실재한다고 하면 관념론이고 그것을 거부하면 유물론이다. 그러니까 관념론이니 유물론이니 하는 것은 처음에 사물을 분석, 설명하기 위한 방편으로 만들어진 개념인 것이다. 그것을 가지고 서로 옳다고 몇천 년 동안 불꽃튀기는 논쟁을 할 필요가 있었을까? 필자는 보편자가 실재한다고 하는 것은 사유의 남용이라고 생각한다.

그러나 인공물에 있어서는 처음부터 형상과 질료가 나누어진다. 우리는 집을 지을 때 먼저 머리 속으로 집의 구조(설계도, 형상)부터 구상을 한다. 그리고 이 구조에 따라 재료(질료, 즉 나무, 시멘트, 흙, 철근 등)를 짜맞춘다. 이것을 두고 어떤 사람은 형상이 먼저 존재하고, 형상이 만물의 근원이라고 관념론을 옹호하지만, 집에 대한 구상도 동굴이나 집 같은 바위를 보았기(경험했기) 때문에 나오는 것이지 아무것도 경험하지 않고는 나오지 않을 것이다. 라이트 형제는 새가 날아가는 것이라도 보았기 때문에 비행기를 만들어냈을 것이다. 물론 단순한 경험에만 머물러 있어서는 안 된다. 누가 10층집에 살아보고(경험하고) 나서 10층집을 만드는가? 우리는 경험을 정리하고, 종합하고 재구성함으로써 단순한 직접적 경험을 뛰어넘는다. 따라서 100층집에 살지 않았더라도 100층집을 지을 수 있다. 어쨌든 집의 구조가 우리 눈에 드러나는 것은 구조가 질료와 결합해야 한다. 또 집을 부숴버리면 집의 형태(구조) 즉 형상도 사라진다. 그러므로 질료 없이 형상이 현실에 존재하지 않는다. 신은 왜 보이지 않는가? 질료가 없기 때문이다.

그리고 앞 절에서 철학은 대상이 광범위하다고 했는데, 그 이유는 철학이 본질을 탐구하는 학문이기 때문이다. 모든 사물은 본질이라는 근본성질과 구성원리가 있으므로 모든 사물이 다 철학의 대상이 될 수 있다. 장자가 똥오줌에도 도가 있다고 했는데 이 도가 사물의 본질을 가리키는 것이 아닐까? 물론 철학의 최종 목적은 모든 사물에 보편적인 것을 추상해서 존재자 전체의 보편적 원리를 추리해내는 것이지만.

점치는 학문?

다음은 미래를 점치는(예언하는) 신비로운 학문이라는 견해에 대해 분석해보자. 인간은 동물처럼 과거→현재→미래로 흘러가는 자연적 시간의 흐름대로 살지 않는다. 또 현재에 만족하고 현재만 생각하는 동물이 아니다. 몸은 현재에 있지만 우리의 사유는 과거로 거슬러가기도 하고, 미래로 나아가기도 한다. 그리고 거슬러간 과거와 앞으로 나아간 미래가 현재로 와서 종합되어 다시 미래로 나아간다. 근원적 과거와 미래는 경험이 불가능하기 때문에 우리는 과거와 미래를 정확히 알 수가 없다. 그러면서도 그것들을 알고 싶어한다. 이것은 모순이다. 그리고 이 모순 속에 신비가 항상 끼여들 여지가 있다.

방학 때 시골에 가니까 철학과에 다니는 것을 알고 나에게 "손금을 봐달라" "관상을 봐달라"는 사람이 더러 있었다. 말주변만 있었더라도 여자들 손목이라도 잡고 즐겁게 시간을 보낼 수 있었을 텐데. 미아리 고개에 가면 "○○철학관" 하면서 철학관 간판이 무수히 붙어 있다. 요사이는 강남으로 옮겨서 벤처기업을 만들어 인터넷으로 점을 봐주는 회사도 있다고 한다. 도대체 철학하고 점보는 것은 어떤 관계가 있을까?

철학의 시조인 탈레스(Thales)는 "우주만물의 근원이 무엇이냐?"라는 물음을 제기하고 그 해답을 찾고자 노력하였다. 사실 이런 물음에 답을 얻는다고 해서 당장 밥이 생기고 떡이 생기는 것은 아니지만(앞

절 '철학은 기초학문의 기초학문' 참조) 필요성 유무를 떠나 인간에게는 알고 싶어하는 지적 본능이 있다. 또 과거는 그냥 과거가 아니고 현재와 미래의 원인으로 작용하는 과거이므로 과거의 근원을 알아야 현재와 미래를 설명할 수 있다. 그러므로 근원에 대한 물음은 그 자체로 훌륭한 것이다.

그러나 우리는 근원이나 조물주를 직접 경험할 수가 없다. 그렇지만 우리의 이성은 경험을 넘어서 하나의 원리로 다양한 경험들을 통일하여 설명하려는 욕구를 갖고 있다. 따라서 하나의 원리로 모든 것을 통일하려다 보니 경험하지 못한 데까지 나아간다. 그리고 경험하지 못한 것을 두고 하나의 원리로 설명하려고 하니까 모순되는 두 주장이 나타난다. 예를 들어 신이 있느냐 없느냐, 우주는 유한한가 무한한가, 닭이 먼저냐, 달걀이 먼저냐[7] 하는 문제 등이 그것이다. 이렇게 경험으로 접근할 수 없는 근본문제를 해결하고자 하는 경우에 이성은 스스로 자기모순에 빠져든다.[8] 여기서 이성의 예측(독단)이 나온다.

이 예측이 점쟁이들의 예언과 어떻게 다른가?

먼저 경험되지 않는 것에 대해 말하고 있다는 점에서는 서로 같다. 탈레스는 자신의 지식과 경험을 바탕으로 비판적 추론에 의해 물[9]이라는 신념에 도달했다. 그의 답이 옳든 그르든 여기에는 신비가 없다. 그러

---

7) 창조론을 믿는 사람은 닭이 먼저라 할 것이요, 진화론을 믿는 사람은 달걀이 먼저라 할 것이요, 이것도 저것도 아닌 사람은 판단을 유보할 수밖에 없다.

8) 칸트는 서로 대립하고 모순되는 두 개의 명제가 동등한 권리를 가지고 주장될 때, 이것을 해결하고자 하는 경우에 이성이 빠져드는 자기모순을 이율배반(二律背反, Antinomie)이라고 했다.

9) 사실 물에는 산소와 수소라는 두 개의 원소밖에 없다. 현재 지구상에는 약 100개 이상의 원소가 있다. 또 앞으로 우리의 지식이 늘어나면 얼마나 더 새로운 원소가 발견될지도 모른다. 그러므로 탈레스의 답은 틀렸다. 그런데도 우리는 왜 탈레스를 '학문의 시조'로 추앙하는가? 그것은 그가 아무런 근거도 없이 근원을 설명하는 신화나 신에 의한 설명을 거부하고, 자신이 직접 주체적인 탐구를 시도한 최초의 사람이요, 또 인간을 인식의 주체로 확립한 최초의 사람이기 때문이다.

나 현실의 경험을 무시하거나 자연법칙과 어긋나는 주장을 할 때 거기에는 신비가 꽃을 피우고 그것은 미신과 직결된다. 근원의 탐구 때문에 철학과 종교가 그 부분에서 겹치기도 하는데, 근원이 신이든, 물질이든, 정신이든, 그 어느 것을 믿어도 합리적이다.

그러나 그 근원이 자연법칙이나 우리의 경험을 무시하고 우리를 좌지우지한다고 믿으면 문제는 달라진다. 무당이 우리의 팔자를 고쳐준다거나 신이 죽은 자를 다시 부활시킨다고 주장하면, 그것은 미신이 되며, 또 철학과 거리가 멀어도 한참 멀다. 물론 어떤 철학자는 사유의 자유와 검증불가능을 이용하여 현실의 제약을 무시하고 실증적 근거도 없이 세계 전체(과거, 미래를 포함하여)를 사유 속에서 해명하고, 세계의 모순을 하루 아침에 해결할 수 있다고 큰소리치면서 신비스러운 허황한 이론을 주장하기도 한다. 이런 사람은 머리가 돈 사람이거나 사기꾼이다. 철학은 종교처럼 결코 진공 속에서 이루어지지 않는다.

또 어떤 사람은 지식 체계로서의 철학을 포기하고 실천적 수양 및 참선 과정에서 얻은 지혜를 우화적 또는 시적 은유를 통해 간접적으로 표현하려고 한다. 예컨대 "산은 산이요, 물은 물이로다"라는 유명한 법어 속에는 오묘한 진리와 지혜가 담겨 있겠지만, 이 법어는 물리학의 법칙과 같은 지식이 아니며 아무도 이를 학문이라 하지 않는다.[10]

그런데 사람들은 보통 이런 종류의 가르침이나 깨달음을 두고 '철학적'이란 표현을 쓴다. 인간이 욕망에 사로잡히면 이성이 마비되어 진리를 올바로 찾을 수 없기 때문에 참선 과정에서 욕망을 극복하고 지혜를 얻는 것은 올바른 '철학함'이다. 또 이런 지혜는 미래를 예측하는 데 도움을 준다. 또 사람의 상(相)을 많이 관찰하여 통계수치를 내어 어떤 상

---

10) 한국철학사상연구회, 《삶과 철학》, 동녘, 1994. 267쪽 참조.

을 가진 사람은 어떤 성격이고 따라서 앞으로 어떻게 될 것이라고 확률적으로 이야기할 수도 있다. 또 우리가 경험과 연구를 많이 하면 그 사람의 표정과 행동만 보아도 그의 마음을 읽을 수 있고, 그의 미래가 어떻게 될지 예측할 수도 있다.

그러나 깨우쳤기(得道) 때문에 그 깨우침이 인간 미래의 길흉화복을 좌지우지한다거나 축지법을 쓸 수 있게 한다는 등 초인간적 · 초자연적 능력을 발휘할 수 있다는 식의 발상은 지혜의 월권이요, 그런 것에 철학이라는 말을 갖다붙이는 것은 철학의 남용이다. 이상과 같이 무당들의 철학 도용, 사이비 철학자들의 신비로운 주장, 일반 사람들의 신비화에 대한 호기심, 지혜의 남용 등으로 철학이 신비로운 학문으로 오해를 받지만 그런 것은 결코 참된 철학이 아니다.

그러면 신비주의는 미신으로 귀착되는 해로운 것일 뿐인가? 꼭 그런 것만은 아니다. 인간의 삶은 선택의 연속이다. 어느 쪽을 선택하는 것이 좋을지 모르는 경우도 많고, 선택하기 위해 많이 생각하는 것이 고달프거나 귀찮은 경우도 적지 않다. 더 생각해보아야 뾰족한 수도 없고, 어느 쪽으로 결정이 나도 큰 문제가 없을 때 누구나 점을 친다. 동전을 던져 앞면이 나오면 자장면을 먹고, 뒷면이 나오면 우동을 먹겠다고 결정하고 동전을 던지는 것도 훌륭한 점(결정, 예언)이다. 그런 면에서 점쟁이도 필요하고, 우리의 감정을 다스리는 신비주의도 필요하다.

따라서 우리는 자연법칙을 무시하거나 이성을 잃지 않는 범위 내에서 마음을 다스리거나 기분 전환으로 신비주의를 즐기면 된다. 그런 면에서 기우제도 마찬가지이다. 우리는 기우제와 비 오는 것이 아무런 상관 관계가 없다는 것을 잘 안다. 그러나 기우제를 지내고 나서 비가 오면 아주 기분이 좋은 것이고 안 와도 본전이다. 답답하고 불안한 나머지 기우제를 지낸 결과 마음이 안정되고 답답함이 해소되면 그것으로 좋은 것이다. 특히 옛날 왕이 기우제를 지낼 때는 자신의 잘못이나 부덕함을 반성하는 계기로 삼았다. 요사이도 우리가 자연환경을 파괴했기 때문에 가뭄이 계속되는 것이 아닌가 하고 얼마든지 반성할 수 있다. 그러므로 할머니가 세뱃돈 모아 한해 신수를 보러 점쟁이에게 가려고 할 때, 학교에서 과학적 지식을 좀 배웠다고 해서 "할머니 가지 마세요. 그것은 아무 소용도 없는 미신입니다" 하고 막무가내로 막을 일은 아니다. 한해 신수를 보고, 자식·손자 잘 되게 무당에게 복을 비는 것은 할머니에게 있어서 종교요, 정신적 보약이다. 그러나 기우제를 지내거나 한해 신수를 보는 데 과도한 경비를 지출하는 것은 이성을 잃은 처사이다. 종교도 크게 다르지 않다. 운동 선수가 출전 전에 하나님께 기도를 드림으로써 안정을 찾고 정신이 동일되어 자신의 능력을 최대로 발휘하면 그것으로 좋은 것이다. 그러나 그 대상이 꼭 하나님일 필요는 없다. 그것은 부처님이 될 수도 있고, 조국, 회사, 부모, 감독, 코치일 수도 있다.

철학은 애지(愛知)의 학문

선생:철학은 어떤 학문입니까?

학생:진리를 탐구하는 학문입니다.

선생:그러면, 철학만 진리를 탐구하고, 다른 학문은 진리를 탐구하지 않고 허위를 탐구합니까?

학생:???

선생:모든 학문이 다 진리를 탐구하는데 유독 철학을 애지의 학문이라고 말하는 이유는 무엇일까요?

　물론 철학의 어원이 '필로소피아(philosophia)'인데 이 말은 희랍의 필로스(philos, 사랑)와 소피아(sophia, 지혜)라는 말이 합쳐져서 만들어진 말이다. 진리를 사랑하니까 그것을 소유하려 하고, 소유하려면 그것을 탐구해야 한다. 앞에서도 말했지만 처음에는 학문은 다 철학이라고 하다가 철학에서 개별학문들이 떨어져나갔기 때문에 여기서의 진리탐구란 모든 학문에 적용된다고 확대해석을 해도 좋다. 그러나 그런 이유 때문만은 아니다. 여기서의 지(知)는 지혜의 뜻에 가깝다. 따라서 '애지의 학문'이라는 뜻을 좀더 깊게 이해하기 위해서는 지의 의미를 여러 각도에서 새겨보아야 한다. 지는 크게 '사실(事實)의 지' '형식(形式)의 지' '당위(當爲)의 지' '느낌(感覺)의 지'로 나눌 수 있다. 또 '절대적 지'와 '상대적 지'로 나눌 수 있고, 지식과 지혜로도 나눌 수 있다.

　'사실의 지'는 '물은 0°C에서 언다'든지, '산소와 수소가 결합하면 물이 된다'든지, 사물의 상태나 내용 및 법칙을 있는 그대로 밝히는 것이다. 이런 지를 탐구하는 대표적인 학문이 자연과학이다. 다음으로 형식의 지는 우리의 두뇌를 가지고 규정하거나 인식하는 지로서 'A는 A이다'라든지, 2+3=5라고 하는 지식이다. 이런 지는 필연적인 지로서 그것을 탐구하는 학문이 수학과 논리학이다. 그리고 '당위의 지'는 예를 들면, "사람은 살인을 해서는 안 된다" "사람이 착한 일을 하면 복을 받고 나쁜 짓을 하면 벌을 받는다" "사람은 거짓말을 해서는 안 된다" 등이 있다. 이것들은 자연법칙처럼 반드시 그렇게 되는 것이 아니고 우리들이 마땅히 해야 하는 요청이요, 의무사항이다. 살인은 나쁘고, 누구나 일어나지 않기를 바라는 일이지만, 살인사건은 일어나고 일어날 가능성이 항상 있다. 또 양심대로 살아서 복을 받는 사람도 있지만, 받지 못하는 사람도 있다. 이러한 가치문제를 주로 다루는 학문이 철학, 정치학, 법학 등이다. 마지막으로 '느낌의 지'는 문학이나 예술에서 아름다움(美)으로 표현된다. '우물가에 나팔꽃, 방긋 웃는 나팔꽃' 하고 표현하지만 실제로 나팔꽃이 웃는 것이 아니라 웃는 것처럼 우리에게 느껴지는 것이다. '백발 삼천 장(丈)'이란 말도 백발이 실제로 그렇게 길 수는 없겠지만 길다는 느낌을 아주 잘 표현한 말이다.

그런데 이렇게 지의 성질만 다를 뿐 아니라 그 지를 인식하는 내면의 정신력도 다르다. 그래서 우리는 예로부터 인간의 정신력(인식능력)을 지(知), 정(情), 의(意)로 나누었다. 칸트는 이성, 지성, 감성으로 나누고, 로크는 감각과 지성으로 나누었다. 이것은 어떤 절대적 기준이 있어서 그 기준에 따라 나눈 것이 아니고 우리의 반성적 사유를 통해 자각하는 것이기 때문에 사람에 따라 다를 수 있고, 그 누구의 분류가 절대적으로 옳냐는 논리는 성립되지 않는다. 그리고 사람에 따라 지능(지성)이 발달한 사람, 감각이 예민하고 감수성이 풍부한 사람, 선이나 정의에 대한 의지가 강한 사람 등등 차이가 있는데 이것을 우리는 그 사람의 소질(素質)이라 한다. 그래서 각자의 소질을 잘 파악하여 학과나 직업을 선택하는 일은 아주 중요하다. 학생들이 고등학교에서 IQ나 QT 검사를 하는 것도 소질 파악의 한 방법이다. 우리가 대학을 인문대, 사회대, 자연대, 예술대 등으로 나누는 것도 학생들을 소질에 맞춰 효율적으로 교육하기 위해 지(知)의 성질에 따라 나눈 것이다.

철학과는 편의상 인문대에 속해 있는데, 철학의 학문적 성격으로 보면, 인문대와 사회대의 중간영역이다. 아무튼 철학은 '당위의 지'를 가장 중요시한다. 형식의 지와 사실의 지는 해답이 바로 나오고 검증 가능한 객관적 지이기 때문에, 예를 들면 수학이나 물리학은 체계가 정연하고, 앞으로 어떤 학설(물론 현재 능력으로 검증이 안 되면 가설로 남지만)이 나와도 체계를 세울 수 있고, 계속 연속적으로 발전할 수 있지만, 당위의 지는 선과 정의를 지향하는 가치지향적 지이고 가치는 객관

적으로 검증되는 것이 아니라 주관적으로 이해되고 체험되는 것이므로
연속적인 정연한 체계를 세우기가 어렵다. 또 불변의 가치도 있지만 대
부분의 가치가 시대와 환경에 따라 변하기 때문에 기존의 낡은 가치체
계를 무너뜨리고 새로운 가치를 만들어내야 하는 경우도 많다.

따라서 '당위의 학'으로서의 윤리학(철학의 한 분과)[11]은 가르치고
배워야 하는 면도 가지고 있지만, 또 한편으로 그것은 실천적 행위를
요구한다. 그러므로 올바른 가치관은 단순한 지식의 전달만으로 형성
될 수 없고, 실천함으로써 스스로 깨닫는 지혜도 있어야 올바르게 형성
될 수 있다. 어쨌든 '애지의 학문'으로서의 지는 선, 정의, 삶의 목적과
같은 지고(至高)의 가치에 관한 지를 포함하며, 이것은 지식과 지혜를
모두 아우른다. 많은 사람들이 이런 지를 높이 평가하기 때문에 철학을
'애지의 학문'이라고 즐겨 말하는 것이다.

철학은 이론과 실천의 통일학

다음은 철학이 '실생활에 도움이 되지 않는 학문, 탁상공론만 일삼는
학문, 현실을 무시하고 이상만 논하는 학문'이라는 주장에 대해 검토해
보자.

철학이 현실의 놀라운 현상들에서부터 출발하고, 현실문제를 해결하
기 위해 고민하고, 길고 넓게 생각하면서 해결책을 만들어내는 것이라
면 철학처럼 현실과 밀접하게 관련되어 있는 것도 없을 것이다. 그런데
왜 그런 오해가 생겼을까?

그것은 우선 일반 사람들이 당장 눈앞에 보이는 먹을 것, 입을 것을

---

11) 철학을 다루는 문제나 대상에 따라 나누면, 그것은 형이상학, 인식론, 사회역사철학, 윤
리학, 미학, 논리학 등으로 나누어지며, 시대별로 보면 고대, 중세, 근대, 현대 철학으로,
지역별로 보면 서양철학, 동양철학으로 나눌 수 있다.

중요하게 생각하기 때문이다. 개별과학의 지식은 당장 육체에 필요한 영양물을 공급하거나 실생활에 편리한 기구들을 만들지만, 철학적 지식은 영양물 공급은커녕, 기계 하나 조작하는 데도 아무런 도움을 주지 못한다. 반면에 철학은 생산된 재화를 고르게 분배하는 규범을 만들거나, 기계를 움직이게 하는 근본원리를 탐구한다거나, 현실의 부조리를 비판하고 새로운 이상을 제시하는 작업을 한다. 그런데 그러한 것들은 눈에 보이지 않고, 당장 먹고살기 바쁜 사람들에게 필요성이 덜 느껴진다. 그러나 우리가 좀더 길게, 깊게, 넓게 생각한다면 철학적 탐구작업이 인간다운 삶을 위해 더 중요할 것이다.

다음으로 철학자에게도 책임이 있다. 어떤 철학자는 자기만이 혼탁한 세계를 구제할 위대한 사상가나 된 것처럼 세상고민을 혼사 걸머지고 끙끙 앓으면서 현실을 무시하고 실현 가능성도 없는 이상을 제시한다. 현실은 장애물투성이이다. 그러나 사유 속에는 어떤 장애물도 없다. 그래서 사유 속에서 사람들은 어떤 방해도 받지 않고 상상의 나래를 펴는 수가 종종 있다. 어떤 사람은 더러운 사바세계를 비웃고, 은둔하여 고고한 담론만 일삼기도 한다. 또 어떤 사람은 현실의 부조리와 투쟁할 용기가 없어서 순수 이론에만 치우치기도 한다.

또 철학이라는 학문 자체에도 원인이 있다. 철학은 다양한 경험들이나 개별과학의 원리들을 추상해서 보편적 진리를 탐구하고 그것을 활용하는 학문이다. 보편적 진리란 '언제, 어디서나, 누구에게나' 타당한 진리이다. 이 시공을 초월하여 누구에게나 타당한 진리는 아주 일반적이고 형식적이어서 '지금, 여기, 나에게' 필요한 구체적 내용이나 방책을 제시하지 않는다. 예를 들어 칸트의 정언명법(定言命法)은 "네 의지의 준칙이 항상 동시에 보편적 입법의 원리로 여겨질 수 있노록 행위하라"라고 말하고 있지만, 이 명법이 지금 내가 '내 성장을 위해 고생이 되더라도 대학에 진학할 것인가, 아니면 가난한 가정을 위해 직장을 가질 것인가'를 선택하고 결정하는 데 어떤 구체적 처방을 주지 않는다. 또 독재치하에서 민주화 투쟁을 하고 있는데 누군가가 "원수를 사랑하라"는 보편적 원리를 내세우면서 투쟁중지를 요구한다면, 그 말은 타당하지도 않고 오히려 분노를 자아낼 것이다.

또 철학은 용어 자체도 추상적이기 때문에 그것을 그대로 일반 대중에게 이야기하면 이해하기도 어렵고, 결과적으로 일반 대중들은 오히려 철학과 거리가 멀어진다.[12] 심지어 어떤 철학교수는 자기 자신도 잘 모르는 이론을 뇌까리는 경우도 있는데, 그렇다고 철학적 이론은 경험적 검증이 되지 않기 때문에 그것을 듣는 학생들은 교수의 말이 옳은지 그른지, 또 교수가 실력이 있는지 없는지도 분간하기 곤란한 경우가 많다. 그런 교수에게는 한 학기 동안 들어봐야 머리에 남는 것은 하나도 없다.

마지막으로 이론과 실천이 통일되지 않을 때 철학은 대중과 유리되고 대중에게 버림을 받는다. 철학은 근본원리나 보편적 원리를 탐구하므로 사회구성체, 체제, 제도 등의 구조나 원리를 포괄적으로 파악하여 그것들을 비판하고, 새로운 구성원리, 제도 및 미래상을 제시한 뒤 실현을 위해 실천적 행동으로 나아가야 한다. 합리적 이론의 뒷받침 없이 무모하게 행동으로 나아가는 것도 문제가 있지만, 아무리 좋은 이론도 실천에 옮기지 않으면 그림 속의 떡이다. 그러나 모든 것을 완벽하게 모두 알고 나서 행동을 하려면 우리는 늙어 죽을 때까지 행동할 수 없

---

12) 물론 여기에는 반론도 있다. 일상언어라는 것이 그릇된 세계인식을 그대로 가지고 있고 이미 주어진 규칙을 지키는 언어이므로, 철학을 너무 일상언어로 알기 쉽게 풀어 이야기하면, 철학이 세속화되고 초월적 · 이상적 개념들은 자취를 감추기 때문에 그것이 철학 연구에 지장을 초래한다는 비판도 있다. 그러니까 철학도 모든 사람을 다 만족시키기는 어렵다.

을 것이다. 때로는 이론 연구에 몰두하다가 행동하고, 행동하다가 연구하고—이런 변증법적 과정을 되풀이하면서 이론과 실천이 통일되어가는 것이다.

그리고 차원 높은 이론이나 사상은 모른다 하더라도 자신이 진위(眞僞)를 판단할 수 있는 것만이라도 진리를 실천하고 허위를 물리치면 된다. 이것은 사회가 철학자에게 요구하는 최소한의 의무이다. 노동자나 농민은 생산을 하고 기술자는 기계를 작동하지만, 철학자가 옳고 그름을 판단하여 옳음을 실천하지 않으면 그가 사회에 기여하는 것이 무엇인가? 그러므로 선이나 정의 같은 가치문제를 주로 다루는 철학자가 악한 짓을 하거나 불의와 야합한다면 일반 사람보다 더 비난받아 마땅하고 그런 위선적 행동이 철학을 대중과 가장 멀어지게 한다. 마찬가지로 철학자들이 사회의 불의와 부조리에 대해 수수방관한다면, 일반 사람보다 더 비겁한 짓이며 직무유기이다. 그래서 소크라테스는 지행합일(知行合一)을 강조했고, 칸트도 순수이성보다 실천이성을 우위에 두었다.

철학은 '깊고 넓게 생각하기'

다음으로 '고민하고 깊이 생각하는 학문'이라는 것을 분석해보자. 학문치고 깊이 생각하지 않고 쉽게 탐구되는 학문은 없을 것이다. 그런데 철학 하면 '사유하는 학문'이라는 생각이 떠오르고, 고민하고 사색하는 고독한 철학자가 연상되는 것은 무엇 때문일까?

앞에서도 말했지만 '우주만물의 궁극원리'라는 것이 자연과학의 귀납적 방법으로 해결할 수도 없고, 그렇다고 수학적 방법에 의해 연역적 추리로 해결되는 것도 아니다. 결국 우리가 할 수 있는 일은 현상을 참모습(眞相)으로 간주하고 이 참모습을 가능하게 하는 필요충분조건들을 사변(思辨, speculation)적으로 추구해 들어가는 일이다. 그러므로 철학의 주된 무기는 '사변'이다. 그래서 칸트는 "철학함을 배운다 함은 자기 이성을 스스로 사용함을 배운다는 뜻이다"라고 말했다.

우리가 무엇을 보거나 듣거나 할 때는 반드시 인식의 주체가 있고 객체가 따로 있다. 그러나 우리가 사유를 할 때는 구체적 대상이 없어도 기억을 떠올리고 상상도 한다. 스스로 자기 자신에게 묻고 자신과 대화를 한다. 이해를 돕기 위해 내가 학생들에게 질문을 하나 하겠다.

"여러분, 칸트의 유명한 저서인 《순수이성비판》에서 이성을 비판한다고 하는데 무엇이 이성을 비판합니까? 한번 생각해본 적이 있습니까? 무엇이 이성을 비판합니까? 바로 이성 자신입니다. 다시 말하면 이성이 이성을 비판합니다."

앞에서 말한 '정신은 탐구의 주체인 동시에 객체'라는 말이 이제 이해가 될 것이다. 아무튼 우리 정신은 불가사의해서 자신이 자신을 대상화(반성)하고, 자신이 자신을 부정(비판)도 하고, 자신이 자신을 인식(자각)도 한다. 그래서 철학은 회의하고, 반성하고, 비판하고 또 회의하고, 반성하고, 그리고 인식(깨달음)하는 것을 되풀이한다. 반성이야말로 최고의 사유형태요, 철학 탐구의 중요한 무기이다. 소크라테스가 "너 자신을 알라"고 한 것도 반성해서 자신의 내면, 즉 자아의 본질을 파악하라는 것이다.

내면의 본질은 감각만으로는 파악할 수 없으며, 생각하지 않으면 안 된다. 따라서 의식(정신)작용은 언제나 본질 혹은 의미에 향해 있다. 의식의 이러한 특성을 후설(Edmund Husserl)은 지향성(intentionality)이라 했고, 지향성이 바로 의미의 원천이다.[13] 사랑은 혼자 할 수 없어도 생각은 혼자 할 수 있다. 그래서 생각이 많은 사람은 고독해 보인다.

---

13) 이명현, 《신문법 서설》, 철학과현실사, 1997, 292쪽 참조.

그러나 혼자 생각할 수 있다고 해서 방안에 틀어박혀 책상에 팔을 괴고 생각만 해서는 안 된다. 반성을 하려면 반성할 자료가 있어야 한다. 경험, 지식, 남과의 사귐 등이 있어야 한다. 이러한 잡다한 경험들을 바탕으로 그 경험들을 정리하고 구성하고 종합하고 깊이 생각하면서 추구해 들어가야지, 이것들을 무시하거나 초월하여 사유하면 망상이나 신비주의에 빠진다. 또 어떤 사물을 제대로 파악하려면 그것의 배경까지 넓게 생각해야 한다. 나무만 보고 숲을 보지 않아서도 안 되고, 사물의 과거 과정을 분석하고 그것의 미래에 대한 전망도 할 수 있어야 그 사물을 올바르게 이해할 수 있는 것이다. 따라서 철학은 '깊고 넓게 생각하기'이다.

철학은 주체적 학문

철학은 조금이라도 의심나는 것이 있으면, 완전히 의심이 풀릴 때까지 끊임없이 묻는다. 심지어 우리가 자명하고 당연하다고 생각하는 것도 의심을 가져보아야 한다. 왜냐하면 자명하다는 것을 당연하게 받아들이면 새로운 발전이 있을 수 없기 때문이다. 천동설을 자명하다고만 받아들였으면 지동설이 나올 수 없었으며, 왕권신수설을 당연하다고 받아들였으면 오늘날 민주정치가 이렇게 이룩될 수 있었겠는가? 사실 '왜'라고 묻는 자체가 주체적 태도이다. 우리는 일상생활의 타성에서, 또 전해오는 관습이나 세상사람들의 관례의 굴레에서 나 자신을 구출해내야 한다. 이것을 가능하게 해주는 것이 바로 비판적 태도, 주체적 태도이고, 바로 철학하는 태도이다. 비판이란 내가 내 생각의 주인이 되는 것이며, 우리는 주체적으로 물은 것을 주체적으로 파악해야 한다.

"철학이 어떤 학문인가?"에 대한 학생들의 내답 중 "인생관을 세워서 가치있는 삶을 살아가게 하는 학문"이라는 대답은 정말 훌륭한 대답이다. 그런데 정말 그 학생이 '인생관이 무엇인지' 또 '인생관을 어떻게 세우는지' 알고 대답했는지 모르겠다. 사전에는 인생관을 "인생의 존재 가치, 의미, 목적 등에 관해 갖고 있는 전체적인 사고방식과 견해"라고 설명하고 있지만, 존재의 가치나 의미, 목적을 알려면 그 존재의 본질, 즉 인간이라면 인간의 본질인 인간성을 알아야 한다. 인간성이란 눈에 보이는 것도, 실험의 대상도 아니고, 또 끊임없이 변하는 것이며, 사람마다 다른데, 그것에 대해 전체적인 견해를 가진다는 것은 아주 어려운 문제이다. 소크라테스도 죽을 때 가서야 "인생은 이런 것이구나" 하고 중얼거리면서 독배를 마셨다고 하지 않는가. 그러니까 청소년기에 인생관을 가진다는 것은 시기상조일지도 모른다. 인생관이 이처럼 물음의 대상도, 해답도, 찾을 수 있는 방법도 확실치 않은 것이라 해도 인간 삶에 있어서 기초적인 중요한 문제이므로 잠정적으로나마 각자 나름대로 하나의 답을 택해 살아가야 한다. 그리고 이런 문제를 주로 다루는 것이 바로 철학이다.

또 어떤 학생은 철학개론 한 학기를 들어도 인생관을 세우는 데 도움도 안 되고, 세우는 방법도 가르쳐주지 않았다고 불평을 한다. 여기서 우리는 칸트가 "철학을 배우지 말고 철학함을 배우라"고 한 말을 다시 음미할 필요가 있다. 즉 그는 남의 흉내를 내지 말고 스스로 생각하고 제 발로 설 것을 요구하였다. 철학적 지식은 가르칠 수 있어도 지혜는 스스로 터득해야 한다는 뜻이다. 그리고 지식의 추구보다 지혜의 터득이 더 중요하다는 말이다. 물론 지식도 도움이 되지만 인생관을 세우는 것은 지혜이다.

자기의 인생관은 자기가 주체적으로 세우는 것이지 남이 세워줄 수 없다. 설사 남이 세워준다고 해도 그것은 그 사람의 인생관이지 자기의 인생관은 아니다. 소크라테스, 석가, 그리스도가 아무리 훌륭하다 해도 내가 그 사람이 될 수가 없고 또 될 필요도 없다. 시대와 환경이 다르고, 고민하고 해결해야 할 문제가 다르고 또 인간성이 다른데 어떻게 같이 될 수가 있는가! 우리에게 중요한 것은 '지금, 여기에' 일어나고 있는 우리 자신의 갈등 문제를 슬기롭게 해결하는 것이다. 그분들의 훌륭한 가르침이나 사상이 나의 인생관 수립에 도움이 되고 내가 그것들을 교훈으로 삼을지언정, 내 인생관은 내가 세우는 것이고 나의 것이다. 남의 말에 맹목적 추종을 하는 것은 남의 문제를 자기 문제라고 생각하고 고민하는 것과 같은 어리석은 짓이다.

그리고 철학 공부를 해도 그것이 인생관 수립에 아무런 도움이 되지 않았다고 한다면 그것은 철학교수가 잘못 가르쳤거나, 그 학생이 철학 공부를 잘못 했거나 둘 중 하나이다. 문제가 되는 사태를 스스로 관조하고 사색하지 않는 주체성 없는 사람은 철학을 배워봤자 아무 소용이 없다. 자연과학은 객관적 진리이므로 기존의 과학 지식만 다 알아도 훌륭한 과학자가 될 수 있다. 거기다가 새로운 원리를 발견하여 그것을 피라미드식으로 기존 과학 체계에 덧붙이면 위대한 과학자가 되지만, 철학에서는 사정이 다르다. 주체성 없이 기존의 철학 지식만 알고 전달만 한다면 차라리 그 시간에 영어단어 하나 더 외우는 것이 낫다.

'주체성' 하니까 생각나는 것이 있다. 대학교 3학년 때 문득 "아하, 반성하지 않으면 인간이 안 되는구나! 정말 반성이 중요하구나. 반성하고 반성함으로써 인간이 되어가는구나" 하는 깨달음이 생겼다. 그리고 나 스스로 "이것은 위대한 발견이다. 앞으로 여기에 대해 논문을 쓴다면 나도 위대한 철학자가 되겠구나" 하고 흐뭇해한 적이 있었다. 그런데 그 뒤 소크라테스에 대해 공부를 좀 했는데 소크라테스가 기회있을 때마다 반성을 강조한 것을 알고 김이 팍 새고 말았다. 그러나 내 생각이 소크라테스의 생각과 같다고 해서 내가 주체적으로 깨달은 가치가 줄

어드는 것은 아니다. 나 이전의 사람이 아무리 반성을 강조해도 내가 거기에 영향을 받지 않고 스스로 주체적으로 파악했다면 그것은 나의 깨달음이요, 내 것이다. 반성과 비판은 바로 주체의식이다.

2. 인간이란 무엇인가 I

의식을 가진 인간이라면 누구나 다 한 번쯤은 "인생을 어떻게 살아야 하는가?"라는 문제를 생각해보았을 것이다. 그런데 사실은 이 물음에 앞서 우리는 "인간이란 무엇인가?"라는 물음을 먼저 물어야 한다. 왜냐하면 '인간이 무엇인가'를 정확히 알면 '인간이 어떻게 살아야 하는가'도 알 수 있기 때문이다. 그러나 '인간이 무엇인가'도 마찬가지로 어렵고, 또 우리는 자기 자신이 무엇인가를 알기도 전에 이미 삶을 살아왔기 때문에, '철학이 무엇인가'를 앞 장에서 수박 겉핥기식으로 먼저 좀 언급했던 것이다.

인간을 좀더 연구해보겠다고 철학과에 입학하여 30년이 넘었지만 아직도 안개 속이다. 어쨌든 앞 장에서 철학의 탐구 대상이 우주만물이라고 했는데 그 중에서도 인간이 중요한 대상이기에 이 장에서는 인간을 분석해보겠다. 인간에 대한 이해가 깊어지면 부수적으로 철학에 대한 이해도 깊어지므로 앞 장을 읽고도 철학에 대해 이해가 잘 안 되는 사람이라도 실망하지 말고 계속 읽어주기 바란다.

철학개론 시간에 학생들에게 "여러분, 인간이 무엇입니까?" 하고 물어보면,

학생1:생각하는 동물입니다.

학생2:상징적 동물입니다.

학생3:이성적 동물입니다.

학생4:사회적 동물입니다.

학생5:언어와 도구를 사용하는 동물입니다.

학생6:꿈을 가진 동물입니다.

학생7:자살할 수 있는 동물입니다.

학생8:자연환경을 사용하는 동물입니다.

등등 대답이 나온다.

선생:예, 좋습니다. 그런데 여러분은 우선 눈에 보이는 것들, 즉 인간은 눈이 두 개이고 코가 하나이고 다리가 둘이라는 것부터 말하지 않습니까?[14]

학생:???

선생:인간은 깃털 없는 양족(兩足)동물입니다.

학생:헤헤, 그걸 누가 모르는 사람이 있습니까?

선생:여러분, 방금 한 이야기는 내가 한 것이 아니고 저 유명한 철학자 아리스토텔레스가 한 이야기입니다.

학생:예?

선생:왜 놀랍니까? 여러분의 정신 상태도 틀려먹었습니다. 미미한 안현수가 이야기하니까 우습게 생각하다가 위대한 철학자가 이야기했

---

14) 여기서 우리 인간은 구체적 실물보다 관념에 둘러싸여 있다는 것을 알 수 있다. 또 질문을 하면 학생들이 어렵게 대답을 하는데 철학이라고 해서 꼭 어렵게 답하는 것이 좋은 대답도 아니다.

다니까 여러분의 표정이 확 달라지는군요. 그런 주체성 없는 정신 상태로 철학을 해서는 안 됩니다. 대통령이나 위대한 학자가 한 말이라도 그것이 옳지 않으면 회의하고 비판하는 것이고, 학생이나 어린애의 말이라도 그것이 옳으면 승복하는 것이 특히 철학하는 사람(모든 사람이 그래야 하겠지만)의 기본 자세여야 합니다. 여기서 철학은 '주체적 학문'이라는 것을 다시 깨달아야 합니다. 그리고 '철학적 질문'이라고 해서 꼭 어렵게 대답할 필요도 없습니다.

일반적으로 우리가 'A란 무엇인가' 할 때 A의 현상을 묻는 것이 아니라 본질을 묻는 것이다. 그러나 본질이 직접적으로 눈에 보이지 않는다고 해서 꼭 관념적으로 말할 필요도 없고, 더구나 처음부터 형이상학(눈에 보이지 않는 초경험적인 것을 다루는 학문)적으로 접근하는 것은 옳지 않다. 우선 우리는 보고, 듣고, 만지는 것으로부터 사물을 알아야 하고, 감각경험을 바탕으로 해서 본질을 인식해야 한다. 또 본질은 결국 현상을 통해 드러난다. 감각경험을 무시하고 접근하면 이성의 독단이나 신비주의에 빠진다. 먼저 이야기로 돌아가서, 아리스토텔레스 학파(소요학파)에서 인간을 "깃털 없는 양족동물"이라 하니까 괴짜 철인 디오게네스는 '깃털 없는 갓난 병아리'를 그 학파의 학원 마당에 던지면서 "이 자식들아, 이것도 사람이냐?" 하고 반박했다는 유명한 일화도 있다.

그러면 이렇게 정의해보자. 내가 "인간은 직립보행하는 양족동물이다" 하니까 한 학생이 "선생님, 펭귄도 직립보행합니다" 하고 의의를 단 적이 있었다(물론 병아리나 펭귄의 직립보행이 인간의 직립보행과 다르지만). "좋다, 그러면 인간은 직립보행하는 깃털 없는 양족동물이다" 하니까 학생들이 잠잠해졌다. "직립보행하는 깃털 없는 양족동물이다"

라고 하면, 이것은 인간에 대한 훌륭한 정의가 된다. 거기다 의식까지 덧붙여 "인간은 양족으로 직립보행하며, 언어와 도구를 사용하며, 생각하는 동물이다"라고 하면 인간에 대한 거의 완벽에 가까운 정의가 된다. 문제는 이렇게 정의한다고 해도 인간이 무엇인지를 제대로 알 수가 없고, 우리가 어떻게 살아가야 할 것인가에 대해 도움이 안 된다는 것이다. 최소한 직립보행의 의미, 다리와 손의 기능, 도구와 사물과의 관계, 도구와 언어, 언어와 의식과의 관계, 의식의 기능, 의식과 육체 및 사물과의 관계 등을 분석해보아야 어느 정도 인간을 이해할 수 있고, 살아가는 데 도움이 될 것이다.

특히 자의식은 인간만이 가지고 있는 것이요, 눈에 보이지도 않고 만져볼 수도 없지만, 인간의 본질(다른 동물과 비교해서)인 의식을 모르고서는 인간을 제대로 이해했다고 할 수 없다. 도대체 의식작용을 한다는 정신은 어디에 있는가? 우리가 일상 생활에서 "저 자식 간덩이가 부었나, 왜 까불어?" 할 때 정신은 간에 있다. "가슴에 손을 얹고 냉정히 생각하라" 할 때 정신은 가슴에 있다. "저 자식은 간에 붙었다 쓸개에 붙었다 하는 나쁜 놈이다" 할 때 정신은 간과 쓸개 사이를 왔다갔다하는 것이다. "야, 돌대가리야, 그런 쉬운 문제도 풀지 못하냐?" 할 때 정신은 머리(뇌) 속에 있는 것이다. 그리고 이해하기 어려운 생각에 몰두하고 있을 때 이마를 찌푸리고, 머리를 쥐어짜는 경향이 있는 것을 보고 정신을 두뇌의 기능으로 본다.

하지만 공포 또는 분노와 같은 감정은 오히려 가슴에서 일어난다. 감정에 따라 호흡과 심장의 고동이 변화하고, 두려워 가슴을 부여잡거나 화가 나서 가슴이 부글부글 끓는 경향도 있다.[15] 이처럼 우리는 정신이

---

15) 통일 문제를 "뜨거운 가슴, 차가운 머리"로 슬기롭게 풀어야 한다는 말은 옳은 말이다.

머리에 있는지, 가슴에 있는지, 그것도 확실히 모른다. 또 우리가 심한 폭행이나 충격을 받아 기절했을 때 정신은 죽은 것인가? 의식이 깨어나면 정신이 다시 살아난 것인가? 이렇게 묻다보면 의문이 끝이 없다. 일반적으로 뇌에 이상이 생기면 사유작용도 이상을 일으키는 경우가 많은 것을 보고 정신이 뇌 속에 있다고 추정할 뿐이다. 또 비록 뇌 속에 있다고 하더라도 그것이 뇌와는 독립된 별개의 실체인지 뇌의 기능인지도 확실히 모른다.

여기서 우리는 정신이 일정한 장소에 일정한 크기를 가진 실재물(實在物)인지, 물질인 뇌의 기능인지, 또 정신과 육체가 분리되어 있는지, 통일되어 있는지를 묻지 않을 수 없다. 그렇게 묻고 회의하고 연구하면시, 관념론과 유물론이, 또 일원론과 이원론이 오랜 세월을 두고 서로 옳다고 투쟁해온 것을 알 수 있다. 한마디로 정신은 물질이나 육체와 독립해서 존재하는 실재물이고, 또 정신이 근원이고 물질은 정신에서 파생되었다고 하면 관념론(유심론)이 되고, 정신 자체는 실재물이 아니고 물질인 뇌의 기능이고, 물질이 근본이고 정신은 물질에서 파생된 것이라고 하면 유물론이 된다. 또 정신과 육체를 별개의 독립된 두 실체로 보면 이원론이고, 하나의 실체로서 하나는 다른 것에서 파생되었다고 보면 일원론이다. 어느 것이 옳은가는 독자 스스로 판단하기 바란다.[16]

---

16) 여기서 나의 의견을 말한다면, 먼저 정신이 어디에 있는지도 우리가 확실히 모른다는 것은 정신이 일정한 공간을 가진 독립된 실체가 아니라는 것을 반증한다. 그렇기 때문에 나는 일원론을 지지한다. 다음으로 물질과 정신 중 어느 것이 근원이냐가 문제인데, 나는 어느 것이 어느 것의 근원이거나, 어느 것이 어느 것으로부터 파생되었다고 보지 않는다. 봐라, 우리 몸의 어디에도 다른 물건이 닿으면 감촉을 느끼지 않는 곳이 어디 있으며, 바늘로 찌르면 아프지 않은 곳이 어디 있는가! 그러니까 정신력은 우리 몸의 탄생과 함께 탄생했으며 우리 몸 전체에 퍼져 있다. 유물론자들은 갓난애가 사유능력이 없는 것을 보고 물질이 먼저라고 보는데 나는 그렇게 보지 않는다. 갓난애도 배가 고프면 울음소리를 내고, 바늘로 찌르면 비명을 지른다. 이것이 의식작용이 아니고 무엇인가? 갓난애가 사유를 못하는 것은 사유를 할 수 있는 뇌세포가 아직 발달하지 않았기 때문이다. 이것은 이빨이 천천히 나는 것과 마찬가지이다. 뇌세포가 있으면 반드시 사유한다. 뇌세

우리 속담의 "열 길 물 속은 알아도 한 길 사람 속은 모른다"는 말도 마음(정신)을 잘 모르겠다는 뜻이다. 앞에서도 말했지만 이런 형이상학적 문제는 눈에 보이지 않으므로 먼저 눈에 보이는 감각기관을 통해 접근해갈 수밖에 없다.[17] 여기에는 두 가지 방법이 있는데 하나는 마음의 기능이 우리의 육체에 어떻게 작용하는가를 육체의 표정, 행동, 말 등을 통해 관찰하는 것이고[18] 다른 하나는 인간이 다른 동물과 비교해서 다른 점이 무엇인가를 밝힘으로써 이해하는 방법이다.

우리는 흔히 먹고, 자고, 새끼치고, 때리면 소리치고, 칼로 베면 피나고, 죽으면 흙이 되는 것을 보고 인간의 육체는 동물과 거의 같다고 생각한다. 그러나 자세히 살펴보면, 인간은 사유를 통해서만 동물과 구별되는 것이 아니라 전 존재(육체를 포함한)가 동물과 다르다. 다시 말하면 사유능력뿐만 아니라 육체적으로도 동물과 다르다. 그러면 어떻게 다른가 살펴보자.

포와 뇌의 기능은 분리할 필요도 없고 분리되지도 않는다. 그것을 분리하는 것은 우리 의식이 하는 것이다. 여기에는 존재의 어떤 선후도 없다. 의학에서는 의식능력을 신경이라고 하는 모양인데(나는 의학을 잘 모름) 신경조직에는 중추신경과 말초신경이 있고, 중추신경에는 말초신경의 감각이나 고통을 지각하는 척추신경과 계산하고 분석하고 사유하는 뇌신경이 있다. 팔다리나 다른 기관의 신경세포는 망가져도 재생이 가능하지만 뇌와 척추신경은 망가지면 재생이 불가능하다고 한다. 그러므로 간이나 심장은 이식할 수 있어도 뇌와 척추는 이식할 수 없다. 남의 심장을 갖고 있어도 '자기의 동일성 확인'은 사유능력이 하므로 뇌의 기능이 한수 위일 것 같고, 정신은 두뇌 속에 있다는 말이 타당해 보인다. 그러나 뇌뿐만 아니라 척추가 망가져도 의식을 잃으니까 그게 그것이다. 어쨌든 정신은 온몸에 퍼져 있고 그것을 통일하는 기능은 뇌신경인 것 같다.

17) 사이버 공간을 통해 우리가 아무리 가상세계를 넓혀도, 현실의 감각세계가 먼저이고, 디지털보다는 아날로그가 먼저이다. 아톰(atom)이 없으면 비트(bit)도 없으며, 현실세계가 없으면 가상세계도 없다.

18) 이 분야는 심리학이나 정신의학에 맡긴다.

인간은 동물과는 다른 육체를 가진 동물

직립보행하는 양족동물이다

인간이 고등동물 특히 원숭이와 구별되는 결정적인 일보를 내디딘 것이 직립보행이라고 한다. 일직선으로 서서 보행하는 동물은 인간밖에 없다(새 종류는 일직선이 아니다). 이 직립보행 때문에 인간은 두 손을 도구처럼 사용하여 사물을 만져보고, 던져보고, 쪼개보고, 속을 들여다보고, 집으로 가져가 소유하기도 한다. 이런 행위 자체가 중요한 것이 아니라 이런 경험을 되풀이함으로써 인간은 사물의 성질이나 성분을 알고 그것을 사용하거나 만들기도 하고, 그것을 분해하여 다른 사물과 결합하기도 했을 것이다.

이런 과정에서 도구가 만들어지고 우리의 의식도 발달했을 것이다. 또 모든 존재자들을 내려다봄으로써 시야가 넓어져서 맹수의 공격을 빨리 피할 수 있고, 다른 존재자들을 이용하고 처리하고 소유하려는 마음도 생겼을 것이다. 우리가 어떤 존재자를 엎드려서 위로 쳐다본다고 가정을 해보자. 보기도 힘들 뿐 아니라 그 존재자를 처리하기는커녕 오히려 그것에 두려움을 느낄 것이다. 하늘, 천둥, 번개, 해와 달, 수평선, 큰 산, 큰 바위, 큰 짐승은 우리에게 두려움과 호기심을 주며 따라서 이런 대상들은 초기에는 종교의 대상이 되었다. 어쨌든 직립보행을 하기에 우리는 많은 대상을 지각하고 그 결과 모험심과 호기심이 생겨 그들의 정체를 밝힐 수 있었던 것이다. 또 직립보행함으로써 두 다리가 튼튼해져 인간은 잘 걷는다.

따라서 인간은 장소 이동이 용이하고, 걸으면서 많은 새로운 대상을 경험하고, 사유함으로써 새로운 환경에 적응할 비전이 생긴다. 아무리 춥든, 덥든, 물이 많든 적든, 어느 지역에서나 지구 위에 인간이 살지 않는 곳이 없다. 그렇다고 직립보행이 장점만 있는 것은 아니다. 넘어지기 쉽고, 꼬부라지기 쉬워서 불안하다. 또 다른 동물에게 노출되기 쉽다. 따라서 인간은 다리와 허리가 튼튼해야 하고 등뼈가 곧아야 하고 엎드리기도 잘해야 한다. 그러기 위해서는 많이 걷고, 등배운동을 많이 해야 한다. 군에서 포복(匍匐) 훈련을 많이 시키는 것도 그 때문이다. 항상 어깨와 허리를 쭉 펴고 곧게 걸어야 하며, 눈은 정면보다 조금 위를 응시하고 자세를 바르게 하여 앉고 서고 해야 한다. 시시콜콜한 소리 같지만 우리 조상들이 신언서판(身言書判)을 사람을 평가하는 기준으로 삼았는데, 신체를 제일 먼저 기준으로 삼은 것은 아주 현명한 생각이다. 특히, 필자는 어깨가 굽어서 많은 피해를 보기 때문에 강조하는 이야기인데 본인은 물론이고 부모들이 애를 키울 때 말하기와 셈하기를 가르치는 것도 중요하지만 우선 신체가 곧게 크도록 관심을 가져야 한다.[19]

신체의 구조와 기능은 보편적이다

사자나 호랑이 같은 육식동물은 육식만 하기에 알맞은 이빨이나 발톱을 가지고 있고, 소나 양은 초식만 하기에 좋은 맷돌 같은 이빨이나 위의 구조를 가지고 있다. 인간은 초식, 육식을 다 할 수 있는 잡탕 동물이다. 또 개처럼 후각이 특별히 발달한 것도 아니고, 쥐처럼 비상사태를 미리 아는 예민한 감각도 없다. 또 뿔이나 독침 같은 무기도 없고, 자기 몸을 보호하는 보호색이나 경계색도 없다. 그러니까 동물의 감각이 인간의 감각보다 훨씬 더 예민하게 발달되었는데, 그것은 동물의 감각이 특수한 욕구와 결부되어 있고, 인간의 감각은 모든 대상에 결부되어

---

19) 필자의 조카는 대학 다닐 때 학군단 시험을 쳤으나 O형 다리여서 불합격했고, 필자도 육사에 응시했으나 신체 검사에서 떨어졌다. 육사에 갔더라면 인생이 어떻게 바뀌었을까?

있기 때문이다.

예컨대, 인간은 사냥개처럼 먹이를 찾아내는 예민한 후각을 가지지 못했지만 모든 종류의 냄새를 포괄하고, 모든 대상에 대해 어느 정도씩은 냄새를 보편적으로 다 맡는다. 또 인간의 위가 일정한 영양물에 제한되지 않고, 식물이든 동물이든 포괄적으로 영양물을 취하는 것도 위의 구조가 보편적이기 때문이다.[20] 따라서 우리는 한 가지 음식만 계속 먹으면 싫증날 뿐 아니라 건강에도 좋지 않다. 인간이 언어를 사용하여 의사소통을 할 수 있는 것도 여러 소리를 낼 수 있는 보편적인 음성구조(성대)를 가지고 있기 때문이라고 생각한다. 그래서 동물은 거의 한두 가지 울음소리밖에 못 내지만 인간은 거의 모든 소리를 흉내낼 수 있다.

이렇게 인간의 감각은, 동물처럼 특수한 대상에 제한되어 특수하게 발달하지 않고 모든 대상에 보편적으로 기초적인 것만 갖추어져 있으므로, 미성숙·미완성 상태에 있다고 할 수 있다. 그러므로 인간의 감각은 도야하면 할수록 무한히 발전할 수 있고 더욱더 보편성을 띤다. 예를 들어 처음에는 서투른 운전이나 컴퓨터 사용도 감각이 발달하면 손에 익숙해지면서 잘하게 되고, 처음에는 시끄러운 소리에 지나지 않는 베토벤의 교향악도 자주 듣고 음악에 대한 이해도를 높이면 좋은 소리가 된다. 인간도 동물처럼 머리보다 몸으로 살게 되어 있고, 배우는 것도 머리보다 몸이 빠르다.

그렇기 때문에 처음부터 엄격한 윤리의식을 주입하기보다는 감각을 살리고 감성을 도야해야 한다. 보통 사람의 사유능력으로도 인종차별

---

20) 여기에 대해 인간이 사유능력으로 도구나 불을 사용하기 때문에 잡식을 할 수 있다고 많은 사람들이 반발할 줄 믿는다. 그러나 어느 것이 먼저냐? 필자는 '위의 보편적 구조'가 먼저이고, 이에 맞춰 사유능력이 발전했다고 본다.

이 나쁜 줄을 모두 알고 있다. 그러나 감정이 허락하지 않는 것이다. 그러므로 먼저 감각을 도야하여 보편성을 늘리면 저급한 감정은 정서로 순화되고, 순화된 감성은 피부 빛깔이나 혈연, 지연, 학연을 초월한다. 그러니까 유색인종에 대한 혐오감을 이성이 억지로 참는 것이 아니라 감정이 순화되면 그런 혐오감이 일어나지 않는 것이다. 아이들의 감성을 도야하는 데는 자연의 대지 위에서 뛰놀게 하고 전인 교육을 하는 것이 가장 좋다. 그리고 앞에서도 말했지만 우리의 정신성(精神性)은 온몸에 퍼져 있고 정신과 몸은 결코 분리될 수 없는 통일체다. 그래서 포이어바흐(Ludwig Andreas Feuerbach)는 도야된 감각을 정신이라고 보았다. 그는 "보편적 감각은 오성이요, 보편적 감성은 정신성(Geistigkeit)이다"[21]라고 말하고 있다.

다음으로 인간은 성욕이나 성행위에 있어서도 동물과 다르다. 괴짜 철학자 디오게네스는 인간이 직립하게 됨으로써 양손이 정확히 성기 부위에 닿게 되어 언제나 성적 감정을 폭발할 수 있는 상태에 이르게 되었다는 것을 최초로 깨달은 사람이다. 그래서 그런지 동물은 발정기에만 성욕을 느끼지만 인간의 성욕은 항상적이다. 다시 말하면 동물의 성욕은 종족 보존에 있지만 인간은 종족 보존과 더불어 쾌락을 추구하기 위해 성 도구, 성 약품, 성 기교, 성적 자극물 등 성 문화가 발달하는 것이다. 또 남녀의 체위를 다양하게 바꿀 수 있고, 마주보고 성행위를 하는 동물은 인간밖에 없다.[22] 이것도 우리 몸의 직립과 관계가 깊으며, 마주보고 성행위를 함으로써 긴 애무 시간을 가질 수 있고, 대화도 나누고 정신적 교감도 오고 간다. 또 인간은 신체에 비해 다른 동물보다

---

21) 안현수, 《인간적 유물론》, 104쪽.
22) 《한겨레21》에 실린 최근 연구보고에 의하면, 마주보고 성행위를 하는 동물이 인간 외에 원숭이의 일종인 '보노브'란 동물이 있다고 한다. 만일 그렇다면 그 동물도 앞으로 직립할 수도 있는 것이다.

성기가 크고, 성교 시간도 길고, 그 시간을 늘이거나 줄일 수도 있다. 성욕이나 쾌감이 단순히 성기에만 국한되어 있지 않고 전 신체에 퍼져 있고, 인간의 성행위는 단순한 성기 삽입과 방사만이 아니라 의식을 포함한 전 신체가 하는 것이다.

그런데 인간은 동물과 달리 의식을 포함한 전 신체가 성행위를 하기 때문에 특정한 상대에 빠지는 경우가 높다 하더라도, 이것이 인간 신체가 보편적이므로 인간은 파트너를 바꾸어가며 성행위를 할 수 있지 않느냐 하는 복잡 미묘한 문제를 완전히 해결할 수 있는 것은 아니다. 신체의 구조를 보면 얼마든지 파트너를 바꿀 수 있다. 인간의 역사에도 일부다처주의, 다처일부주의가 있었다. 그러나 인간은 자연의 일부로서 자연적 존재이면서 자연에 거역하는 정신적·사회적 존재이다. 구조주의 철학자인 레비 스트로스(Claude Lévi-Strauss)는 인간의 공통된 무의식의 기초는 '근친상간 금지(incest taboo)'라는 규칙이라고 한다.[23] 그리고 그는 이 규칙을 인간의 삶이 자연에서 문화로 넘어가는 고개로, 문화 성립의 결정적인 계기로 본다. 인간이 자연의 일부로, 자연적 존재이기만 하다면 '근친상간 금지'라는 무의식을 가지고 있을 하등의 이유가 없다.

앞에서도 말했지만 성행위가 단순히 성기의 삽입과 방사만이라면 얼마 가지 않아 권태를 느끼고 파트너를 바꾸고 싶을 것이다. 또 종족 번식의 욕구가 성행위의 목적이라면 특정한 상대와 사랑에 빠질 하등의 이유가 없다. 인간의 성행위는 의식을 포함한 전 신체가 하는 것이요, 그것은 사랑의 완성이다. 그러므로 인간은 늘 새로운 화제로 파트너와 대화를 나누고, 때로는 논쟁을 할 필요도 있다. 애무도 새롭게 변화시

---

23) 이진경, 《철학과 굴뚝 청소부》, 새길, 1994, 261쪽 참조.

키고, 체위도 바꾸어가면서, 애정도 새롭게 깊게 하면서 성행위를 이루어나가야 한다. 평소에는 입맞춤이나 포옹 등 간단한 신체 접촉도 필요하고, 결혼기념일이나 생일에만 선물할 것이 아니라 보통 때에도 간단한 선물을 주고받는 것이 아주 의미가 있다.

또 동물은 새끼가 어느 정도 성장해서 자립하면 어미와 새끼가 남남이 되지만, 인간은 그 관계가 영속한다. 이것도 '근친상간 금지'라는 규칙이 있기에 가능한 것이다. 또 새끼는 새끼대로 부모와의 관계를 영속하기 위해서 아버지와 어머니가 헤어지지 못하도록 연결고리 역할을 한다. 애를 낳음으로써 가정이 새로워지고, 부모간의 애정도 깊어진다. 애는 한 사람의 힘으로는 불가능한 부부 공동의 작품이요, 사랑의 결실이요, 유한한 자기 생명의 대상(代償)이다. 공동의 작품이라 공동으로 양육해야 하며 이 과정에서 부부의 협동심이 고양되어 부부간의 애정이 더 깊어진다. 또 성욕이 항상적이라 빈번한 성행위는 부부간의 헤어짐을 막는다.

인간의 성욕이 본능적이요, 항상적이라 하여 성 개방을 두려워할 필요는 없다. 물론 애정이나 자식이 있다는 것만으로는 한계가 있을 것이다. 그러나 인간은 의식적 존재이기에 의식으로 본능을 어느 정도 통제할 수 있으며, 또 사회적 존재이기에 사회질서가 제어장치 구실을 한다. 제어장치로는 일부일처주의가 가장 합리적인 것 같다. 그리고 인간은 자위행위를 함으로써 타인에 의존하지 않고 자급자족할 수도 있다. 또 학문, 기업, 예술이나 취미, 봉사, 종교 활동으로 성욕을 전환시킬 수 있다. 또 인간은 '관계 속의 존재'이므로 부모 노릇, 자식 노릇, 남편 노릇, 아내 노릇, 형제 노릇, 상관 노릇, 부하 노릇, 친구 노릇, 이웃 노릇 등을 두루 잘하면 불륜적인 성행위를 극복할 수 있다. 예를 들어 유치원 때부터 단짝 친구로 지내온 남녀는 커서도 친구로 얼마든지 남을 수 있다. 오히려 커서 연애감정을 품는 것이 부자연스럽고 거부감을 느끼는 경우도 많을 것이다. 남남인 남녀도 오래 사귀다 보면 '근친상간 금지' 비슷한 감정이 일어난다.

어쨌든 인간의 성욕은 동물과 다르다. 다르다면 다르게 살아야 한다. 성욕이 본능이니까 욕망만으로도 성행위를 할 수 있다. 처음부터 애정으로 만나면 좋겠지만, 처음에는 애틋한 애정이 없는 중매로 만나도 애정이 생기고 도타워지면 얼마든지 훌륭한 부부생활을 할 수 있다. 연애결혼해서 애정이 식는 것보다 오히려 나을 수도 있다. 그러나 연애로 만났든, 중매로 만났든, 애가 있든 없든, 진실로 부부 사이에 애정이 없고, 그것이 소생할 가능성도 없다면 이혼하는 것이 낫다. 왜냐하면 애정 없는 성행위는 동물의 그것과 마찬가지이니까 말이다. 둘 사이에 이미 자식이 있을 경우 자식에 대한 책임을 공동으로 철저히 진다면, 이혼이 무슨 문제가 되겠는가!

인간은 허약한 존재이다

여기서 허약하다는 것은 인간은 신체가 강건하게 태어나지 못하여 자연상태 그대로 두면 동물보다 훨씬 살아가기가 어렵다는 뜻이다. 인간은 조금만 아파도 약을 먹어야 하고, 조금만 추워도 옷을 입어야 하고, 더우면 에어컨을 틀어야 한다. 시력이 나빠져 거의 대부분이 안경을 쓰고 있다. 이것은 인간이 오랜 문화생활로 인해 저항력과 면역성이 약해져 있기 때문이다. 또 약해진 어머니가 애를 낳으니 그 애도 날 때부터 약한 것이다. 직립보행이나 보편적 구조 및 사유능력으로 인한 장점도 많지만 이런 약점도 있다.

이런 현상은 동식물에도 그대로 나타난다. 우리가 김을 매고, 비료를 주면서 가꾸지 않으면 우리의 농작물은 잡초에 짓눌려 제대로 자라지를 못한다. 가축도 요사이는 조금만 아파도 가축 병원으로 간다. 우리가 멧돼지 고기를 좋아하고 산삼을 캐러 이리저리 헤매고 자연산 광어를 먹으려고 안달하는 것도 이런 이유이다. 문명으로 인한 허약성, 허위와 가식, 부정부패, 환경오염, 자연파괴 등으로 "자연으로 돌아가자"고 주장하는 사상가도 적지 않으나 그것은 너무 순진한 생각이다. 돌아갈 수도 없을 뿐만 아니라, 현 상태에서 우리가 문화와 문명을 등지고 자연으로 돌아간다면 소수의 강건한 사람을 제외하고는 살아남기가 힘들 것이다.

우리의 신체는 자연적일 뿐만 아니라 문화적이요, 인공적이다. 자연적 부분은 자신이 어떻게 할 수 없지만 문화적 인공적 부분은 자신의 노력 여하에 따라 잘 가꿀 수 있다. 신체의 약점을 보강하기 위해서는 운동이 최고이다. 옛날에는 사람들이 주로 농사를 지었고, 운반이나 이동을 하는 데도 육체노동이나 걷기를 했다. 이 자체가 운동이다. 또 자연 스스로 정화 능력이 있어서 물이나 공기가 깨끗했다. 따라서 건강에 대해 의식적으로 신경을 쓰지 않아도 괜찮았지만 지금은 환경도 오염되고 특히 정신노동을 주로 하는 사람은 건강에 각별히 유의해야 한다. 아무리 좋은 자연산이라도 소화해내지 않으면 아무 소용이 없다. 또 자연산은 비용이 많이 들기도 하거니와 그것의 지나친 선호는 그 종을 멸종시키고 생태계를 파괴한다. 인간의 보편적 신체구조상 음식을 골고루 먹는 것만큼 건강에 좋은 것이 없다.

또 '약의 복용'을 줄여서 문화의 의존성에서 탈피해야 한다. 약은 먹으면 먹을수록 저항력을 떨어뜨리고, 특히 '약의 남용'은 인체의 다른 부분에 심각한 부작용을 초래한다. 우리나라는 약의 남용이 심각한 수위에 도달해 있다. 그래서 의약분업을 실시하는 것인데, 신의 그림자 같은 의사들이 폐업을 하고, 약 남용의 피해를 누구보다 잘 아는 약사들은 약을 많이 팔 수 있는 것에만 혈안이 되어 있고, 정부는 준비도 없이 감행을 하고 있다. 여야의 극한 투쟁, 노사 갈등, 집단이기주의 등을 보면, 민주주의 하기도 이렇게 어려운 것인가 싶어 절망감마저 든다.

그리고 젊을 때는 별 문제가 없지만 인간이 마흔이 넘어서면 운동을 밥먹듯이 생활화해야 한다. 평소 조깅이나 테니스를 하던 사람도 비가 와서 운동을 하지 못했으면 나갔다 올 때 버스나 전철을 한두 정류장 앞서 내려서 집까지 걸어가면 좋은 걷기 운동이 된다. 요사이 벤처기업을 운영하면서 사이버 공간 속에 사는 젊은이들이 많은 모양인데 이런 사람들도 건강에 각별히 조심해야 한다. 물론 운동이나 극기훈련이 좋다고 해서 약국이나 병원에 가지 말라는 이야기는 아니다. 맹장염에 걸린 사람보고 "참아라" 해서도 안 되며, 감기가 심하면 약을 먹어야 한다. 여하튼 운동, 치료, 약, 음식이 조화를 이루어야 한다.

인간은 미완성 동물이다

동물은 일반적으로 몇 개월 내지 1년 안에 거의 성장을 완성한다. 심지어 송아지는 새벽에 태어나면 저녁쯤부터 혼자서 걸어다니면서 물을 먹기도 한다. 인간은 갓난애가 혼자 걸어다니면서 물을 먹으려면 1년 반 이상 걸릴 것이다. 그리고 인간은 육체적으로 여자는 20~21세, 남자는 24~25세까지 성장을 계속한다. 그리고 정신적으로는 늙어 죽을 때까지 성장을 계속해도 완성이란 없다. 왜냐하면 늙어 죽을 때까지 연구를 해도 모르는 것이 있고, 잘못해서 후회하는 일이 있기 때문이다. 공자가 70세에 "종심소욕 불유구(從心所欲不踰矩, 마음이 하고 싶은 대로 해도 법도에 어긋나지 않더라)"라 했지만 천만의 말씀이다. 물론 공자는 성인이라 욕망의 굴레에서 벗어나 자유스럽게 행동할 수 있다는 데 대해 어느 정도 이해가 가는 측면도 있지만, 인간은 본인의 노력여하에 따라 완성에 가까워질 수 있을 뿐이지 완성이란 있을 수 없다.

늙어가면서 노욕이 더 심해지는 사람도 많고 쓸데없는 권위나 고집을 부리는 사람도 많다. 오히려 젊을 때는 자기의 무한한 가능성을 믿고 욕망을 뒤로 미루는 자제력이 발휘될 수 있지만, 늙어서 나이의 한계를 느끼기 시작하면 조급증이 생겨 판단을 그르치는 경우도 많다. 우리는 상당히 덕망 높은 분들 중에서 노욕에 걸려 늘그막에 인격에 치명상을 입는 사람을 종종 볼 수 있다. 또 최근에 신경생리학자들은 인간의 대뇌도 매우 더디게 성숙한다는 사실을 밝혀냈다. 구체적으로 말하면 유인원인 침팬지의 뇌가 성숙하는 데는 6개월이 걸리지만 인간의 대뇌가 완전히 성숙하는 데는 최소 25년 혹은 그보다 훨씬 긴 세월이 걸린다는 것이다.[24] 또 앞에서도 말했지만 인간의 감각도 모든 대상을 감각할 수 있도록 보편적, 기본적인 것만 갖추어진 미성숙, 미완성의 것이라 했다. 이처럼 인간은 미완성 상태로 태어난 존재이다.

따라서 인간은 부모나 사회로부터 오랜 기간의 양육과 교육을 필요로 한다. 결국 교육이란 미성숙 단계에 있는 어린 학생들이 성숙 단계로 진입하는 학습과정을 돌보는 일이다. 최하등 동물의 번식 책임은 출생에서 끝난다. 일반 동물은 자립에서 끝난다. 포유동물 중에서도 육식동물의 경우에는 먹이를 잡기 위한 본능적 훈련이 있을 뿐 인간처럼 오랜 교육을 필요로 하지 않는다. 여기서 우리는 자연 질서의 조화에 감탄을 금할 수 없다. 만일 다른 동물의 새끼가 인간처럼 긴 보살핌과 교육이 필요하다면 그 동물의 새끼는 거의 다른 동물의 먹이가 되어 멸종할 것이다.

미완성은 무한한 가능성과 완전성을 전제한다. 따라서 인간은 가능성

---

24) 《한국일보》 2000년 5월 25일자 5면 참조.

을 항상 열어놓고 무한한 노력으로 자기 자신을 완성시켜야 한다. 무한한 가능성이 있는 인간을 억압하거나 어느 방향으로 제한하는 것은 아주 나쁘다. 그래서 나는 정치적 폭력, 교조적 이데올로기, 종교적 독선을 아주 싫어한다. 따라서 세뇌교육은 저주스러운 것이고, 모태신앙도 바람직하지 않으며, 주입식 교육은 저차원의 교육이다. 완전성은 소망의 대상이요, 가능성의 대상이요, 노력의 대상이요, 당위의 대상이다. 육체는 어느 정도 자연적으로 성장할 수 있지만 육체, 감각, 정신을 포함한 인격의 완성은 끊임없이 교육받고 탐구하고, 남과 사귀면서 반성하고 수양하지 않으면 안 된다. 인격완성은 긴 시간이 필요하겠지만[25] 그것은 당위이기에 칸트의 논리를 빌린다면 "너는 해야 한다. 그러므로 너는 할 수 있다(Du kannst, denn du sollst)"로 표현될 수 있다.

인간은 모순된 동물

인간을 포함한 모든 생명체는 죽음이라는 모순을 안고 있다. 그러나 인간은 무기층, 유기층, 감각층, 의식층까지 가지고 있는 다층적 존재(이런 의미에서 인간은 소우주라 할 수 있다)이기 때문에 가장 모순된 동물이요, 의존적 동물이요, 따라서 가장 불안한 동물이다. 식물은 무기층에만 의존하니까 그 자리에서 생명유지를 위해 노력하다가 죽으면 그만이다. 동물은 무기층과 다른 유기층에 의존하니까 식물보다 모순을 더 가지며 불안하다. 따라서 끊임없이 먹이를 찾아 장소 이동도 해야 하고 먹이를 구하거나 자신이 먹이가 되는 것을 피하기 위해 피나는 투쟁을 해야 한다. 그런데 인간은 동물에는 없는 의식까지 있어서 이

---

25) 칸트는 인격완성은 의무요, 당위이기 때문에 반드시 가능하다고 생각한다. 그런데 그것이 가능하기 위해서는 긴 시간이 필요하기 때문에 우리가 죽으면 육체는 소멸해도 영혼은 죽지 않고 언제든 인격을 완성시킨다는 것이다.

의식과 본능적 욕망이 모순을 일으키니까 죄의식도 느끼고 내부 갈등까지 겪는, 근원적으로 고달프고 슬픈 존재이다.

아담과 이브가 선악과를 따먹지 않았더라면 선과 악을 구별하는 의식이나 죄의식 없이 살 수 있었을까? 원죄란 다름 아닌 욕망과 의식(가치판단 능력, 죄의식)이다. 그러므로 원죄를 거부하려고 하는 것은 인간임을 포기하려는 것과 마찬가지이다. 필자가 대학 다닐 때 고 황산덕 교수님의 '법철학' 강의를 듣고 싶어서 법대까지 가서 한 학기 들었는데(시위로 인한 휴강과 나의 결석 때문에 제대로 듣지 못했음) 기억에 남는 것이 딱 하나 있다. "원시인의 법 개념에 따르면 내가 남의 아내와 정을 통하는 것은 정의이고 남이 내 아내와 정을 통하는 것은 불의이다"라고 한 말씀이다. 필자의 음험한 생각과 맞아떨어져서 그런지 지금도 기억에 생생하다.

또 영국의 홉스(Thomas Hobbes)는 "인간은 타인의 결함을 보고 웃는 동물이다"라고 했다. 그렇다! 인간이란 이처럼 모순된 동물이다. 요샛말로 남이 연애 걸면 스캔들이요, 내가 연애 걸면 로맨스라는 말인데, 대통령중심제 나라요, 세계를 호령하는 막강한 권력을 쥐고 있는 대통령이지만, 원시인의 법 개념이 통하지 않았던지 클린턴이 "르윈스키와 섹스를 하지 않았다. 오럴 섹스만 했을 뿐이다"라고 비겁한 거짓말과 구차한 변명을 하면서 비판자를 권력으로 누르지 못하는 것을 보면 인간의 의식도 옛날보다 많이 발전했고 미국이라는 나라가 민주주의가 발전되기는 발전된 나라이다.

여하튼 인간의 욕망은 동물과 달라서 그대로 고정되어 있지 않고 계속 생성되고 변화한다. 흔히 인간을 '이기적 동물' '욕망이 많은 동물'이라 하는데, 나는 인간이 날 때부터 욕망을 많이 가지고 태어났다고는 생각하지 않는다. 지식과 기술의 발달 및 사회구조의 발달과 복잡성 등으로 인간이 새로운 욕망을 만들어내기 때문에 욕망이 많은 동물로 보이는 것 같다. 동물에게는 매매나 저축, 상속이 없다. 그러니까 엄밀한 의미에서 소유욕이 없다. 또 공동생활이 미미하니까 지배욕도 미미하다. 인간에게서는 식욕이 소유욕으로, 명예욕이 지배욕으로 변한다. 동물의 욕망은 자신의 당대에 끝이 나지만, 인간에 있어서는 소유욕이 상속욕으로, 지배욕이 세습욕으로 확장되어 욕망이 끝나지가 않는다. 인간의 욕망이 증대함에 따라 모순도 더 커지고 온갖 사회악이 발생한다. 선과 악의 투쟁─이것도 인간 모순의 반영이다.

　모순은 의식에만 있는 것이 아니라 물질에도 있다. 유물론자들은 모순을 운동인(運動因)으로 보고, 물체는 자체 안에 모순이라는 운동인을 가지고 있기 때문에 스스로 운동을 한다고 한다. 물의 온도가 $100\,^{\circ}\text{C}$가 되면 내부 모순을 극복하지 못하고 수증기로 변화한다. 변화는 운동이다. 인간의 의식도 모순이 생겨야 변화 · 발전한다. 그러므로 우리는 모순 자체를 너무 두려워할 필요는 없다. 그러나 모순 자체가 너무 커지면 물이 산소와 수소로 변화하듯이(양적 변화의 질적 변화) 생(生)이 사(死)로 변한다. 그러니까 생명체는 태어날 때부터 죽음을 내포하고 있는 모순된 존재이다. 그러나 생명체에 있어서는 가능한 한 생을 유지하는 것이 절대적 선이다. 그래서 우리는 죽지 않으려고 얼마나 발버둥을 치는가! 그리고 모순이 커서 고통이 너무 심하면 죽음보다 삶이 나을 것이 없는 경우도 적지 않다. 봉건왕조 시대의 억압과 수탈, 자본주의의 빈부격차, 범죄, 전쟁, 환경오염 등의 모순을 우리는 어떻게 해결해야 하는가? 일부는 해결된 것도 있지만 새로운 모순이 끊임없이 발생하고 있다. 결국 욕망과 의식의 모순이 가장 중요하고 해결하기 어려운 것이다. 철학과 종교의 주요목표가 이러한 모순의 슬기로운 해결인데……

　여기에 크게 두 가지가 있는 것 같다. 욕망의 제한과 충족이 그것이다. 불교의 자비와 해탈, 유교의 인과 극기복례, 회교의 형제애, 기독교의 봉사와 사랑 등이 욕망의 제한이다. 공산주의도 한마디로 욕망의 제한이다. 그 중에서도 배타적 지배와 향유인 소유욕의 제한이다. 유사 이래 종교인들이 그렇게 자비나 박애를 부르짖었어도 큰 효과가 없고, 한때는 많은 사람이 공감하고 희망을 가졌던 공산주의 체제도 저렇게 허망하게 무너졌으니 욕망의 제한만으로는 해결되지 않는다는 것이 판명되었다. 그렇다고 욕망 충족의 대상을 무한히 만들어내면 된다고 하는 자본주의는 빈부격차를 더 벌리고, 재화를 만들어낸다고 마구 개발을 한 나머지 전 지구를 황폐화하여 인류를 파멸의 구렁텅이로 넣으려 하고 있다. 결국 욕망의 충족도 억제도 완전한 해결책이 아니라는 것을 알 수 있다. 욕망은 일단 발생하면 우리는 그 욕망을 충족시키기 위해 노력하든가 아니면 억제해야 한다. 억제된 욕망은 계속 그것의 해소를 요구하면서 우리를 갈등과 불안 속에 가두어둔다. 또 욕망을 충족시키면 보다 큰 욕망이 발생하며, 욕망대상을 손에 넣었다 하더라도 그것을 잃지 않고자 하는 또 다른 욕망이 발생한다. 여기서 생각해볼 수 있는 것은 욕망 자체가 발생하지 않도록 하는 것이다. 즉 욕망이 발생하기 이전의 무욕(無慾)의 상태를 유지하는 것이다. 이런 상태를 강조한 사람이 노자와 장자이다. 그들은 그러한 상태를 허정(虛靜), 적막(寂寞), 무위(無爲)라고 했다. 자연적·무위적으로 발생하는 욕망은 생명체로서는 어쩔 수 없지만 의식적·인위적으로 욕망을 만들어내지만 않아도 우리는 피비린내 나는 싸움이나 자연파괴를 막을 수 있다. 자본주의의 가장 나쁜 점이 돈을 벌기 위해 인위적·의도적으로 욕망을 만들어내는 데 있다. 비록 공산체제는 무너졌어도 재화의 균등한 배분사상은 살아 있고, 앞으로 어떤 체제가 등장해도 이 문제는 해결해야 한다.

욕망의 제한과 충족을 적절하게 조화시키는 방법은 없을까? 앞에서도 말했지만 모순은 반드시 생기고, 인간은 어느 정도 모순을 안고 살아가기 마련이다. 우리 속담에 "잔병치레하는 사람이 오래 산다"는 말이 있듯이, 우리는 작은 모순을 참으면서(욕망을 제한하면서) 큰 모순을 슬기롭게 해결해가야 한다. 여기에 인간의 지혜가 빛나고 때로는 모순을 부정하고 초월하는 데에 인간의 위대성이 있다.

인간은 도구와 언어를 사용하는 동물

인간이 직립보행을 하게 됨으로써 양손을 도구처럼 사용할 수 있었을 것이라는 추리는 쉽게 할 수 있다. 또 양손만으로는 부족하고 불편하니까 여러 가지 도구를 만들어 썼다. 결국 도구란 인간의 능력을 확장하는 것이다. 이런 면에서 언어도 마찬가지이다. 손짓, 발짓 등 몸놀림(body language)으로는 부족하니까 새로운 전달수단으로 만들어낸 것이다. 따라서 이 두 가지가 다 노동과 깊은 관계가 있다는 것은 쉽게 알 수 있다.

문제는 우리의 능력 부족을 메우기 위한 도구가 자연발생적으로 발달한 것이 아니라는 데 있다. 돈을 벌기 위해, 지배를 강화하기 위해 의도적으로 도구를 발달시킨 것이다. 그것들을 위하여 생겨난 체제가 관료체제와 자본주의 체제이다. 도구는 내 손안에 있을 때 도구요, 신체의 일부 같지, 내 손을 떠나면 그것은 거대한 기계가 되어 오히려 인간을 압도하고 지배한다. 또 그것을 조금만 잘못 조종하거나 관리하면 대량의 인명피해, 재산피해, 자연파괴를 불러일으킨다. 현대에 와서는 자동차와 비행기 사고, 오일이나 가스 사고, 원자핵누출 사고 등 대형사고가 끊이지 않는다. 그렇다고 "신체발부(身體髮膚)는 수제부모(受諸父母)요, 불감훼상(不敢毀傷)이 효지시야(孝之始也)라"[26] 하면서 문명의 이기를 거부할 수 없다. 한마디로 사용하지 않으면 안 하는 사람만 손해이다.

필자는 51살에 늦게야 운전을 배웠다. 그리고 2년 후에 차를 샀다. 내가 운전 배운다는 것을 중형이 알고 만류를 했다. 이유는 내 성격이 치밀·침착하지 못하기 때문에 위험하다는 것이다. 중형의 배려는 고마웠지만 그때 나는 '문명의 이기는 이용해야 한다. 그것을 만든 사람은 얼마나 노력과 비용을 들여가며 고생을 했겠는가? 그런데 그것을 이용도 못해서야 말이 되느냐?'고 생각했다. 운전대를 잡고 한두 번 사고도 났고, 스티커는 여러 번 떼였지만 전체적으로 보면 역시 잘 배웠다는 생각이 든다. 러시아워를 피해 출퇴근할 수도 있고, 가끔 시골 어른들을 모실 수도 있고, 애들한테 폼도 잡을 수 있고, 남모르게 애인과 드라이브도 할 수 있다. 한번은 예쁘고 자그마한 여선생과 드라이브를 했는데 이 여선생이 차에서 내리면서, "교수님이 되어가지고 최소한 소나타 정도는 몰고 다녀야지 엘란트라가 뭐예요!" 하는 것이 아닌가? 차가 달리던 중이었으면 차를 세워 당장 내리라고 했을 터인데……. "그래, 소나타는 한 시간에 300km를 달리요, 500km를 달리요? 길 막히면 꼼짝도 못하는 것은 마찬가지요. 지금 단 둘이 타고 왔는데 자리가 비좁은 것도 아니고, 안전성 문제는 내 운전기술(?)이 책임을 질 것이고, 엘란트라라고 해서 무엇이 불만이요? 빨리 이동하기 위해 차를 타는 것이지 무슨 폼을 잡으려고 차를 타오?" 하고 큰소리쳤다. 돈 없는 내 처지가 부끄럽기도 했지만, 한편 굳이 돈을 낭비할 필요가 없다는 내 실용주의 정신에 자부심을 갖기도 했다. 정말 우리나라 사람들은 왜 그렇게도 큰 것을 좋아하고 남에게 과시하기를 좋아하는지?

---

26)《효경》에 나오는 말인데 "신체 및 피부와 털까지도 모두 부모로부터 받은 것이므로, 신체는 물론 털 하나라도 함부로 훼손하거나 상하게 하지 않는 것이 효의 시작이다."

그건 그렇고 시간이 갈수록 운전을 잘 배웠다는 생각이 든다. 특히 조
가경 선생님의 도움으로 미국에 1년 교환교수로 가 있을 때 운전을 할
줄 몰랐더라면 상당히 어려움을 겪을 뻔했다. 내가 있었던 버펄로라는
도시는 대중교통 수단이 거의 없어서 운전을 배우지 않았더라면 장애
자가 되어 갇혀 있을 뻔했다. 우리는 신체를 움직이기에 불편한 사람만
장애자라고 생각하는데, 문명의 이기를 다룰 줄 모르는 사람도 엄청난
장애자이다. 언어도 마찬가지이다. 문맹자도 장애자이다. 인쇄문화가
발달하지 않았을 때는 입으로 말만 하면 되었다. 그러나 인쇄문화가 발
달된 시대에 글자를 모르면 얼마나 답답하겠는가! 특히 요사이 컴퓨터
는 기계와 문자가 결합되어 있다. 그러니 얼마나 의사소통이 빨리 이루
어시고 앞으로 사회가 얼마나 빨리 변하겠는가? 텔레비전은 버튼만 누
르면 되었지만, 컴퓨터는 기계를 조작할 줄 알아야 하고 컴퓨터 언어를
읽을 줄 알아야 한다.

"침묵은 금이고 웅변은 은이다"라는 속담이 있지만 이것은 말을 함부
로 하면 실수하기 쉬우니까 신중히 하라는 뜻과 내가 남을 비판하면 남
도 나를 비판하니까 비판받기 싫으면 비판하지 말라는 뜻이지 말을 하
지 말라는 뜻은 아니다. 말은 해야 한다. 말을 하지 않으면 공동생활을
할 수가 없고 개인의 사고력도 문화도 발전할 수 없다. 또 비판할 일이
있으면 비판하고, 비판받을 일이 있으면 비판을 받아야 사회도 발전하
고 개인도 발전한다.

앞으로 정보통신기술이 발달할수록 그것을 배우기는 더욱 어렵고 또
비용이 많이 들 것이기 때문에 그로 인한 빈부격차가 더 벌어지지 않을
까 걱정이 된다. 정말 우리는 정보를 소유개념으로 생각하지 말고 공유
개념으로 생각하여 누구나 다 정보를 얻을 수 있도록 해야 한다. 특히
정부는 모두가 컴맹에서 탈출할 수 있도록 투자를 하고 교육을 하고,

어느 개인이나 집단이 정보를 독점하지 못하도록 해야 한다. 나도 아직 컴맹인데 이 글쓰기가 끝나고 나면 컴퓨터에 매달릴 생각이다. 인간은 동물과 달리 도구를 사용해야 한다. 그러나 도구가 이기(利器)가 되고 흉기(凶器)가 되지 않도록 사용을 잘해야 한다. 또 의도적으로 지배체제를 강화하기 위한 무기나, 돈벌이만을 위한 사치스러운 물건을 만들지 않아야 한다. 그리고 도구는 어디까지나 수단이지 목적은 아니다. 특히 정보라는 도구를 사용함으로써 인간과 인간의 직접적 만남이 줄어들어서는 안 된다.

인간은 생각하는 존재

인간은 그를 둘러싸고 있는 주변세계와 관계를 맺음으로써 삶을 살아간다. 신체는 노동으로, 의식은 사유로 외부세계와 관계를 맺는다. 인간이 생각하는 동물이라는 것은 누구나 다 알고 있고 또 각자 스스로 생각을 하고 있다. 그런데 '생각한다는 것'은 무엇인가? 사유는 어떻게 발생하는가? 또 사유는 어떻게 발전하며 어떻게 하면 올바르게 사유할 수 있는가? 생각하는 자체가 눈에 보이지 않으니까 이렇게 물으면 대답하기가 곤란하다. 그러나 그런 것을 몰라도 현재 내가 생각을 하고 있다는 것이 중요하고, 그런 것들을 모른다고 해서 현재 나의 사유활동이 위축당할 필요는 없다. 그런 것들은 앎으로써 올바르게 생각하는 데 도움이 되면 그것으로 족하다.

우리의 경험을 곰곰이 되씹어보면 욕망의 결핍에서 사유가 발생했음이 틀림없다. 원시인들은 우연히 땅에 떨어진 씨가 자라서 많은 열매를 맺는 것을 보고 씨를 뿌려 농사를 짓기 시작했을 것이고, 산불에 타죽은 노루고기를 먹어보고 구우면 맛이 있고 먹기 쉽다는 것을 알고 불을 사용했을 것이다. 그러나 씨를 뿌리지 않아도 씨가 지천으로 널려 있으면 그것을 뿌릴 생각을 아니 했을 것이고, 사자처럼 이빨이 날카로웠더라면 불을 사용할 생각을 아니 했을 것이다. 욕망이 충족되면 사유는 잠을 잔다. 다시 말하면 결핍에서 사유를 하게 되고 필요에서 발명이 이루어진다. 앞서 인간의 신체가 허약하고 보편적이라고 했는데, 신체구조가 그렇기 때문에 도구나 약품이 만들어졌는지, 사유능력이 그것들을 만들어냈기 때문에 신체구조가 그렇게 되었는지는 정확히 알 수가 없다. 그러나 둘 다 함수관계가 있는 것만은 틀림없다. 우리는 정신이 독립적으로 사유하는 것 같지만 욕망대상 및 신체와 밀접한 관계가 있다. 따라서 데카르트가 정신이 독립된 실체라고 한 주장은 수용하기 어렵다.

다음으로 사유의 득질을 보면, 먼서 사유는 경험을 되살린다(기억한다). 사유가 경험과 더불어 출발하고 경험한 것을 인식하는 것은 자연스럽지만 사유의 기억능력은 정말 신비스럽다. 나는 인간이 동물보다 기억능력이 뛰어난 것이 아닌가 생각한다. 왜냐하면 기억이 많이 축적되고 오래 지속되어야 반성이 제대로 이루어지기 때문이다. 기억 때문에 사유는 주변 대상만 객체로 하는 것이 아니라 자기 자신도 객체(대상)로 삼는다. 이것이 반성이요, 자의식이다. 동물에게는 기억력은 있으나 자의식이 없다. 자의식은 자기 자신을 대상으로 삼아 그것을 분석·검토해서 자기 자신의 장단점이나 잘잘못을 깨닫는다. 이것이 반성 내지 자각이다.

그리고 더 나아가 자기 자신을 비판하고, 자신의 육체적 욕망을 부정한다. 심하면 자신의 생명까지 부정하고 초월한다. 이것이 자결, 순교, 순직, 순국이다. 자기 자신마저 부정하고 초월할 수 있으니까 사유야말로 얼마나 자유스러운가! 헤겔이 "정신의 본질은 자유다"라고 한 말이 정말 실감이 난다. 그 어떤 것에도 구속되지 않는 사유, 그러니까 사유의 최고 발전상태는 자유인 것 같다. 따라서 그 어떤 이유로도 사유를 억압하거나 제한해서는 안 된다. 여기서 우리는 학문·사상의 자유가 얼마나 중요한지를 알 수가 있다.

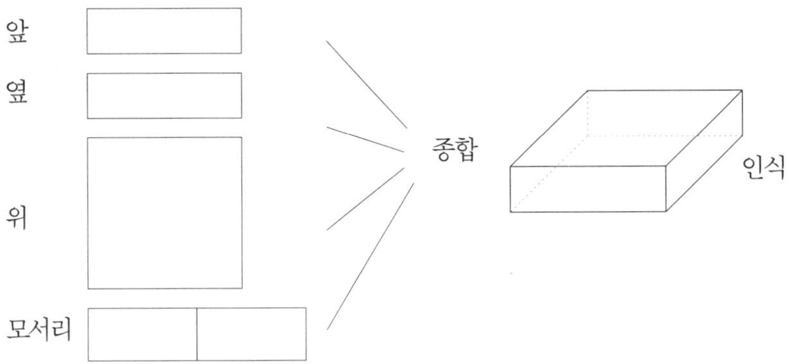

다음으로 사유는 경험을 종합한다. 우리는 어떤 물체든 한 지점에서 한 번에 그 물체의 전체를 경험할 수 없다. 앞에서, 옆에서, 위에서, 밑에서, 모서리에서 본 각 부분의 경험을 종합해서 물체를 인식한다.

예를 들어 직육면체가 정면에서 직사각형으로 보여도 우리는 그것을 직육면체로 인식한다. 또 우리는 A와 B가 싸웠을 때, A와 B의 말을 다 듣고 나서 두 사람의 말을 종합해서 누가 잘했는지 판단을 내려야 실수를 줄일 수 있다. 또 새가 나는 것을 보고 날개 달린 천사를 상상하고 물체에다 날개를 달아서 새와 비슷한 비행기를 만들었다. 이렇게 인간의 기억력은 먼 과거를 거슬러가고, 이를 바탕으로 하여 상상력은 먼 미래를 달려가기도 한다. 기억력을 보존하기 위해 문자가 만들어졌을지도 모른다. 그리하여 문화가 전승되고 오늘날 위대한 문화를 만들었다. 또 기억력과 상상력의 덕택으로 우리는 눈깜빡할 사이에 미국도 갔다오고 지구를 7바퀴 반이나 돌 수 있다. 위대한 도인의 축지법이란 다름 아닌 기억력과 상상력이다.

그러나 사유능력이 이렇게 좋기만 한 것은 아니다. 자유로워야 할 사유능력이 아집, 편견, 독선, 공상, 망상에 사로잡히기도 하고, 거짓, 사기, 권모, 술수, 위선을 부리기도 한다. 또 마약, 독극물, 핵무기 등을 만들어서 인류를 공포의 도가니로 넣기도 한다. 그러므로 우리는 예견력이나 상상력에 사로잡혀 망상에 빠져서도 안 되고, 과학을 무시하고 신비주의에, 정의를 무시하고 불의에, 공동체주의를 짓밟고 이기주의에, 현실을 무시하고 이상에만 빠져서도 안 된다. 여기서 올바르게 사유하는 것이 얼마나 중요한가를 알 수 있다. 예민한 감상력, 풍부한 감수성, 예리한 분석력, 포괄적 종합력, 공정한 판단력, 넓은 포용력, 새로운 아이디어를 내는 창의력, 비전을 제시하는 상상력 등을 동시에 구사할 수 있으면 얼마나 좋을까? 아무튼 깊게, 넓게, 바르게 생각해야 한다.

인간은 동물과 다르기 때문에 생각을 많이 해야 하고 올바르게 생각하기 위해서는 노력도 많이 해야 한다. 개략적으로 말하자면, 의식이 먼저 있고, 그것이 신체를 도구로 사용하는 것이 아니라, 신체가 바로 의식의 근원적인 존재방식이므로 신체나 감성부터 먼저 발전시키면서 사유를 발전시켜야 한다. 어린아이에게 고도의 사고력을 가르치거나 수준높은 도덕판단을 주입하는 것은 좋지 않다. 또 감각경험이 먼저이므로 경험을 무시하거나 초월해서 사유하지 말고, 경험을 바탕으로 해서 그것을 넘어서야 하고, 항상 합리적 논리적 사고방식을 가져야 한다. 사고를 정확하게 하기 위해서는 최소한 고등학교부터는 논리학을 필수적으로 가르쳐야 한다.

그리고 사유의 목적은 실천이기 때문에 실천 가능한 사유를 해야 하며, 실천으로 인해 남에게 피해를 주지 않도록 수양을 해야 한다. 올바른 품성이 먼저 길러져야 올바른 사유를 할 수 있다. 결국 경험을 바탕으로 해서 그것을 넘어서고, 종합하는 최고의 사유형태가 반성이다. 따라서 인간은 끊임없이 반성하고 또 반성해야 한다. 물론 모든 육체적 욕망을 초월하여 아리스토텔레스가 말한 사유의 최종목적인 '사유의 사유'(자기 사유, 觀照)가 이루어지면 행복의 극치이겠지만, 경험적 욕망적 인간은 늘 깊이 반성만 해도 훌륭한 인간이 된다.

앞으로 기술이 발달하여 지능을 가진 인조인간이 만들어지면 인간은 애써 사유할 필요가 없어질까? 인조인간이 반성을 해서 올바른 품성을 기르고 인격을 형성할 수 있을까? 그렇게 되면 '사유하는 존재'라는 인간의 개념도 바꾸어질까? 필자도 여기에 대해 확실히 모르겠다. 그러나 설사 인조인간이 만들어진다 하더라도 인간은 사유해야 된다고 생각한다.

인간은 형성적 존재

인간도 다른 동물과 마찬가지로 자신의 의지와는 무관하게 자연적으로 태어났다. 그러나 인간은 자연적 · 생물적 존재로만 사는 동물이 아니다. 인간은 끊임없이 주변세계와 교호(交好)작용을 하면서 자신의 본질을 투사하여, 자신을 형성(形成)하는 존재다(다음절 '인간은 노동하는 존재' 참조). 이러한 존재를 두고 실존철학자 하이데거(Martin Heidegger)는 '피투적(被投的) 투기적(投企的) 존재'라고 했다. 그런데 이 '형성'에는 크게 두 가지 의미가 있다. 하나는 인간이 자기 자신을 형성한다는 의미와 다른 하나는 주변의 모든 대상을 인식하고 그것에 의미를 부여하고, 또 생활에 필요한 모든 물건을 만들어낸다는 의미이다.

주변 대상을 인식하는 것도 형성이다. 왜냐하면 자연적으로 존재하는 나무나 돌도 내가 그것을 능동적으로 인식하면 그것은 이미 자연적인 나무나 돌이 아니고, 내가 인식(체험)한, 다시 말하면 내가 새롭게 의미를 부여한, 그런 의미에서 형성된 나무와 돌이다. 이런 의미에서 "대상은 주관(지성)이 능동적으로 형성한 것"이라는 칸트의 구성설(構成說, Konstruktions-Theorie)은 경험론의 모사설(模寫說, Copy-Theory)보다 한수 위인 인식론이다. 그리고 인간이 자신을 형성한다는 것은 경험과 교육을 통해 사고력을 발전시키고 지식을 축적하며, 반성과 실천을 통해 인격을 형성한다는 뜻이다. 새롭게 만들어낸다는 것은 우리가 만들어낸 문화와 문명이다.

여기에는 눈에 보이는 인공물뿐만 아니라 눈에 보이지 않는 언어와 문자 또 이것들을 사용하여 기호와 부호 및 개념과 관념을 만들어내는 것은 물론 인터넷의 가상세계를 만들어내는 것까지 포함된다. 인간의 이러한 능력을 두고 독일 철학사 카시러(Ernst Cassirer)는 "인산은 상징적 동물"이라 했다. 인간은 눈에 보이는 대상뿐만 아니라 눈에 보이지 않는 대상에도 의미를 부여한다. 예를 들어, 신을 보고 나서 신을 믿는 사람은 아무도 없다. 결국 신이란 인간이 '최초의 원인자'라는 관념을 만들어 의미를 부여함으로써 형성된 대상(개념)이다. 애인이 준 반지는 시장에서 파는 반지와 화학적 성질은 같아도 의미는 다르다. 세례의 물이나 부적(符籍)도 마찬가지이다. 부처상이나 동상도 의미를 부여하지 않으면 돌덩이나 쇳조각에 불과하다. 50년 만에 부부나 부모형제가 만나 흘리는 이산가족의 눈물을 화학적으로 분석하여 물(H_2O)에 소금기($NaCl$)가 좀 들어 있다고 말할 수 있는가! 지방(紙榜)을 붙이면, 거기는 조상 귀신의 자리가 되고 우리는 그 앞에 엎드려 절을 한다.

또 우리는 운동, 단련, 절제, 치료, 규칙생활 등으로 체력을 관리하고 신체를 새로이 형성한다. 요사이 DNA라는 유전자로 인간의 생물학적 지도를 완성할 수 있다고 하지만, 필자는 선전적 유전자만으로 인간의 신체가 결정된다고 보지 않는다. 후천적 형성도 중요하며 주변환경이나 사회문화적 수준도 중요하다고 생각한다. 쌍둥이도 서로 다른 문화권에서 키우면 서로 다르게 자란다. 이렇게 인간은 생물학적인 존재인 동시에 문화적 존재요, 형성적 존재이다.

생물학적인 조건이나 문화가 인간을 전적으로 좌우한다면 인간의 존엄성이나 자유의지는 빛이 바래진다. 역시 인간의 존엄성은 인격적 주체에 있다. 인격적 주체는 밖으로부터의 자극에 의해서 수동적으로 운동하는 무생물이나 본능에 따라서 무의식적으로 활동하는 일반 동물과 다르다. 인간은 스스로 정한 목적과 스스로 내린 판단에 따라서 주체적으로 행동한다. 따라서 인간은 의식의 주체요, 도덕적 주체, 자유의 주체이다. 결국 인격(personality)이란 지·정·의의 의식활동과 육체적 행동들을 총괄하는 전체적 통일체이다. 이러한 인격은 우리가 한평생 노력해도 완성할 수 없는 것이다. 오직 완성에 근접할 뿐이다.

인격 형성에도 생물적 조건, 자연환경, 문화환경 등 여러 요소가 작용하지만 중요한 것은 주체적 노력이다. 인격 형성을 위해서는 배우는 것도 중요하지만 사람을 많이 사귀는 것이 보다 중요하다. 다시 말하면 인격과 인격이 부딪쳐야 인격은 성숙한다. 그리고 평범한 사람보다는 한계 상황(marginal situation)에 처해 있는 사람들, 예를 들면 고아, 홀아비, 과부, 실업자, 장애자, 이방인, 죄수, 환자, 창녀 등과 대화를 나누고 인간적인 고민을 함께 나누면 아주 좋다(혹시 여러분 중에 나를 사창가에서 만나더라도 나를 욕하지 마시기 바란다. 산 교육을 위한 자료 수집과 인격 형성을 위해 거기에 간 것이니까). 하여튼, 자아 형성의 궁극 목적은 '인격완성'이다. 우리는 이를 위해 끊임없이 노력해야 한다.

인간은 노동하는 존재

인간은 동물과 달리 본능만으로 욕망을 충족시키지 않고 의식까지

곁들여 욕망을 충족시킨다. 인간이 욕망충족을 위해 감각능력과 더불어 의식까지 동원한다는 것은 인간의 삶이 다른 동물에 비해 한층 더 복잡하고 불안정하다는 것을 반영한다. 다시 말하면 의식적 노동은 본능만으로 살아남기 힘든 생존조건을 반영하고 있는 것이다.

모든 욕망은 결핍에서 생긴다. 결핍을 느끼면 인간은 욕망을 충족시키기 위해 활동을 한다. 감각경험이 되풀이되면서 의식이 발달하자 부족한 자연적 산물을 확대하기 위해 자연을 가공하고 변형했다. 이것이 노동의 시초이다. 그러므로 노동이란 자연으로부터 욕망충족에 필요한 물품을 획득하는 의식적 활동이다. 이런 활동으로 인해 손은 쉽게 도구처럼 사용되고, 손보다도 더 편리한 도구를 만들어냈을 것이다.[27]

여기서 중요한 것은 인간은 노동을 통해 자연을 변형·가공하는 동시에 자신의 내부에 잠자고 있는 본성을 변화시킨다는 점이다. 즉 인간 의식도 변화·발전을 하며, 발전된 의식은 발전된 도구를 만들어내고 발전된 도구는 자연을 더 크게 가공·변화시킨다. 이와 같이 노동이란 인간과 자연 사이의 끊임없는 변증법적 물질대사의 과정이요, 인간의 본질적 능력의 표현이다. 즉 그것은 자아실현이라는 주체적이고 창조적인 기쁨의 활동이다. "노동은 신성하다"라든지, "누구든지 직업을 가져야 한다"라는 말들은, 노동의 본질적 측면에서 볼 때 노동을 하게 하기 위한 독려나 노동에 대한 과찬이 아니라 지극히 당연한 말이다.

노동을 하는 것이 이처럼 당연한 것인데도 "일하지 않으면 먹지 말라"라든지, "직업에 소명의식을 가져야 한다"라고 노동을 강조하는 이유는 무엇인가? 그것은 현실의 노동이 자아를 실현하는 창조적 기쁨의 활동이 되지 못하고 자아상실, 자아고통의 괴로운 활동이 되기 때문이

---

27) 한국철학사상연구회, 《삶, 사회 그리고 과학》, 78~79쪽 참조.

다. 또 인간에게는 '게으름(나태)'의 원죄도 있고 한번 편해지면 더 편해지려고 하는 성향도 있기 때문이다.

원시 공산사회가 무너지고 계급과 사유재산 제도가 생겨남에 따라 노동의 개념이나 구조 및 기능도 변하기 시작했다. 지배계급은 권력을 통하여 스스로 노동을 하지 않아도 피지배계급(노예, 농노)의 노동을 통해 개체 보존의 길을 알아냈다. 놀고 먹음으로써 나태의 본능은 안락함을 더 추구하게 되었다. 그 결과 그들은 노동력을 상실하게 되고, 그것은 그들로 하여금 늘 생존의 불안감에 떨게 했다. 이 불안감이 지배계급 개체 보존의 유일한 담보물인 사유재산을 축적하려는 소유욕을 더 강화시켰다. 그리하여 그들은 사유재산을 더 많이 획득하기 위해 피지배계급을 더 수탈하고, 착취했다. 수탈당한 노동, 강요된 노동, 힘든 긴 노동은 노동자들에게 기쁨은커녕 고통과 박탈감만 안겨주게 되었다. 이러한 현상을 마르크스는 '노동소외'라고 했다.

이러한 노동소외 현상은 중세까지만 해도 혈연공동체나 촌락공동체가 있어서 완충 역할을 했으나 근대 자본주의에 와서는 그것들마저 붕괴되고 소수의 지배자와 자본가를 제외한 모든 사람에게 퍼졌다. 자본주의는 자본가의 생산수단과 값싼 노동력을 기초로 성립되었기 때문에 그 체제는 원천적으로 생산수단을 소유한 자본가에게 유리하게 되어 있다. 결국 노동자는 착취당한 자아상실의 소외된 노동에 시달리고 있다.

이상에서 살펴본 대로 인간의 노동은 동물의 단순한 생명유지 활동과 다르다. 인간의 노동은 의식적 활동이며, 자아실현의 활동이다. 의식적 활동이기에 육체적 활동뿐만 아니라 정신적 활동도 함께 해야 한다. 항상 노동을 하기 전에 계획을 세우고, 결과를 예측하고 노동을 한 후에는 결과물을 분석하고 피드백시켜 다음에는 더 좋은 결과를 낳을 수 있도록 생각하면서 노동을 해야 한다. 쉽게 말해서 농사를 짓더라도 경험을 단순히 되풀이만 하지 말고, 계획을 세워서 지어야 하고, 단순 노동이라도 생각해서 보다 효율적으로 해야 한다.

그리고 자아실현을 위해서 왜곡된 노동구조를 바로잡아야 한다. 자아상실의 소외된 노동을 지양하고 노동의 주체성과 창조성을 되찾아야 한다. 그러기 위해서는 현 자본주의 체제를 바꾸는 것이 근본적 해결책이다. 그러나 당장 실현하기는 어렵다. 현 자본주의 체제 아래서라도 노동자이면서 자본가가 되고 자본가이면서 노동자가 되는 노사일치, 소유와 경영의 분리, 종업원 지주제, 협동조합, 독립적 사외이사제도, 분권적 의사결정체제 등을 발전시켜나가면 우리는 어느 정도 노동소외를 극복할 수 있다. 노동을 통해 정당한 대가를 받고, 사회적 부가 개인의 능력에 따라 균등하게 배분되는 사회에서 인간은 인간다운 생활을 할 수 있는 것이다.

인간은 사회적 존재

앞서 말한 대로 인간이 미완성의 존재이며, 허약하고 모순되며 노동하는 존재라는 사실은 인간이 사회를 필요로 하고 다른 사람과 협력을 하면서 같이 살아야 한다는 것을 알려준다. 그리고 인간은 사회 속에서 사회의 규범, 질서, 관례, 통념, 사회적 문화를 내면화함으로써 인간이 된다. 또 인간은 다른 인간들과 함께 하려는 '사회에의 충동'이라는 소질을 가지고 있다. 따라서 인간은 개방적이고 보편적이어서 누구와도 의사소통을 할 수 있고, 사귈 수 있고, 사회를 구성할 수 있다. 폐쇄적이고 이기적인 인간들이 자기들의 지배를 강화하기 위해 정치적, 종교적 이데올로기를 조작하여 사회를 분열시켰던 것이지, 원래는 인간이 있는 곳이면 사회는 있었고, 분열되어 있지도 않았다.

우리 인간이 자랑하는 사유능력도 남과 더불어 공동생활을 함으로써 발전하기 시작하지 혼자 있으면 발전하지 않는다.[28] 그리고 노동과정에서 사유능력은 언어를 만들어내고, 이 언어가 의사소통의 도구가 됨으로써 인간은 동물과 다른 차원높은 사회를 만들어 복잡한 공동생활을 한다. 인간의 공동협력은 단순한 개개인의 능력들의 산술적 합이 아닌 천문학적 수의 위대한 능력을 발휘한다. 포이어바흐는 "고독은 유한이고 제한이며, 사회성은 자유와 무한이다. 인간은 인간과 함께 있을 때, 즉 나와 네가 통일될 때 신이다"[29]라고 말하고 있다. 즉 인간이 신적(위대한) 능력을 발휘하는 것은 개체로서의 인간이 아니고 전체로서의 유적 존재(類的存在, Gattungswesen)라는 것이다. 따라서 인간의 본질도 사회 속에서 길러지고 발휘되는 것이다. 그리고 도덕률, 논리법칙, 순수한 예술 작품 같은 것은 초개인적인 것으로서 사회적인 것이다. 이런 것들을 인식하지 못하면 사회생활을 제대로 할 수가 없고, 초개인적인 의식이 없으면 참된 의미의 사회적 존재가 될 수 없다. 따라서 사회적 존재가 되어간다는 것은 사회적 문화를 내면화하는 것이며, 개인 의식의 성숙을 의미한다.

그러므로 바람직한 사회를 만드는 것이 중요하고 동시에 개인들이 바람직한 사회생활을 하는 것도 중요하다. 사회가 바람직하지 않으면 개인이 노력해봐야 능력이 제대로 발휘될 수 없다. 또 개인들이나 소집단들이 폐쇄적, 이기적이 되어 남에게 피해를 주거나 집단이기주의에 빠져 있으면 사회가 불안해진다. 사회구성원 모두가 소외됨이 없이 개개인의 능력을 최대로 발휘하고, 그러한 능력이 유기적으로 결합되어

---

28) 그러니까 인간의 뇌세포는 사용하지 않으면 녹슨다는 말은 사실인 것 같다. 하기야 뇌세포뿐만 아니라 육체도 정신도 사용하지 않으면 기능이 저하한다.
29) 안현수, 《인간적 유물론》, 159쪽.

사회발전을 가져오는 바람직한 사회형태에 대해서는 여기서는 더 논의하지 않겠다(다음절에서 다룸).

그렇다면 개인으로서 바람직한 사회생활을 하려면 어떻게 해야 하는가. 첫째로 인간은 누구나 다 공적 생활과 사적 생활이 있다는 것을 명심하고 이 두 가지를 조화롭게 해나가야 한다. 특히 공과 사를 엄격히 구별해야 한다. 우리나라 사람들은 공과 사를 너무 구별하지 못한다. 지연, 학연, 혈연 등의 '연고주의'를 벗어나지 못하는 것도 공·사를 엄격히 구별하지 못하는 데서 연유한다. 구한말 세도정치의 폐해가 얼마나 극심했던가! 지금 영·호남의 지역주의도 연고주의로 똘똘 뭉친 우리 사회 가족주의의 한 단면일 뿐이다. 우리는 사적인 '가족주의'로부터 공적인 시민연대로 나아가야 한다. 둘째로 개인은 자기가 소속하고 있는 단체를 분열시키고, 구성원에게 피해를 주는 암(癌)적인 존재가 되어서는 안 된다. 쉬운 말로 "저 사람은 우리 모임에서 스스로 빠지거나, 제명시켰으면 좋겠다"는 사람이 되어서는 안 된다. 다음으로 소집단 구성원으로서 기득권이나 지배력을 지키기 위해서 권위주의, 세습주의, 패거리주의, '왕따'주의는 지양해야 한다. 마지막으로 미래사회에서 컴퓨터 채팅과 전자우편에 몰두하느라 타인과 얼굴을 마주하는 기회를 줄이는 고독한 존재로 변모해서는 안 된다.

인간은 관계적 존재

인간은 순수한 의식이나 독립적인 추상물이 아니라 육체를 가진 다른 사람과의 관계 속에서 사는 '세계—내—존재'이다. 다른 사람과의 관계 맺음이 가장 중요하겠지만, 인간은 주변세계의 모든 대상과 관계를 맺는다. 인류가 자랑하는 문화와 문명도 주변대상과 관계 맺음의 결과이다. 이러한 인간의 관계 맺음이 동물과 크게 다른 것은 동물의 경우 본능적, 무의식적 관계 맺음인 반면, 인간은 본능을 포함한 의식적 관계 맺음이기 때문이다. 따라서 동물의 관계 맺음은 일반적으로 생존과 번식에서 끝나지만, 인간의 경우 생존, 번식, 자아실현을 위해 무한히 지속된다. 좀더 구체적으로 말하면 하등동물의 번식 책임은 출생에서 끝나고, 동물의 그것은 새끼의 자립에서 끝난다. 그래서 동물은 새끼가 자립하면 어미와의 관계도 끝나지만 인간은 죽을 때까지 지속한다. 심지어 역사성을 가진 것은 죽음 후에도 지속된다. 교통, 통신, 기술의 발달로 인간의 관계 맺음은 공간적으로도 점점 더 확장되고 복잡해져가고 있다. 이렇게 인간의 생활은 관계 속의 생활이다. 그러므로 이러한 관계가 잘못될 때 우리의 생활은 균형이 깨어지고 스트레스 속에 살게 된다.

나는 아들인 동시에 아버지이고, 남편인 동시에 직장인이고, 상사인 동시에 부하이기도 하다. 각자는 자신을 중심으로 거미줄처럼 얽힌 인간관계 속에 살고 있다. 그리고 그 관계에 따라 자신의 위치, 역할, 기능이 달라진다. 그리고 인간관계는 항상 대립과 협력이라는 양 측면이 있기 때문에 여러 인간관계를 전체적으로 동시에 보고, 그 여러 관계들이 조화협력을 이루도록 행동을 해야 한다. 한쪽 관계만 보고 행동을 하면 관계들간에 대립과 불화를 가져온다. 예를 들어 과부의 외아들은 어머니와 아내를 동시에 다 배려하고 행동을 해야지 어느 한 사람만 생각하고 행동을 해서는 안 된다.

사회적 관계를 가장 중시한 철학자가 마르크스이다. 그는 무엇보다도 경제적 생산관계를 중시했고, 생산관계가 모순을 일으키면 생산방식도 변하고 사회구조도 변해야 한다고 보았다. 그에게는 인간들이 갖는 생물학적인 공통성은 그다지 중요하지 않았다. 인간이란 선천적이고 항구적인 어떤 존재가 아니라 사회적 관계에 따라 만들어지는 것이며, 사회적 관계가 달라지면 다른 존재로 된다고 생각했다. 다시 말하면 인간이 어떤 사회적 관계에 속하느냐에 따라 사고 자체도 달라진다는 것이다. 즉 '귀족과 노예' '자본가와 노동자' '상관과 부하'라는 관계에 의해 사유 자체가 제약을 받는다는 것이다. 그래서 그는 "사회적 존재가 사회적 의식을 규정한다"고 주장한다. 그리고 "인간의 본질은 사회적 관계의 총체이다"라고 말했다.

　이러한 마르크스의 주장에는 수긍이 가는 면도 있지만 수용하기 곤란한 면도 있다. 물론 그 당시 독일이 오늘날처럼 민주주의가 발전하지 않은 상황이었기 때문에 그런 주장을 편 면도 있지만 너무 사회나 전체를 강조하고 개인의 주체성이나 자율성을 경시한 측면도 있다. 인간관계가 복잡하고, 관계에 의해 우리의 의식이 규정된다고 해도 우리는 주체성을 잃고 수동적으로 관계 속에 함몰되어서는 안 된다. 관계보다는 주체가 선행하며, 우리는 관계에 의해 규정된다고도 하지만 역으로 관계를 규정하기도 한다. 또 새로운 관계를 형성하기도 한다. 마르크스도 《포어어바흐에 관한 테제 3》에서 '인간은 환경의 산물인 동시에 환경도 인간에 의해 변화된다'는 것을 강조하고 있다.

　따라서 새로운 관계를 어떻게 만드느냐의 문제는 주체의 자유영역이다. 예를 들어 가부장적 문화는 가부장적 사회관계를 재생산한다. 삼강오륜은 가장 중요한 인간관계에서 인간이 어떻게 사고하고 행동해야 하는가를 규정한 봉건사회의 규범이다. 오늘날 민주사회에서의 규범과 엄청나게 다르며 우리는 발전된 인간관계를 많이 만들어왔다. 또 관계는 어떤 면에서 시간과 공간의 제약을 받는 특정적인 것이다. 예를 들어, 상관과 부하는 직장의 업무처리에 있어서만 특정관계이지 직장을 떠나서 사석에서는 얼마든지 대등관계가 될 수 있다. 그러니까 나는 누구이면서 동시에 또 다른 누구일 수 있다. 또 자식이 성장할 때의 부모와 자식간의 관계와 자식이 결혼하여 자립한 후의 관계는 달라지는 면이 있어야 한다. 다시 말하면 자립한 자식에게 어릴 때처럼 너무 간섭해서는 안 되고 너무 보호해서도 안 된다. 그러니까 관계도 변해야 하는 부분과 변해서는 안 되는 부분이 있다. 결국 인간관계에는 선천적, 불변적인 면도 있지만 후천적, 가변적인 면도 있다.

따라서 인간과 인간의 관계는 가능한 한 부자유와 불평등한 관계가 아닌 자유와 평등관계, 이용과 적대관계가 아닌 협력과 공생의 관계가 되어야 하며, 차별과 무시의 관계가 아닌 차이와 존중의 관계로 발전해야 한다. 또 인간과 돈(자본)의 관계가 일차적인 것이 아니고 인간과 인간의 관계가 가장 중시되어야 한다. 인간이 돈을 중시하면 주위의 모든 대상이 물화(物化)되고 자기 자신마저 물화되어 인간성을 상실하고 만다. 이런 관계는 자연과의 관계에서도 그대로 적용된다. 자연을 대등한 주체로 인정하고, 자연의 본모습과 원리를 존중하여 자연과의 공생관계가 되어야 죽어가는 자연과 인간을 살릴 수 있다. 그러므로 우리는 관계 속의 존재이므로 '홀로 서기 주체성'을 극복하고 '서로 서기 주체성'을 추구하여야 한다. 즉 나 혼자만 주체이고, 나머지는 대상 · 객체 · 사물이라는 인식을 바꾸어야 한다. 특히 인간들 사이의 관계에 있어서는 서양이 발달했지만 '인간과 자연'과의 관계에 있어서는 동양이 우월하다. 천인합일 사상은 인간과 자연과의 대등한 조화관계이고, 풍수사상은 공간과의 조화관계요, 사주팔자는 시간과의 조화관계요, 인간과 인간의 조화관계를 강조한 것이 예의범절이다. 다소 비합리적인 면도 있고 그로 인한 부작용도 있었고 인간과 인간의 대등한 관계를 소홀히 한 아쉬움이 있지만, 자연과 인간을 대등한 관계로 보고 조화를 강조한 면은 전 인류가 가슴에 아로새겨야 할 것이다.

최종적으로는 관계 속에 살면서도 관계를 초월할 수 있는 자유의 주체성이 중요한 것이다. 불교의 말을 빌리지 않더라도 세상은 서로 의존해 인연(因緣)적 관계에 의해 존재한다. 관계를 잘 파악하면서 동시에 인연에 얽매이지 말고 만유(萬有)의 궁극적 본질을 봐야 한다. 해탈이란 연을 끊고(관계를 초월하여) 자유로운 상태에서 진여(眞如)를 깨닫는 것이다.

인간은 도덕적 동물

우리는 인간을 '도덕적 존재'라고 말하지 '도덕적 동물'이라고 말하지 않는다. 그리고 '사회적 동물' 또는 '정치적 동물'이라고는 말한다. 그 이유가 어디 있을까? 아마 인간과 동물을 구별하는 잣대 가운데 가장 큰 것이 도덕성이기 때문일 것이다. 인간이 비도덕적 행위를 할 때 그것을 비난하는 비유 대상 중 가장 많이 사용하는 것이 동물이다. 개새끼, 소새끼, 돼지 같은 놈, 여우 같은 놈 하고 비난을 한다. 그러니까 도덕성과 동물은 가장 모순·대립되는 개념이기 때문에 차마 도덕성에 '동물'이라는 용어는 붙이지 않는 것 같다. 그러나 그렇게 한다고 해서 인간이 더 고상해지고 도덕적 존재가 되는가? 인간이 고상해지는 것은 언어의 속임수에 있는 것이 아니라 진실로 도덕적 행위를 하는 데 있다. 그리고 동물은 윤리의식이 없으니까 본능적으로 행위를 하는 것은 자연스럽고 당연한 일이다. 우리에겐 그들의 행위가 '옳다, 그르다' 하고 평가할 권리가 없다. 그것은 우리들의 오만이요, 월권이다. 앞으로 동물에 빗대어 욕을 하지 말자. 아무튼 나는 인간만이 도덕적 의식을 가진 동물이기에 도덕성을 강조하기 위해 솔직하게 '도덕적 동물'이라는 용어를 사용한다.

동물의 의식이 자의식으로 발전하지 못하고 원초적 의식에 머문다고 할 때, 인간과 동물을 구별짓는 가장 중요한 기준이 도덕성임에는 틀림

없다. 왜냐하면 도덕 의식은 자의식 중에서도 가장 늦게 나타나는 반성 의식의 일종이기 때문이다. 비록 늦게 나오지만 반드시 나온다. 또 동물도 단순하지만 사회를 구성하고 정치적·권력적 위계질서도 가진다. 그리고 그러한 위계질서는 힘에 의한 강제이다. 그러나 도덕 사회는 자율적 규범 사회이니까 도덕성은 인간의 본질 중에서도 본질이라고 할 수 있다. 도덕성이 인간의 본질이라면 인간은 당연히 도덕적으로 살아야 한다. 그런데 우리 사회가 도덕적 사회로 가지 않고, 비도덕적 행위가 난무하는 것은 어떤 이유 때문일까? 물론 인간의 본질이 도덕성만으로 되어 있는 것도 아니고, 그에 앞서 아집의 욕망이 우리를 갸로막고 있다. 그러나 생명체로서 생명유지에 필요한 식욕이나 성욕을 가지는 것은 자연스럽고 건전하다. 문제는 권력자나 재력가가 이러한 건전한 욕망을 지배욕이나 소유욕으로 변질시키는 데 있다. 그리고 도덕 의식이 약하거나 자신도 권력이나 부를 획득하고 싶은 사람들이 비도덕적 행위(지배와 착취)에 끼어들기 때문이다.

그러나 너무 비관만 할 필요는 없다. 냉정히 생각하면 우리 사회, 이 지구가 오래 전에 멸망하지 않고 지금까지 유지되어온 것은 많은 사람들이 도덕적 행위를 하여왔기 때문이다. 우리가 도덕 의식 없이 모두가 자기 욕망이나 감정으로 행동한다면 하루인들 이 사회가 유지될 수 있겠는가! 그리고 자본주의의 황금만능주의로 인해 비도덕적 행위가 증가한 것도 사실이지만, 과거의 봉건신분 질서나 독재치하에서 억압받던 사람들이 해방된 것을 보면 도덕적 행위가 증가한 것도 사실이다. 그리고 자본주의체제도 하늘에서 떨어진 것이 아닌 인간의 산물이다. 여기에 우리는 반성에 반성을 거듭하여 제도를 개혁할 필요가 있는 것이다. 제도 문제는 뒷장에서 다루기로 하고 여기서는 인간성이나 의식 문제만 다루겠다.

나처럼 도덕 의식이 약하거나 권력과 부를 완전히 등지지 못한 사람들에게는 어떤 행위를 하기 전에 욕망과 도덕 의식 사이에서 엄청난 갈등을 겪는다. 잘못하면 스트레스를 받고 건강에 치명상을 입는다. 비도덕적 행위를 함으로써 양심의 괴로움도 받지만 도덕적 행위를 함으로써 오히려 왕따를 당하고 바보 취급도 당한다. 그러나 지난 일들을 되돌아보면 도덕적 행위를 했을 때보다 비도덕적 행위를 한 일이 후회가 더 크고, 또 오래 간다. 때로는 적당히 타협하여 조그마한 지위나 부라도 챙기지 못한 것이 후회될 때가 있지만 이것은 일시적이다. 그리고 '참여 속의 개혁'이라고 하지만 근본이 뒤틀려 있으면 개인이나 소수가 참여해도 개혁 되기가 어렵다. 그리고 비도덕적 행위를 한 사람은 남이 알든 모르든 반드시 고통스러운 후회를 겪을 것이다. 더구나 임종시에 가서 후회를 한다면 그것처럼 고통스러운 일은 없을 것이다. 칸트가 내세에 '도덕의 신'이 있어서 반드시 심판할 것이라고 했는데 나는 '도덕신의 심판'을 '민중의 심판' 또는 '역사의 심판'이라고 생각한다. 자기 당대에 심판받지 않으면 죽은 후에 역사가 심판한다. 우리가 알면 얼마나 안다고 남을 함부로 바보라고 할 수 있는가! 나는 칸트를 전공하지 않았지만 그의 도덕심을 진정으로 존경한다. 일생을 독신(여기서도 그는 나보다 한수 위이다)으로 성실하게 학문을 연구하고, 경건한 윤리의식으로 산 칸트가 《실천이성》 끝부분에서 "밤하늘에는 별이 반짝거리고 내 마음에는 도덕율이 있다"고 조금도 의심이나 흔들림없이 말했다. 그러니까 그는 우주에는 행성들이 질서 있게 돌고 도는 자연법칙이 있듯이 인간사회에는 지켜야 할 도덕법칙이 있다고 확신했던 것이다. 그가 바보라서 이런 주장을 하였겠는가! 나는 그가 인간을 계몽시키기 위해서 그런 주장을 했다고도 생각하지 않는다. 물론 선천적 도덕법칙이나 자연법칙이 눈에 보이지는 않는다. 그러나 자연법칙이 없으면 행성들이 충돌하여 자연 세계가 하루아침에 무너지듯이 도덕법칙이 없으면 그것은 인간세계가 아니며 인간들이 늑대처럼 서로 싸움을 함으로써 인간세계가 유지될 수 없다는 확신하에(도덕법칙이 있기 때문에) 그런 말을 했다고 나는 생각한다.

동물은 자의식이 없기 때문에 죽음을 모른다. 그저 자연에서 태어나서 자연으로 돌아갈 뿐이다. 인간은 '죽음에 대한 의식'이 있고 죽으면 권력이나 부도 물거품인 것을 알면서 왜 그렇게도 집착을 할까? 이것이야말로 어리석은 바보짓이 아닌가!《동아일보》이경택 논설실장은 "노욕(老慾)의 증세는 정치하는 사람들한테서 유독 심한 듯하다"(《동아일보》2001년 7월 5일자)고 말했다. 정말 동감이다. 우리 모두는 조그마한 권력이나 부의 획득에 함부로 가불거리지 말고 먼저 인생을 살다간 성현들이나 선각자의 말씀에 귀를 기울이자. 종교인들도 종교생활과 속세생활을 분리시켜서 교회나 절에서만 하나님이나 부처님의 말씀을 암송하지 말고, 그것을 진실로 믿고 현실생활에서 실천해야 할 것이다. 그리고 우리는 도덕법칙을 지켰기 때문에 손해를 봤다고 후회하거나 도덕법칙을 어겨서 출세한 사람을 부러워하지 말자. 타웨이(R. H. Tawey)는 《평등론》에서 "사회적 불평등은 부유한 사람이 가난한 사람을 착취하기 때문만이 아니라 너무도 많은 가난한 사람들이 가슴 속에서 부유한 사람들을 부러워하기 때문에도 끊임없이 지속된다"고 말했다. 설사 부와 권력이 부럽다고 해서 우리 행동의 판단 근거가 도덕법칙이 되어야지, 개인 이익이 되어서야 되겠는가!

물론 현 시점에서 지키기 어려운 수준 높은 도덕성을 엄격하게 요구하는 것도 비현실적일 수는 있겠지만, 점진적으로라도 우리 사회가 도덕적 사회가 되도록 모두 노력하여야 한다. 인간은 동물과 달리 도덕적으로 살아야 한다. '도덕적'으로 사는 것이 가장 인간답게 사는 것이다.

이상에서 동물과 다른 점에 입각해서 인간을 분석해보았다. 어쩌면 독자 여러분도 이미 다 아는 사실이고 새로운 것도 별로 없었을 것이다. 또 아홉 가지 측면에서 인간을 분석했지만 서로 관련이 있고 비슷비슷한 이야기들이고 한두 측면만 제대로 이해하면 나머지 측면은 저절로 이해가 갈 것이다. 그러나 알고 있는 사실이라도 다시 곰곰이 생각해보고 반추하는 것도 그 나름의 의의는 있을 것이고, 여러 측면에서 분석하면 전체적 이해에 도움이 될 수도 있을 것이다. 어떤 측면에서 보면 철학이란 '의식의 명료화' 즉 '무의식의 의식화'라 할 수 있다.

나는 '철학의 과학화' '엄격한 체계' '선험적 의식구조' 등을 좋아하지 않는다. 철학은 엄격한 이성적, 체계적, 과학적 학문이 될 수 없다고 생각한다. 인간은 기계가 아니고 이성만으로 되어 있지도 않다. 신체와 결부된 이성, 오성, 감성, 감각, 의지 등이 복합적으로 관련되어 있는 통일체요, 살아 움직이는 생명체이다. 또 물질로 환원될 수 없는 인격체이다. 어느 한 측면만 강조하면 다른 측면이 억압되거나 죽어버린다. 그러면 그는 절름발이 인간일 뿐이다. 공자의 시·예·악(詩禮樂)[30]의 사상이나 전인교육사상은 다시 음미해볼 가치가 있다.

정말 인간은 알기 어렵다. 많은 사람을 사귀고 많은 경험과 반성을 하면서 또 책(간접경험)도 읽고 연구하면서 스스로 느끼고 이해할 뿐이다. 4대 성인의 한 사람인 소크라테스도 죽음에 이르러서야 "인생이란 이런 것이구나" 하고 중얼거리면서 독배를 마셨다고 하지 않는가? 어쨌든 인간은 동물과 다르니까 다르게 살아야 하고, 인간이니까 인간성을 살리면서 '인간답게' 살아야 한다.

---

30) 《논어》, 〈泰伯〉:子曰 興於詩 立於禮 成於樂(시에서 정서를 일으키고, 예에서 예의범절을 세우고, 음악에서 조화(인격 완성)를 이룬다.)

3. 철학이란 무엇인가 Ⅱ
"도라고 말할 수 있는 도는 참된 도가 아니다"

앞 장에서 철학과 인간에 대해 조금 분석을 해보았으나 독자들의 이해에 얼마나 보탬이 되었는지 모르겠다. 사실 '철학이란 무엇인가'라는 물음은 철학의 알파요, 오메가이다. 철학의 본질, 역할 및 기능을 동시에 묻는 이 물음에 대한 답변이 철학의 모든 것이라 하여도 결코 지나친 말이 아니다. 이런 철학의 의미를 여기서 몇 마디 언어로 나타낸다는 것은 거의 불가능하다. 인간에 대해서도 마찬가지이다. 이것에 대해 여러 수많은 정의가 있지만 이것은 모두 인간의 어느 부분이나 단면에 대한 정의이지 전체에 대한 정의가 될 수 없다.

어떻게 보면 살아 움직이며 변화하는 인간을 한 시점에서 불완전한 고정된 언어로 나타낸다는 것은 불가능하다. 노자《도덕경(道德經)》첫머리의 "도가도, 비상도(道可道非常道, 도라고 말할 수 있는 도는 참된 도가 아니다)"란 말처럼 철학을 언어로 나타내면 진짜 철학이 아니고 철학이 죽어버릴지도 모른다. 완전히 알 수 없는 것을 알려고 하는 것도 인간의 모순이다. 이 모순을 우리는 어떻게 해결해야 하는가? 사람에 따라 여기에 대처하는 방법도 각양각색일 것이다. 완전히 모를 바에야 그런 문제에 아예 관심을 두지 않는 것도 한 방법이고, 종교인들처럼 전지전능한 절대자를 믿는 것도 한 방법이다. 학문하는 사람처럼 알고 싶어하는 탐구욕 때문에 그런 모순을 안고 죽는 날까지 매달리는 것도 한 방법이다. 그리고 끈질기게 매달림으로써 인류문화가 발전하는 것이 아닌가!

대학 3학년 때인가 싶다. 고 최재희 선생님께서 강의중에 하신 말씀인데 지금 분명하게 기억나지 않지만 말씀의 내용은 대충 다음과 같다.

석가의 명성을 들은 어떤 사람이 찾아와서 "선생님, 영혼은 불멸하며 사후세계가 있습니까?" 하고 물었다. 석가님은 "나도 모른다" 하셨다. 석가의 제자가 될 결심으로 그를 찾아갔는데, 가장 중요한 것을 모른다고 하니까 그 사람은 실망을 하고 돌아나오는데 "잠깐" 하고 석가님이 그를 세웠다. 석가께서 "지금 어디서 독화살이 날아와 자네의 몸에 박혔다고 하자. 그러면 자네는 바로 녹화살을 뽑고 나서 화살 쏜 사람이 누구인지를 찾아 나서겠는가, 아니면 화살 쏜 사람을 찾고 나서 그 화살을 뽑겠느냐?" 하고 물으셨다. 그 사람은 즉시 석가님 앞에 무릎을 꿇고, 자기의 경솔함에 대해 용서를 빌고 그때부터 석가님의 가르침을 받아 훌륭한 제자가 되었다.

그렇다. 처음부터 불가능한 것의 명증성을 요구하면 우리는 진리의 문으로 한 발자국도 들어갈 수 없다. 위의 예에서 독화살을 쏜 사람을 찾고 나서 화살을 뽑으려고 한다면 독이 퍼져 찾기도 전에 죽을 것이다. 끝이 보이지 않아도 가는 도중에 많이 배울 수 있고, 어디쯤 끝이 있을 것이다, 그 끝은 어떤 것이겠구나 하고 추리할 수도 있다. 또 유홍준 씨가 《나의 문화유산 답사기》에서 '아는 것만큼 보인다'고 했는데 나는 '아는 것만큼 모순이 해결된다'고 말하고 싶다. 그리고 모순이 이해가 되어도 해결이 안 될 때에는 실천적 행동을 할 수밖에 없다. 앞에서도 말했지만 직접 파악하기 곤란한 것은 다른 것과 비교나 비유를 하여 공통점과 차이를 앎으로써 그것을 이해할 수도 있다. 그래서 이 장에서는 철학과 다른 분야를 비교함으로써 철학이 어떤 학문인가를 드러내보겠다. 철학을 모든 분야와 비교하면 좋겠지만 시간이나 능력상 그렇게 할 수도 없고 꼭 그렇게 할 필요도 없으므로, 여기서는 대표적으로 (자연)과학, 종교 및 예술과 비교해봄으로써 철학에 대한 이해를 깊게 하겠다. 아직 철학이 제대로 이해가 되지 않는 분도 결코 실망하지 마시라.

철학과 종교

먼저 공통점부터 말하자면, '우주만물의 근원이 무엇인가'를 알고자 하는 점에 있어서 철학과 종교는 대상을 같이한다. 또 물질적 가치보다 인간적 가치를 중요하게 다루고, '인간이 어떻게 살아가야 하는가'에 대한 윤리 · 도덕적 규범을 강조하는 데도 철학과 종교는 목적을 같이한다. 특히 오늘날 고도로 발달된 과학과 기술의 합리성은 인간적 가치를 배제하기 때문에 철학과 종교가 손을 맞잡고 인간적 가치를 강조할 필요가 더욱 절실하다. 그러나 탐구방법, 인식태도 및 학문의 합리성이나 논리성에 있어서 철학과 종교는 아주 다르다.

그러면 우리가 어느 정도 자의식이 들고 나서 가장 먼저 알고 싶어하는 문제인 '최초의 인류 조상이 무엇인가'를 알아보자.

나의 근원은 부모님이다. 이것을 부정할 사람은 아무도 없다. 그러면 부모님의 근원은? 부모님의 부모님 즉 조부모님이다. 조부모님의 근원은? 부모의 부모의 부모님. 이렇게 아무리 소급해가도 우리의 경험 인식으로는 알 수가 없고 결국은 한계에 부닥친다.[31] 우리 민족의 건국신화를 보자. 하늘에서 환웅이 내려오고, 땅에서 곰이 튀어나와 여자가 되고, 두 사람이 결혼을 하여 아들을 낳으니 그가 단군이고, 우리의 조

---

31) 철학에서 이러한 한계에 대해 탐구하는 분야가 형이상학이다.

상이다. 여기서 보면 환웅이 어떻게 만들어져서 땅으로 내려왔는지, 곰이 어떻게 해서 사람으로 변했는지, 또 인간과 곰이 결혼을 해서 어떻게 인간을 만들어내었는지에 대해 우리의 경험이나 과학지식으로는 도저히 알 수가 없다.

결국 우리의 경험 인식으로는 한계에 부닥치고, 도저히 근원을 확실히 알 수 없으니까 경험과 근접하게 단군신화를 꾸며서 만든 것임을 알 수 있다. 이왕 만들 바에야 그럴듯하게 만들어야 사람들이 믿기 때문에 사람하고 뱀하고 결혼해서 사람을 만들었다는 것보다야 인간과 비슷한 곰이 훨씬 낫다. 또 아무 이유도 없이 곰이 사람이 되었다고 하면 안 되니까 100일 동안 굴속에서 마늘을 먹었다는 통과의례(通過儀禮)를 넣은 것이다. 의례를 거친 세례의 물이 기석을 발하는 것도 이와 마찬가지 이유이다.

그러나 그렇다고 건국신화가 꾸며서 만든 것이니까 필요없다는 뜻은 아니다. 어느 나라 건국신화든 꾸며서 만든 것은 마찬가지이고, 최초의 조상이 무엇인지 확실히 알 수 없다고 하더라도 그것이 있었다는 것은 사실이다. 우리들은 그 조상의 후손이니까. 여기서 우리는 우리 민족이 몽고나 일본의 지배를 받았을 때, 특히 일본놈들이 자기들의 조상이 우리 민족의 조상이라고 했을 때, 단군신화가 민족얼을 고취시켰다는 것을 충분히 알 수 있다. 또 신화는 우리에게 꿈을 심어주고 상상력을 길러준다. 그리하여 신화는 상상력을 통해 보이는 세계를 보이지 않는 세계와 연결하여 설명함으로써 혼돈 상태에 빠진 현실 세계에 질서를 부여하여 사람들로 하여금 안정을 찾도록 해준다. 따라서 신화는 눈에 나타나는 현상을 언제나 그것을 존재하게 해주는 근거와의 연관 관계 속에서 바라보도록 함으로써 형이상학적 사유 내지 종교적 교리 형성에 결정적인 영향을 끼친다. 요사이 그리스신화가 인기를 끄는 것은 좋은 현상이다. 그리고 우리가 기적이라 하는 것도 사실은 우리의 소망이 인간능력의 한계로 달성되기 어려울 때 생기는 상상력의 산물이다. 그러니까 종교를 믿는 것은 좋으나 광신자가 되어서는 안 된다.

철학을 연구하는 사람이나 종교를 믿는 사람이나 한계에 부딪히는 것은 마찬가지이다. 그런데 종교를 믿는 사람들은 끝없이 소급하는 인과율의 사슬을 끊고 한계를 초월하여(뛰어넘어) 전지전능한 창조주가 인간을 포함한 우주만물을 창조했다고 믿는다. 그러므로 종교는 인간 인식의 한계에서 발생하며, 물음의 중단이요, 인식의 포기이다. 또 한계를 초월한다는 것은 인과율의 논리를 초월하는 것이요, 모순을 긍정하는 것이다.

따라서 종교란 의지의 결단으로 믿는 것이지 사실인식은 아니다.[32] 종교적 진리는 주관적 진리이지 객관적 진리는 아니다. 물론 그렇다고 해서 성스러운 것과의 체험적 만남, 즉 신의 계시나 은총이 있다는 것을 부정하는 것은 아니다. 그러나 은총이나 계시도 그 사람의 주관적 체험이지 객관적으로 증명할 수 있는 사실은 아니다. 창조설을 믿기가 어려워 그렇지, 믿기만 하면 근원 문제는 깨끗이 해결된다. 창조주 하나님이 만들어낸 아담과 이브가 결혼을 해서 아이를 낳고, 그 후손들이 또 아이를 낳고 해서 오늘날까지 인간이 이어져왔다고 하면 그만이다.

그러면 철학하는 사람은 어떻게 하는가?

한계에 부딪히면 거기서 멈출 수밖에 없다. 만일 어떤 철학자가 한계

---

32) 사실과 믿음은 다르다. 지금 비가 오고 있는데, "나는 지금 비가 오고 있다는 것을 믿는다"고 하면 말이 되지 않고, "나는 오후에 비가 올 것이라고 믿는다" 하면 말이 된다. 물론 오후에 비가 올 수도 있고, 안 올 수도 있다. 그러니까 확실히 모르니까 믿는 것이다. 자신들의 조상을 확실히 알 수 없으니까, 동물이 알에서 나오는 경험인식을 가지고 김해 김씨들은 김수로왕이 거북 알에서 나왔느니, 경주 김씨들은 김알지가 달걀에서 나왔느니 하는 것이다. 알에서 나오는 것을 본 사람이 누가 있는가? 없다. 신도 마찬가지이다.

의 벽을 뚫었다고 한다면 그는 신이거나 사기꾼이거나 머리가 돈 사람
이다. 철학은 끊임없이 묻고 회의하고 탐구하는 것이지 모른다고 해서
모순을 긍정하거나 물음을 중단해서는 안 된다. 그리고 인간은 누구나
다 자기의 학문체계를 완결하고 싶어한다. 완결지으려면 근원을 알아야
한다. 여기에 철학에서도 경험을 초월하는 문제가 나온다. 자기의 경험
과 지식을 총동원하여 직접 경험할 수 없는 근원에 대해 추리를 한다.

그 결과 탈레스는 근원을 물, 아낙시메네스(Anaximenes)는 공기,
헤라클레이토스(Herakleitos)는 불, 플라톤은 이데아, 헤겔은 정신, 마
르크스는 물질이라고 했다. 동양에서는 도(道), 이(理), 기(氣)라고 했
다. 또 하나만 가지고 설명하기 곤란하니까 물, 불, 흙, 공기의 4원소설,
이기이원론, 음양오행설, 데모크리도스(Democritos)의 원자론 등 다
원론도 있다. 완전히 객관적, 과학적으로 증명할 수 없으니까 여러 주
장이 나오는 것이다. 그 어느 설이 절대적으로 옳다고 주장할 수도 없
다. 어느 설이 절대적으로 옳다면 근원 문제는 해결이 되고 더 이상 논
쟁이 일어나지 않을 것이다. 오늘날 자연과학에서는 양자, 전자, 중성
자 등 소립자들이 발견됨으로써 그것들이 입자적(물질적) 성질과 파동
적(비물질적)[33] 성질도 함께 지니는 것으로 판명됨에 따라 물질과 정
신의 벽도 허물어지고, 근원은 물질도 정신도 아닌 중립적인 어떤 것
(etwas)이라고 주장하는 학자도 적지 않다.

그러니까 근원과 신의 존재유무와 같은 형이상학적 문제에 있어서는
종교와 철학이 겹치는 부분도 있다. 믿음이 종교에만 있는 것이 아니라
철학에도 있다는 말이다. 철학자가 이들 문제에 대해 아무리 경험을 동

---

33) 물질적 개념이란 일정한 공간을 차지하고, 일정한 부피를 가지고 위치의 변화를 가져오
　　는 운동을 하는 것을 말하고, 비물질적 개념이란 일정한 장소도 부피도 없으면서 일정한
　　힘을 가진 물질이 아닌 개념으로 정신력, 자기(磁氣), 동력, 열, 파동 등을 말한다.

원하고 합리적 추론을 해도 마지막에 가서는 주관적 신념으로 그것들을 결정할 수밖에 없다. 특히 플라톤의 이데아설은 어디까지가 종교이고, 어디까지가 철학인지 구분하기 곤란한 면도 있다. 이 점에서 중세의 교부철학이 플라톤의 학설을 많이 원용한 것도 충분히 이해가 간다. 그러나 그렇다고 해서 철학이 논리적 모순을 긍정하거나 경험법칙에 어긋나는 주장을 해서는 안 된다. 철학은 검토된 증거와 비판적 추론에 의해 신념에 도달하지만 종교는 권위적 수용과 주관적 결정으로 신념에 도달한다. 따라서 철학자들은 자기의 철학을 남에게 강요할 수도 없으며 무조건 남의 학설에 추종할 필요도 없다. 합리적 설득에 동의하고 안 하고는 개인의 자유이다. 플라톤의 이데아의 독립자존(獨立自存)을 그의 제자인 아리스토텔레스가 비판할 수 있는 것이다.[34]

철학은 이렇게 비판학인 것이다. 철학에서는 진리이니까 신성한 것이지 신성하다고 해서 진리가 아니다. 그러나 종교는 교리의 권위적 수용을 요구하며 그것을 주입한다. 신자가 된 사람은 그것을 수용하지 않으면 제재를 받는다. '창조'에는 '어떻게'라는 물음을 제기해서는 안 되며, 비판이 허용되지 않는다. 무조건 믿어야 한다. 철학에서는 하나님이 인간을 만들었다면, 무엇을 가지고 어떻게 만들었으며, 또 그 하나님은 '누가 만들었느냐?'라고 묻는다. 기독교에서 하나님은 '스스로 존재하는 자(독립자존자)' '자신이 자신을 만든 자(자기원인자)'라고 할 수밖에 없고, 종교는 이러한 모순을 긍정하면서 믿는 것이다. 왜 모순이냐 하면 모든 것에 원인이 있듯이 하나님도 원인이 있어야 하니까. 그러므로 테르툴리아누스의 '불합리하기 때문에 믿는다'는 역설도 이

---

34) 아리스토텔레스는 이데아(형상)는 질료와 결합됨이 없이 이데아 자체만으로 존재할 수 없고, 질료와 결합되어 개물 속에 내재해 있다고 했다. 그리고 그는 "플라톤은 위대하다. 그러나 진리는 더 위대하다"고 했다.

런 점에서 이해할 수 있다. 따라서 논리나 자연법칙을 무시하기 때문에 엄격하게 말하면 종교는 학문이 될 수가 없다.

그런데 여기서 주의할 점은 논리로 해결할 수 없는 이율배반의 문제에서 어느 한 테제를 선택해서 믿는 것과 비합리적인 것을 믿는 것은 다르다. 예를 들어 '신이 있다'고 믿는 것과 부활설이나 처녀임신설을 믿는 것은 비슷한 것 같지만 다르다. 둘 다 직접 경험되지 않고 증명할 수 없다는 점에서는 마찬가지이다. 그러나 신을 믿는 것은 합리적인 데 비해 부활설이나 처녀임신설을 믿는 것은 비합리적이요, 반경험적이다. 왜냐하면 결과가 있으면 원인이 있는 것이고, 그 원인을 이성의 인식능력으로 알 수 없으니까, 제1원인자를 신(하나님이나 알라)이라 믿는 것은 합리적이다. 그러나 부활이나 처녀임신은 경험이나 자연법칙에 어긋나고 틀린 것이니까 그것을 믿는 것은 불합리하고 미신이다. 따라서 철학도 경험을 초월할 수 있으나 경험이나 자연법칙에 어긋나는 것을 주장해서는 안 된다.

또 철학과 종교의 큰 차이점은 종교의 신은 구체적 인격신이요, 철학의 신은 추상적 비인격신이다. 인격신은 인간처럼 의지를 가지고, 인간을 예정하고 주재하고 사랑하는 다정한 신인가 하면, 인간을 벌주고, 심판하고, 시험도 하는 무서운 신이기도 하다. 이 때문에 종교인들은 현세와 내세라는 이원론적 세계관을 가지고 하나님의 심판을 두려워하며, 하나님의 은총을 받아 내세에 천당에 가는 것을 인생의 목적으로 삼는다. 그러나 철학의 신은 그것이 물질이든, 정신이든, 자연(도)이든 그것이 제1원인자이면 원인자이지, 그것이 인간생활에 관여하여 인간을 사랑하거나 예정하거나 주재하지 않는다. 그것은 그것의 법칙에 따라 운동할 따름이다.[35] 철학은 인간을 사랑하는 것도, 벌주는 것도 인간이 한다는 것이다. 따라서 이 세계는 인간에 의해 낙원도 될 수가 있고,

지옥이 될 수 있다는 것이다. 사실 노력도 하지 않고 무엇이 이루어지기를 바라는 '환상적 기대'를 믿는 기복신앙은 반사회적이며 이기주의와 사행심을 조장한다.

기독교나 회교에서는 신의 말씀만이 절대진리요, 인간은 불완전하므로 아무리 배워도 신의 계시 없이는 진리를 인식할 수 없고, 또 아무리 착한 일을 하고 반성·수양을 해도 신의 은총을 받지 못하면, 구원을 받을 수 없다. "나로 말미암지 않고는 아버지께로 올 자가 없느니라."[36] 따라서 그들은 하나님을 믿고 하나님 말씀(성경)대로 살아가려고 한다. 철학하는 사람은 인간성을 믿고 반성과 수양으로 이성의 자율성을 함양하면서 이성의 가치판단에 따라 올바르게 살아가려고 하며, 끊임없이 배우고 연구하면 진리를 인식할 수 있다는 것이다(유교나 불교 및 도교는 스스로 깨우쳐서 삶의 지혜를 찾는 것이므로 이런 의미에서 그것들은 종교보다 철학에 가깝다). 둘 다 쉬운 것은 아니다.

여기서 주의할 점은 하나님의 존재도 어디까지나 내가 믿는 하나님이요, 내가 인식하는 하나님이요, 내가 추구하는 하나님이다. 하나님은 구체적, 객관적 존재가 아니기 때문에 믿는 사람의 주관에 따라 하나님의 모습이 얼마든지 다를 수 있다. 기독교인들은 성경을 하나님의 말씀이 그리스도를 통해 그대로 전달된 것이라고 하지만, 전달자들은 자신들의 기대와 욕망과 관심을 담아 전달했다.[37] 또 하나님의 말씀도 시대

---

35) 근세 철학의 아버지인 데카르트는 신, 정신, 물체의 실체를 확립하고 유한실체(정신과 물체)는 무한실체(신)에서 나온다고 했다. 그러나 각 실체는 독자의 영역에서 독자의 운동 법칙에 따라 움직인다는 것이다. 다시 말하면 무한실체인 신도 물질의 운동 법칙에 관여하지 못한다는 것이다. 한마디로 칼로 손을 베면 피가 나고 손이 잘린다는 것이다. 기도를 아무리 드려도 신이 손이 잘리는 것을 막지 못한다는 것이다. 데카르트의 이런 주장으로 철학과 과학이 신학의 권위로부터 벗어나 독자적인 활발한 발전을 하게 되었다.

36) 요한복음, 14장 6절.

37) 김진호, 《한겨레신문》 2000년 7월 28일자, 인문학데이트.

의 변천에 따라 그리고 내 의식의 변화에 따라 변할 수 있고 변해야 하는 부분도 있다. 따라서 종교인들도 수천 년 전에 씌어진 성경의 글자 하나하나에 얽매여서는 안 된다. 예를 들어 성경에는 환경오염 문제를 논한 구절이 하나도 없다. 그렇다고 기독교인들이 환경문제를 논하지 않을 수 없는 것이 아닌가!

그러므로 하나님의 말씀인 성경도 비록 예언자를 통해 하나님의 계시에 의해 만들어졌다 하더라도 결국은 인간이 만든 것이요, 해석도 인간이 하는 것이다. 하나님의 근본 뜻이 인간세계에 정의를 실현하고 인간을 잘살게 하는 것이라면 이런 근본 뜻에 맞추어 성경도 신축적으로 해석해야 할 것이다. 이런 면에서 종교의 근본주의자는 문제가 많다.

그렇다고 철학도 문제가 없는 것은 아니다. 철학인들이 '이성의 사율성(autonomy)'을 믿는 것은 좋지만 이성이라는 것이 독단에 빠지기도 쉽고 감정과 욕망에 의해 마비되기도 쉽다. 또 그것이 주위 환경이나 사회구조에 제약을 받기도 한다. 이성이 항상 깨어 있기 위해서 이성 스스로 반성을 하고, 자기비판을 하고 끊임없이 수양을 하는 것도 한없이 고달프다. 그리고 이성의 자율성이 이성만 강조한다고 형성되는 것도 아니다. 이성만 강조하면 감성이 억압되어 원만한 인격을 형성할 수 없다. 감각의 도야, 감성과 이성의 개발, 의지의 단련 등으로 심신의 조화를 이루어야 한다.

다음으로 신앙은 배타성이 강하다. 여러 신들 중에서 자기가 어떤 신을 믿겠다고 선택할 때는 그 신이 다른 신보다는 우월하고 좋다고 생각하고 믿기 때문에 '믿음' 자체에 본질적으로 배타성이 들어 있다. 자기가 믿는 것만이 진리요, 믿는 분만이 참된 신이요, 다른 모든 신들은 쓸데없는 우상이 된다. 그리고 그 신은 득별한 방법으로 계시하기 때문에 이런 신앙을 가진 사람 자체도 '특수한' 존재가 된다. 따라서 신앙은 거만하다. 그리고 믿음은 신자들끼리만 사귀게 하고 불신자를 배척한다.
"너의 원수를 사랑하라"라는 명언은 개인적인 원수에만 해당되는 말이
고 공동의 원수, 신의 원수나 불신자를 사랑하라는 말은 아니다. 따라
서 신앙은 당파적이다. 신앙에는 친구나 원수만 있고 중간자는 없다.
신앙은 선행과 동의어이고 불신앙은 악행과 동의어이다. 그리스도를
믿지 않는 자는 모두가 그리스도의 적이요, 이교도의 신앙은 모두가 우
상 숭배이다.[38] 기독교가 우리나라에서 제사를 금지시킨 것도 문화의
차이를 인정하지 않는 거만한 우월의식에서 나온 것이다.

철학은 보편적 진리를 추구하고 사랑한다. 언제, 어디서나, 그 누구와
도 대화를 나누면서 공동체 안의 모든 사람에게 타당한 보편적 규범을
만들어야 한다. 그리고 모든 사람을 평등하게 대하며 모든 사람의 인격
을 존중해야 한다. 칸트의 "네 자신을 포함한 모든 사람의 인격에 있어
서의 인간성을 항상 동시에 목적으로 대우하고 결코, 단순한 수단으로
사용하지 말라"[39]라는 말도 바로 이런 뜻이다. 이렇게 인간은 그 자체
가 목적이며 서로 사랑하는 이성적 존재이기 때문에 철학인들은 인종,
종교, 지역, 국적을 초월하여 모든 사람을 한결같이 사랑해야 한다. 이
것이 인류의 최고 법칙이다.

어쨌든 신을 믿든 이성의 자율성을 믿든, 믿는 것은 믿지 않는 것보다
좋다. 불완전한 인간은 무엇인가를 믿지 않으면 타락하기 쉽고, 목적을
세워 지속적으로 노력할 수가 없다. 그러니까 자제력이 약한 사람은 절
대자를 믿음으로써 죄를 짓지 않을 수도 있다. 나는 특정한 종교를 가
지고 있지 않지만, 진실로 믿고 싶고, 믿어야 하기 때문에 믿고, 믿는 그
대로 행동하는 사람에게는 존경이 간다. 어차피 인간세계에 성(聖)과

---

38) 안현수, 《인간적 유물론》, 139~140쪽.
39) 백종현, 《칸트 실천이성비판 논고》, 97쪽.

속(俗)이 있게 마련이고 진실로 성스러움을 추구하면, 추구 그 자체만으로도 속된 마음을 정화할 수 있다. 또 철학자들은 이성의 자율성을 확고하게 믿고 아집에 빠지지 않고 반성적 사유를 하면서 남을 존중하면서 살아야 한다. 그리하여 인류가 서로 믿고 사랑한다면 우리는 참혹한 전쟁이나 파렴치한 범죄에서 해방될 수가 있다.

마지막으로 철학과 종교의 다른 점을 간단하게 한두 가지만 덧붙인다면, 기독교에서는 하나님이 인간을 만들었다고 하지만 철학에서는 아직까지 '인간이 만들었다'고 할 수밖에 없다. 또 종교는 신을 주요 대상으로 하지만 철학은 인간을 주요 대상으로 하고, 신을 포함한 모든 존재가 철학의 대상이 된다.

철학과 과학

앞장에서도 말했지만 철학뿐만 아니라 모든 학문이 진리를 탐구한다. 학문이란 "세계와 사회 및 인간 자신에 대한 합리적 지식의 체계"이다. '합리적 지식'의 특성은 객관성과 논리적 일관성(무모순성) 그리고 보편성에 있다. 그리고 이러한 지식은 오랜 기간 인류의 삶의 현장에서 실천적으로 얻어진 것이다. 이렇게 볼 때 학문들을 서로 구별하는 것도 생각처럼 쉽지 않다. 지식의 성질, 탐구대상, 탐구목적, 탐구방법, 인식능력, 인식주체 등을 총체적으로 분석해야 어느 정도 구별할 수 있다. 그렇게 해도 그 구별은 상대적 구별이지 절대적 구별이 될 수 없다. 사실, 철학에 대해 오해를 일으키는 부분이 많은데 그 중에서도 탐구대상에 대한 오해가 가장 흔한 것 같다. 탐구대상으로 보면 개별과학들은 대상영역에 따라 쉽게 구별된다. 예컨대 법학은 법, 경제학은 경제, 동물학은 동물에 대해 연구하는 학문이다. 어떤 과학도 세계 전체를 통째로 다 탐구하지 않으며 그렇게 할 수도 없다. 그러면 철학은?

앞장에서 "철학의 대상은 인간을 포함한 우주만물 전체이며, 따라서 철학은 세계 전체와 인간을 전체적·포괄적으로 탐구한다"라고 정의했다. 그러나 이러한 정의를 철학은 '세계 전체'를 다루고, 개별과학들은 세계의 일정한 부분영역들을 다룬다는 식으로 이해하면 여러 가지 곤란한 문제들이 생긴다. 우선 이렇게 되면 철학이 여러 개별과학들의 외연적 총합으로 환원되기 때문에 개별과학과 구별되는 의식적인 철학 탐구는 불필요할 뿐만 아니라 불가능해진다. 여러 개별과학들의 탐구 성과를 종합하면 자연스럽게 세계 전체에 대한 이론을 얻을 수 있기 때문이다.[40] 그렇게 되면 철학은 개별과학들의 탐구활동에 대한 사후적인 결과물로 전락하며, 따라서 철학의 고유성도 없어지고 철학이 그다지 특별한 것도, 중요한 것도 아니라는 결론에 도달한다. 또 개별과학들의 지식을 모두 합친 것과 세계에 대한 전체적·포괄적 이해는 그 의미가 다르다.[41] 더구나 근대 이후 여러 개별과학들이 눈부시게 발전하면서 예전에는 사변과 상상 속에 묻혀 있었던 많은 영역들이 실증적인 탐구를 통해 해명되었기 때문에 책상 위에서 막연하게 세계 전체를 논하는 철학적 사유는 쓸데없는 형이상학이라고 비판받게 되었다. 심지어 어떤 과학자는 철학을 무시하고 철학무용론까지 외치기도 한다.

한편, 대부분의 일반인들은 세계와 인간의 삶 속에서는 과학으로 해명할 수 없는 문제들이 있으며, 철학은 바로 이러한 문제들을 다루는 것이라고도 생각한다. 그래서 철학이 과학과는 다른, 아니 때로는 과학보다 더 심오한 정신활동으로서, 예컨대 인간 내면의 가치나 인간의 실존적 고뇌, 초월적 신비의 세계 등을 다루는 것이라고 그들은 주장한

---

40) 한국철학사상연구회,《삶, 사회 그리고 과학》, 222쪽 참조.
41) 예를 들어 우리가 숲 안의 나무와 풀을 모두 합친 의미와 숲의 전체적 이해는 의미가 다르다. 경제학에서도 미시경제학의 합이 거시경제학이 아니다.

다. 철학이 단순한 지식을 넘어선 지혜를 가르쳐준다든지, 인생의 도를 밝혀준다든지 하는 표현은 바로 이런 뜻을 담고 있다. 그러나 바로 그렇기 때문에 철학적 지혜는 과학적 탐구나 실천적인 검증을 통해 분석·비판될 수 없는 신비한 것이 되어버린다. 이렇게 되면 철학은 객관적 진리를 추구하는 학문이 아니라 일종의 주관적 신조가 되고 철학과 종교의 구별도 모호해진다.

철학이나 과학이 인간활동의 우연적 산물이 아니라 인간의 삶 그 자체로부터 형성되는 것이라면, 표면적 대상을 가지고 과학과 철학을 대립시키는 것은 잘못이다. 즉 물질적 대상세계와 관련된 부분은 과학이 맡고, 인간정신의 내면과 관련된 부분은 철학이 맡는다는 식의 낡아빠진 이분법은, 정신과 물질(육체)을 분리시키는 이원론도 잘못되었지만, 과거 사변적 형이상학이 자신의 잘못된 존재근거를 정당화하기 위해 내세웠던 주장에 지나지 않는다. 어쨌든 과학과 무관하게 또는 과학과 대립하면서 어떤 심오한 통찰을 통해 인간의 삶을 해명하고 개선하는 것은 불가능하다.[42]

물론 과학이 아무리 발전해도 세계와 인간의 삶을 속속들이 다 해명하지 못한다. 과학은 기술을 통해 물질적 기반을 마련하지만 인간에게 삶의 의미가 무엇인가를 가르쳐주지는 않는다. 다시 말해 목적달성을 위한 수단은 제공하나 목적의 선택에 관여하지는 않는다. 인간의 존엄성, 개인의 자유 그리고 개인들간의 평등, 신뢰 등의 여러 가치와 이념은 물질이나 자연과학으로 설명될 수 있는 것들이 아니다. 그리고 자연과학은 재화를 만들어내나 재화의 균등한 배분에는 관여하지 않는다. 원자력을 전쟁에 이용하느냐, 평화에 이용하느냐의 결정은 과학이 하

---

42) 한국철학사상연구회, 앞의 책, 223쪽 참조.

는 것이 아니다. 그렇다고 해서 과학이나 경험과 대립되는 별도의 원리
가 필요한 것은 아니다. 물론 인간의 마음이 이성으로만 되어 있는 것
이 아니고 정서와 의지도 있으므로, 과학과 대립되는 신비스러운 생각
들이 감정이나 정서적 측면에서 인간에게 위안이나 안정을 주기도 하
지만 그런 것은 학문이 아니다.

철학은 보편과학이다

철학이 개별과학들의 총합으로 환원되지도 않고 또 개별과학과 무관
한 별도의 원리와 영역을 갖지도 않는다면 도대체 철학과 과학의 관계
는 어떤 것인가? 한마디로 철학은 개별과학과 구별되는 보편과학이다.
이 말은 철학이 어떤 특정한 대상영역을 관찰하는 것이 아니라 여러 영
역에서 공통으로 관찰되는 보편법칙에 관한 학문이라는 뜻이다. 예를
들면 물리적 세계에서 발견되는 작용과 반작용, 생물계에서 발견되는
유전과 변이, 정치의 두 축인 지배와 피지배, 경제현상에서 매우 중요
한 생산과 소비, 자연현상에서 나타나는 음과 양 등을 전체적으로 볼
때 이것들은 모두 '대립물의 투쟁과 통일'이라는 하나의 보편법칙에 의
해 포괄될 수 있으며 이때의 보편법칙은 어느 특정한 개별과학의 원리
가 아니라 바로 철학적 원리인 것이다.[43]

그러나 철학이 이러한 원리를 독자적으로 창안해내는 것은 아니며,
어디까지나 현실세계에 대한 개별과학의 실증적인 탐구성과들을 일반
화하는 것이다. 그리고 어느 정도 과학적 성과가 축적되고 이를 바탕으
로 더 보편적인 원리를 철학이 만들게 되면, 이 원리는 새로운 과학적
탐구의 길잡이 노릇을 하며, 바로 이 때문에 철학과 과학은 서로 의존

---

43) 같은 책, 224쪽 참조.

하여 도움을 준다. 철학은 개별과학을 토대로 성립하면서도 동시에 개별과학들의 탐구방향과 방법을 더 일반적인 형태로 제시할 뿐만 아니라, 논리적 추상과 개념형성을 통해 다양한 학문영역을 체계적으로 통일시킴으로써 가장 포괄적인 이론적 세계관을 창출해내는 것이다.

결론적으로 말하면 철학과 과학의 관계는 보편과 개별의 관계인 것이다.[44] 보편은 개별자 없이 그 자체만으로 따로 존재할 수 없고, 개별자들의 공통성을 추상해서 만들어지지만 개별자들의 총합으로 환원되지는 않는다. 또 보편과 개별이 구별된다고 해서 그 둘이 물리적으로 대립하는 실체도 아니다. 그리고 철학의 일반화와 개념형성은 과학의 가설(증명이 안 된 일반원리)을 만드는 데 이바지하기도 한다. 과학의 모든 법칙이 실험과 관찰을 통해 귀납적으로만 얻어지는 것이 아니다. 때로는 가설부터 먼저 세워놓고 그것을 증명하는 경우도 적지 않다. 예를 들어 갈릴레오가 '자유낙하 운동법칙'을 얻는 데는 철학의 '무한개념'이 영향을 미쳤고, 하비(William Harvey)가 피의 순환을 발견하는 데는 아리스토텔레스의 대우주—소우주가 실마리로 작용했다. 즉 철학은 과학이 가설을 발견하는 데에 아이디어와 근거를 제공한다.

한편, 철학이 보편과학이라는 말의 의미는 단순히 과학의 성과들을 이론적으로 일반화하는 데에만 있지 않다. 철학의 보편성은 그러한 과정 속에서 불가피하게 등장하는 '반성적 성격'에 기인하는 것이기도 하다. 철학은 예부터 다른 무엇보다도 반성적 학문이었으며, 세계와 인간 삶에 대하여 총체적으로 반성하는 것이야말로 철학의 기본 특징이자 과제라 할 수 있다. 여기에는 개별과학 자체도 예외일 수 없다. 다시 말하면 철학은 개별과학의 영향과 결과가 삶에 어떤 영향을 미치는가를

---

44) 같은 책, 같은 쪽.

반성하고 그것을 비판도 한다. 그러므로 개별과학이 일정한 영역을 대상으로 하여 그 대상만을 탐구하는 대신에 철학은 인간 자신과 세계와의 관계 그 자체를 더 근원적인 차원에서 반성하며, 인간의 이론적 실천적 활동과 그것의 결과들을 개념 속에서 분석하고 체계화한다. 철학을 세계관이라고 하는 것은 바로 이러한 의미이다.[45]

철학이 반성적 학문이라고 해서 철학적 반성은 일상생활의 구체적인 문제에 대한 그때그때의 반성과 다르다(구체적 문제에 대한 반성도 여러 번 시행착오를 겪어 뼈아픈 반성을 할 때 구조와 연결될 수 있으며 철학적 반성이 될 수도 있다). 철학적 반성은 인간의 삶 그 자체를 지탱하고 움직여가는 기본구조와 법칙에 관한 총체적 반성이요, 문제를 그 뿌리에서부터 접근하여 장기적인 포괄적 해결을 모색하는 근원적 반성이다.[46] 이러한 반성은 직접적 경험이나 실험의 대상도 아니기 때문에 공허한 느낌도 든다. 이러한 느낌은 사유가 자기 자신(사유된 것)을 대상으로 하기 때문에 어쩔 수 없다. 앞서 서술한 철학과 과학과의 관계, 과학을 통해 매개되는 철학과 삶의 관계를 깊이 고려하면 당연한 것으로 받아들일 수 있다.

결론적으로 철학도 다른 학문과 마찬가지로 객관적 · 보편적 진리를 탐구하며 체계를 세워서 이론화한다. 그러나 이론만 가지고는 본래적 요구, 즉 모순된 현상을 개혁하여 변화시킬 수 없다. 철학이 개별과학과 다른 점은 탐구의 목표와 성과의 활용에서 나타난다. 개별과학의 일차적 목표는 직접적으로 주어지는 새로운 사실들을 바탕으로 세계를 설명하는 체계적인 이론을 세우는 데 있으며 그 성과의 활용여부는 개별과학의 직접적인 몫이 아니다. 그러나 철학의 목표는 개별적인 사실

---

45) 같은 책, 225쪽.
46) 같은 책, 같은 쪽.

들의 의미를 해석하고 여기서 얻어진 세계이해를 바탕으로 포괄적인 실천적 지혜를 얻어내는 데 있으며 또 철학에서는 이러한 지혜의 실천적 활용이 무엇보다도 중요하다. 한마디로 지혜로운 실천을 통해 세계와 인간을 변화시키는 것이 관건이다. 변화의 효과, 즉 철학성과의 소비자는 만인이다. 철학의 소비자가 철학교수나 철학과 학생에게 한정될 때 그것은 죽은 철학이다. 그런데 문제는 지혜라는 무기가 강단에서 이론적·체계적으로 철학을 배운다고 해서 얻어지는 것이 아니라는 데 있다. 그리고 지혜를 얻는 것도 철학이라고 한다면 인간은 누구나 다 철학을 한다고 할 수 있다.

학문이냐, 지혜냐?

여기서 우리는 철학이란 학문을 정의하기 어렵고, 또 그것에 대해 많은 오해와 혼란을 일으키며 우리가 그것을 정의하기 위해 많은 미로를 헤맨 이유를 알 수 있다. 그것은 바로 철학이 "학문이냐, 삶의 지혜냐" 하는 문제가 명쾌하게 정의되지 않았기 때문이다. 결론부터 말하면 철학은 학문과 지혜의 상반된 두 성질을 아울러 가지고 있다.

'물은 0°C에서 언다'는 물리학의 명제를 이용하여 냉장고의 온도를 0°C 이하로 하여 우리는 여름에도 얼음을 만들어 먹는다. 이론이 실천에 응용되어 성과를 낳은 것이다. 그리고 정도의 차이는 있겠지만 이론과 실천의 이 같은 통일은 다른 분야의 학문에서도 쉽게 찾을 수 있다. 그러나 철학의 경우에는 사정이 다르다. 철학이 가장 오래된 학문인데도 수천 년 동안 사람들이 보통 '철학적'이라고 부르는 근본적인 문제들을 어느 것 하나 속시원히 해결하지 못하고[47] 우리는 여전히 고통 속

---

47) 한국철학사상연구회, 《삶과 철학》, 278쪽.

에 살고 있다.

앞에서도 말했지만 자연과학의 눈부신 진보와 대비해보면 철학은 제자리걸음을 하고 있다고 볼 수 있다. 그 이유가 어디에 있는가?

철학자들이 아둔해서인가?

사람들이 철학을 제대로 이해하지 못해서인가?

철학의 학문적 성격 탓인가?

아니면 모순 덩어리인 인류 전체에 책임이 있는가?

자연과학의 지식만큼 객관성, 경험성, 실증성, 체계성, 가치중립성을 띠는 지식은 없다. 객관성이란 것은 주관으로부터 독립된 대상 그 자체의 성질을 가리키는 말이다. 따라서 인간으로부터 상대적으로 더 독립되어 있는 자연적 대상을 다루는 자연과학의 경우에는 인간과 직접 연결되어 있는 사회적 대상을 다루는 인문·사회과학의 경우보다 객관성을 확보하기가 쉽다. 다시 말하면 물질은 관찰과 실험의 대상이요, 정신에 비해 고정적이고 불변적이다. 또 인간이 마음대로 그것을 분해도 하고, 결합도 시키고 하여 확증된 지식을 얻어 그것을 바탕으로 체계를 세울 수 있다.

이에 비해 철학은 경험을 바탕으로 하지만 그것을 넘어선 초경험적인 것도 다루며 이것은 실험의 대상도 아니다. 그리고 인간의 정신작용이나 인간과 관련된 사회현실은 끊임없이 변하기 때문에 그것을 규정하기도 어렵고 한 시점에서 규정해봐야 전체적 진리가 될 수 없다. 또 사회가 변하면 기존의 철학사상은 낡은 사상이 되어 인간을 질곡에 빠뜨리므로 오히려 그것을 파괴하고 새로운 사상을 만들어야 한다. 따라서 철학은 자연과학처럼 체계적이지도 않고 연속적으로 발전하는 것도 아니다.

특히, 철학을 어려운 학문으로 만드는 것은 '가치의 실현문제'이다.

자연과학자들은 가치문제를 떠나서 객관적 대상을 있는 그대로 관찰하고 실험을 하면 된다. 오히려 감정이나 가치문제를 떠나서 객관적 현상을 냉정하게 관찰해야 그것을 정확하게 알 수 있다. 그러나 사회현실은 사회를 구성하는 인간에 의해서 만들어지고 그에 의해서 의미가 부여되고 이해되기 때문에 우리가 그것을 인식하는 데는 가치판단을 면할 수 없다. 가치는 인간의 주관적 욕구와 관심의 대상이며 인간의 실천적 활동을 통해 역사적 사회적 현실로 나타나기 때문에 그것의 이론 정립이나 실천에 있어서 인간들간의 마찰이나 알력 다툼을 피할 수 없다.

따라서 철학이 세계와 인류전체에 대한 포괄적인 세계관을 창출하기도 어렵지만, 설사 그것을 창출한다 해도 이해관계로 인한 대립과 투쟁으로 얼룩진 인간들, 특히 기득권을 가진 지배세력들이 새로운 세계관을 받아들이느냐는 것은 더 큰 문제이다. 받아들이기는커녕, 자기들의 기득권을 유지하기 위해 새로운 개혁세력을 탄압하기 일쑤이다. 여기에 지혜와 용기가 필요하다. 그리고 지혜는 학문적으로 배우는 것이 아니라 실천적 삶 속에서 스스로 터득하는 것이다. 지혜는 체계적으로 이론화할 수도 없다. 왜냐하면 그것은 그때그때 변화하는 '상황에 적합한' 무기이기 때문이다.

철학이 체계적이지도 않고 연속적으로 발전하지 않는다는 것은 자연과학에 비해 상대적으로 그렇다는 것이지 철학이 체계가 없다거나 이론적으로 배울 필요가 없다는 말은 아니다. 철학도 이론 정립에 있어서는 엄격한 체계를 요구하며 또 이론적으로 배울 것도 많다. 특히 철학적 지식은 '논리적 명료성'에 접근할수록 올바른 지식이 된다. 그리고 예로부터 동양에서는 철학적 지식보다 지혜를 중시하는 경향이 있었다. 그러나 이것은 잘못된 것이다. 앞으로 우리는 철학적 지식 추구도 게을리해서는 안 된다. 이론도 간접적 경험이므로 삶의 지혜를 얻는 데

많은 도움을 준다. 문제는 학문으로서의 철학과 지혜로서의 철학 중 어느 한 가지만 해서는 불완전 철학이 되고 쓸모없는 철학이 되어버리고 마는 데 있다.

어떻게 하면 학문적 이론과 삶의 지혜를 통일시킬 수 있을까?

무엇보다도 철학하는 사람은 성실해야 하고, 고뇌하며 반성하는 삶을 살아야 한다. 거기다 두뇌가 우수하여 여러 학문을 폭넓게 섭렵하면서 실천적 삶 속에서 많은 경험을 하여 지혜를 얻으면 좋다. 그런데 우리의 현실은 어떤가? 모두가 황금만능주의에 오염되고 이기주의에 빠져 우수한 사람들은 법대나 의대, 첨단산업학과에 가려고 한다. 물론 철학과에 가는 사람 중에 법대나 의대에 갈 실력이 되어도 삶의 문제를 진지하게 고뇌하고 올바른 길을 찾기 위해 철학과에 가는 사람도 있지만 그 숫자는 그렇게 많지 않을 것이다. 이것은 철학이 제 구실을 못한다는 것을 반영한다. 이런 결과는 철학하는 사람들에게도 책임이 있지만, 겉으로는 철학을 중요시하는 척하면서 실질적으로는 철학을 무시하는 사회지도층 인사들의 책임도 크다. 특히 철학과를 나와서는 일자리가 보장되지 않는다. 일찍이 플라톤이 "철인이 정치를 해야 한다"고 주장을 했는데 이 주장은 설득력이 약하고, 칸트가 한 "정치인은 철학자의 말에 귀를 기울여야 한다"는 주장은 아주 설득력이 있는 주장이다. 비단 정치인뿐만 아니라 일반 사람들도 철학인의 올바른 목소리를 존중해야 한다.

그러나 요즈음 교육정책 입안자들은 신자유주의니 수월성(秀越性, excellence) 제고니 하면서 시장경쟁 논리를 교육에 도입하여 눈에 보이는 성과·실적을 중시하고 그런 것들을 산출하는 실용학문만 중시하면서 눈에 보이지 않는 인간성, 보편성, 공정성, 유대성, 봉사성을 논하는 철학 같은 인문학은 아주 천대하고 있다. 정말 현재는 인문학의 위기이다. 영어회화나 컴퓨터, 금융회계나 기술학, 예체능의 특기 같은 실용학문만 잘한다고 학문이 발달하고 우리들 삶의 질이 나아질 수 있을까? 철학, 수학, 물리학 같은 기초학문은 어렵고 힘이 들어 학생들이 싫어한다고 수요·공급의 시장 논리를 적용하여 기초학문을 무시해도 좋을까? 기초학문 없이는 실용학문도 발전할 수가 없고, 눈에 보이지 않는 본질 같은 것을 사유하지 않고 무시해버리면 입체적인 사고를 못하게 된다.

인문학에 대한 무시는 곳곳에서 발견된다. 일반적으로 인문학은 시간부족과 자료부족으로 암기위주 교육으로 흐르고 있다. 최근의 인문학 무시 사례를 세 가지만 들어보자. 제2외국어 교사가 영어강습 몇 달만 받으면 영어 교사 자격증이 나온다고 한다. 그리고 교련 같은 비인문 계열 교사들이 서너 달 교육받고 인문학 계열의 사회 교사가 된다고 한다. 사회 교과는 학문간 연계성이 높아서 역사, 철학, 정치, 경제, 법, 지리학에 대해 두루 지식이 있어야 제대로 가르칠 수 있는 교과이다. 그런데 넉 달 교육받고 자격증을 준다니……. 또 교육학과 출신에게 윤리학과 관련된 몇 강좌를 들으면 윤리학을 가르칠 수 있게 하려고 한다. 영어 및 사회 교사와 윤리학 교사가 하루아침에 양성되는 것이 아니다. 이렇게 일반 사회교과나 윤리학을 아무나 가르칠 수 있는 잡학(雜學) 비슷한 것으로 취급하니까 윤리질서가 제대로 잡힐 수 있겠는가? 윤리학이야말로 공동체적 삶의 근본학으로 고도의 비판정신과 공동체 의식, 논리적 분석력, 삶에 대한 근원적인 반성적 사유, 깊고 넓게 그리고 바르게 생각하는 능력, 인격성, 새로운 보편적 규범을 만들어낼 수 있는 창의성과 용기가 없으면 가르칠 엄두도 낼 수 없는 학문이다. 또 도덕적 토양이 몸에 배어 있어야 한다. 도덕성은 철학, 문학, 역사 같은 인문학의 토양 위에서 싹이 트며 하루아침에 배양되는 것이 아니다.

친구를 짓밟고 이겨야 내가 살 수 있는 교육풍토에서 윤리학을 어떻게 가르쳐야 할지 정말 큰일이다.

과학은 합법칙성(물질의 성질)이라는 전제에 제약되어 있지만 철학은 무전제, 자유의 학이다. 따라서 철학하는 사람은 선입견이나 편견 없이 이해관계를 초월하여 마음의 자유를 가져야 진리도 얻고 지혜도 얻을 수 있다. 또 가치문제에 있어서는 민감하고 용감해야 하며, 가치 실현을 위해 행동으로 모범을 보여야 한다. 그리고 탐구한 이론과 지식으로 새로운 세계관과 비전을 제시해야 한다. 물론 학문이론이나 삶의 지혜나 다 한계가 있다. 지식체계로서의 철학이론도 어느 것이 맞고 어느 것이 틀렸다고 판정할 만한 객관적 기준을 찾기가 어렵다. 또 삶의 지혜를 물리학의 법칙처럼 공식화할 수도 없다.[48] 이것은 철학이라는 학문의 한계이다. 그러므로 철학인들은 사회변혁이나 실천적 요구를 무시하고 현실세계와 동떨어진 공허한 이론에 빠지지 말고 항상 반성적·비판적 의식을 가지고 현실개혁과 결부시켜 학문을 하면 그 이론은 실천에 유용할 것이다.

또 삶의 지혜가 객관적으로 검증되는 것이 아니라고 해서 그것이 모호하고 신비적인 주관적 신조가 되어서는 안 된다. 삶의 지혜는 삶과 실천을 통해서 얻는 것이며 현실 세계와 사회구성원을 전체적 시각에서 보고 포괄적으로 이해해야 얻을 수 있다. 지혜도 얻는 것만큼이나 빨리 잊어버리기 때문에 늘 반성적 삶을 살아야 한다. 성실한 탐구와 진지한 삶을 살면서 학문으로서의 성격과 지혜로서의 성격이 변증법적 통일을 이룰 때 올바른 철학이 형성되는 것이다. 그리고 철학적 문제는

---

48) 예를 들면 "원수를 사랑하라"와 "원수를 쳐부숴라"라는 말은 상황에 따라 달리 말할 수 있으며, "한 우물을 파라"와 "잘 안 되면 진로를 빨리 바꿔라"라는 말도 둘 다 상황에 따라 옳을 수도 있고 틀릴 수도 있다.

사회 전체에 관련되는 근본적, 구조적 문제이기 때문에 철학자만으로 해결될 문제가 아니고 사회구성원 모두가 용기와 지혜를 가지고 사회정의와 공동선을 위해 노력해야 한다.

가치중립성 문제

지금까지 과학자들은 자기들의 학문적 성격이 가치중립적이라 해서 가치문제에 있어서는 한발 물러서서 과학적 탐구에만 관심을 쏟았던 것이 일반적 경향이었다. 그러나 1차, 2차 대전에서 벌어진 과학무기의 대량살상은 어린애 장난일 만큼 오늘날의 무시무시한 핵무기는 정말 소름이 끼친다. 또 지난 30년을 뒤돌아보면 동남아, 남미 및 중동국가에 뒤이어 중국까지 가담하여 모두가 잘살아보려고 자본주의체세를 도입하고 산업화에 박차를 가하고 있다. 최근 10년 동안에는 소련 및 동구권의 공산체제가 무너지고 이들도 잘살기 위해 자본주의 시장원리를 도입하고 있다. 그러니까 전세계가 자본주의화 한 셈이다.

또 미국은 세계경계가 과잉생산에 봉착하자 투자출구를 찾지 못한 과잉자본을 투기 자본화하여 국제 금융시장을 교란시켰다. 그 결과 동남아 제국과 우리나라가 금융 환난을 맞아 IMF 관리 체제하에 들어가기도 했다. 또 공산체제의 위험이 없어지고 불황이 오니까 미국은 외국원조를 중단하고 국내 복지정책도 대폭 줄였다. 그리고 미국은 '신자유주의'란 이름으로 전세계 시장을 막대한 힘으로 개방시키고, 자본으로 노동자 세력을 무력화하고 전세계 금융기구를 좌지우지하면서 2차 대전 후 최고의 장기호황을 누리고 있는 반면, 아프리카 등에서는 굶어죽는 사람이 더욱 늘어나고 있다. 또 미국은 자기들의 지배체제에 들어오지 않는 나라는 무역봉쇄정책이나 무력까지 동원하여 제재를 하고 있다.

자본주의는 이윤이 없으면 망하는 체제이다. 그러니까 전세계가 이윤을 남기기 위해 인간의 존엄성이나 윤리의식을 무시하고 있으며, 자연은 오로지 이윤을 남기기 위한 대상이 되고, 사회는 수단과 방법을 가리지 않는 살벌한 경쟁의 무대가 되어가고 있다. 그 결과 살벌한 경쟁, 윤리질서의 붕괴, 빈부격차, 생태계파괴, 환경오염, 범죄의 증가, 핵무기의 위험 등은 우리로 하여금 공포와 전율을 느끼게 하고 절망 속에 사로잡히게 한다. 이젠 인류의 생존을 위해서도 과학기술에 대한 제동 장치가 필요하다.

비록 학문의 성질이 '가치중립적'이라고 해서 과학자들이 가치판단에 등을 돌려서는 안 된다. '가치중립성'이란 연구자가 연구대상을 파악하는 중에는 어떠한 가치판단도 개입시켜서는 안 된다는 말이다. 다시 말하면 연구대상에 관해 연구자가 '좋다, 나쁘다'의 가치판단을 마음속에 두게 되면 그것이 대상의 모습을 제대로 드러나지 못하도록 방해한다는 의미이지, 어떤 문제에 대해 특히 연구결과에 대해 과학자들이 가치판단을 하지 말라는 뜻은 아니다. 따라서 과학자들도 지금까지 그들의 사고를 지배해왔던 연구와 기술의 비책임성 내지 몰가치성을 극복하고 인간의 존엄과 행복을 위한 가치문제에 대해 적극적으로 나서야 한다.

이제는 과학자들이 인간을 일시에 대량살상하거나 인간의 존엄성을 해치거나, 자연을 파괴하는 무기나 기술을 개발해서는 안 된다. 또 어떤 국가가 전쟁에 이기기 위해 과학자들에게 그와 같은 것을 개발하라고 강요해도 과학자들은 거부해야 한다. 물론 인간의 무한한 지적 탐구심을 억제하기도 쉽지 않고, 아직까지는 당장 국가를 초월하기도 쉽지 않을 것이다. 또 신지식, 신기술이 인간에게 이로움을 줄지 해로움을 줄지 판단하기도 쉽지 않다. 그러나 과학자들도 연구결과의 활용여부는 자신들의 소관사항이 아니라고 발뺌하지 말고 연구결과에 대해 끝까지 책임을 지는 자세를 견지해야 한다. 이제는 철학자나 종교가 및 인권운동가나 환경보호자만으로 과학의 무자비한 횡포를 막을 수 없다.

철학과 예술

마지막으로 철학과 과학과는 좀 색다른 분야가 예술이다. 특히 예술은 정신적 육체적 활동이 밀접히 통일되어 있다는 점에서 인간의 본능적 활동이라 할 수 있다. 옛날 문헌에 사람들이 일하면서 시도 짓고, 노래도 부르고, 춤추고 한 것도 예술이 신체활동과 밀접히 관련되어 있기 때문이다. 음악, 미술, 공예, 조각, 무도, 건축, 연극, 영화(문학은 예외지만) 등은 언어를 통해서 사상·감정을 표현하는 것이 아니라 신체를 통해서 표현한다.[49] 그러므로 예술가는 감정(feeling) 전달을 목표로 하는 반면, 과학자와 철학자는 사고(thought)의 전달을 목표로 한다. 따라서 예술은 감성의 차원, 철학은 이성의 차원, 과학은 오성(지성)의 차원을 주체적인 탐구 영역으로 설정한다.

따라서 예술의 세계는 논리와 사실의 세계가 아니라 느낌과 직관의 세계요, 창조의 세계이다. 그러므로 예술가는 무엇보다 감수성이 발달해야 하고 상상력이 풍부해야 한다. 예술작품은 일정한 물질적 재료를 빌려 형상을 통해 감성적으로 표현된 것으로써 '관념의 형상화'이다. 따라서 예술은 감성적 관념형태이며, 예술은 예술가의 의식(의지, 표상, 감정, 사상 등)이 사회화된 것으로서 사회적 의식의 형상적인 형태라고 할 수 있다. 이성, 논리, 추리보다 감성, 직관, 열정이 강하다는 면에서 예술은 종교와 상당히 가깝다. 또 체계성이 약하고 검증성이 약하다는 면에서 철학은 예술과 상당히 가까우며, 이성과 감성 즉 인간의

---

49) 특히 영화는 언어와 신체를 총동원하여, 음악, 미술 등 여러 예술 장르를 아우르며 시간의 흐름에 따라 움직이는 공간을 포함한 거대한 종합예술이다.

전체성을 살려야 올바른 철학이 되기 때문에 감성적 측면의 개발을 위해서 철학은 예술과 협력해야 한다. 따라서 지금까지의 사변 내지 이성 중심의 절름발이 철학을 지양하고 이성의 요청은 물론, 감성의 욕구도 만족시키는 철학이 되어야겠다. 다시 말하면 머리로만 철학을 하는 것이 아니라 온몸으로 철학을 해야 한다.

다음으로 예술적 행위는 어떠한 대상물(예술작품)을 창조하여 '아름다움'을 나타내는 것을 목적으로 하는데 그 대상물은 우리가 그것을 지각함으로써 미의 본질을 체험하도록 이끌고, 과학이나 철학에서 사용된 비판적 사고로는 감지할 수 없는 진리의 다른 측면을 이해할 수 있도록 도와주는 것이다. 독일의 낭만주의 철학자 셸링은 인간의 정신활동을 이론적 활동, 실천적 활동, 미적 활동으로 나누고 미적 발전을 정신발전의 가장 높은 위치에 놓고 있다. 어쨌든 진실로 아름다운 것은 참된 것(진리)이고, 참된 것은 선한 것이고, 선한 것은 아름답다. 결국 진·선·미는 일치하는 것이고, 미적 감각, 진리탐구의 지성, 선의 실현의지가 일치하는 사람이라야 훌륭한 인격자라 할 것이다.

감각이 도야되면 미적 감각이 발달하여 불의나 사악, 허위나 궤변을 싫어한다. 그래서 공자는 "《시경》 삼백 편의 뜻을 한 말로 다한다면 생각에 간사한 것이 없다는 것이다"[50]고 했다. 다시 말하면 시(詩)는 아름다움만 나타내는 것이 아니라 무사(無邪)한 생각을 적은 것이라 했다. 뒤집어 말하면 시를 쓰는 사람은 사악한 생각이 없어진다는 말이다.[51] 이처럼 예술은 조잡한 야만적인 감정을 정서로 순화시킨다. 그러므로 우리는 술 한잔 덜 먹더라도 볼쇼이 발레도 감상하고 베토벤의 교

---

50) 논어 〈爲政〉 2 : 子曰 詩三百 一言蔽之 曰 思無邪.
51) 그러나 상당히 수준 높은 예술인 중에서도 친일파나 독재 추종자들이 있으니 공자님 말씀도 절대적 진리는 아닌 것 같다.

향악도 듣고 미술관도 수시로 찾아야 한다.

마지막으로 중요한 것은 예술적 행위는 '어떤 다른 것을 위한 수단이라기보다는 그 자체가 목적인 행위'이다. 우리가 그 자체를 위해서가 아닌 결과인 어떤 것을 위해서 그 일을 할 때 우리는 그것을 '앎'이라고 한다. 반면 우리가 그 자체를 목적으로 하여 어떤 행위에 종사할 때 우리는 그것을 '놀이'라고 한다. 이런 면에서 예술은 놀이(유희)와 밀접한 관련을 맺는다(예술유희설). 놀이야말로 이해관계를 떠난 순수한 창조적 활동이요, 인간본성의 발로이다. 모심기를 하면서 노래를 부르거나 보리타작을 하면서 춤을 추는 것도 이런 인간본성의 발로요, 즐거움이다.

일을 할 때 즐거우면 싫증노 나지 않고 피곤함도 모른다. 어린애들이 노는 모습을 살펴보자. 어린애들은 편안히 누워 있지 않고 장난감을 이리 맞추고 저리 맞추고 하든지, 종이 위에 그림을 이리저리 그린다든지 항상 무언가를 성취해내고자 활동한다. 성취하려는 활동 자체가 어린이들에게는 즐거움이다.[52] 그리고 그 성취로 인해 어른들로부터 인정을 받고 칭찬을 듣게 되면 더욱 즐거워한다. 이 얼마나 아름다운 마음이며 착한 마음인가! 골치아픈 자아를 잊으려면 술을 마시거나 놀이에 열중하면 된다. 각박한 세상에 시달릴 때 술 한잔하는 여유도 있어야 하고 때로는 어린애처럼 놀이나 게임에 몰두하여 심신의 피로를 푸는 것도 좋다. 어쨌든 아집에 사로잡힌 인간들이 어린이나 예술가처럼 순수하게 자아를 실현하려고 하면 얼마나 좋을까!

'놀이'란 말이 나왔으니까 한 마디만 더 하겠다. 예술뿐만 아니라 일반학문도 학문 자체를 위해 연구할 필요가 있다. 특히 기초학문이 그렇

---

52) 한국철학사상연구회, 《삶, 사회, 그리고 과학》, 69쪽.

다. 학문 자체를 위해서 연구를 해도 기초이니까 지금 당장 실생활에 응용되지 않더라도 나중에 언젠가는 반드시 응용되기 마련이다. 수학을 예로 들어보자. 수학만큼 순수한 기초학문은 없다. 수학은 수학 자체를 위한 '두뇌놀이'이다. 두뇌를 훈련하는 데 있어서 수학만큼 재미있고 좋은 학문이 없다. 특히 그리스 사람들은 재미로 수학을 했다. 그들이 나일강 유역으로 여행을 갔을 때, (홍수가 지나간 후) 이집트 사람들이 측량을 하면서 "네 땅, 내 땅" 하면서 경계표시를 하는 것을 보고 호기심을 느껴, 당장 아무런 필요나 실익이 없는데도 재미로 도형을 그리고 숫자놀이를 했던 것이다. 이렇게 시작한 수학이 중세의 암흑기를 거쳐 근대에 와서 빛을 볼 줄이야 누가 상상이나 했겠는가!

근대 서구 과학기술의 바탕은 수학이다. 수학이 없었더라면 여러 과학기술이나 문명, 특히 인공위성 같은 것은 꿈도 꾸지 못했을 것이다. 지금 우리가 실용성, 수익성, 수월성 등을 강조하는 것은 자본주의에 오염되어 우리 자신도 모르게 황금만능주의에 빠진 사고방식의 결과이다. 지금 우리가 기초학문을 무시하면 동양이 수학을 무시하여 약 150년간 서양의 침략과 지배를 받았던 것과 같은 치욕의 역사를 또다시 되풀이할 것이다. 그리고 수학을 공부하되 재미로 해야 한다. 골치아프다고 싫어하는 것을 억지로 주입하려 들지 말고 학생들이 흥미를 느껴 재미로 하도록 해야 한다. 철인정치를 꿈꾸며 교육을 통해 철인을 만들 수 있다고 말한 플라톤은 《국가론》에서 '놀이'를 교육의 첫걸음으로 삼아야 한다고 했으며, 그의 학원 앞에 "기하학을 모르는 사람은 이 학원에 들어오지 말라"는 팻말도 써붙였다. 역시 그는 위대한 철인이다.

철학과 문학[53)]

예술 중에서도 문학은 또 다르다. 문학은 감정뿐만 아니라 사상도 전달하고 언어를 전달수단으로 삼는 점에서 철학과 제일 가깝다. 또 소설의 구성에 있어서는 논리적 이성적 사고를 요구한다. 따라서 철학과 문학을 명쾌하게 구분하기는 어려우나 다음 몇 가지 관점에서 문학은 철학과 대비되는 것으로 보인다.

첫째로, 서로 교차되는 면도 있지만 문학은 주로 감정의 차원을, 철학은 이성의 차원을 구체적인 탐구영역으로 결정한다. 그리하여 철학은 인간을 다루되 전체적 보편적 문제를 다루고 문학은 개개인과 개별적 사건을 깊이있게 다룬다. 물론 철학서를 읽으면서 감동하여 눈물을 흘릴 수 있다. 하지만 그것은 철학 텍스트의 본질적 방식이 아니다. 마찬가지로 한 권의 소설이나 한 편의 시를 읽으면서 냉정한 추리를 거듭할 수도 있다. 그러나 이 또한 문학작품을 대하는 정상적인 태도가 아니다. 제대로 된 경우라면 문학작품을 읽을 때는 우리의 마음이 움직여야 하고, 철학서를 대할 때는 우리의 머리가 가동해야 한다.

둘째로, 문학은 허구를 다루지만 철학은 이념을 다룬다. 그러나 문학이 다루는 허구는 단순한 거짓말이 아니라 '가능적 현실'이다. 아리스토텔레스는 상상력에 의해 추구되는 이 가능적 현실이 단순한 사실의 재현보다 우리 삶에 더 심대한 영향력을 발휘한다고 주장했다. 철학도 우리 삶에 막강한 힘을 행사한다. 그러나 그것은 '가능적 허구'에 의해서가 아니라 '진정한 실재'인 이념에 의해서다. 가령 플라톤의 이데아는 이러한 이념의 전형적인 실례이다.

---

53) 철학과 문학 편은 부산대 국민윤리학과 교수로 재직하고 있는 이왕주 선생님과의 대담을 통해 이해한 것을 필자가 정리한 것이다. 또 이종오(버펄로 뉴욕 주립대 정신과 교수, 《이광수를 위한 변명》의 저자) 형의 여러가지 조언도 도움이 컸다. 우연히 함께 버펄로에 있는 뉴욕주립대에 교환교수로 6개월간 같이 있었다. 그는 철학자이면서 문학에 조예가 깊었으며 그로부터 많은 것을 배웠다. 이 지면을 통해 그에게 다시 감사를 드린다. 그리고 사람의 인연이란 참으로 묘한 것이다. 내가 부산대에 갈 기회가 있었을 때 가지 않았는데, 그 자리가 바로 지금 이 교수의 자리이다.

셋째로, 문학작품은 흥미로운 서사를 토대로 구성되지만 철학사상은 논리적 쟁점을 근간으로 하여 이루어진다. 그리하여 철학이 개념을 통해 설명하고 논증하려 한다면, 문학은 예술가가 작품을 창조하듯이 직관적 비유로 감싼다. 이야기가 없으면 문학작품이 아니다. 이것이 무미건조한 철학서보다 문학작품이 많이 읽히는 이유이다. 만일 철학 텍스트가 일관된 하나의 논점을 지니지 않고 재미로만 쓰여졌다면 그것은 수필이나 잡문 이상의 의미를 지니지 못한다.

넷째로, 문학의 메시지는 간접적이지만 철학의 그것은 직접적이다. 다양한 은유와 수사로 덮인 문학작품에서 저자의 생각을 이해하는 데에는 대체로 이해와 해석이란 매개가 필요하다. 물론 철학서도 그 사상적 깊이를 표현하는 언어의 난해성 때문에 더러 이해와 해석의 과정이 요구되는 경우가 있으나 적어도 철학서에서 그것은 본질적 요소가 아니다. 특히 데카르트 이래 논리성과 명석·판명성은 철학 텍스트 구성의 기초였다는 점에서 이 사실이 더 분명해진다.

물론 문학과 철학 사이에는 이러한 차이성에도 불구하고 친연성이 깊다. 옛부터 뛰어난 철학자들의 저작에는 문학적 재능이 번득인다. 예를 들면 플라톤, 맹자, 아우구스티누스, 니체, 퇴계, 러셀, 다산, 카뮈, 사르트르 등이 그러하다. 또 철학자들은 실천적 수양과정에서 얻은 지혜를 우화적 또는 시적 은유를 통해 간접적으로 표현하였다. 특히 노자와 장자가 그러하다. 그리고 위대한 문학작품들은 예외없이 철학적 통찰과 예지로 빛난다. 단테, 셰익스피어, 볼테르, 괴테, 톨스토이, 도스토예프스키, 발자크 등의 작품이 그 증거다. 철학사상도 깊이에 이르면 감성의 언어들과 화해할 수밖에 없고, 문학작품도 보편적 감동을 전하려면 인간에 대한 이성적 성찰을 드러내 보여주지 않으면 안 된다. 이런 의미에서 철학자들은 위대한 문학적 유산들을 직간접적으로 언급해왔으며 작가들 또한 이런저런 형식으로 철학자들의 통찰과 예지를 그들의 작품 속에 활용해왔다.

　이상에서 철학을 과학, 종교, 예술과 비교함으로써 ‘철학이 어떤 학문’인가를 분석해보았다. 아직도 ‘철학이 무엇인지’ 이해가 잘 안 되시는 분은 서점에서 다른 철학 입문서를 사보는 것도 좋은 방법이 될 수 있다. 여하튼 과학이나 예술도 깊이에 이르면 철학과 같은 보편적 원리에 이른다. 또 정치가나 경제학자는 물론 평범한 일상인도 삶의 본질적 문제와 진지하게 대결할 때 ‘철학적’이 되고, 그들의 사고와 행위는 철학과 만나게 된다. 이런 점에서 우리는 ‘철학’, ‘철학적’, ‘철학적 지혜’, ‘철학적 사상’, ‘철학직 바탕’, ‘철학적 원리’니 하는 말을 사회생활에 두루 쓴다. 철학은 이처럼 우리와 친숙하고 필요한 것인데도 경우에 따라서 멀고 불필요한 것 같다. 다시 말하면 삶을 진지하게 살려고 하고 또 모든 사람에게 성실하게 대하려고 노력하면 일거수 일투족이 철학적이 되고, 개인주의, 이기주의, 권위주의로 살면 철학과 거리가 멀어지고 철학이 불필요해진다.

　모든 학문이 인간에게서 나왔고, 인간에게 필요한 것이므로 가능한 한 여러 학문의 기초나 개론을 배우고 나서 자기의 전공분야를 연구하는 것이 바람직하다. 그래야만 자기의 전공도 제대로 할 수 있고, 사람들이 서로 협력함으로써 학문이 발전할 것이다. 모든 학문이 설사 가는 길이 달라도 성실히 탐구하면 인류의 행복이라는 궁극 목적에 도달할 것이며 앞에서도 말했지만 진·선·미는 일치하는 것이다. 따라서 전인(全人)으로서 인격을 갖추는 것이 바람직하고 여기에 교양 교육의 중요성이 있다.

4. 진리와의 대화

아리스토텔레스는 그의 《형이상학》 첫머리에서 "인간은 본래 알기를 욕구한다"고 말한 바 있다. 실제로 인간의 생활은 일상적인 상식에서부터 고도의 전문적 지식에 이르기까지 앎의 연속이며, 바로 이 '안다'는 것이 인간의 특징이기도 하다. 아리스토텔레스가 이런 말을 하지 않았더라도 '앎'이 인간 생활의 기초요, 출발임은 분명하다. 왜냐하면 무엇을 알아야 먹을 것을 마련할 수 있고, 무엇이 옳고 그른지를 알아야 올바른 행동을 할 수 있기 때문이다. 따라서 이처럼 중요한 앎(지식)이 참되고 옳아야지 거짓되거나 틀려서는 안 된다. 그러므로 우리는 참과 거짓, 진리와 허위를 가리려고 노력하며, 특히 학문적 인식의 목적은 진리를 탐구하는 데 있다. 그러면 진리란 무엇인가? 이것은 반성적 물음이요, 철학적 물음이다. 이렇게 '인간에게서 인식(아는 작용)이 어떻게 가능한가?'를 물으면서, 인식 일반에 대해 해명하는 것을 철학의 한 분야인 인식론(認識論, epistemology)이라 한다. 이렇게 지(知) 자체를 묻고 학문의 뿌리까지 반성하여 근거짓는다는 의미에서 철학은 근본학이라 할 수 있다. 그리고 인식론이 철학에서 아주 어려운 분야이고 중요한 문제이다. 그렇다고 독자 여러분은 너무 겁내지 말기를 바란다.

상식과 진리

우리는 태어날 때부터 부모, 형제를 포함한 사회환경 속에서 자란다. 우리는 '나'이기 이전에 '우리'로서 사는 것이다. 그리고 우리 속에서 이루어지는 경험을 맹목적으로 받아들인다. 이렇게 일상적 경험을 통해서 얻어진, 그리하여 사회적 통용성을 지니는 지식을 우리는 상식(常識)이라 부른다. 우리는 이런 상식을 가지고 있기 때문에 일상 생활을 편리하고 쉽게 해나갈 수 있다. 직접 어렵고 험난한 시행착오적 과정을 밟지 않고도 선인들이 물려준 경험에 비추어서 쉽게 그 문제를 해결해 나갈 수 있다. 그러니까 상식은 삶의 지혜의 일종이라 할 수 있다.

상식은 그 사회적 유용성으로 인해 우리에게 없어서는 안 될 소중한 지식이다. 그러므로 상식에서 벗어난 일을 하면 그 사회에서 손가락질을 받는다. 더구나 '몰상식하다'는 말은 아주 심한 모욕이 된다. 요사이 정치가 제대로 돌아가지 않으니까 많은 사람들이 이상적인 정치는 못할망정 상식이 통하는 정치를 해달라고 개탄한다. 그러나 이렇게 소중하고 유용한 상식은 그렇기 때문에 여러 가지 제약을 갖고 있다. 상식도 원래 사회성을 띠고 있기 때문에 사회의 변천에 따른 변화를 면할 도리가 없기 때문이다. 옛날에 통용되던 상식이 지금에 와서 통용되지 않는 예를 우리는 얼마든지 본다. 그리고 같은 시대라 할지라도 미국의 상식과 우리의 상식이 다르고, 우리나라 안에서도 서울 사람과 시골 사람의 상식이 다르다. 이처럼 상식은 일상 생활을 해나가는 데서 매우 유용하고 필요한 지식이요, 일정한 규격을 가지고 있는 듯이 보이지만 사실은 아주 유동적인 성격을 지니고 있다. 그렇기 때문에 학문을 지향하고 진리를 추구하는 사람으로서는 이런 유동적인 지식에 만족할 수 없다.

상식은 때와 장소에 따라 그리고 사람에 따라 다르다. 그러므로 그것은 상대적이며 주관적인 지식이다. 그러나 진리는 어느 때, 어느 곳에서나, 어떤 사람에 대해서나 타당한 것이라야 한다. 이것을 '보편타당성(普遍妥當性)'이라고 한다. 두루두루 알맞은 '두루맞음성'이라는 뜻이다. 진리란 이렇게 초시간적, 초공간적, 초주관적으로 보편타당한 것이라야 한다. 그것은 상대적이 아닌 절대적 지식이고, 주관적이 아닌 객관적 지식이며, 우연적이 아닌 필연적 지식이다.

그러면 이러한 진리를 어떻게 인식할 수 있으며, 또 그것이 진리인가를 어떻게 알 수 있는가를 물으면서 인식 일반에 대해서 ① 인식의 기원, ② 인식의 대상 및 내용, ③ 참된 인식(진리)의 의미, ④ 인간 인식 능력의 한계 등을 해명하고자 하는 것이 바로 인식론이다. 일반적으로 철학적 노력의 이상은 언제나 진리 자체의 획득이지만, 현재까지의 철학적 작업의 결실은 제기된 철학적 물음에 대한 영구불변적인 답이라기보다는, 오히려 그 같은 답을 얻으려는 시도들이라고 할 수 있다. 그러다 보니 인식론과 관련해서도 여러 가지 '학설'들이 있다.

인식 기원의 문제

무엇에 대한 인간의 인식(앎)의 단초는 무엇인가? 인식론의 문제 가운데서도 이 물음은 여타 문제들에 대한 탐색의 방향에 결정적 역할을 한다. 이 물음에 대한 대표적인 답변 방식으로 셋을 꼽을 수 있다. 인간에게서 인식의 단초는 바로 그 인식을 수행하는 인간 자신의 인식능력이 구비하고 있는 선험적인 원리에 있으며, 그 원리를 바로 이성이라고 보는 이성론(理性論 또는 合理論, rationalism)과 인간에게서 모든 인식의 출발점은 감각경험이라고 보는 경험론(經驗論, empiricism 또는 감각주의, sensationalism), 그리고 논리학·수학과 같은 형식적 인식에서는 이성론에 동조하면서, 자연 대상에 대한 인식에서는 감각 재료가 선험적 인식원리에 따라 규정됨으로써 인식이 생긴다고 보는 초월론(超越論, transcendentalism 또는 批判哲學, Kritische Philosophie)이 그것이다.

인식은 자기인식이든 대상인식이든, 일반적으론 아직 모르는(未知) 것에 관하여, 그것이 무엇이며 어떻게 있는가를, 바꿔 말해 그것의 본질(本質, Wassein, Sosein)과 존재방식(存在方式, Wiesein, Dasein)을 파악하는 의식의 '표상작용'이다. 이 의식 내적인 표상 작용의 중요 요소는 감각과 사고이고, 그리고 그것은 외적으로 언표(言表)된다.

이성론자들은, 인식형성의 기본 요소인 사고는 선험적(先驗的, a priori)인, 그러니까 이성 자체에 내재하는(immanent) 원리에 따라 기능하고, 언표 역시 일정한 이성의 규칙을 따를 때만 인식을 올바르게 표현할 수 있는데, 바로 저 사고의 원리와 언표의 규칙은 표리관계에 있다고 본다. 언표란 '무엇에 관하여 무엇을 말함'인바 말함에서 그것에 관해서 말해지는 그 무엇, 즉 말함에서 밑바탕에 놓여지는 것(기본)이 주어이고, 그 말해지는 것(내용)을 술어라 한다. 이 주어와 술어가 결합하여 말이 되게끔 해주는 것이 논리(論理, logos)이다. 이 논리의 최상의 규칙이 모순율(矛盾律, principium contradictionis)이다. 주어와 술어는 서로 어긋나게 말해져서는 안 되고, 일반적으로 말하자면 "어떤 표상도 이 표상과 어긋나는 표상은 덧붙여질 수 없다." 그러니까 어떤 언표도 이 모순율의 규칙을 어기고서는 참일 수 없다. 이성론자들은 이런 사고의 최고 원리로서 이 모순율과 "근거 없이는 아무것도 없다(Nihil est sine ratione)"는 근거율(혹은 충분이유율, principium rationis sufficientis)을 든다.[54]

---

54) Gottfried W. Leibniz, 《단자론(*Monadologie*)》, §31~§36 참조.

이에 반해 경험론자들은, 인간의 마음은 감각경험 이전에는 한낱 "백지(白紙, tabula rasa, white paper)"라고 주장한다.[55] 로크에 따르면, 사람은 "이성과 인식의 재료들"을 모두 '경험으로부터' 얻는다. 이때 경험이란 기본적으로 감각경험을 뜻하며, 그래서 보통 경험주의 원칙은 "감각 중에 있지 않던 어떠한 것도 지성 중에 있지 않다"고 표현된다. 그러니까 철저한 경험론에 의하면, 인간의 사고기능은 순전히 경험에 의존하며, 언뜻 필연적인 사고의 법칙 같은 것도 습관적인 경험의 산물에 불과하다.[56]

칸트에 의해 대변되는 비판철학의 초월론(일명 구성설, 構成說)은 이성론과 경험론의 화해를 시도한다. 칸트는 "우리의 인식이 경험과 함께 시작된다 할지라도, 그렇다고 해서 우리의 인식 모두가 바로 경험으로부터 생겨나는 것은 아니다"고 통찰함으로써, 한편으로 경험론의 주장을 수용하면서도 기본적으로는 이성의 입장에 선다. 칸트에 따르면, 모든 인식은 재료(내용, Materie)와 이 재료를 정리정돈하는 형식(틀, Form)을 요소로 해서 이루어지거니와, 인식이 사고의 산물인 한에서 인식의 형식은 사고의 산물이며, 이 사고의 형식은 지성에 "예비되어 있다." 그러니까 인간의 모든 인식의 밑바탕에는 선험적인 사고의 형식이 놓여 있다는 것이다.

자연적 대상에 대한 인식은 그 재료가 감각경험이기 때문에 '경험적 인식'이라고 일컬어지고, 예컨대 수학적 인식처럼, 그것의 재료가 결코 감각 내용을 담고 있지 않은 순수한 것일 때, 이런 인식은 '선험적(형식적) 인식'이라고 일컬을 수 있다. 경험적인 재료든 선험적인 재료든 인

---

55) Locke, 《인간지성론(*An Essay Concerning Human Understanding*)》, 제2권 제1장 제2절 참조.

56) Hume, 《인간지성론(*An Enquiry Concerning Human Understanding*)》, 제5장 제2절 참조.

식의 재료가 주어지면, 이 재료들을 종합 정리하는 기능인 사고작용을 통해서 한 인식이 성립한다. 예컨대 '~은 ~이다. ~은 ~이 아니다. ~ 때문에 ~이다' 등등. 이러한 형식은 감각 기관을 통하여 수용(경험)된 것도 아닌데, 사고작용의 바탕에 있다. 그래서 칸트는 그것들을 사고기능인 지성이 스스로 산출해낸 개념으로 보아 '순수지성 개념'이라 부르며, 사고작용의 틀이라는 점에서 범주(範疇, category)라고 부른다.

범주는 양(量), 질(質), 관계(關係), 양태(樣態)를 규정하는 범주에 각각 세 가지 방식이 있기 때문에 그것은 4종 12방식으로 이루어진다. 이 범주들에 의거해 잡다한 자료를 통일하는 작용, 곧 사고는 판단으로 표출되고 그래서 판단 역시 4종 12방식으로 이루어진다. 즉 모든 판단은 ①양의 면에서는 단칭판단 · 특칭판단 · 전칭판단으로, ②질의 면에서는 긍정판단 · 부정판단 · 무한판단으로, ③관계의 면에서는 정언판단 · 가언판단 · 선언판단으로, ④양태의 면에서는 미정(未正)판단 · 확정판단 · 명증판단으로 나누어진다.[57]

판단의 방식으로 인식이 이루어지고 판단은 범주에서의 통일작용이므로, '순수지성 개념'인 범주가 인식을 근원적으로 가능하게 하는 것이다. 이처럼 그 자신은 선험적인 표상이면서, 즉 경험에 앞서 있으면서도 경험을 비로소 가능하게 하는 것을 칸트는 '초월적(transzendenta)'[58]

---

57) 백종현, 같은 책, 24쪽.
58) 여기에 '선험적' '초월적'이라는 어려운 용어가 나오는데 알기 쉽게 설명하면, 우리가 음식 먹는 것을 반추해보면 음식을 먹기 이전에 위가 먼저 있어야 한다. 이때 위는 경험에 앞서 선험적으로 있는 것이며, 또 먹은 음식은 소화가 되어야 하므로 위가 없으면 음식 먹는 일이 불가능해진다. 따라서 위는 경험에 앞서 있으면서 경험을 가능하게 하므로 위는 '초월적' 구조(형식)라 할 수 있다. 그리고 재료를 형식에 맞춘다는 것은 음식을 적당히 먹는 것을 말한다. 어린이의 위(형식)는 작은데 밥(재료)을 한꺼번에 많이 먹으면 위가 제 기능을 발휘 못하여 배탈이 난다. 또 다른 예를 들면, 사고의 형식이라는 것은 컴퓨터 기계에 비유할 수 있다. 이 기계에 여러 가지 재료(내용)를 입력하면 컴퓨터가 종합 · 정리를 하는 것이다. 그러나 컴퓨터 용량은 작은데 재료를 많이 입력하면 컴퓨터가 수용(인식)할 수 없다.

이라 부른다. 그러니까 인식은 의식의 초월성으로 가능한 것이다.

그리고 초월적인 의식기능에는 칸트의 파악에 따르면, '순수지성 개념'들 외에도 순수감성의 형식인 공간·시간 표상이 있다. 칸트에게서 공간·시간은 그 자체로는 아무것도 아닌 것으로, 감각을 통해 존재자를 수용하는 감성적 의식이 선험적으로 가지고 있는 관념이지만, 이 관념의 질서(공간:병립, 시간:순서)에 따라서만 존재자가 우리에게 나타날 수 있는, 즉 현상으로서의 존재자의 틀(형식)로 이해된다. 결론적으로 칸트에 따르면, 선험적 표상인 시간·공간의 질서 위에서 갖가지 감각 재료들이 수용되고, 수용된 감각 질료들이 범주로 기능하는 순수지성 개념들에 따라 종합 통일됨으로써 비로소 우리에게 한 존재자가 무엇으로 있게 된다. 바꿔 말하면 우리가 어떤 한 존재자를 인식하게 된다.[59]

인식대상 및 내용의 문제

인식의 대상은 무엇이며, 우리가 인식하는 것, 곧 인식내용과 인식대상은 구별될 수 있는 것인가? 구별된다면 양자는 어떤 관계에 있고, 구별될 수 없다면 왜 그러한가? 이 문제를 둘러싸고 인식작용의 상관자로서 인식내용이 있고, 이것이 바로 인식대상이라고 보는 관념론(觀念論, idealism) 내지 현상론(現象論, phenomenalism)[60]과 인식작용이란 인식대상을 수용하는 매개의 기능으로서 인식대상은 인식작용에 독립해서 실재한다고 보는 실재론(實在論, realism)이 날카롭게 대립한다.

실재론의 주장은 근본적으로 상식적 직관에서 출발한다. 외적 대상에 대한 인식은, 외적 대상이 우리 마음에 인상(impressions) 내지 관

---

59) 백종현, 앞의 책, 26쪽.
60) 현상의 배후에 물 자체나 본체가 있음을 부인하지는 않지만 인간이 인식할 수 있는 것은 단지 그 현상뿐이라고 하는 설을 가리킨다. 칸트, 콩트, 스피노자 등의 인식론이 여기에 속한다.

념(ideas)을 불러일으키고, 이 관념의 매개를 통해서 우리는 외적으로 실재하는 사물에 대한 인식에 도달한다는 것이다. 그러므로 "우리의 인식은 우리의 관념들과 사물들의 실재 사이에 합치가 있는 한에서만 실재적이다. 그리고 이 실재적 인식만이 참된 인식, 곧 진리이다. 따라서 실재론에 있어서 인식은 실재하는 사물(대상)과 인식하는 주관(의식)과 양자를 매개하는 관념 내지 표상의 세 요소로 이루어진다. 그래서 그것은 모사설(模寫說, copytheory)과 표상설(表象說, representative theory)을 함의한다.

이에 대하여 관념론은 실재론이 전혀 명증적이지 못한 가정 위에 서 있다고 논박한다. '인식하는 의식에 독립적인, 다시 말하면 인식 주체가 인식하거나 말거나 그 자체로 실재하는 사물'이라는 개념은 순전히 허구에 불과하다는 것이다. 우리는 어느 경우에라도, '우리가 인식하는 한에서만' 무엇인가에 대하여 권리있게 말할 수 있다는 것이다. 그래서 버클리(George Berkeley;1685~1753)는 "존재는 지각된 것이다(esse ist percipi)"라고 확언한다. 관념론은 기본적으로, 우리의 인식은 명증적으로 확실한 것으로부터 출발해야 한다는 데카르트의 통찰을 존중한다. '나는 존재하고, 나는 무엇인가를 의식하고 있으며, 그런 만큼 나에 의해 의식된 것은 의심할 여지없이 확실하다'는 것이다.

그래서 관념론자들은 인식의 두 요소, 즉 인식하는 자와 그에 의해 인식된 것(내용)만을 말한다. 이른바 '실재하는 사물'이란, 우리의 의식에 독립적인 것이 아니라 의식에 의해서 '실재하는 것이라고 인식된 것', 그러니까 그렇게 인식하는 우리에게 의존되어 있는 것이라고 주장한다. 후설의 현상학도 이에 동조한다고 볼 수 있고 칸트도 근본적으로는 이 입장에 서 있다.

'진리란 무엇인가'의 문제

도대체 그렇다면 참된 인식, 즉 진리란 무엇인가? 이 물음과 관련해서는 인식이 무엇에 대한 인식이냐에 따라 여러 가지 이론이 있는데, 무모순성과 체계 내 일관성을 진리의 척도로 보는 정합설(整合說, coherence theory), '인식과 사실의 일치'를 진리로 보는 일치설(一致說 또는 대응설, correspondence theory), 실생활에서의 유용성을 진리의 의미로 보는 실용설(實用說, pragmatism), 인식하는 자들 사이의 합의 내지는 일반적 의사소통을 진리의 기준으로 보는 상호주관성이론(相互主觀性理論, Intersujektivitätstheorie) 내지는 합의설(合意說, Konsensustheorie) 등이 각기 특징을 가지고 있다.

인식이 '실재와 합치'하고 사실과 일치할 때, 그것이 참임은 자명하고, 사실 이것은 진리의 정의(定義, definition)라 해야 할 것이다. 그러나 문제는, 우리가 그 '사실과의 일치'를 확인하기 위하여 '사실이 무엇이냐?' 하는 질문을 하자마자 부상한다. 인식은 미지의 것을 지향하고 있고, 그 미지의 것은 인식을 통하여 비로소 우리에게 알려진다. 그러니까 인식을 통하여 우리에게 알려지는 것이 다름 아닌 '사실'이고 '실재'다. 다시 말해, 우리가 인식한 것(내용)이 바로 사실이고 실재인 것이다. 사정이 이러한데, 도대체 '인식과 실재의 합치' 여부를 어떻게 가려낼 수 있을까? 그것이 만약 어젯밤 어둠 속에서의 나의 인식과 오늘낮 밝은 데서의 나의 인식, 한 사람의 인식과 여러 사람의 인식, 상식인의 인식과 과학자의 인식을 대조함으로써 드러나는 것이라면, 이 대조는 단지 하나의 인식과 또 다른 하나의 인식을 비교해본 것에 불과하니, 그것으로써 '사실'과의 부합을 얘기할 수는 없게 된다.

우리는 분명 "참된 인식(진리)이란 실재와 합치하는 인식이다"라는 진리의 정의를 가지고 있지만, 그것은 단지 참된 인식의 이상을 표명할 뿐, 현실적으로 진리의 척도로 기능하는 것은 어떤 인식의 유용성, 또는 보다 많은 사람들에 대한 설득력이다. 그 결과 동감이나 동의를 많이 받는 것이 진리로 통용되는 것이다. 그러나 이렇게 되고 나면 '사실' 또는 '실재'라는 말로서 상정했던 것, 곧 인식하는 자와는 무관하게 그 자체로, 불변적으로 존재하는 어떤 것이라는 개념이 그 내용을 잃을 위험에 처한다. 인간 지식의 역사는 어떤 지식의 유용성과 설득력이 변화한다는 사실을 보여주고 있으니 말이다. 그러니까 이에 의거하면 영구불변의 절대적 진리라는 개념을 포기할 수밖에 없다. 이런 성격으로 인해 진리론은 다른 인식론의 문제들, 특히 관념론/실재론과 얽혀 있고, 또한 진리불변 이론과 가변이론은 인간 인식의 한계문제와도 연관되어 있다.

인간 인식능력의 한계

인간은 무엇을 어디까지 인식할 수 있는가? 이 물음과 관련해서는, 인간의 인식능력은 구조적으로 일정불변하고 한계를 가지며, 일정한 대상 영역을 넘어서면 아무런 의미있는 인식도 갖지 못한다는 인식형식의 한정이론(限定理論)과 인식내용의 유한성이론(有限性理論) 또는 불가지론(不可知論)과, 인간의 인식능력이 현재 한계가 있는 것은 사실이지만 단계적으로 진보하기 때문에 원리상 인식의 한계는 없다는 인식진화론(認識進化論, evolutionare Erkentnistheorie) 또는 변증법적 이론(辨證法的理論)의 대립이 있다.[61]

대상에 대한 현재 인간의 인식이 완벽하다고는 아무도 주장하지 않는다. 다만 불가지론자는, 인간은 원리상 그 인식능력에 한계가 있는

---

61) 백종현, 앞의 책, 31쪽.

만큼, 오로지 현상만을 인식할 수 있을 뿐이라고 생각한다. 칸트는 기본적으로 이 생각의 연장선상에 서 있다. 이에 반해 이른바 변증법론자들은 우리의 인식이 많은 착오를 겪지만 종국에는 진상(眞相)에 이를 것이라고 본다.

헤겔에 의하면, 대상에 대한 인식이 근본적으로 주관이라고 하는 인식자에 의존하는 한, 그리고 이 인식자가 신과 같은 완전함을 가지고 있지 못하는 한, 그 인식은 언제나 착오일 가능성을 가진다. 그러한 인식자인 인간의 대상인식은 그래서 반복되는 '착오의 길'이기도 하고, '회의(懷疑)의 길'이요, '절망의 길'이기도 하다. 그러나 이 착오와 절망의 길은 의식이 그에게 다가오는 존재자를 관통하는, 즉 경험하는 길이며, 그 길의 종착점은 착오를 범하면서도 자기교정 능력이 있는 의식이 마침내 존재자와 하나가 되는 지점이다. 즉, 절대정신(絶對精神, absoluter Geist)과 절대지(絶對知, abolutes Wissen)가 일치하는 것이다. 이런 뜻에서 의식의 경험은 진리를 향한 의식 자신의 도야의 역정(歷程)이다.

나는 변증법적 이론을 지지하고 싶다. 우리의 지식이 발달하여 컴퓨터 용량을 계속 늘리면 컴퓨터가 계속 증가하는 자료를 읽듯이, 우리의 무의식을 계속 의식화하여 전 뇌세포가 가동을 하고 많은 경험과 연구를 하면 종국에는 진상에 이를 것이다. 이왕 변증법이 나온김에 이에 대해 평소 내가 생각하여 온 것을 재미삼아 간단하게 이야기하겠다.

우리 선조와 변증법

변증법[62]에 대해서 많은 사람들이 우리에게는 없었던 새로운 인식

---

62) 변증법(dialectics)은 그리스의 'dialektikos'에서 유래한 것으로 대화·논쟁을 의미하는 말이다. 고대에 변증법은 논쟁을 통해서 반대편의 생각 속에 있는 모순을 드러냄으로써 진실을 밝히는 것을 뜻했다. 예로 든 속담도 두 사람이 말로써 싸운다면 여기에 해당한다.

방법으로서 서양에서 들어온 것처럼 생각하나 사실은 그렇지가 않다. 우리 속담에 "진실한 친구가 되려면 세 번 이상 싸워야 한다"는 말이 있다. 나는 헤겔의 변증법을 접할 때마다 이 속담을 떠올리곤 한다. 물론 우리는 민주주의와 토론문화가 발달하지 못하고 또 헤겔처럼 논리 정연한 이론적 체계도 세우지 못해서 변증법적 사고방식이 약했던 것은 사실이지만 우리에게도 그런 사고는 있었고, 누구든지 자의식이 반성의 단계에 이르면 의식적이든, 무의식적이든 변증법적 사고를 하는 것이다.

우선 우리는 변증법을 여러 가지 뜻으로 사용하고 있기 때문에 그 뜻을 명확하게 알 필요가 있다. 헤겔에 따르면 사유와 존재는 긍정(정립, These), 부성(반정법, Antithese), 부정의 부정(종합, Synthese)이라는 3원적 리듬에 따라 발전한다. 이러한 3원적 리듬 자체를 변증법이라고 하고, 이 3원적 리듬을 연구하는 것도 변증법이라 하여 이중적으로 사용하고 있다. 그리고 3원적 리듬을 운동과정으로 보면 변증법적 발전이 된다. 또 우리가 3원적(변증법적) 틀을 가지고 사물을 인식할 때 변증법은 인식의 기술 내지 방법이 된다. 그리고 존재 자체가 변증법적으로 변화하므로 존재의 입장에서 보면 '존재론적 변증법'이 되고, 그것을 인식하는 의식의 입장에서 보면 '인식론적 변증법'이 된다.

변증법은 일원론에 기반을 두어 세계를 하나의 전체로 바라보는 것을 전제로 한다. 따라서 절대로 고립된 현상이란 있을 수 없고 모든 사물은 서로 관계를 맺고 있으며 또 운동을 하면서 변한다는 것이다. 그러므로 사물을 고정시켜놓고 정적·부분적으로 파악해서는 안 되고, 사물의 성질과 모든 관계를 상호관련과 변화 속에서 동적·전체적으로 파악해야 한다. 결국 변증법은 사물과 그 속성을 불변적이며 영원한 것으로 보는 형이상학적 세계관과 대립한다. 또 사물을 인식하는 의식도 변화하고 진화(발전)하므로 인식의 틀(형식)을 고정시켜 불변으로 보는 불가지론과도 대립한다. 그러므로 형식논리학에서는 절대로 모순율을 허용해서는 안 되지만 변증법적 논리는 모순율을 허용한다. 다시 말하면 'A는 A이면서 동시에 A가 아니다'라는 논리가 성립한다. 불교의 '공즉시색(空卽是色), 색즉시공(色卽是空)'이나 도교의 유무동일성(有無同一性) 이론도 형식논리로 보면 모순이지만 변화를 끼워넣은 변증법적 논리로 보면 허용된다.

변증법은 보편적인 발전법칙을 존재의 법칙과 인식의 법칙으로 발전시킨다. 양자는 그 내용과 본질에 있어서 통일되고 일치한다. 이러한 통일을 떠나서 정확한 인식이나 사고는 있을 수 없다. 그러므로 변증법은 존재의 발전법칙에 관한 이론일 뿐만 아니라 인식론이고 논리학이다.

물질의 운동이나 법칙은 자연과학자들이 탐구하는 것이고 또 엄격히 말해서 변증법은 인간의 의식이나 그 의식이 만들어낸 역사나 사회사상, 제도에 관한 인식이론이지 자연과학적 인식이론은 아니다. 그리고 변증법은 확률적 개연성이 높은 법칙이지 필연적인 절대법칙이 아니다. 그러므로 여기서는 우리의 의식이 어떻게 변증법적으로 발전(정 · 반 · 합)하는가를 직접경험을 바탕으로 검토해보자.

어릴 때는 누구나 다 부모님이나 선생님의 명령체계를 그대로 받아들여 순종하면서 살아간다. 이것이 '긍정의 단계'이다. 그러나 어느 정도 자의식(자각)이 형성되는 시기(일반적으로 사춘기)가 되면 부모님이나 선생님의 명령체계에 대해 회의도 하고 마음속으로 비판도 하고 뒤돌아서서 불평이나 면종복배도 한다(양적 증가). 그러다가 어느 날 부모님이나 선생님께 공개적으로 비판을 하고 항의를 한다(질적 변화). 이것이 '부정의 단계'이다. 이것이 아주 중요한 단계인데 이때 쌍방은 머리를 맞대고 진지하게 대화를 나누어야 한다(대화의 변증법).

이것은 네가 잘못한 것이고, 저것은 내가 잘못했고, 또 이 문제는 누가 잘못한 것이 아니라 서로 오해를 했고 등등.

부정에서 중요한 것은 상대방의 모순만 부정하는 것이 아니라 자기의 모순도 부정(반성)해야 참된 변증법적 발전이 이루어진다는 점이다. 특히 우리 선조들이 강조했던 역지사지(易地思之)가 필요하다. 역지사지야말로 훌륭한 변증법적 인식태도이다. 그래서 자기가 부정했던 것이 잘못이라는 것을 알고 그것을 다시 부정하게 된다. 이것이 '부정의 부정' 단계이다. 두 사람이 대화함으로써 '서로의 잘못을 버리고 서로 좋은 점을 살려서(지양, 止揚)' 새로운 좋은 관계를 형성하면 '대립물의 투쟁'이 통일된 것이다. 종합이 이루어진 것이다. 이것이 1차적인 정(正) →반(反) →합(合)의 단계이다.

그런데 변증법의 묘미는 이러한 정→반→합의 단계를 나선형으로 끊임없이 되풀이하는 데 있다. 모든 사물이 끊임없이 운동하고 변화함에 따라 의식도 끊임없이 변하기 때문이다. 모든 사물은 내부에 서로 모순되는 요소와 의존적인 요소를 동시에 가지고 있다. 모순적인 요소들은 서로 상대를 배제하려 하기 때문에 운동을 하며, 의존적인 요소 때문에 대립하면서도 분열하지 않고 통일을 이룬다. 그러나 모순이 너무 크면 분열하고 생이 사로도 바뀐다. 그러니까 돌멩이를 던지면 유리창이 깨어지고 술을 많이 먹으면 일찍 죽는다.

의식이 점차 발전하여 대학생이 되면 사회구조나 제도 및 국가정책까지도 비판의 대상으로 삼는다. 일반적으로 현실의 사회구조는 장단점이나 선악이 얽혀 있고 대체로 불평등하고 정의롭지 못하다. 따라서 1단계의 합이 이제는 긍정이 되어 현실에 대한 불평불만이 쌓이게 된다(양적 증가). 그러다가 어느 날 불만이 터져 투쟁을 하게 된다(질적 변화, 부정). 이것이 대학생들이 시위를 주로 많이 하는 이유이다. (그러니까 변증법적 사유를 못하는 사람들은 사회개혁을 할 수가 없다. 따라서 어떤 사람은 긍정의 단계에서 일생을 마치기도 한다.)

그러다가 사회에 나가 직장을 얻고 결혼을 하게 되면 가족도 먹여 살려야 하고, 젊은 혈기도 줄어들고……. 또 대부분의 사람들이 소유욕, 명예욕, 지배욕을 가지고 있다. 그러므로 그런 것을 추구하다 보면 악이나 불의에 물들기도 하고 그것들을 용인하기도 한다. 또 개혁에 대해 힘의 한계도 느끼므로 힘을 기를 때까지 개혁 문제를 뒤로 미루고 현실에 충실한다. 그러다가 자기 힘도 커지고 현실의 부조리가 심각해질 때는 또 투쟁(부정)을 하는 것이다.

앞서 말한 '세 번 싸워야 친구가 된다' 는 말도 변증법적으로 보면, 친구가 되었다는 것은 긍정의 단계이고, 싸웠다는 것은 부정의 단계요, 화해를 했다는 것은 '부정의 부정'을 거친 합의 단계이다. 세 번이라는 것은 정·반·합의 단계를 세 번이나 거쳤다는 것이다. 세 번이나 거쳤으니까 상대방 성격의 장단점도 알고 서로에 대한 이해가 깊고 공감하는 것이 많으니까 정말 좋은 친구가 될 것이다. 물론 사람에 따라서는 한 번만 싸워도 좋은 친구가 될 수 있고, 세 번 싸워도 친구가 안 될 수 있다. 이것은 다른 생명체도 마찬가지이다. 도토리가 반드시 참나무가 되어 새로운 도토리 열매(부정의 부정, 긍정)를 맺는다는 법도 없다. 도토리는 묵이 될 수도 있고, 썩어서 거름이 될 수도 있고, 참나무는 일찍 땔감이 될 수도 있다.

이상에서 알 수 있듯이 변증법은 자연과학의 물리적 법칙과는 다르다. 물은 0°C에서 반드시 얼지만 인간이나 사회에 관한 변증법적 법칙은 많은 예외가 있다. 어떤 사람은 정·반·합의 단계를 거치지 않고 반에서 끝나는 경우도 있고(이혼, 절교, 죽음), 반을 거치지 않는 경우도 있다(무미건조한 평범한 삶). 물이 온도의 양적 증가로 100°C에서 수증기가 되는 것을 보고 '양적 변화의 질적으로의 이행'이라고 유물변증법에서는 보고 있는데, 자연과학에 의하면 그것이 물리적 변화이지 화학적 변화가 아니다. 또 도토리가 부정되어야 참나무가 되고 참나무의 꽃이 부정되어야 도토리가 열린다고 한다. 그러나 여기서도 도토리의 본질은 변하지 않았다. 도토리의 본질이 변하지 않았기 때문에 참나무에 도토리가 열리지, 그렇지 않으면 감이나 배가 열릴 수도 있을 것이다(여기서도 독자들은 본질이 직접 눈에 보이지 않는다는 사실을 알 것이다). 그러므로 나는 자연과학의 법칙을 그대로 변증법에 적용하는 것을 반대한다.

마르크스 변증법의 최고 형태는 유물변증법이 아니라 '역사적 변증법(유물사관, 唯物史觀)'이다. 역사는 분명히 변화·발전한다. 그리고 개인적으로 보면 긍정의 단계에서 죽기도 하고 반의 단계에서 죽기도 하지만, 전체적으로 인류 사회에는 투쟁도 영원하고 발전도 영원하다. 그러므로 역사는 일시적으로 퇴보도 하지만, 길게 보면 변증법적으로 무한히 발전한다(선무한, 善無限). 그러므로 변증법은 사회 및 역사에 관한 사회과학 인식론이요, 그것을 정확하게 인식하기 위한 의식의 인식론이다. 또 모순과 갈등을 느껴 끊임없이 대화하고 반성하면서 올바른 진리를 찾자는 의식훈련이다. 불교의 선(禪)문답도 훌륭한 변증법이다.

그리고 우리가 "어떻게 사느냐?"의 문제에 부딪혔을 때 무조건 합이 좋다는 생각도 버려야 한다. 부정을 할 때는 철저히 부정을 해야만 고차원의 합을 얻을 수 있다. 또 합이 발전으로 가지 않고 양 체제의 단점만 취하여 악무한(惡無限)으로 갈 수도 있다. 그러므로 지금 내가 반을 위해서 투쟁할 것이냐, 아니면 합을 위해서 투쟁할 것이냐의 문제는 시대상황이나 객관적 조건, 주체의 역량 등을 면밀히 검토해서 결정할 문제이지 무조건 어느 것이 '좋다, 나쁘다' 하는 논리는 성립하지 않는다. 시대상황이 지금은 부정을 할 때다 싶으면 부정을 하는 것이고, 합이 필요하다 싶으면 합을 위해 노력하는 것이다. 이렇게 변증법은 상대적 진리관에 입각해 있다.

아무튼 우리는 변증법적 사고를 가지고 변증법적 대화, 변증법적 논리, 변증법적 인식에 많은 노력을 기울여야 할 것이다. 그리고 대화를 할 때 거짓말을 하거나 속이기를 하면 아무리 변증법적 논리를 잘 알고 있어도 아무런 소용이 없다.

5. 종교와의 대화

'인간은 종교적 동물'이라고 할 정도로 종교는 그 뿌리가 깊고 인간 사회에 미치는 영향이 크므로 종교에 대해 좀더 대화를 나누고 싶다.

정치권력이 종교를 탄압해도, 또 과학기술이 아무리 발달해도 종교인은 없어지지 않을 것 같다. 이것은 이성이나 논리, 과학지식만 가지고 인간존재나 인간 문제를 완전히 설명하거나 해결할 수 없다는 것을 말하고 있는 것이다. 결국 종교가 끈질긴 생명력을 가지는 것은 인간자체가 불완전하고 모순된 존재이기 때문이다. 한편 종교인들이 아무리 설교를 하고 전도를 해도 비신앙인 역시 없어지지 않는다. 왜냐하면 인간은 이성적 동물이요, 이성이나 과학지식이 만능은 아니라 하더라도 그것들이 없으면 살아갈 수 없기 때문이다. 그렇다면 종교인과 비종교인이 서로 화목하고 협력하면서 살 수 있는 공생(共生)의 길을 찾아야 한다. 그러기 위해서는 서로 이해할 필요가 있으며 이해하기 위해서는 대화가 필요하다. 이성과 신앙이 조화를 누려야 한다.

초기 기독교는 이교도에 의해 탄압을 받았다. 그러나 로마의 콘스탄티누스 대제가 기독교를 공인(A.D. 323)한 후부터 기독교는 가해자의 입장에 섰다. 물론 기독교는 선행도 많이 했지만 중세의 특권의식, 11세기 십자군전쟁, 13세기 이후의 이단에 대한 종교재판, 근세의 제국주의 앞잡이 및 식민인에 대한 개종강요 등 악행도 많이 저질렀다. 그리고 인격신을 믿기 때문에 회교와 함께 배타적이다. 그래서 과거는 물론 지금도 기독교와 회교는 서로 충돌하고 싸우는 지역이 많다. 그러므로 종교분쟁을 종식하려면 먼저 기독교가 과거의 잘못에 대해 용서를 빌고, 또 현재 신도수(개신교, 천주교, 그리스정교 포함)도 제일 많고, 잘 살고 있으므로 관용을 베풀고, 화해와 협조를 선도해야 한다. 또 회교도도 마찬가지지만 기독교인들은 기독교의 본질이나 교리의 철학적 의미를 좀더 연구할 필요가 있다고 생각한다. 그러니까 종교에 대해 너무 신앙으로만 접근하지 말고 이성적 접근도 필요하다는 말이다.

기독교의 본질

독일의 '인간학적 유물론자'인 포이어바흐는 그에게 큰 명성을 가져다준 《기독교의 본질(*Das Wesen des Christentums*)》(1841)에서 종교의 내용과 대상은 철두철미 인간적이며 신학에서 신의 본질은 인간의 본질이라는 것을 확고하게 증명하려고 했다.[63] 다시 말하면 "신의 의식은 인간의 자기의식이요, 신의 인식은 인간의 자기인식이다."[64] 한마디로 그는 '기독교 신학은 인간학'이라는 것이다. 그러니까 인간이 신을 만들었고, 또 기독교의 교리가 신이나 신의 세계를 이야기하는 것처럼 보이지만 실제로는 인간이나 인간세계를 이야기하고 있다는 것이다. 이것이 기독교의 비밀이며 그는 이러한 비밀을 밝힘으로써 기독교에 의하여 노예화된 인간을 해방시키려고 했다. 그리고 이 주장을 증명하기 위해 '신의 개념' 분석과 교리문제를 철학적(인간학적)으로 해석하

---

63) '청교도신학자' 칼 바르트(Karl Barth)는 "포이어바흐만큼 강렬하고 외곬으로 신학문제를 연구한 철학자는 아무도 없다"고 하면서 기독교인들은 기독교를 제대로 알기 위해서는 《기독교의 본질》을 읽으라고 했다.
64) 안현수, 《인간적 유물론》, 112쪽.

고 있다.

신이란 무엇인가

포이어바흐는 "종교는 일반적으로 무한자(신)에 대한 의식이자 인간이 자신의 본질에 대해 가지는 의식이다"[65]라고 말한다. 따라서 인간이 종교를 갖는 것은 자신의 유한성을 의식하고 완전성이나 무한성을 대상으로 삼기 때문이라는 것이다. 그런데 개체로서의 인간은 유한하고 불완전하지만 유적 존재(Gattungswesen, 類的存在)로서의 인간은 '인간과 인간의 통일', 즉 공동체를 이룩함으로써 신적 능력을 발휘한다는 것이다. "고독은 유한하고 제한적이며, 사회성은 자유와 무한이다. 인간은 인간과 함께 있을 때, 즉 나와 네가 통일될 때 신이다."[66] 한마디로 유적 존재가 신이고 이것이 구체적으로 나타나는 것이 공동체라는 것이다.[67] 예를 들면 남자와 여자는 각각 부분적이고 개체로서 유한하지만 각 부분이 하나로 통일되어 가정을 이루면 그들은 개체로서는 불가능한 출산(창조)을 함으로써 개체는 소멸해도 유(類)로서의 인간은 불멸한다는 것이다. 그리고 우리가 신적 능력이라고 할 만한 인류의 찬란한 문화도 두 사람 이상이 통일(협력)된 유적 본질의 실현이라는 것이다. 그러니까 우리가 공동체를 만들어 여러 사람이 협력하면 신에 가까운 능력을 발휘한다는 것이다.

일반적으로 포이어바흐를 비롯한 유물론자들은 신이란 인간이 만들어낸 개념(관념)이요, 우리의 의식을 떠나서 독립적으로 존재하지 않

---

65) 같은 책, 128쪽.
66) 같은 책, 159쪽.
67) 유적 존재는 인간을 전체적으로 보는 인간류(人間類), 또는 인간종(人間種)이라는 보편적 개념이기 때문에 의식의 대상이지 감각의 대상은 아니다. 결국 유적 존재란 인간종의 본질을 가리킨다.

는다고 한다. 반면 종교인이나 관념론자들은 신이 독립적으로 존재한
다고 믿는다. 어느 것이 옳으냐 하는 문제는 논리적으로 해결할 수 없
다. 왜냐하면 신이라는 존재 자체가 발생론적 측면에서는 인간보다 앞
서고 인간을 만든 존재가 되지만, 인식론적 측면에서는 인간의 뒤에 있
고 인간이 만든 존재가 되기 때문이다. 물론 이것은 이율배반이지만 현
재 우리의 인식능력으로는 한계가 있으므로 신의 이런 양면성을 인정
하고 살아갈 수밖에 없다. 이런 양면성을 동시에 이해하면 자기와 다른
주장을 하는 사람을 이해할 수 있고 또 자기의 주장이 절대로 옳다는
독단(고집)도 피할 수 있다.

교리의 문제

실제로 종교인과 비종교인 간에 주로 다투는 문제가 교리 문제이다.
왜냐하면 신의 유무 문제는 증명도 반증도 되지 않지만 교리 문제는 반
증이 가능하기 때문이다. 지식의 출발은 경험이고 누구든지 경험과 어
긋나는 것은 믿지 않는다. 그러나 사람들은 어떤 것을 간절히 소망하거
나 기존의 경험적 지식을 총동원해도 알 수 없거나 현재의 능력으로는
곤경을 벗어날 수 없을 때, 경험을 무시하고 자연법칙을 초월하려고 하
고, 비합리적인 것을 믿으려고 한다.[68] 여기에는 종교인과 비종교인의
구별이 없고 따라서 기적, 섭리, 점술(占術), 도술(道術), 요술(妖術)
등이 활개를 친다.

그러나 교리 문제만은 좀 다르다. 단순히 현재의 소망이나 곤경을 벗
어나려는 문제만은 아닌 것 같다. 종교인들도 비신앙인과 마찬가지로
경험을 하고, 자연법칙을 알고 반성도 한다. 또 현실생활에서는 자연법

---

68) 심리학자인 프로이트도 "현실이 처리하기 너무 어려운 것이 될 때 내면적 자아에 심각한
　　비합리성이 생긴다"고 했다.

칙에 순응해서 산다. 그런데도 신앙생활에서는 자연법칙과 어긋나는 교리를 왜 믿을까? 인간의 불완전성으로 인해 전능한 신을 믿기 때문인가? 아니면 신앙생활과 현실생활을 완전히 분리시켜서 신앙생활에서만 믿는가? 신앙생활은 완전히 내세를 위해서만 하는 것인가? 아니면 기득권을 유지하기 위해서인가? 순수하게 마음의 안정을 위해서인가? 또는 죄에 빠지지 않기 위해서인가? 아니면 종교가 원래부터 독단적 성격이 강해서인가? 그 어느 것인지는 나도 확실히 모르겠지만 교리를 글자 그대로 믿는 순수한 신앙인이나 광신자들에게는 교리의 철학적 검토가 필요하다. 철학의 장점은 합리적 근거 위에서 종교의 독단을 재구성한다는 것이다. 그런 의미에서 몇 가지 중요한 교리를 철학적으로 분석해보겠다.

기독교에서 말하는 신의 고행과 육화(肉化)는 무엇을 의미하는가? 가령, 신이 추상적, 철학적 신이라면 그는 부동의 운동자이거나 추상적 원리이거나 순수한 사유활동만 할 것이다. 이런 신은 고통을 받지 않으며 사랑의 고뇌를 모르며 인간생활을 주재할 줄도 모른다. 육신이 있기에 고통을 느끼며, 고통에 대한 연민의 정이 있기에 사랑이 생긴다. 따라서 육화의 개념은 신의 인간적인 모습이다. 여기서도 보면 기독교는 결코 초인적인 종교가 아니다. 그것은 인간의 나약함을 긍정하고 동정한다. 철학자는 자기 아들이 죽었다는 소리를 듣고 "나는 죽을 수밖에 없는 것을 낳았다"고 말한다. 그러나 그리스도는 '나사로의 죽음(실은 가사에 지나지 않았지만)'에 대하여 눈물을 흘린다. 소크라테스가 태연하게 독배를 마신 데 반하여, 그리스도는 '아버지여, 만일 가능하다면 이 잔을 내게서 비켜가게 하옵소서' 하고 외친다. 이 얼마나 인간적이냐! 따라서 그리스도는 신성을 가진 신의 아들이 아니라 인성을 가진 인간의 아들이며, 로고스의 육화는 인간 감수성의 자기고백이다.[69]

삼위일체의 교리는 한 개체에서 볼 때는 개인의 지성, 의지, 심정이 일체되는 의식이요, 다른 사람과의 관계에서 볼 때는 인간공동체의 존재론적 의미를 대상화한 것이다. 고독한 신에게는 사랑과 사귐의 관계가 단절되어 있다. 고독은 사상가의 욕구이며, 생각은 혼자 할 수 있어도 사랑을 할 때는 반드시 두 사람 이상이어야 한다. 그러므로 사랑에서 우리는 부분적이고 의존적이다. 따라서 신의 적막한 고독 속에 제2위(성자)의 신이 들어온다. 다른 자아에 대한 필요성은 신에게 있어서는 부인이 없으므로 아들로서 표현된다. 이렇게 사랑은 부분적인 인간을 전체로 만들며, 불완전한 인간을 완전하게 하며, 인간들을 결합시켜 공동체를 만든다. 내가 성부(제1위)라면 너는 성자이고 사랑은 성령(제3위)이다. 결국 삼위일체설은 인간 공동생활의 질서를 신적인 사회질서로 신비하게 그려낸 기독교의 비밀이다.[70]

신인설은 인간이 육체를 가진 존재이며 인간의 육체는 시공의 제한을 받는다는 것을 단적으로 나타내고 있다. 감각적이고 감성적 존재로서의 인간은 눈에 보이는 실물을 보아야 믿고 기도를 드린다. 추상적인 신—감정도 의지도 없고, 눈에 보이지도 않고 나의 기도를 들을 수도 없는—에게 인간은 기도할 마음이 생기지 않는다. 삼위일체의 본질적 의미가 제1위보다 제2위의 신에 집중되어 있는 것도 이런 이유 때문이다. 기도문이 끝에 가서 "우리 주 예수 그리스도의 이름으로 (하나님께) 기도하는 바이다"라고 끝맺는 것도 이런 이유 때문이다.

어떤 종교든 현실적인 중요한 신은 중매자이다. 왜냐하면 중매자만이 인간의 직접적인 대상이 될 수 있고 내 기도 소리를 들을 수 있기 때문이다. 그리스도나 마호메트나 그리고 우리나라 샤머니즘의 무당이

---

69) 안현수, 《인간적 유물론》, 133쪽. 마태복음 26장 39절.
70) 앞의 책, 같은 쪽.

모두 중매자인 점에서는 비슷하다.[71] 사실 논리적으로 보면 신이면 신이고 인간이면 인간이지 반신반인(半神半人)인 신인(神人)이라는 것은 모순이다. 이 점에서 보면 마호메트의 신성을 조금도 인정하지 않는 회교가 더 논리적이다.

어쨌든 그리스도를 신성과 인성을 겸비한 존재로 보는 신인설은 신과 인간, 달리 말하면 유로서의 완전성과 개체로서의 불완전성을 결합시킨 위대한 고안이다. 우리는 신의 소리를 직접 들을 수 없지만 그리스도가 신성을 통해 들은 것을 인성을 통해 우리에게 전달하기 때문에 신의 소리를 간접적으로 들을 수 있다. 그 역도 가능하다. 그러니까 신인설은 신이 우리의 감각대상이 아니기 때문에 우리의 눈으로 직접 그것을 볼 수 없고 또 우리의 귀로 그것의 목소리를 직접 들을 수 없다는 것을 단적으로 나타내고 있다. 왜냐하면 우리가 직접 신을 만나서 대화할 수 있다면 신인이란 매개자는 불필요하다.

로고스, 세례 및 기적의 비밀도 마찬가지이다. 신은 전능하다. 그렇다면 그 전능함을 나타내 보여주어야 한다. 그러나 구체적으로 보여줄 수가 없다. 그러므로 눈에 보이지 않는 것으로 나타낼 수밖에 없다. 말은 추상적 형상이요, 사고력의 산물이기 때문에 눈에 보이지 않는다. 말을 하는 사람은 청중을 홀리고 매혹시킨다. 말은 우리가 진리에 이르도록 인도해주고, 눈에 보이지 않는 것을 드러내고, 장님을 눈뜨게 하고, 앉은뱅이를 일어나게 하고 죽은 자를 살린다. 말 자체만으로는 불가능이 없다. 거짓이라고 탄로나기 전까지는 말은 신의 역할을 하는 것이다. 이것이 신의 로고스의 비밀이요, 또한 전능의 비밀이다.[72]

---

71) 같은 책, 133~134쪽.
72) 실제로 하나님 역할을 하는 것은 말이다. 성경에도 "태초에 말씀(로고스)이 있었나니 말씀이 바로 하나님이었나니라"라고 쓰여 있다. 서양에는 두 큰 문화의 줄기가 있는데 하

그리고 기도를 드리면 소망이 달성되어야 한다. 가만히 앉아서 신의 말씀만 듣는 것으로는 무언가 부족하고 불안하다. 인간 쪽에서도 성의를 표시해야 하고, 자기의 소망이 무엇인지를 신에게 간곡히 알려야 한다. 여기서 기도의 비밀이 나온다.[73] 그러나 기도만으로는 안심할 수가 없다. 무언가 객관적 보장이 필요하다. 여기서 의식(儀式)이 나온다. 그 대표적인 것이 세례의식이다. 세례의 재료는 자연적인 물이다. 그러나 종교의식을 거치면 그 물은 초물질적 능력과 효과를 지니게 된다.[74] 불합리하다. 그러나 신앙인들은 믿는다. 그래서 테르툴리아누스는 "나는 불합리하니까 믿는다(credo quia adsurdum est)"고 했던가! 앞에서도 말했지만 인간은 이처럼 의미를 부여하는(형성하는) 동물이다. 그러니까 종교적 교리나 의식도 신이 만든 것이 아니라 인간 본질 능력의 투사이다.

다음으로 가장 믿기 어려운 부활설과 처녀임신설을 검토해보자. 인간은 최소한 편안한 상태에서는 죽고 싶다는 욕망을 가지지 않는다. 아마도 불사의 욕망이 가장 큰 소망일 것이다. 그러나 여기에 대해 이성은 유의 불멸만 보증하고, 개체의 불멸을 보증하지 않는다. 우리의 감각경험은 개체의 소멸을 수없이 목도하지만 그것의 부활은 목도할 수 없다. 따라서 개인들은 불사에 대한 직접적 확신과 실천적 증거를 요구

나는 희랍문화요, 하나는 히브리문화이다. 전자는 문자를, 후자는 말을 주무기로 하며, 전자는 인간을, 후자는 신을 주대상으로 삼는다. 또 경험론이 우세한 영국에서는 위대한 음악가가 잘 나오지 않지만 관념론이 우세한 독일에서는 위대한 음악가가 많이 나온다. 이처럼 인간이 어떤 세계관을 갖느냐에 따라 결과가 이렇게 달라진다. 말과 글, 소리와 빛, 시간과 공간의 양항은 인간의 역사와 문화에 상호 독립적으로 존재하면서 서로 영향을 끼치며 상호 반목하는 두 원리들이다. 그러므로 어느 한 쪽이 다른 쪽을 침탈하거나 식민지화하는 일이 발생하게 되면 그것은 곧 인격의 파탄, 또 문화의 병리를 의미한다. 우리는 이 양항을 동시에 살려서 조화가 되도록 해야 한다.

73) 같은 책, 134쪽.
74) 같은 책, 134쪽.

한다. 이것은 죽었다가 살아난 사람만이 증명할 수 있다. 그리고 그는 모든 타인의 대표자가 될 수 있는 사람이어야 한다. 그래서 기독교는 그리스도를 희생양으로 떨어뜨려 부활의 도그마를 창안했던 것이다.[75]

이 얼마나 반경험적이요, 반자연적인가! 이와 같이 인간이 자연에서 멀어지면 멀어질수록 그의 세계관은 주관적, 초자연적, 반자연적이 되며, "인간이 죽어야 한다"는 자연법칙에 저주와 공포심을 품는다. 그리고 그는 자기의 주관적인 감성과 상상에 거슬리는 자연은 정복되고 박멸되어야 한다고 믿는다.[76] 주관적인 사람은 물리학의 자연법칙이나 복잡한 논리를 따르지 않고 자기의 의지와 상상에 따라서 산다. 동양에서는 축지법을 써서 눈깜짝할 사이에 지구를 일곱 바퀴 반이나 돌고, 겨드랑이에 날개가 돋아나 하늘의 별도 따온다. 처음에 자연법칙을 넘어서기가 어렵지 한번 넘어서고 나면 그 다음에는 거칠 것이 없다. 아예 자연법칙을 무시하거나 없는 것으로 취급하기 때문에 이러한 사람은 자기감정을 기쁘게 하는 것만 취하고 불쾌한 것은 버린다.

따라서 그들은 순수한 처녀의 개념이 그들을 기쁘게 하지만 동시에 어머니라는 인자한 개념에서도 기쁨을 얻는다. 그러니까 원죄에 오염된 아버지라는 존재는 버리고(무시하고) 처녀와 어머니라는 두 기쁨을 다 차지하려는 욕망이 '처녀 어머니'라는 반자연적 모순된 개념을 만들었다. 여기서 우리는 결혼이 '거룩하다'는 것과 독신생활이 '신성하다'는 가톨릭의 모순을 이해할 수 있다. 신인은 순수한 처녀의 몸에서 태

---

75) 같은 책, 135쪽.
76) 여기서 보면 기독교는 반자연적이다. 나는 오늘날 자연환경 파괴에 기독교가 일부 책임이 있다고 생각한다. 기독교나 자본주의가 자연을 인간처럼 존중했더라면 지금처럼 자연이 파괴되지 않았을지 모른다. 특히 그들은 하늘만 쳐다보고, 하늘만 찬양하고 동경했지, 땅을 천시하고 땅은 천당에 가는 것을 가로막는 없어져야 할 것으로 생각했다. 기독교는 지금이라도 빨리 동양의 천지인동근(天地人同根)이라든지 도교의 무위자연(無爲自然) 사상을 수용할 필요가 있다. 땅이야말로 어머니의 젖줄이다.

어났기 때문에 원죄에 감염되지 않았고, 그러므로 완전한 존재로서 인류를 구제할 수 있다.[77]

마지막으로 원죄설을 분석해보자. 필자는 원죄설이야말로 인간의 모순된 본성을 가장 잘 드러낸 위대한 고안이라고 주장하고 싶다. 원죄설을 분석하면 여기서도 인간의 본성이나 의지를 읽을 수 있다. 하나님이 금지했는데도 아담과 이브가 선악과를 따먹었다는 것은 신에 대한 인간의 반항이라고 볼 수 있고, 규범을 지키기 싫어하는 인간 이기심의 발로라고 볼 수도 있으며, 또 여기에서 우리는 미지의 세계에 대한 인간의 호기심이나 모험심도 읽을 수 있고, 유혹에 넘어가기 쉬운 인간 의지의 나약함도 읽을 수 있다. 그리고 선악과라는 것은 글자 그대로 인간 내부에 함께 존재하는 선한 본성과 악한 본성을 상징한다고 볼 수도 있다.

나는 성경에 나오는 사탄이란 악귀는 실재물이 아니라 인간의 악한 본성을 상징하는 것이라고 생각한다. 그리고 그리스도와 사탄이 서로 싸우는데 이것도 인간의 선한 본성과 악한 본성의 싸움으로 해석한다. 또 최종적으로 아담과 이브가 따먹겠다고 결정하고 따먹었으므로 여기서 인간의 자유의지도 읽을 수 있다. 그리고 자기 의지로 따먹었으므로 당연히 자기책임이 따른다. 어쨌든 선악과를 따먹었고 그 결과 부끄러움(자의식)이 생기고 선과 악을 구별하는 능력, 즉 가치판단 능력(사유 능력)이 생겼다. 이상이 선악과에 얽힌 내용의 분석이다. 여기서 논의되고 있는 내용은 모두 인간의 욕망, 본성, 본질, 의지 그리고 인간의 모순, 갈등, 죄, 책임 문제 등이다. 그러니까 원죄설은 '신과 인간의 관계'에서 특별히 성립된 죄가 아니라 '인간과 인간의 관계'에서 생겨난 죄를 말하는 것이다.

---

77) 앞의 책, 135쪽.

내용은 그렇고 이제 원죄설을 논리적으로 좀더 분석해보자. 선악과를 따먹은 행위가 과연 인간이 언제나 멍에처럼 짊어지고 다녀야 할, 해방될 수 없는 타고난 죄인가? 또 그것은 자자손손 유전되는 죄인가? 책임(죄 갚음)을 져도 그것은 없어지지 않는가? 나는 그렇게 생각하지 않는다. 우리는 성경(하나님) 말씀대로 출산과 농사짓는 고통을 거뜬히 견뎌내고 있다. 책임을 지고 있으니까 원죄는 없어져야 하는 것이 아닌가? 하나님이 금지를 내린 것을 보면 그는 인간이 따먹을 가능성이 있다는 것을 알고 있었다. 그가 진실로 인간이 죄짓지 않기를 바랐다면 그는 선악과를 인간 곁에 두지 않았어야 했다.

그런데 왜 두었을까? 또 그것이 죄라고 해도 아담과 이브에서 끝나는 죄이지 결코 피를 통해 세습될 죄는 아니다. 아버지가 도둑이라고 해서 그 자식도 도둑이라고 할 수 없는 것이 아닌가? 이 정도의 법 상식은 아우구스티누스도 알고 있었을 것이고 현재 모든 기독교인들도 연좌제(連坐制)가 나쁘다는 것을 알고 있는데 그들은 왜 그런 주장을 하고 있을까? 우리는 이 모순을 어떻게 해결하면 좋을까? 나는 사람들에게 천당이나 극락을 쳐다보지 말고 자기의 내면을 깊숙이 들여다보라고 강력히 권하고 싶다. 자신의 내면을 깊이 성찰하면 해결의 실마리가 풀린다.

인간 내면에 욕망과 의식이 있는 한 우리는 결코 죄에서 해방될 수 없다. 다시 말하면 욕망이 있는 한 우리는 죄를 짓지 않을 수 없고, 선악을 구별할 수 있는 한, 즉 죄가 무엇인지를 알고 있는 의식이 있는 한 우리는 죄의식에서 벗어날 수 없다. 여기에는 공자, 석가, 그리스도, 소크라테스도 예외가 될 수 없다. "여자를 보고 음욕을 품는 자마다 마음에 이미 간음하였느니라"(〈마태복음〉 5:27~28)라며 행위를 하지 않고 의욕만 가져도 죄인이라고 했는데, 죄를 짓지 않는다는 것은 욕망도 의식(사유능력)도 없는 식물인간이나 가능한 일이지 정상적인 인간이 할 수 있는 일이 아니다. 말하자면 사유능력(가치판단 능력) 자체가 원죄이고, 계승되는 것은 사유능력이다.[78] 그러니까 원죄설은 인간의 본성을 아주 잘 꿰뚫고 있으며, 인간을 죄에 빠지지 않게 하는 훌륭한 교훈이 된다고 나는 생각한다. 따라서 우리는 항상 죄인이라고 생각하고 죄를 짓지 않기 위해 수양과 수행에 힘써야 한다.

이상에서 보건대 포이어바흐가 "기독교 신학은 인간학이다"라고 한 말은 타당하며, 종교라는 것도 인간을 위해 존재하는 것이지 신의 영광을 위해 존재하는 것이 아님을 알 수 있다. 불완전한 인간을 올바른 길로 이끌기 위해 신이 존재하고 교리가 만들어진 것이다. 따라서 우리는 성경 구절 하나하나를 경험적, 실증적 사실로 믿어서는 안 된다. 그렇다고 교리가 서로 모순되고, 실증적 사실이 아니라고 해서 필요없다고 배척하라는 말은 아니다. 어차피 인간 자체가 모순이니까 인간을 묘사하는 말과 글에서 모순을 완전히 피할 수는 없다. 이것은 인간의 운명이다. 가능한 한 우리는 모순을 해결하려 하고 그런 과정에서 그것을 이해하고 줄여가면서 살아가는 것이다.

예를 들어 기독교의 예정설에서는 신이 인간을 주재하고 인간의 운명을 좌지우지한다. 이 측면만 보면 인간의 자유의지는 설 자리가 없다. 그러나 성경은 신이 인간을 좌지우지하는 것만 강조하는 것이 아니라 "구하라, 그러면 너희에게 주실 것이오. 찾으라, 그러면 찾을 것이오. 문을 두드려라, 그러면 너희에게 열릴 것이다"(〈마태복음〉7:7)라고 자유의지를 강조하고 있다. 이런 모순된 양측면의 표현은 기독교가 세련된 종교로서, 인간의 본성을 잘 표현하고 있다는 것을 보여준다. 이런 표현은 인간 자체가 모순된 동물이기 때문에 어쩔 수 없는 것이다.

---

78) 안현수,《인간적 유물론》, 135~136쪽.

실제로 우리는 살아가면서 자유의지를 체험한다. 또 한편으로 시대 상황이나 주변환경의 영향으로 개인의 자유의지로는 어떻게 할 수 없는 운명적인 것도 체험한다. 따라서 부분적으로 보면 모순이지만 양측면을 동시에 보면 모순을 이해할 수 있고, 긍정할 수 있고 해결할 수도 있다. 그러니까 형식논리에만 빠져 있지 말고 변증법적 논리도 활용해야 한다.

인간은 누구나 행복을 찾도록 태어났고, 행복을 누릴 권리가 있다. 행복을 찾는 방법은 다양하다. 행복을 찾는 방법이 다르다고 해서 그것을 악이나 죄라고 해서는 안 된다. "사실상 선과 악, 죄의 심판 따위의 개념은 종교의 산물이다. 선과 악이 어디 있으며, 누가 종교인들에게 죄를 심판할 권리를 주었는가?……삶이라는 것은 선과 악이 함께 섞여서 이루어지는 것이지, 선과 악이 기찻길처럼 평행선을 이루고 있는 것은 아니다."[79] 종교인들의 선악 이분법은 지양되어야 하고, 서로 자기 주장만 옳다고 할 것이 아니라 끊임없이 대화를 나누고 서로 이해하고 관용을 베풀어야 한다. "너희 중에 죄 없는 자가 먼저 (간음한 여자를) 돌로 쳐라"라는 그리스도의 말씀(〈요한복음〉 8:7)은 관용의 극치이다.

종교와 어머니

내가 대학 2학년 때의 일이다. 목에 밤알만한 멍울이 생겨서 약을 여러 번 먹어도 낫지 않아 의대병원으로 갔다. 친구 장경식 군과 백종현 군이 같이 가겠다는 것을 뿌리치고 혼자 갔다. 의사선생님께서 "목의 멍울은 결핵 때문에 생겼는지 모르겠고 또 위험하니까 입원을 하여 조

---

79) 1999년 재미 서울대 동창회보에 실린 이상봉 씨의 글인데, 며칠자, 몇 회 회보인지는 기록을 못했다. 그는 65년 서울문리대에 입학했다가 도미했다. 철학자이자 시인으로, 국제 시인협회 특별공로회원이며, 철학 및 명상법 지도교수(P·U·L·C)이다. 나와는 아직 일면식이 없지만 그의 글이 마음에 들어 인용했다.

직검사를 하고 나서 수술 여부를 결정짓겠다"고 하셨다. 그래서 내가 "선생님, 저는 지금 입주 가정교사를 하고 있습니다. 시작한 지도 얼마 안 되므로 입원은 곤란합니다. 저는 결핵을 앓은 일도 없으므로 그냥 바로 수술을 해주십시오" 하고 간청을 했다. 그러나 의사는 고개를 흔들었다. 내가 난감한 표정을 지으니까 옆에 있던 인턴이 내 목의 멍울을 만져보더니 "선생님, 이 정도면 힘이 좀 들어도 바로 수술해도 될 것 같습니다" 하였다. 의사선생님도 "그래, 그러면 자네가 수술을 하게" 하셔서, 나는 수술대에 드러누웠다.

그런데 눕고 나니까 갑자기 두려움이 엄습해왔다. '이러다가 수술이 잘못되어 죽는 것이 아닌가? 또 죽어봐야 아무도 모를 것이 아닌가? 장군과 백군을 데리고 올걸. 내가 잘못했나?' 이런 생각을 하면서 두려움에 떨고 있는데, 그때 어머님의 모습이 떠올랐다. '그렇다. 내가 엄마도 한번 못 보고 죽을 수 있나! 절대 그렇게 허무하게 죽지 않을 것이다. 그리고 내가 죽지 않도록 어머니가 보호해줄 것이다' 라는 믿음이 들었다. 그런 믿음이 생기니까 두려움이 사라지고 마음이 편안해졌다.

신앙심이라는 것이 바로 이런 것이 아닐까? 마음이 안정되면 같은 약이라도 효과가 더 나는 법이다. 또 의사가 훌륭하여 신뢰가 가면 신뢰가 가지 않는 의사보다 치료효과가 더 나는 법이다. 그러나 더 이상 초자연적인 기적이 일어나기를 바란다면 그것은 어리석음이요, 광신이다. 지금은 아내에 대해서도 점점 믿음이 더 가지만, 어머니가 돌아가실 때까지 나의 가장 큰 신은 어머니였다. 경험 이전의 머나먼 태초의 인격신을 믿는 것도 좋지만 직접적, 경험적인 조상을 숭배하는 것도 좋은 것 같다. 만일 영혼이 있다면 내 어머니 영혼보다 더 나를 위해줄 영혼이 어디 있겠는가? 비록 그리스도는 태양 같은 영혼이고 내 어머니는 촛불 같은 영혼이라 할지라도 밤낮으로 나만 비춰주는 촛불이 나에게는 태양보다 더 밝을 수도 있지 않을까? 어쨌든 기독교처럼 추도예배를 드려도 좋고, 유교에서처럼 제사를 지내도 좋다고 생각한다.

중요한 것은 어머니의 사랑이 자식에게 제한되어 있어서 그것이 보편적 사랑이 될 수 있느냐 하는 것이다. 나는 어머니의 사랑은 순수한 자연발생적인 것이요, 참사랑이기 때문에 보편적 사랑으로 승화될 수 있다고 믿는다. 자본주의가 인간의 이기적 욕망을 부추기기 전 옛날 우리의 어머니들은 자식 친구를 자식처럼 사랑했다. 나는 초등학교 입학할 때 작은아버지의 손에 이끌려 학교에 갔었고, 졸업할 때까지 어머니가 학교에 온 일은 한 번도 없었다. 참사랑은 인류의 보편성과 통일성에 근거하고 있다. 그리스도의 사랑도 여기서 나온 것이다. 누구의 인격에 근거한 사랑은 특수하고 배타적이다. 그리스도가 우리를 사랑했기 때문에 우리는 서로 사랑해야 하는가? 그런 사랑은 감염된 사랑이요, 모방된 사랑이다. 우리가 인류보다 그리스도를 더 사랑한다면 그것은 환상적 사랑이요, 제한된 사랑이다.

그리스도가 이 세상에 나오지 않았더라도 우리는 인간을 사랑해야 한다. 그리스도를 존귀하게 만든 것은 사랑이었다. 그는 누구보다도 인류를 사랑했으며 참사랑에 충실하였다. 그래서 우리는 그를 존경한다. 그를 진정으로 존경한다면 그의 참사랑을 배워서 모든 인간에게 참사랑을 베풀어야 하는데 기독교인들은 그렇게 하지 못했다. 기독교의 사랑에서 민족적 차별은 완화되었지만 그 대신 신앙의 차별이 들어와서 기독교와 이교도 간의 대립과 상극이 민족적인 적대감보다 더 맹렬하고 포악한 모습을 역사에 남겼고 지금도 남기고 있다.

신이나 그리스도 이전에 인간은 인간이기 때문에 서로 사랑을 주고받아야 한다. 이것은 본능적이며, 또 인간은 불완전하기 때문에 공동체를 만들어 살기 위해서도 사랑이 필요한 것이다. 우리가 자신의 모든 욕망을 혼자 스스로 충족시킬 수 있다면 사랑이 필요없을 것이다. 이 필요성 때문에 사랑에도 이기성(利己性)이 끼여든다. 이 이기적 사랑을 우리는 어떻게 하면 보편적 사랑으로 승화시킬 수 있을까?

여기에서 종교인이나 철학인보다 어머니의 역할이 더 중요하다고 생각한다. 물론 내 자식과 남의 자식을 똑같이 사랑할 수는 없다. 그러나 내 자식이 중요하면 남의 지식도 중요하므로 판단에 있어서 이중 잣대(double standards)는 지양되어야 한다. 나를 평가하는 기준과 남을 평가하는 기준이 다르고 내 자식과 남의 자식을 재는 잣대가 달라서는 안 된다. 애들은 애들끼리 경쟁을 해야 하는데 부모의 돈이 자식의 능력을 대신하는 치맛바람, 암울한 이 땅을 피해 자기 자녀만 일찍부터 해외에 유학시켜 엄청난 외화를 탕진하면서 안도하는 몰염치, 굶주려서 영양실조에 걸려있는 북한 어린이에 대한 무관심 등은 자제해야 할 것이다. 심지어 남의 자식을 짓밟고 자기 자식을 대학에 보내는 부정입학은 절대 있어서는 안 될 것이다. 기여입학제도도 실질적으로 부정입학과 무엇이 다른가?

서울대 황경식 교수는 "최선의 도덕 교사는 부모이다"[80]라고 말했다. 부모 자신이 인격에 있어서 이중성을 아이들에게 보여서도 안 되지만, 남의 자식과 내 자식을 불합리하게 차별해서도 안 된다. 부모의 사랑은 대지처럼 넓어서 모든 아이를 껴안아야 한다. 다음으로 중요한 것이 초·중등학교 교육인데 어떤 일이 있어도 학교가 이기적 경쟁심을 조장해서는 안 된다. 특히 교육만은 상업성을 배제하고 비자본주의적으로 운영되어야 한다. 가정과 학교에서 도덕적 뼈대를 형성하지 않으면 올바른 인간이 될 수 없다. 남을 위해서가 아니라 자기 자신을 위해서 '먼

---

80) 황경식, 《윤리교육—무엇을 어떻게 누가 가르치나》, 《철학과 현실》 제46호, 철학과현실사, 1998, 81쪽 참조.

저 사랑을 주라'고 권하고 싶다. 그러면 반드시 서로에게 이익이 온다.

신은 어디에 있는가

우리는 신적 능력이니, 신의 목소리니, 신의 작품이니 하고 '신'이란 용어를 많이 사용한다. 도대체 신은 어디에 있는가? 이런 질문을 스스로 제기해보고 한번쯤 조용히 생각해보는 것도 유익하다. 사실 신은 구체적 모습을 가지고 있지 않기 때문에 신이 어디에 있는지도 모른다. 천당, 천당 하지만 인공위성을 타고 아무리 높이 올라가보아야 천당은 보이지 않는다.

신의 모습을 직접 볼 수는 없지만 우리 주변 도처에서 신이 현현함을 본다. 굳은 땅에서 돋아나오는 새싹에서, 황소에게 짓밟히는데도 생명을 유지하는 질경이에서, 자연의 절경에서, 위대한 예술작품에서, 이해관계를 초월한 솔직한 목소리에서, 살신성인의 의로운 행위에서, 편리한 발명품에서, 어린이의 꾸밈없는 미소에서, 어머니의 거룩한 모성애 등등에서 신의 현현을 볼 수 있다. 누구나 다 초등학교 1학년 때 학교 갔다 집에 왔는데 어머니가 없어 세상이 온통 빈 것 같은 허전한 느낌을 받은 경험이 있을 것이다. 울면서 어머니를 찾고 있는데 어머니가 불쑥 나타나면 그때 어머님의 모습이야말로 신의 모습이 아니고 무엇인가? 어떤 사람이 가출하여 부처를 찾아 헤매다가 찾지 못하고 집에 돌아오니 어머니가 버선발로 뛰어나와 그를 껴안았는데 그때 그는 어머니가 바로 자기가 찾던 부처라는 것을 깨달았다고 한다(佛在家中).

또 우리는 중세의 마녀사냥에서, 아우슈비츠 감옥에서, 베트남전쟁과 한국전쟁의 양민학살에서, 50년 이산가족의 한과 아랍과 이스라엘의 종교분쟁에서 신의 흔적을 찾을 수 없다. 그리고 보험금을 타내기 위한 살인, 강으로 흘러들어가는 공장 폐수, 납 꽃게, 사찰의 공금횡령,

부정입학, 교회의 대물림에서 신의 모습이 바뀌었음을 느낀다. 그러니까 자본주의 사회에서는 옛날의 신은 날아가버리고 돈이라는 신이 어디서고 활개를 치고 있다. 마르크스도 유대인의 신은 화폐라고 했다. 우리 모두는 유대인과 얼마나 다른가? 물론 돈은 교환성이 높아서 자기의 욕망을 만족시키는 데 아주 편리하고 필요한 수단이다. 그렇다고 돈이 신이 되어서야 되겠는가?

신은 목적적 존재요, 궁극적 믿음의 대상이요, 소망의 대상이다. 우리는 진실로 무엇을 소망하는가? 생활하는 데 필요한 재화를 원하고, 건강한 생활을 원하고, 진실한 사랑을 원한다. 이런 기본적인 생활을 하면서 진리를 알고 싶어하며, 선한 행동을 하려고 하며, 아름다움을 나타내려고 노력한다. 이러한 소망의 대상은 우리 주변의 자연과 사회 도처에 깔려 있다. 그리고 그것들을 인식하거나 나타내는 것은 우리의 신체요, 마음의 작용이다.

그러니까 신은 우리 신체 안의 마음에 있다고 해야 할 것이다. 내 마음이 천당(극락)과 지옥을 가르고 신을 인식하기도 하고 만들어내기도 하는 것이다. 그런데 왜 기독교인들은 신이 저 하늘 위에 있다고 믿고 하늘만 쳐다보고 거기서 신을 찾으려고만 하는가? 그리스도도 "하나님의 나라는 볼 수 있게 임(臨)하는 것이 아니다. 또 여기 있다 저기 있다고도 말하지 못한다. 하나님의 나라는 바로 너희 안에 있다"(〈누가복음〉 17:21)고 말하지 않았는가! 또 〈누가복음〉 18장에는 하나님의 나라는 어린이의 것이라고 했다. 나는 모든 사람들에게 자신의 마음 속과 자연 대지에서 신을 찾으라고 권한다. 그리고 우리는 어린이들처럼 순진해야 한다.

나는 종교에 배타적인가

'철학, 종교 및 과학'이라는 강좌로 경기대에서 약 5년간 강의를 한 적이 있다. 학생들의 반응이 다양했다. "내가 기독교에 대해 너무 배타적이다"라는 학생도 있었고, "내 말에 전적으로 동감한다"면서 "자기도 종교를 가지지 않겠다"는 학생도 있었다. 또 어떤 학생은 기독교를 제대로 이해하게 되었으며 기독교를 더 깊이 믿게 되었다고 했다. 사실 나는 종교를 가지고 있지 않고 종교에 대해 좀 비판적이지만 배타적이지는 않다. 그래서 그런지 나와 접촉이 있었던 기독교인들로부터 "종교를 믿으라"는 권유를 많이 받았다. 정말 뿌리치기가 어려울 때도 많았다. 이것은 내 성격이 맺고 끊는 것이 분명하지 않고 우유부단하기 때문이리라. 달리 보면 누구와도 대화를 나누어야 한다든지, 비록 나하고 가치관이 다른 사람에게도 그 사람 나름의 가치를 인정해주어야 한다는 나의 폭넓은(?) 성격 탓인지도 모른다. 내가 종교에 대해 거부감은 좀 있어도 배타적이지는 않다는 것을 다음 글을 읽으면 잘 알 것이다.

20대에 초등학교에 근무하고 있을 때 기독교를 믿는 한 여선생을 좋아하게 되었다. 그녀가 나에게 교회에 나가기를 권했을 때 거절했다. 이유는 내 자유의지를 침해당하기 싫었고, 바로 그 이유 때문에 남의 자유를 침해하기 싫었다. 종교를 믿고 안 믿고는 자유이기에 결혼을 하더라도 그녀를 교회에 나가지 못하도록 할 권리가 나에게 없다고 생각했고, 같은 이유로 그녀 또한 나를—내 의지에 반하여—교회에 나가도록 할 권리가 없다고 생각했다. 지금 생각해도 논리적으로는 아무런 하자가 없었으나 사랑은 논리만 가지고 되는 것이 아니다. 오히려 나를 죽임으로써 상대방과 하나가 되어 다시 내가 성숙되어 살아나는 것이 참사랑이리라. 그때는 내가 사랑이라는 것을 몰랐거나(지금도 잘 모르지만), 내 자존심이 너무 강했거나 아니면 그녀에 대한 내 사랑이 부족했든지 어쨌든 그녀와의 결혼은 이루어지지 않았다.

그 뒤 30대가 되어 늦게 대학 다닐 때 한 여학생을 짝사랑하게 되었는데 우연인지 필연인지 그녀도 기독교인이었다. 그러나 이번에는 그녀에 대한 나의 사랑이 교회에 다녀야 하는 번거로움을 초월하였다. 그래서 내가 자청해서 "당신이 나와 결혼만 해준다면 비록 교회에 나가는 일이 귀찮더라도 교회에 다니겠다"고 했다. 그 당시엔 실제로 교회에 나가는 것이 남에게 피해를 주는 것도 아니니까 사랑하는 사람이 원한다면 산책 삼아 교회에 같이 나들이하는 것도 괜찮다는 생각이 들었다. 또 참사랑은 그런 번거로움을 초월할 수 있다고 믿었다. 내가 20대보다 성숙했기 때문인지 아니면 내 마음이 약해졌기 때문인지 확실히 모르겠다. 또 그녀가 너무 마음에 들었는지 아니면 노총각이니까 더 버텨봐야 별수없고 결혼 자체를 하고 싶어서 그랬는지도 모른다. 아무튼 그땐 내가 깨끗이 거절당했다.

독자들이 이 글을 읽고 별로 아름답지도 않은 이야기를 지금 와서 구질구질하게 왜 하느냐고 핀잔을 줄지도 모른다. 그러나 내가 누구와 결혼을 했느냐 못했느냐 하는 것이 중요한 문제가 아니고, 신자와 비신자, 계급, 인종, 지역, 이데올로기를 초월하여 모든 사람이 화해와 공생을 하자는 것이 이 이야기를 꺼내게 된 취지이다. 니체가 "신은 죽었다"고 했듯이 인간사회에는 구성원 전체를 다 만족시킬 절대적 가치기준이 없다. 그러므로 자기 마음에 들지 않는 사상도 이해를 하고 자기와 가치관이 다른 사람에게도 관용을 베풀고 서로 사랑해야 하는 것이다. 지금 와서 정말 뼈저리게 후회되는 것은 내가 누구와 결혼을 하지 못한 일이 아니고, 생을 달리한 아내에게 좀더 사랑을 베풀지 못한 일이다. 그리고 내가 가르친 모든 학생들을 좀더 사랑했더라면…… 또 우리 모두 남북적대감과 지역감정에 대해 겸허하게 반성하고 각성하여 하루 빨리 이 문제를 극복해야 한다. 인간은 인간을 사랑해야 한다. 그것도 무한히.

기독교 · 불교 · 유교

기독교와 회교가 배타성이 강하고 또 우리나라에 기독교 신자가 많아서 그것이 미치는 영향이 강하므로 주로 기독교를 언급해왔는데, 여기서는 우리 문화형성에 크게 영향을 미쳤고, 앞으로도 미칠 불교와 유교에 대해서 기독교와 비교하면서 좀 언급하겠다.

종교가 초인적 · 초자연적 절대자에 대한 믿음이라면 그런 의미에서 진정한 종교는 기독교와 회교뿐이다. 유교와 불교는 내재적 · 자율적 종교이다. 구체적 인격신인 유일신을 믿는 회교와 기독교는 신앙심도 강하고 배타성도 강해서 예로부터 서로 싸워왔다. 그리고 이들은 초월적 신을 믿고 있기 때문에 인간과 신의 관계가 단절되어 있고 인간과 신은 완전히 격이 다르다. 인간은 아무리 노력하여도 자력으로 신이 될 수 없다. 반드시 믿음을 가져야 하고 신의 구원이나 은총을 받아야 신의 나라에 갈 수 있다. 그러나 유교와 불교는 어디까지나 스스로 반성하고, 수양하고, 욕심을 버리고 크게 깨우치면 득도를 하고 해탈하여 성인이나 부처가 될 수 있는 자율적 · 자립적 종교이다. 이런 의미에서 불교와 유교는 종교라기보다 철학에 가깝다. 물론 불교에서도 부처님의 원력에 의존하거나 유교에서 조상신을 믿는 부분에서 종교적 색채가 다소 있지만, 불교나 유교의 본래 사상에는 이런 신앙이 없다.

일상생활과 관련해서는 불교와 기독교는 내세가 있고 유교는 내세가 없다. 따라서 유교는 인생이 현세의 삶에 국한되기 때문에 물질욕의 충족을 대단히 중시하고 현실적이다. 유교는 소리도 없고, 냄새도 없는 하늘에 제사를 지낼 때 기도로써 하지 않고 식욕의 충족에 필요한 음식물로써 제수를 마련한다. 제물은 단순한 정성의 표시가 아니라 향락하기 위한 흠향(歆饗)의 대상이요, 산 사람이 먹고 즐기기 위한 음식이다. 그리고 유교는 경험적이고 현실적이기 때문에 조상신도 자신과 제일 가깝고, 직접 낳아주고 길러준 부모님이 제1위의 신이요, 제일 중요한 신이다. 내가 직접 경험하지 못하고 나를 한번도 껴안아 주지도 아니한 먼 조상은 별볼일 없다. 그러나 기독교는 이와 정반대이다. 기독교는 초월적이고 유일신을 믿으므로 나와 제일 먼 최초의 조상만 중요한 것이다. 또 유교는 구체적 사물의 세계를 초월하려는 욕망이 적다. 왜냐하면 구체적 사물의 세계를 초월하는 것은 무(無)로 돌아가는 것이므로 적극적인 의미를 가질 수 없다. 그러나 기독교와 불교는 육신을 하찮은 것으로 보며 육체는 땅에 속하고 땅으로 돌아가는 부차적인 것으로 이해한다. 특히 불교는 온갖 사물은 실체도 없고 변화무쌍하므로(諸法無我 諸行無常) 무나 공(空)이 적극적인 의미를 갖는다. 이런 이유로 불교에서는 당연히 화장이 나오는데 기독교에서는 부활설 때문인지 화장이 나오지 않는다. 하지만 어떤 종교를 믿든 앞으로 화장을 장려해야 할 것이다. 그리고 우주만물은 항상 돌고 변하여서 실체가 없다고 했는데 부처를 만들어서 꼭 절을 하고 숭배를 해야 하는가! 부처만은 실체가 있다는 말인가? 물론 사람이 겸손해야 진리의 소리를 들을 수 있고, 고행하여 득도한 존경스러운 사람의 형상을 보고 마음을 경건하게 가지는 일은 어느 정도 필요한 것이다. 그렇다고 부처가 커야만, 부처가 많아야만 큰 진리나 많은 진리를 깨우치는 것은 아닐 것이다. 해인사의 청동대불은 불교를 위해서나 중생을 위해서도 건립하지 않으면 좋겠다. 대형교회를 짓는 것도 마찬가지이다.

금욕에 대해서는 대체로 모든 종교가 강조하나 가톨릭의 사제와 함께 불교가 가장 강하다. 개신교는 종교개혁을 통해서 사제를 신의 대리자가 아닌 인간의 모범으로 이해하게 됨에 따라 사제도 일반인과 동일하게 결혼도 하고 자녀도 양육한다. 또 자본주의를 별 거부감 없이 받아들이며, 자본주의의 영향으로 개인의 욕구를 긍정하고 물질에 대한 금욕주의적 성격을 많이 포기하게 되었다. 오늘날 대부분의 신자들은 비종교인과 마찬가지로 세속의 부나 권력을 추구한다. 특히 개신교 신자들이 종교인으로서는 좀 얄밉도록 계산적, 이기적 경향을 띠는 것은 이런 이유이다. 종교가 탐욕을 다스리기 위해 수양을 하고, 인류를 죄에서 구제하고, 정신적 가치를 중히 여기고, 모두가 잘사는 평등사회를 구현하기 위해 자비와 사랑을 베푸는 것이라면 불교만큼 경건한 종교는 없다. 요사이 서구에서 물질문명에 염증을 느낀 사람들이 불교에 관심을 가지는 것은 이런 이유에서이다. 명상적 깨달음을 통해 몸과 마음을 수양하는 데는 불교가 가장 좋다. 그러나 금욕이나 정신적 측면을 강조한 나머지 불교는 생산이나 경제활동이 약하고 타인에 의존적이다.

민주주의 면에서 보면 자유와 평등이 기독교와 불교에서 강하게 나온다. 기독교는 하찮은 육신에 근거해 인간을 차별하는 것을 인정하지 않는다. 지상에 존재하는 동일한 부류의 것은 모두 신의 자녀로서 동등한 자격을 갖는다. 불교는 한 걸음 더 나아가 생명의 존귀함이 동일한 부류뿐만 아니라 모든 생명체에 무차별적으로 적용된다. 기독교는 하나님 밑에 인간, 인간 밑에 자연이 있다. 일종의 도덕적 우선 순위 내지 정치적 구조라는 특징적 면모를 지닌 세계관이다. 그러니까 인간은 자연을 지배할 수 있는 통치권을 하나님으로부터 위임받았다. 오늘날 환경 파괴는 자본주의의 생산기술이 주범이지만 기독교도 종범은 된다 하겠다.

유교는 질서(차별)를 중요시하기 때문에 평등개념이 나오지 않는다.

특히 유교는 친족 사이의 혈친애(血親愛)를 유달리 강조하고 조장한다. 따라서 유교는 혈친애에 기초하여 모든 사람을 친소와 차등의 관계로 이해한다. 그러므로 유교에서는 평등한 이웃관계라는 개념이 자리잡지 못한다. 도덕을 강조하는 것이 유교의 장점이긴 하나 도덕정치라는 것이 법이나 제도가 뒤따르지 않으면 지속적으로 발전할 수 없다. 그러므로 유교국가에서는 민주주의를 하기가 힘들다. 성군이 나오면 모르되 폭군이 나오면 인민의 참상은 말할 수 없다.

자유와 평등을 강조하는 불교국가에서도 대체로 민주주의가 잘 되지 않고 있는데 이것은 불교의 불살생, 비폭력, 관용에 기인한다고 사료된다. 살생과 폭력을 부정하므로 전제군주에 대항하는 조직적 투쟁이 약하다. 또 관용으로 인해 불교가 어느 나라에 전파되든지 그 나라의 민간신앙과 융합하여 다신교와 같은 외관을 드러내는 경우가 많다. 관용은 불교의 장점이기는 하나 단점이기도 하여, 이로 인해 교단으로서의 결속력이 약화되어 독자적인 입장을 잃는 경우가 많다. 실제로 인도불교, 동남아불교, 중국불교, 한국불교, 일본불교가 다 다르며 특히 일본불교는 일본만의 독특한 종교가 되고 말았다.

기독교는 모든 사람이 하나님의 자녀로서 형제자매라고 상친애(相親愛)를 강조한다. 기독교는 관용뿐만 아니라 보복하는 정신도 아울러 가지고 있다. 기독교 신은 관용을 베풀고 자비로운 사랑의 신이지만, 심판을 하고 벌을 내리는 무서운 신이기도 하다. 그래서 그들은 전제군주와 과감한 투쟁을 하여 민주주의에 있어서 가장 앞서고 있다. 불교도 최근 민중의 입장에서 불의에 대해 조직적인 투쟁으로 나아가고 있다.

이상에서 여러 종교에 대해 체계도 없이 생각나는 대로 간략하게 언급해보았다. 여기서 우리가 하나 유의할 점은 기독교는 서양에서 나왔고 불교와 유교는 동양에서 나왔기 때문에 불교와 유교는 유사하고, 이

둘이 기독교와는 아주 다를 것이라고 생각하는 것이다. 셋은 서로 유사점과 차이점이 교차한다. 또 불교와 유교는 우리 것이고 기독교는 서양에서 온 외래사상이라는 생각도 잘못이다. 유교나 불교도 외래사상인 면에서는 기독교와 마찬가지이다. 물론 우리는 주체성이 약해서 외국 것을 극단적으로 배척하다가도 무분별하게 수용하는 경향이 있다. 관용을 살려 외국 것을 잘 받아들여 좋은 점을 취하여 주체성을 확립하면 가장 좋을 것이다.

지금 우리에게 그런 가능성이 엿보인다. 같은 종교 안에서 파벌싸움은 있어도 타종교와의 알력은 별로 없다. 우리 민족은 처음 적응하기가 어렵지 한번 적응하면 수용이 아주 빠르다. 요사이 인터넷이나 벤처기업에 적응하는 것을 보면 일본보다 우리가 훨씬 빠르다. 특히 일본은 자기들의 신도(神道)사상, 천황제, 불교 때문에 외래사상 특히 기독교가 전파되지 않고 따라서 민주주의가 발달하지 못하고 있다. 중국도 비슷하다. 여러 가지 공과(功過)도 있지만 우리나라 민주주의 발전에는 기독교가 상당히 기여했다고 나는 생각한다.

공산주의와 자본주의가 최초로 전쟁을 한 나라, 양 체제를 동시에 경험한 나라, 분단의 고통을 가장 많이 겪고 있는 나라, 여러 외래 종교가 공존하고 있는 나라, 2차 대전 후 민주주의가 많이 발전한 나라, 이러한 나라에서 역사적 고통을 교훈으로 삼아 민주주의를 더 발전시키고 통일이 된다면 21세기에는 반드시 세계의 주도국이 될 것이다.

종교에 대한 우리의 태도

흔히 우연적인 인간—넓게는 전 우주—의 존재를 설명하는 방법으로 모든 것의 제일 원인이며 자연질서의 창조자로서 처음부터 스스로 있는 필연유(必然有)를 내세우고 그것을 신이라 하지만, 필연유인 신이 스스로 있었던 바로 그 원리에 의해 인간을 포함한 전 우주의 존재가 스스로 가능할 수는 없었을까? 종교적인 신을 믿지 않는다고 해서 신에 대한 의식이나 물음이 없을 수 없다. 또 신을 믿는다고 해서 신이 우리에게 자신의 분명한 모습을 드러내보이지 않는다. 이 가장 파악하기 힘든 존재의 이미지를 부단히 수정해가면서 신을 추구하는 인간이 있을 뿐이다.[81] 이런 점에서 이미 신앙의 문제를 결정하고 고정된 신을 믿는 사람들을 나는 신의 추구를 포기한 사람으로 보고 싶다. 특히 안전한 쪽으로 결정을 내린 사람들이 조금은 얄밉기도 하다.

어떻게 불완전한 인간이 '누구를 믿으라'고 남에게 자신있게 권할 수 있는지, 어쩌면 그렇게도 확신에 차 있는지 부럽기도 하고 건방져보이기도 한다. 또 자기가 피땀흘려 모은 재산을 종교단체에 왜 그렇게도 많이 출연하는지? 나는 약아서 그런지 그런 사람들의 행동이 이해가 되지 않는다. 또 나는 우유부단해서 그런지 아직 종교가 없다. 그러나 이교도를 탄압하지 않을 만큼 관대하고 세련된 현대의 종교를 통해서 그렇게 쉽사리 신을 만나리라고 생각하지 않는다. 어차피 인간세계에 성과 속이 있게 마련이고 진실로 성스러움을 추구하면 추구 그 자체만으로도 속된 마음을 정화하는 데 도움이 된다. 그러나 속된 마음이 정화되려면 보이지 않는 세계에 대한 믿음이나 종교적 금기를 깨뜨렸을 때 신의 심판에 대한 두려움이 있어야 한다. 그런데 오늘날 계율을 어겼다고 해서 실제로 지옥갈 것이라고 믿는 사람이 몇이나 될까? 계율대로 믿지 않으면 그것은 사이비이다. 수도사들이 존경을 받는 것은 세속의 인간들이 지향해야 할 순수하고 거룩한 삶을 대신해서 살기 때문이다.

81) 성경에는 환경문제나 컴퓨터에 관해서는 어떤 언급도 없다. 신이 전능한 예언자라면 의당 언급이 있어야 할 것이다. 그러므로 우리는 시대가 변함에 따라 신의 말씀도 새로이 추구해야 한다. 결국 신을 추구한다는 것은 불완전한 인간이 완전에 가까워지도록 노력하는 것이다.

진실로 믿고 싶어서 믿고, 믿는 그대로 행동하는 사람을 나는 존경하고 싶다. 그러나 종교인이 부럽다고 해서 억지로 믿을 수는 없는 것이 아닌가?

종교는 근원에 대한 선택이다. 근원에 대한 선택이란 그 본질상 어떤 이유에 근거할 수 없는 궁극적 선택이다. 왜냐하면 그것을 정당화하기 위해 주어진 어떠한 논리도 그 자체가 이미 선택된 하나의 원리를 전제한 것이 되기 때문이며, 그렇게 되면 정당화되고 있는 그 선택은 궁극적 선택이 아니라는 결론이 나온다. 따라서 어떠한 선택에 관해서든 선택을 정당화하기 위해 어떤 이유를 제시한다면 그것은 궁극적 선택이 될 수 없다. 그리고 궁극적 결단을 하는 것은 자기 자신을 규정하는 것과 같다. 그것은 일정한 종류의 사람이 되겠다고 결징하는 것이다. 다시 말하면 새로운 삶의 선택이다. 우리가 살아 있는 한 이러한 선택을 피할 길이 없다. 왜냐하면 우리는 매순간 우리 자신을 형성하기 위해 선택해야 하고 새로운 방식으로 우리의 본질을 규정하기 때문이다.

따라서 궁극적 선택을 하는 것은 개인으로서 인간 자율성이 갖는 필연적 측면이다. 그러므로 이러한 선택을 할 자유를 없애버리거나 제한하는 것은 그것이 무엇이든 그 사람의 인생에서 합리적 행동과 선택의 기초를 위반하는 것이다. 물론 부부나 한 가족이 종교가 같으면 여러 가지 편리한 점도 있지만 모태신앙은 좋지 않다고 본다. 왜냐하면 그 누구도 그에게 어떤 결정을 하라고 강요하거나 대신 해주어서는 안 된다. 우리가 그에게 할 수 있는 유일한 것은 그것이 하나의 근본적 결정이기 때문에 자기 스스로 결정해야 한다는 것을 지적해주는 것뿐이다. 그리고 궁극적 결단은 최종적으로 이성의 문제가 아니라 의지의 문제이다. 이성은 결단의 성격을 명백히해주고 우리가 선택해야 할 여러 가지 대안을 충분히 이해할 수 있게 도와줄 뿐이다. 이것은 세계관이나 인생관을 수립하는 데도 마찬가지이다.

　이상에서 종교의 본질이나 기독교의 교리에 대해 체계도 없이 수박 겉핥기식으로 좀 분석해보았다. 우리는 여기서 종교라는 것도 우리가 공포에서 벗어나고 소망에 대한 희망을 얻고 죄를 짓지 않고 잘살기 위해 인간이 만든 문화의 일종이라는 것을 알 수 있다. 그러므로 교리 안에 경험법칙에 어긋나는 약점이 있다고 해서 종교가 없어지지도 않을 것 같다. 우리는 비합리적 감성적 측면을 무시할 수 없고 그런 의미에서 종교도 인간본질의 투사요, 그만큼 인간은 종교적 동물이라고 할 수 있다. 종교도 약점이 있지만 철학이나 과학도 한계가 있다. 철학과 과학이 아무리 발달해도 우주의 신비를 다 밝힐 수 없으며 모순 덩어리인 인간 존재와 인간사회에서 일어나는 갈등 문제를 명쾌하게 해결할 수 없다. 또 교리가 논리에 어긋난다고 해도 어차피 현실은 논리만으로 해결되지 않는다.

　종교도 한편으론 윤리처럼 인격수양의 한 방법이요, 철학처럼 인식의 한 방법이요, 정신의학처럼 마음의 안정을 가져오는 심리치료의 한 방법이요, 과학처럼 영혼을 비롯한 삶의 문제해결의 한 방법이라 할 수 있다. 예를 들어 지금 살인강도가 총을 들고 다방에서 인질극을 벌이고 있다고 하자. 어떻게 하면 그 강도의 총을 놓게 할 수 있을까? 윤리적 설득, 종교적 설교, 애인이나 어머니의 사랑의 호소 등 여러 방법이 있을 수 있다. 또 어릴 때 어머니가 불러주던 자장가나 기도하는 목소리, 고상한 음악을 들려주거나 그리고 생명을 소중히 여기는 그림을 보여주거나 시를 읊어주는 것도 좋은 방법이 될 수 있다. 또 뛰어난 과학기술로 인명피해 없이 그를 체포할 수도 있다. 그러니까 사람에 따라서 또 때와 장소에 따라서 여러 가지 방법을 총동원해야 한다. 종교, 철학, 과학 및 예술이 서로 보완되고 협력한다면 보다 나은 사회가 될 것이다.

그런데 종교가 자신의 정체성을 되찾고 다른 분야와 협력하려면 몇 가지 제거하고 고쳐야 할 것이 있다고 생각한다. 첫째는 종교인들이 감각적 쾌락과 물질주의, 찰나주의를 질타할 수 있을 만큼 성스러운 것, 영원한 것, 정신적 가치를 추구해야 하며, 경건성과 자기 희생을 보여야 한다. 그렇게 해야만 자신의 지위와 역할을 인정받을 수 있고, 남을 교화시킬 수 있다. 다음으로 감성적 차원의 위안도 되지 않는 미신적, 권위적, 배타적 요소를 제거해야 한다. 먼저 기독교에서 그리스도의 영육의 부활은 영만의 부활로, 신의 아들은 신의 계시로 고쳤으면 좋겠다. 또 처녀임신의 권위는 그리스도의 독신생활로 충분히 대치할 수 있다고 생각한다. 또 회교의 신정(神政)정치는 민주정치로 바뀌어야 한다. 그리고 유교의 삼강(三綱)은 오륜(五倫)으로 바꾸어야 하고, 불교는 이판(理判)이 주인이 되고 사판(事判)은 머슴이 되어야 한다. 또 요사이 단군 신앙이니 단군 동상이니 하는 것은 결과적으로 보수주의, 권위주의 체제를 옹호하는 것이 되므로 더 이상 단군을 신성화, 종교화하지 않았으면 좋겠다.

그리고 종교인 모두가 교회나 사찰의 물신화, 세속화, 세습화를 막아야 한다. 내가 만약 신자라면 교회나 사찰의 운영진들이 회계를 투명하게 하지 않거나, 공금횡령을 하거나 이권을 위해서 서로 다투거나 한다면, 단돈 10원도 헌금하지 않을 것이다. 왜냐하면 종교인도 교회를 운영하자면 돈이 필요하겠지만, 그래도 종교인이나 철학인들은 일반 사람보다는 더 높은 도덕심이 요구되기 때문이다. 그렇지 않다면 종교를 믿거나 철학을 하는 목적이 반감될 것이다. 그들이 도덕적 행위를 제대로 하지 않는다면 사회에 기여하는 바가 무엇인가? 그리고 기복신앙은 노력도 하지 않고 무엇이 이루어지기를 바라는 반사회적인 신앙이며 이기심과 사행심을 조장하기 때문에 극복되어야 한다.

　마지막으로 배타성, 편협성, 광신성을 지양하고 종교의 다원주의를 인정해야 한다. "내가 진리요, 생명이니 나를 말미암지 않고는 결코 아버지께로 올 자가 없느니라(구원을 얻지 못하리라)"(〈요한복음〉 14:6)라는 성경 구절은 너무 독선적이며 편협하고 위협적인 말로 들린다. 요사이도 드물지 않게 지하철이나 길거리에서 "예수 천당, 불신 지옥" 따위의 글귀가 쓰인 어깨띠를 두루고 "예수를 믿지 않는 사람은 지옥불에 떨어져 슬피 울 것이다"라고 외치는데, 소음도 소음이려니와 왜 그런 살벌한 저주의 말을 하는지? 포교의 자유는 존중되어야 하지만 그런 불쾌한 소리를 듣기 싫어하는 사람의 자유도 존중해야 할 것이다. 특히 배타성, 편협성, 독선을 지양하려면 종교도 스스로 자기성찰과 자기비판을 해야 한다. 불교가 배타성이 적은 이유는 구체적 인격신을 믿지 않는 측면도 있지만, 끊임없이 자기성찰을 하기 때문이다. 기독교에서도 루터의 종교개혁으로 인하여 신교는 물론 구교도 많이 개혁되고 합리화되었다. 요즈음 기독교에서도 진화론을 일부 비판적으로 수용한다거나 다원주의를 인정하는 성직자들이 늘어나고 있는데 이것은 바람직한 경향이다.

　과학과 이성의 시대일수록 경건한 신비와 따뜻한 인간애가 필요하다. 또 산업화, 세계화, 정보화 등으로 하루하루 무섭게 변화하며 사람들의 왕래나 교류가 빈번하여 전세계가 일일 생활권에 들어오고 있다. 이러한 변화에 대응하여 배타성, 편협성, 독선 등을 지양하고 무엇보다도 세계공통의 보편윤리, 보편법률, 보편종교의 규범을 정립하는 것이 절실히 필요하다. 이를 위해서는 누구와도 만나서 대화하고, 의사소통이 되어야 하겠다.

6. 인간이란 무엇인가 Ⅱ

앞장에서는 다른 동물과 비교하여 인간이 무엇인가를 분석해보았다. 다른 동물과 비교하다 보니 자연히 눈에 보이는 외면적인 것에 치중되고 말았다. 이 장에서는 눈에 보이지 않는 인간의 내면을 들여다봄으로써 인간이 어떤 존재인가를 좀더 알아보기로 하자. 인간의 내면을 강조한 철학자가 그 유명한 소크라테스이다. 그의 "너 자신을 알라"라는 말도 그 당시 소피스트들에게 "무지를 자각하라"는 뜻도 있었지만 그보다는 자신의 내면에 있는 '참된 자신'을 찾아서 깨달으라는 뜻이다. 그는 행위의 참된 원인을 뼈와 살(육체)에서가 아니라 각자의 영혼 속에서 찾았다. 그는 그 영혼을 다이모니온(dimonion)이라 했으며 인간이 반성에 반성을 거듭하면 다이모니온이라는 신의 소리(영혼 또는 양심의 소리)가 들린다고 했다. 그 이후 철학의 주류가 외적인 자연에서 내적인 자연(정신, 영혼)으로 향하게 되었다. 그래서 그를 진정한 인간 중심의 철학자라고 하지만, 그의 사상에서 육체와 정신을 이분화하는 것이 보이며 관념주의의 싹을 볼 수 있다. 결국 제자인 플라톤은 스승의 관념론적인 경향을 발전시켜 영육이원론의 입장을 취하게 되었다.

나는 그가 반성을 강조한 것은 높게 평가하나 영혼이 육체 안에 별개로 존재하는 것처럼 생각하는 그의 사상에는 동조하지 않는다. 육체니 정신이니, 유물론이니 관념론이니 하는 것은 인간이나 자연을 설명하기 위해 인간이 인위적으로 나눈 것이지 인간이나 자연 자체가 그렇게 나뉘어 있는 것이 결코 아니다. 그러므로 우리가 분석의 방편으로 그런 것을 사용하더라도 끝에 가서는 전체적으로 파악하고 이해하려 해야 한다. 여기서도 외면적 분석에서 내면적 분석으로 들어가고, 내면적 분석에서 외면적 분석으로 나와야 하며 내면과 외면을 상호 관련지어 파악해야 한다. 그런데 인간의 내면은 아무리 들여다보아야 보이지 않는다. 의식이 인간의 가장 중요한 본질이고 의식을 알아야 인간을 제대로 알았다고 하지만 의식 자체만 놓고 알려고 하면 우리는 한 발자국도 나갈 수 없다. 결국 내면과 관련되는 인간의 반응이나 행동을 관찰함으로써 내면을 분석할 수밖에 없다.

의식의 문제

의식이란 무엇인가

모든 생명체는 주변 대상에 대해 본능적으로 반응(움직임)을 한다. 보고, 먹고, 듣고, 만지고, 냄새맡으며 신체를 움직인다.

인간이 움직이는 데도 동기가 있어야 한다. 동기란 인간 행동을 결정하는 무의식적·의식적 원인이다. 이 무의식적 동기가 본능적 욕구, 즉 식욕, 성욕, 배설욕, 수면욕이고 의식적 동기가 감각의 수용이다. 외부의 대상이나 현상이 감각기관에 수용되어 신경을 통해 뇌에 전달되면 의식은 발생한다. 결국 "인간은 신체를 가진 의식적 존재"라 할 수 있다. 신체를 계속 움직이기 위해서는 영양물을 섭취해야 한다. 가만히 있으면 욕망은 채워지지 않는다. 움직여야 한다. 갓난아기는 울음소리라도 내야 한다.[82] 그러니까 인간행동과 의식의 '추진력'은 욕구이다.

소리치고, 먹고, 보고, 듣고, 접촉하는 무의식적 움직임을 되풀이하는 과정에서 의식이 생긴다.

의식은 자연적으로 관념을 만들며, 실재를 관념의 형식들로 반영한다. 또 의식은 관념의 실재 대상이나 비슷한 대상을 만나면 그 관념을 다시 떠올린다. 이것이 의식의 기억력이다. 나는 의식의 기억력을 아주 신비스러운 것으로 보았는데, 이것은 결국 의식의 관념 형성력에서 나오는 것이라고 생각한다. 그리고 의식은 대상을 지각하고 그것과 이미 형성했던 관념과의 공통점과 차이점을 인식한다. 또 감각적 의식은 주변 대상에 대해 호오(好惡)의 감정을 가짐으로써 수용과 거부를 나타내고, 관심과 무관심을 나타내기도 한다. 관심이 가고 좋은 대상은 소유하려고 한다. 소유가 쉽지 않을 때 그것을 소유하기 위해 의식은 행동의 방향과 순서를 정하고 그 결과를 예측한다. 즉 추리를 한다. 신체의 움직임만으로는 되지 않을 때 의식은 자연적 도구를 사용하고, 그것으로 부족하거나 불편할 때 구상을 하여 도구를 만들기도 한다.

이상에서 의식을 대충 정의해보면, 의식이란 감성, 이성, 의지의·일체인 마음(정신)의 작용으로서 외부대상에 대해서 수동적으로 느끼고, 지각하고, 인식하고, 기억하고 또 이러한 경험을 재료로 하여 능동적으로 판단하고, 추리하고, 구상하고, 상상하면서 신체와 상호작용을 하고 또 그것의 움직임을 총괄하는 것이다. 결국 의식은 두뇌의 기능이며 그 기능의 본질은 현실의 반영이다.

---

82) 유아가 의사소통 수단으로 울음을 적극적으로 이용하는 것은 다섯 감각 중에서 청각이 우리 몸을 가장 민감하게 자극하기 때문이다. 의식을 잃었다가(기절) 깨어난 사람들은 "무슨 소리가 들렸기 때문에 눈을 떴다"고 말한다. 그러니까 시각보다 청각이 우리 몸을 먼저 자극한다. 보기 싫은 것은 눈을 감으면 되지만 청각은 통제가 거의 불가능하다. 그러므로 우리는 소음을 내지 않도록 각별히 주의해야 한다. 그리고 일반적으로 우리는 시각보다 청각을 무시하는 경향이 있는데 이것은 잘못된 것이다. 요사이 영어를 배울 때 쓰고 보기보다 읽고 듣기를 중시하는 것은 올바른 학습법이다.

　이상에서 의식에 대해 일반사람들이 알고 있는 사실을 정리해보았다. 이렇게 정리해보아야 '의식의 발생'에 대해서는 좀 도움이 되었을지 모르겠으나 '의식의 본질'에 대해서는 별로 도움이 안 되었을 줄 안다. 그러면 의식은 어떤 발전단계를 거치며, 어떤 구조를 갖고 있으며, 그것과 욕망 및 노동과는 서로 어떤 관계가 있는가를 살펴보자.

　먼저 의식은 어떤 발전단계를 거치는가?

　의식은 생명체의 움직임이 토대가 되어 나타난 것이고 생명체의 진화와 더불어 진화되어왔다. 그리고 진화의 모든 과정이 그렇듯이 의식의 진화도 높은 수준의 의식은 그 이전의 낮은 수준의 의식들을 바탕으로 해서만 가능할 수 있다. 다시 말하면 동물적 의식은 식물적 의식을 바탕으로, 인간적 의식은 식물적 의식과 동물적 의식을 바탕으로 해서만 가능한 것이다. 우리의 무의식이나 잠재의식은 식물적 차원의 의식이나 동물적 차원의 의식을 말하는 것이다. 그러니까 신체의 움직임은 의식의 발달을 가져오고 의식의 발달은 신체의 활동을 변화시킨다. 특히 인간은 직립보행을 하기 때문에 장소이동이 용이하고 여러 가지 경험을 하기 때문에 의식의 발전도 빨랐을 것이다. 신체의 움직임만으로는 부족하니까 도구와 언어를 만들어냈고, 이것들도 의식의 발달을 가져왔다. 다시 말하면 전자들과 후자가 상호 작용하면서 변증법적으로 발전했을 것이다.

　그러나 어느 정도 조직과 질서를 이루어 공동생활을 함에 따라 자연적 진화에만 맡기지 않고 사람들은 의도적으로 의식을 발전시켰다. 왜냐하면 의식이 발전해야 빨리 자립할 수 있고, 공동생활의 규범과 문화를 익혀야 사회생활을 제대로 할 수 있기 때문이다. 이것이 교육의 시초이다. 따라서 동물적·본능적 차원의 의식을 제외하고 인간적 차원의 의식은 사회적 산물이다. 그러므로 개인적 의식도 사회적 의식이라고 보아야 한다. 어린이가 무인도에 혼자 살면 언어능력도 상실하고 고등동물 차원의 의식밖에 가지지 못한다.

그리고 의식개발의 가장 중요한 수단은 의식의 산물인 언어이고 따라서 부모들은 자식에게 언어부터 먼저 가르친다. 어린애는 자신의 생존을 위해 처음에는 본능적 울음으로 부모의 노동을 강요하지만 어느 정도 성장하면 언어로 전달한다. 부모도 처음에는 물리적으로 아이를 통제하지만 아이가 성장함에 따라 언어로 통제한다. 또 언어로 인해 인간의 의식은 과거와 미래로 확대된다. 언어가 없으면 엄밀한 의미에서 과거와 미래가 없다. 우리는 개가 주인이 지금 자기를 때릴 것이라는 점을 두려워한다고 말하지, 주인이 내일 자기를 때릴 것이라는 점을 두려워한다고 말하지 않는다. 왜 그런가? 내일 일어날 사건에 대한 두려움은 언어와의 관계 속에서 존재한다.[83] 이렇게 언어의 의사전달은 과거와 미래로 확대된다. 그래서 부모들은 자식들의 행복한 삶을 위해 미래의 행동규범이나 방향을 언어로 가르친다.

자의식(self-consciousness)

인간과 동물의 근본적인 차이는 자의식에 있다. 동물도 의식을 갖고 있지만 그 의식이 자의식으로 발전하지 않는다. 그러면 자의식이란 무엇이며 어떤 구조를 갖고 있고 어떻게 발전을 할까? 사실 우리가 의식의 구조라고 할 때 의식은 의식 일반을 가리키므로 분석하기가 아주 막연하다. 결국 자아로 하여금 직접 경험하고, 사유하고, 행동하게 하는 자의식을 가지고 의식의 구조를 분석할 수밖에 없다. 자의식이란 한마

---

83) 노말 맬컴, 류의근 옮김, 《마음의 문제:데카르트에서 비트겐슈타인까지》, 서광사, 1987,
    94쪽 참조.

디로 '자아에 대한 의식'이다.

그러면 자의식에 앞서 자아란 무엇인가? 자아는 자기 자신이다. 이럴 때 자신은 자기 몸(신체) 전체를 가리킨다. 그러면 자의식은 자기 몸에 대한 의식인가? 그렇지 않다. 그러면 어떤 경우에 '자기 자신'이라고 반응하는가? 나는 누가 "안현수" 하고 부르면 "예" 하고 대답한다. 누가 나를 때리면 나는 "아프다"고 소리치고 "왜 나를 때리느냐?"고 항의한다. 누가 나보고 나의 아버지, 나이, 이름, 고향, 주소 등을 물으면 대답을 한다. 배가 고프면 "엄마, 나 밥 좀 주세요" 하고 먹을 것을 찾으며, 빨간불이 켜져 있으면 죽지 않으려고 길을 건너지 않는다. 학교에 가면 선생님께 인사를 하고, 선생님이 칭찬해주면 기분이 좋아진다. 다른 사람 앞에서 나의 바지 지퍼가 열려 있으면 부끄러움을 느끼고, 치팅하다 들키면 낭패감을 맛본다. 그리고 누구와 약속을 하면 그 시간에 맞춰 약속장소로 간다.

내가 이렇게 자아를 의식할 때 자아의 내용(육체, 감각, 욕망, 이름, 나이, 출생지, 친척관계, 사회규범, 교통법규, 도덕규범)이 자신도 모르게 갖추어져 있다. 이렇게 자아의 내용물은 생물학적 신체뿐만 아니라 언어의 구조물로 되어 있다. 언어의 구조물은 부모나 다른 사람에 의해 형성된 것이다. 결국 자아란 남과 독립된 신체를 가짐으로써 남들과 구별되는 것이요, 시간이 경과함에 따라 독립된 개체로서의 동일성 의식을 수반한다. 그러니까 혼자 살면 '자아'라는 의식도 생기지 않는다. 어디까지나 다른 사람과의 공동체 안에서 살기 때문에 자아의식이 생긴다. 자신이 남과 구별되는 독립된 개체라는 의식도 타인과의 관계에서 일어난다. '너'를 전제하지 않고서는 '나'란 의식되지 않는다. 결국 '자아'란 '타아'와 대칭되는 언어적 개념이다.[84]

사실 사람은 자아를 의식하기 때문에 자신의 삶을 문제삼고 어떻게 살 것인가를 심각하게 고민도 하고 자아실현을 위해 노력도 한다. 그러면 이러한 중요한 자의식이 어떻게 형성되는가를 알아보자.[85]

출생에서 3개월 사이에 유아는 몸무게가 급속히 증가하고 키가 서서히 커진다. 6개월쯤 되면 뒤집기가 가능하고 앉을 수가 있다. 이 시기가 되면 유아는 사물들을 인지하고 식별도 한다. 그리고 낯가림도 한다. 8개월이 되면 혼자서 기기 시작하고 무엇이든지 만지려고 한다(부모들은 이때 안전사고에 유의해야 한다). 그러나 손으로 잡으려는 장난감을 옷으로 덮으면 유아는 장난감이 없는 것으로 행동한다. 10개월이 되면 감춘 장난감을 찾는다. 9~10개월이 되면 이름을 알아듣는다. 이때부터 언어 훈련을 잘 시키면 기억력이 좋아진다. 1년 가까이 되면 걷기 시작하며, 13~18개월 사이에 팔다리, 손가락을 자유롭게 움직이며 그리기도 한다. 적극적으로 방울을 흔들기도 하고 장난감 자동차를 밀기도 한다. 자신의 손이 자기신체의 일부이지 방바닥이나 엄마의 일부가 아니라는 것을 깨닫게 된다. 그러므로 자기 물건에 애착을 가지며 애정, 분노, 공포의 감정을 가지며 웃음의 의미도 터득한다. 그러니까 아이들은 외부세계와 분리된 행위의 주체로서 '자아'에 대한 개념을 이때부터 형성하기 시작한다. 18~24개월 사이에는 걸음걸이가 안정되고 사물을 기억하고 수 개념을 형성한다. 24~30개월이 되면 반항심도 생기고 모든 일을 스스로 하고 싶어하고 호기심과 상상력이 풍부해진다. 이때부

---

84) 흔히 자아라고 할 때 관념론에서는 육체를 배제하는 경우가 많은데 이것은 잘못된 것이다. 육체 없는 자아란 있을 수 없다. 물론 내 손발이 잘려나가도 나는 나요, 의식이 자아의 동일성을 의식한다. 그러나 내 목이 달아나거나 심장이 파괴되면 나의 자아는 없어진다. 그러니까 의식이 정상적으로 활동할 수 있을 만큼 육체가 없으면 자아는 없다. 물론 의식 없는 식물인간에게도 자아란 없다.

85) 이하는 피아제(Jean Piaget)의 '지적 발전 단계'와 콜버그(Lawrence Kohlberg)의 '도덕적 추리의 단계'를 참고했다. 김광수, 《둥근 사각형의 꿈》, 철학과현실사, 1999, 91~95쪽 참조.

터 조기교육을 실시할 수 있다. 30~36개월이 되면 질투심이 생기고 사고와 행동이 자아중심적이 된다.[86]

아동심리학자들에 따르면 아이들이 자신을 느끼기 시작하는 때는 서너 살 안팎이라 한다. 직접 사고하는 것이 아니라 주변인이라는 거울에 비친 모습을 본다는 것이다. 이때 형성되는 경상자아(鏡像自我, looking-glass self)에는 자신이 다른 사람에게 소중한 존재라는 느낌이 바탕이 된다. 이때부터 7세까지의 '전 조작적 단계'에 이르면 아이들은 언어를 사용하고 상징을 사용할 수 있게 된다. 사실들뿐만 아니라 엄마가 들려주는 동화의 세계를 현실적인 것으로 받아들이게 된다. 인형과 대화를 하고 빗자루를 말로 여기고 타고 다닌다. 여기까지의 아이들은 타인의 입장에서 생각할 줄을 모르고 자기중심적 사고만 할 수 있을 뿐이다. 규칙에 따르더라도 처벌을 피하기 위해 따른다. 5~6세가 되면 자신의 욕망과 사회 명령문의 체계가 갈등을 빚게 됨에 따라 규범을 지킬 줄 알고 애교도 부리고, 윗사람의 눈치를 보아가며 먹을 것이나 돈을 요구하기도 한다. 도덕성에 관한 한 동물의 수준을 크게 넘지 못하지만 이 단계에서의 인성교육은 "내게 필요한 모든 것은 유치원에서 다 배웠다"는 말이 있을 정도로 아주 중요하다.

7세에서 12세까지는 '구체적 조작단계'다. 이제 아이들은 논리적 사고를 할 수 있다. 수, 양 및 무게의 개념을 알고, 어떤 특징에 따라 사물을 분류하고 나열할 수 있다. 추상적 용어들을 사용하지만 순수하게 상징적 용어를 가지고 사고하지는 못한다. 이 나이의 아이들은 자기가 속한 사회 안에서 착한 소년이나 소녀가 되기 위해서, 그리고 권위들로부터 비난과 자신의 의무를 다하지 못했다는 죄의식을 피하기 위해 법과

---

86) 《동아일보》 2000년 10월 25일자 18면 참조.

사회의 규칙을 지키는 '관습적 도덕성' 단계에 있다. 아이들은 다른 사람들의 눈치를 살피고, 적어도 자기가 속한 사회로부터 축출당하지 않기 위해 사회질서에 순응한다. 이때 잘못 적용하면 집단따돌림(왕따)을 당할 수도 있다.

그러나 이 단계의 도덕성은 사회의 성격에 따라 달라지기 때문에 상대적이다. 예컨대 청부살인 행위는 제도권 사회에서는 범죄이지만 마피아 사회에서는 흔히 의리있고 영웅적인 행위로 인정된다. 콜버그의 연구에 의하면 많은 사람들이 결코 이 수준을 넘지 못한다. 즉 12세 이하의 초등학교 4∼5학년 정도의 아이들이 가질 수 있는 도덕수준이 보통사람의 도덕수준인 것이다. 그러니까 우리는 초등학교 4학년 아이들이 노덕에 관해 아무짓도 모른다고 생각하거나 어리다고 생각해서 도덕교육을 게을리해서는 안 된다. 다시 말하면 어른들의 도덕성 제고를 위한 교육이 초등학교에서 이루어져야 하는 것이다. 보통사람들은 자기가 속한 사회가 어떤 사회든 관계없이 주어져 있는 것으로 생각하고 그 사회에 안주하고 대세에 따르는 삶을 산다. 힘들어 개혁할 생각을 하지 않는다. 그래서 보통사람만으로 이루어진 사회는 보다 성숙한 사회로 발전하는 것이 원칙적으로 어렵다.

12세 이상이 되면 아이들은 '형식적 조작단계'에 들어갈 수 있게 된다. 그들은 추상적 명제들에 대해 논리적으로 생각할 수 있고, 문제에 부딪혔을 때 가설을 세우고 체계적으로 검증할 수 있게 된다. 또 아이들은 현실에 존재하고 있는 것을 넘어선 '가능세계'를 그려볼 수 있게 된다. 소위 말하는 사춘기에 이르러 사회적 모순에 눈을 뜨게 되면 지금까지의 명령문 체계에 일대 혼란이 생기는데 현실의 부조리에 분노도 느끼며 비판도 하고 보다 나은 이상사회를 동경하기도 한다. 또 자기 자신에 대해서도 반성을 하며 자신의 잘못을 인정하고 다시는 그런 잘못을 되풀이하지 않으려고 노력한다. 그렇게 하는 데에는 윤리의식도 작용하지만 어느 것이 자기에게 이익이 되고 손해가 되는가에 대한 계산적 사유도 들어 있다.[87]

이 단계에 들어선 사람들은 사회에서 인정받기 위해서가 아니라 정의, 존엄성, 자유와 평등, 인권, 자기존중 등 지고의 가치로 여겨지는 윤리적 원칙에 따라 행동한다. 그들은 법규나 규칙도 그것들이 사회의 규범이기 때문에 지키는 것이 아니라 그러한 규범을 뒷받침하는 윤리적 원칙을 받아들이기 때문에 지키는 것이다. 예컨대 교통법규를 지키는 경우에도 처벌이 두렵거나 습관적으로 또는 단지 사회가 요구하는 규범이기 때문이 아니라 '공동체 정신'을 받아들이기 때문에 지키는 것이다. 이 단계에서 똑같이 존엄한 인간으로 구성된 공동운명체로서의 사회에 관한 인식, 즉 올바른 사회관과 세계관을 가지도록 지도하는 것이 중요하다.

삶은 인간으로 하여금 외부세계만이 아니라 스스로를 인식할 것을

---

87) 필자가 열두세 살 때의 일이다. 한국전쟁으로 학업을 중단하고 농사짓고 있을 때였다. 전쟁이란 윤리질서를 크게 무너뜨리는 것 같다. 전쟁 후라 그랬는지 그때 무엇을 알고 했는지 저녁 먹고 나면 또래 아이들이 모여 노름(도박)을 했다. 나보다 한 살 적은 사촌 동생을 따라 놀러 갔다가 호기심과 권유로 나도 화투장을 쥐게 되었는데 어찌된 셈인지 (원래 할 줄 모르는 사람이 끗발이 좋다고 함) 돈 5환을 가지고 60환을 땄다. 정말 기분이 좋았다. 그리고 "아, 나도 이제 부자가 될 수 있다. 노름만 잘하면 얼마든지 부자가 될 수 있다"는 생각이 들었다. 그 후부터 자주 화투장을 잡았다. 잃기도 하고 따기도 했다. 그 이듬해는 중학교에 진학을 했다. 그런데 하루는 학교 갔다 오는 길에 노름이 크게 붙었다. 내 월사금이 날아갔다. 친구의 월사금을 빌렸으나 그것마저 몽땅 잃고 말았다. 하늘이 노랬다. 우선 친구 빚을 갚아야겠기에 곳간의 쌀을 좀 퍼내 집 뒤 대밭에 숨겨두고 장날 팔 생각을 했다 그러나 공교롭게도 형수가 발견하여 숙부님께 일러바쳤다. 숙부님이 대로하여 꾸짖더니 "앞으로 어떻게 하겠느냐?"고 물으셨다. "빚만 갚으면 앞으로 절대 노름을 안 하겠습니다." 숙부님은 빚을 갚아주셨다. 정말 숙부님은 현명하셨다. 나는 그때부터 지금까지 돈 따먹기 도박은 하지 않았다. 숙부님과의 약속을 지켰다. 여기에는 남의 돈을 노력도 하지 않고 가로채려는 것이 나쁘다는 윤리의식과 또 도박으로 결코 부자가 될 수 없다는 계산적 사유도 작용했다. 물론 숙부님과의 약속을 지켜야 한다는 의무의식도 작용했지만.

요구한다. 스스로를 인식하는 것이 자의식인데 넓은 의미에서 자의식은 자신의 본능적 욕망과 사회 규범에 사로잡혀 수동적으로 자아를 의식하는 아집과 외부세계에 대한 끊임없는 지식수용의 의식도 포함하지만 좁은 의미의 참된 자의식은 욕망이나 사회규범 자체를 비판하며 능동적으로 자신의 내면을 들여다보면서 반성하는 의식이다. 그러니까 주변 세계로부터 스스로를 구별하고, 자기 자신의 존재가치, 자아실현의 의욕과 행위, 주변 사람과의 관계에 있어서 자신의 역할 등을 고려하여 한 인간이 인격체로서 스스로를 의식하는 것이 자의식이다.

자의식의 구조[88]

자의식은 크게 '아집'과 '반성'으로 나눌 수 있다. 교육적으로 자의식을 개발하기도 하지만, 자연적 상태에서 보면 자아를 자의식으로 변하게 하는 것은 욕망의 결핍이나 좌절이다. 욕망이 충족되면 의식은 잠을 잔다. 감각마저 필요없을 만큼 삶이 안정되면 감각도 잠을 잔다. 배가 부르고 편안하면 인간은 사유할 필요를 느끼지 않는다. 그래서 우리는 배부른 돼지보다 배고픈 소크라테스가 낫다고 하는 것이다. 또 도시에서 자란 아이들이 시골에 가면 어떤 식물은 먹을 수 있고, 어떤 식물은 먹으면 죽는지도 모른다. 따라서 대안학교나 도시학생들을 시골로 실습 보내는 일은 잘하는 일이다. 여하튼 인간의 감각능력과 더불어 의식까지 동원하여 욕망을 충족시킨다는 것은 인간 삶의 조건이 다른 동물에 비해 한층 복잡하고 불안정하다는 것을 반영한다. 그리고 불안정한 삶을 타개하기 위해서는 신체를 빨리 움직여 주변환경에 적응하고 그것

---

88) 이 부분은 《삶, 사회 그리고 과학》에 실린 이훈 교수의 '자의식과 욕망'(58~77쪽)에서 많이 참고를 했다.

을 이용해야 했다. 이런 과정에서 의식은 점차 발전했을 것이다.

자의식이 생겼다고 해서 바로 반성으로 가는 것이 아니다. 자아에 대한 의식은 우선 자아에 대한 집착으로 나타난다. 아집은 자의식의 원초적인 자연적 형식이어서 아주 뿌리가 깊다. 남들에게 칭찬을 들으면 어떻게 되는가? 자만심은 몇 번이고 칭찬의 말을 되뇌며 나를 사로잡는다. 남들과의 논쟁에서 패색이 짙어지면 어떻게 되는가? 궤변을 늘어놓고 짜증을 내면서 억지를 부리고 거짓말도 한다. 욕망과 밀착된 자의식은 그것의 달성을 위해 심하면 사기도 치고, 중상모략도 하고 폭력도 행사한다. 그러나 많은 사람들은 먼저 욕망의 장애물에 대해서 어떻게 하면 그것을 극복할 수 있는지를 깊이 생각한다. 주변환경에 대한 정확한 인식, 자기 자신이 처한 상황의 평가, 그리고 앞으로 취해야 할 행동의 순서, 범위, 종류의 결정 등은 논리적 분석을 필요로 하며 어떻게 하는 것이 자신에게 가장 유리한 것인지를 계산한다.

이처럼 아집의 자의식은 자아를 내세우기 위해 사람과 대화를 나눌 때도 쉴새없이 계산한다. 계산이 짧은 사람은 흔히 남의 눈치도 모르고 자기 자랑만 늘어놓는다. 좀더 계산한 사람은 남의 이야기도 들어줄 줄 알고 짐짓 겸손할 줄도 안다. 보다 큰 것을 얻기 위해 작은 것을 양보할 줄도 안다. 충분히 계산해본 사람은 타인의 인정을 획득하려면 스스로 자신을 인정하면서 남도 인정해주어야만 된다는 사실을 깨닫게 된다. 그러나 아집에 사로잡혀 있는 한 계산적 사유는 한갓 권력의 도구가 되어 자아를 내세울 수 있는 수단을 따져볼 뿐이다.

그러므로 아집의 자의식은 자아를 중심으로 사회적 관계를 따져보고, 이때 사회구조는 주어진 것으로서 계산을 하기 위한 배경이 될 뿐이다. 현실의 사회구조는 대체로 불평등하고 정의롭지 못하지만 자아에 집착하는 아집에게는 일종의 필연으로 인식된다. 아집에 사로잡힌 사람은 그러한 사회적 틀 안에서 자기에게 가장 유리한 수단만 강구하고 처신을 할 뿐이다. 따라서 그런 사람은 사회구조를 비판적으로 분석하지 못하며 더구나 사회구조를 개혁할 생각조차 하지 않는다. 그리고 반성적 사유를 하지 못하므로 자아를 제대로 분석하지 못하며 따라서 자기변혁을 할 수가 없다.

그러나 '계산적 사유'가 발전하면 자의식은 서서히 주체성을 획득하면서 아집의 형식을 탈피하고자 애쓰게 된다. 그러나 자아의 욕망을 변형시키지 않는 한 쉽게 되지 않는다. 오히려 자아와 자의식은 첨예하게 대립하고, 욕망과 의식의 갈등으로 자기 분열의 고통이 엄습해온다. 아집이 우위에 서기도 하고 반성이 우위에 서기도 하고 서로 오락가락한다. 이러한 고통에서 벗어나려면 어떻게 해야 할까? 자의식은 아집의 형식으로 되돌아가든지 반성의 형식으로 비약해야 한다.

반성의 자의식은 자아의 모순을 적발해내고 이를 극복하고자 한다. 또 그것은 자아의 원천이었던 사회적 권력 자체도 사유의 대상으로 삼고 따져볼 줄 알게 되고 그럼으로써 사회적 현실을 역사적 맥락 속에서 분석할 줄 알게 된다. 이처럼 반성의 자의식은 무엇보다도 역사의식인 것이다. 역사의식으로 발전한 자의식은 수단과 방법뿐만 아니라 그것들의 정당성 여부와 목적과 방향까지 계산적 사유의 대상으로 삼는다. 이처럼 계산의 폭과 깊이가 더해가면 계산적 사유는 어느덧 '명상적 사유'로 발전하게 된다. 계산적 사유는 수단만을 강구함으로써 아집을 강화시킬 따름이지만 명상적 사유는 자아를 분석하고 비판함으로써 반성을 강화시켜나간다.

그러나 명상적 사유는 계산적 사유가 양적으로 발전하여 질적으로 비약한 것이지 계산적 사유를 폐기한 완전히 새로운 사유가 아니다. 만일 우리가 계산적 사유를 완전히 폐기시킨다면 통합된 자의식을 유지할 수도 없고, 현실을 문제삼으면서 자아를 실현할 수도 없다. 마찬가지로 아집의 자의식도 우리가 반성적 사유를 한다고 해서 일시적으로 자제되고 개선될 따름이지 근본적으로 없어지는 것이 아니다. 더 큰 욕망의 대상이 나타나면 아집이 반성을 압도하기도 한다. 그러니까 아집과 반성도 서로 끊임없이 투쟁하는 것이다. 그리하여 자의식이 아집에서 반성으로 발전하는 과정이 바로 의식의 변증법적 발전과정이다. 반성에 반성을 거듭하여 정·반·합의 과정을 무수히 거쳐 아집과 욕망의 모순을 완전히 극복하면 자의식은 아리스토텔레스가 말하는 관조(theoria)나 헤겔이 말하는 절대정신(Absolute Geist)에 도달할 것이다. 이때는 모순이 없으므로 자의식은 '부동(不動)의 동자(動者)'가 될 것이다.

명상적 사유의 발달과 함께 자의식이 아집에서 반성으로 발전해나가면 무엇보다도 타인과의 관계가 변하게 된다. 아집의 자의식은 일방적으로 타인의 인정을 요구할 뿐 타인을 인정하는 데는 인색하다. 그러나 반성의 자의식은 인간관계를 상호인정의 우애로운 관계로 바꾸어나간다. 예부터 상호인정, 상호존중의 강조는 윤리사상의 근간을 이루어왔다. 남에게 대접을 받고자 하거든 먼저 남을 대접하라든지, 타인을 수단이 아니라 목적으로 대하라든지, 네 이웃을 내 몸처럼 사랑하라 등등이 있다. 이러한 도덕심은 남과 전체를 강하게 의식하는 마음을 바탕으로 한다. 남과 전체를 생각하지 않고 아집에 사로잡혀 자신의 이익만 추구하는 것은 도덕의 주체와는 거리가 한참 멀다. 따라서 진정한 도덕의 주체는 반성적 의식에 기반을 두었을 때에만 가능하다. 그러니까 반성하지 않는 사람은 올바른 인간이 될 수 없다.

삶의 현장에서는 온갖 종류의 욕망이 얽히고 설켜 더러 충족되기도 하고 좌절되기도 한다. 자의식은 추구해야 할 욕망, 포기해야 할 욕망을 선별하고 그것을 충족시킬 시기와 방법을 지시한다. 누구나 다 욕망을 달성할 수 있으면 이 세상은 지상천국일 것이다. 인류 역사 이래 피비린내 나는 전쟁이나 가증스러운 모든 죄악이 욕망충족을 위한 마찰과 다툼이다. 종교인이나 철학인들은 주로 욕망의 억제 내지 절제를 주장하고, 경제인이나 과학인들은 욕망의 충족을 위해 노력했지만 그 어느 편도 속시원한 해결을 하지 못하고 있다. 그것은 욕망을 억제하려한다고 해서 쉽게 억제되는 것도 아니고 아무리 재화를 만들어내도 자제하지 않는 한 욕망은 충족되지 않는다. 물론 병든 욕망을 만들어내거나 충족시키려 해서는 안 되지만 기본적인 욕망은 충족되어야 하고, 자아실현의 건전한 욕망은 달성되는 것이 좋다. 아무런 욕망도 없으면 삶의 의욕을 잃는 것이며 자아실현의 노력도 하지 않을 것이다.

따라서 욕망은 통제되고 유도되어야지 억압되고 금지되어서는 안 된다. 문제는 병든 욕망의 노예가 되어 그것을 달성하기 위해 수단과 방법을 가리지 않고, 남에게 피해를 주는 데에 있다. 욕망이 아집에 사로잡혀 있을 때는 건전한 욕망과 병든 욕망을 구별하지 못하고, 그것을 달성하기 위한 수단의 정당성 여부나 그 실현가능성 여부도 분별하지 못한다. 그러므로 건전한 욕망 달성을 위해 우리는 아집에서 벗어나 반성적 사유로 욕망의 구조를 개편해야 한다. 욕망의 구조개편도 자아의 변혁을 의미하므로 섣불리 수정하려 하면 아집의 반격을 받아 자아분열이라는 극도의 혼란을 초래할 수 있다.

반성도 의식의 일종이요, 의식은 타고난 성격과 주변환경, 사회구조의 영향을 많이 받기 때문에 단순한 주관적 자기반성이나 언어적 학습만으로는 쉽게 자아를 변혁시킬 수 없다. 왜곡된 사회구조도 바뀌어야겠지만 개인적으로 뼈아픈 근원적 반성을 하면서 아집의 반격을 이겨낼 수 있는 고도의 이해력과 아집에 사로잡혀 있는 저차원의 이기적 욕망을 고차원의 보편적 욕망으로 승화하는 자기희생과 고통이 있어야 한다.

그렇다면 욕망은 의식과 어떤 관계가 있으며, 또 그것은 어떤 구조를 가지고 있으며, 우리는 무엇을 어떻게 바꾸어야 하는가?

욕망의 문제

의식과 욕망

욕(欲)에는 의식이 관여하기 이전의 욕과, 의식이 관여한 이후의 욕(慾)이 있다. 욕은 언어적 상징이 개입하기 이전, 몸에서 유발되는 느낌에의 이끌림에서 나오는 욕구(欲求)라 할 수 있고, 여기에는 식욕과 성욕이 있다. 후자의 욕은 언어적 상징이 개입하여 유발되는 관념에 의한 이끌림에서 나오는 욕망(慾望)이라고 할 수 있다. 욕망에는 사회적 관계, 즉 타자와의 관계 속에서 형성되는 권력욕, 명예욕, 소유욕이 있다. 또 인간은 생각을 통해 보이지 않는 것까지 넘어서 바라보는 가능성의 세계를 전제하는 까닭에 많은 욕망을 새로이 만들어내고 실현한다. 그러니까 개나 돼지처럼 지각에 기초한 구체적 시공을 벗어날 수 없는 경우에는 욕망을 형성하는 것이 불가능하다.[89]

욕구든 욕망이든, 인간은 그것들을 충족시키기 위해서 감각뿐만 아니라 의식까지 동원하므로, 욕망을 충족시키는 방법, 욕망대상의 통제 및 욕망의 통제에 있어서 동물과 아주 다르다. 따라서 의식과 욕망은 밀접한 관계에 있다. 사실 인간의 경우 욕망의 문제는 자의식의 문제라 할 수 있다. 따라서 의식의 발달과 함께 식생활이나 성문화도 발전하고 있다. 그로 인해 쾌감을 증가시키고 이것이 또 욕망을 증가시킨다. 또

---

89) 최봉영, 《주체와 욕망》, 사계절, 2000, 75쪽.

의식은 욕망을 자제하게도 하고, 축소하기도, 확대하기도 한다. 그리고 욕망의 대상을 소유하거나 저장하기도 하고,[90] 끊임없이 새로이 만들어내기도 한다. 심지어 후손이 먹을 것까지 마련하기도 한다. 동물이 인간처럼 '사재기'를 하고, 평생 먹을 것을 저장하거나 후손까지 먹을 것을 마련하는 것을 보았는가? 이렇게 인간은 욕망을 조정하기도 하지만 역으로 욕망에 지배당하기도 한다. 인간의 삶은 어떤 의미에서는 의식과 욕망의 싸움이라고 할 수도 있다. 인간의 자기통제란 바로 욕망의 통제라 할 수 있다.

그러나 중세까지만 해도 욕망은 어느 정도 통제되고 새로운 욕망형성도 자연스러운 발전이어서 크게 문제되지 않았다. 불교의 해탈(解脫), 유교의 극기복례(克己復禮), '부자가 천국에 들어가기는 낙타가 바늘구멍으로 들어가는 것보다 더 힘들다'라는 교훈만 가르치고, 배우고, 가슴에 새겨두면 되었다. 그러나 근대로 넘어오면서 서구인은 인간을 이성의 주체로 전제하고 개인주의 문화를 형성하고 실현해왔다. 특히 그들은 이성을 수단으로 활용하여 수학과 과학을 결합시켜 비약적으로 과학기술을 발전시켰다. 그 결과 그들은 욕망을 좇아 자연을 손쉽게 개조·활용할 수 있었다. 그리고 자본주의적 상품문화의 발전과 더불어 제국주의적 침략을 통해 욕망 부풀리기를 계속해왔다. 그들은 욕망 부풀리기를 당연한 것으로 받아들이게 되자, 욕망이 이성(의식)의 고삐를 벗어날 수밖에 없다는 당연한 사실을 무시한 채, 이성 주체에 대한 맹목적 믿음을 견지해왔다. 그 결과 의식의 고삐를 벗어난 욕망이 제멋대로 날뛰며 인간과 인간의 모순은 물론 자연과 문화 사이의 모순관계를 계속 심화시켜가고 있으며, 자연파괴는 지구를 멸망의 구렁텅

---

90) 육식동물은 배가 부르면 다시 배가 고플 때까지 동물이 있어도 잡을 생각을 하지 않는다.

이로 몰아넣고 있다.

사람이 사람으로서 올바로 살아가려면 의식이 욕망을 통제할 수 있는 가장 효율적인 도구로 사용되어야 한다. 이제 자본주의의 욕망 부풀리기에 제동을 걸지 않으면 안 된다. 자연적으로 발생하는 욕망은 어쩔 수 없지만 언어적 상징이 개입하여 가능성의 세계를 전제한 인위적 욕망을 만드는 일은 절제되어야 한다. 그러나 의식이 욕망을 마음대로 통제할 수 없기 때문에 우리는 욕망의 구조를 세밀히 살펴 현명하게 대처해야 한다.[91]

욕망과 자아실현

인간의 욕망은 그 대상이 무엇이든간에 자의식과 연계됨으로써 형식적으로는 모두 자아실현의 욕망이 된다. 자아실현의 방식, 그 전략에 따라 욕망은 왜곡된 구조를 갖기도 하고 건전한 구조를 갖기도 한다. 욕망의 구조가 아집의 자의식에 의해 규정되면 지배욕의 형식을 취한다. 타인을 지배함으로써 자아를 실현하려는 이 전략은 과연 현명한 것인가? 내가 지배하려는 타인은 그 자신도 스스로 지배하고자 하는 또 하나의 자의식의 존재이므로, 지배하고자 하는 시도는 반드시 투쟁을 불러일으킨다. 그로 인해 쌍방이 시간, 노력, 비용을 많이 낭비하고 또 정신적으로 많은 스트레스를 받는다. 요행히 타인을 지배한다 하더라도 힘에 의한 지배는 가식의 인정일 뿐이다.

자의식은 자아를 실현하고자 하므로 타인으로부터 진정한 인정을 받지 못하면 만족할 수 없다. 지배자는 마음으로부터의 복종을 요구하지만 피지배자가 존경할 리 만무하다. 그러므로 지배·복종관계가 성립

---

91) 최봉영, 앞의 책, 16쪽.

된 뒤에도 신경전은 끝날 수 없다. 결국 여기서는 힘이 정의가 되며 혁명과 반혁명이 그치지 않는다.[92] 따라서 아집에 지배욕이 사로잡히면 욕구불만의 상태에서 헤어날 길이 없게 된다. 타인을 인정해야만 타인으로부터 인정받을 수 있으므로 진정한 인정은 '상호인정'일 수밖에 없다. 따라서 지배욕은 지배욕을 포기할 때에만 달성될 수 있는 자기모순의 욕망인 것이다.

지배욕의 일종인 명예욕을 예로 들어보자. 존경이나 명예를 전혀 의식하지 않고 자연스럽고 올바르게 훌륭히 행동하면 남들이 저절로 그 사람을 존경하고 우러러보게 되고, 억지로 남의 존경이나 명예를 얻으려 하면 명예욕은 달성되지 않는다. 따라서 지배욕은 늘 스트레스를 남기고 사람을 피곤하게 하지만, 아집이 아집인 한 지배욕을 극복할 도리가 없다. 아집이 할 수 있는 것은 내일의 투쟁을 위한 휴식으로서 자아를 잊어버리는 것이다. 손쉬운 방법이 여자 또는 남자, 술, 도박 등 퇴폐적인 향락에 빠져드는 일이다. 따라서 사람이 욕심이 많아서 스트레스를 많이 받으면 건강을 해치고 일찍 죽는다는 말은 상당히 일리가 있는 것 같다.

그러면 자아실현의 다른 전략을 생각해보자.

욕망이 아집이 아닌 반성의 자의식과 연계되면 어떻게 될까? 반성의 자의식은 인간관계를 상호인정의 우애로운 관계로 바꾸어나간다. 반성은 자아의 모순을 적발하여 자기의 잘못을 인정하고, 비윤리적 방법으로 목적을 달성하고자 하지 않는다. 따라서 반성이 아집을 극복하면 지배욕으로 인한 스트레스는 거의 없거나 경미하기 때문에 마음의 여유를 가질 수 있다. 여유를 가지면 자아는 퇴폐적 향락으로 충동되지 않

---

92) 여기서 권력의 원천이 '힘'이냐, '동의'이냐의 문제가 제기될 수 있는데 바람직한 지배욕은 동의에 의해서 이루어져야 하며 그런 사회가 참된 민주사회인 것이다.

고 창조적 활동을 통해 몰입욕을 충족시킬 수 있게 된다. 예컨대 노동, 학술연구, 봉사활동, 예술, 운동에 몰입하면 의식은 자아를 대상으로 삼을 수 없으므로 망아의 몰입욕이 충족된다. 이때 자의식은 분해되기는커녕 오히려 자아실현의 즐거움을 누리게 된다. 이러한 즐거움을 맛본다는 것 자체가 권력이 조작하는 조잡한 감정들을 순화하는 결과를 낳는다. 스스로를 인정하는 자의식은 타인을 인정하는 데도 너그러워지며 그리하여 반성의 능력을 더욱 발전시킨다.

그러나 인간이 자의식의 존재인 한 아집을 완전히 제거한다는 것은 불가능하다. 아집은 자아에 집착하여 명예를 추구하기 때문에 오히려 아집이 있어야 자아발전을 위하여 지속적인 노력도 쏟을 수 있다. 그러니까 우리는 아집을 자아발전의 동력으로 전환시켜 활용해야 한다. 욕망 자체가 나쁜 것이 아니라, 그것을 어떻게 실현하느냐가 중요하다. 남에게 피해를 주지 않고 올바르게 실현하는 것이 중요하다는 말이다. 반성의 자의식은 자아를 올바르게 실현하여 외적인 성취를 이룸으로써 스스로 자신을 인정하고 또한 정당하게 타인의 인정을 받고자 한다. 그것은 건전한 욕망구조를 가짐으로써 소비적 삶이 아닌 창조적 삶을 살아가는 것이다. 그것은 노동하고, 연구하고, 예술작품을 만들어내는 일이다.

그리고 반성적 자의식은 아집에 의해 왜곡된 자아의 욕망을 변혁시켜 사회적 권력과 소유욕 등의 본질을 꿰뚫고 비판하게 된다. 그것은 지금까지 권력이나 부에 맹목적으로 집착했던 자아에 대해 부끄러움을 느끼게 하고, 또 그런 것들은 자아실현의 조건들이지 자신이 일생을 걸고 추구할 목적이 아니라는 것도 깨닫게 한다. 반성적 자아가 고양됨에 따라 사사롭고 좀스러운 자아의 내용은 점차 소멸되어가고 그 자리에 역사의식과 차원높은 인류애가 충만하게 된다. 사람들은 역설적이게도 자아를 버리게 될 때 비로소 주체적인 삶을 살 수 있게 되는 것이다.

실제로 권력욕, 소유욕, 명예욕 자체가 무슨 생산을 하는가? 이들 욕망의 대상인 권력, 돈, 명예 자체는 생명체가 살아가는 데 필요한 어떤 영양물도 생산하지 않고 인간을 차별짓고 억압하고 착취하는 추악한 것들이요, 인간성을 파괴하고 병들게 하는 비인간적·이기적·소비적인 것들이다. 이러한 것들은 사회의 질서유지에 필요한 최소한으로 제한되어야 한다. 또 그것들은 자아실현과 바람직한 공동체 유지에 필요한 수단이지 그 자체가 목적이 되는 것이 아니다. 건전한 욕망의 대상은 생명체가 살아가는 데 필요한 것들이다.

왜 우리는 욕망의 대상을 어머니인 자연대지에서 창조적 노동으로 찾기를 거부하고, 사회관계 속에서 만들어진 추상적·허구적 개념인 권력이나 돈, 명예 속에서 온갖 스트레스를 받아가면서 찾고 있는가? 이것들은 자기가 창조적 노동을 함에 따라 결과적으로 수반되어오면 좋은 것이지 그것 자체를 목적으로 삼고, 남을 해치면서 심지어 고귀한 인격에 손상을 입으면서까지 추구할 가치가 있는 것이 아니다. 이런 사람들은 창조적 노동으로 생산물을 직접 산출하지 못하므로[93] 결국 다른 사람들(피지배계급)을 착취하기 마련이고 그래서 그들은 부정·부패를 일삼는다. 그리고 그들의 유일한 생계수단인 권력획득의 아집에 사로잡혀 정적을 중상모략하고, 권모술수를 부리고, 권력에 빌붙어 아첨을 하고, 선거 때 돈을 물쓰듯 한다. 그로 인해 지금 정치권은 국민들로부터 극도의 불신의 대상이 되고 있는 것이다.[94]

---

93) 박계동 전 의원이 택시기사를 하는 것이야말로 창조적 노동이다. 정말 국민에게 신선함을 주었다.

94) 왜 정치가 불신을 받고 있는가? 이승만 씨의 발췌 개헌안 때부터 정치가 불신을 받았지만 현재처럼 불신받고 실종된 적은 없다. 이승만, 박정희, 전두환 씨가 정치를 엉망으로 만들었지만 그들은 어느 정도 심판을 받았다. 노태우 씨부터 선거에 의해 정부를 구성했

여기서 간과해서는 안 되는 것이 있다. 그들이 권력이나 부를 아집으로 추구하는 것은 그들의 자유이지만, 그들에게 착취당하지 않기 위해

기 때문에 정치가 좀 잘못되어도 '정권 물러가라'고 극한적 투쟁을 할 수 없게 되고, 사람들이 불만이 있어도 '다음 선거 때 보자' 하고 내면적 불신만 키워온 것도 한 이유가 되겠다. 그러나 무엇보다도 오늘날 정치의 불신은 6·29선언 후 김영삼, 김대중, 양 김씨의 '대통령 후보 단일화 실패'에 있지 않나 싶다. 많은 국민들은 오랜 세월 온갖 박해와 고통을 무릅쓰고 오로지 국가와 민족을 위해 반독재 투쟁을 하여온 양 김씨니까 당연히 단일화될 줄 믿었다. 그러나 양 김씨는 권력획득이라는 아집에 사로잡혀 끝내 국민을 배신했으며, 국민에게 엄청남 실망감과 좌절감을 안겨주었다. 국민을 위해 정치투쟁을 한다는 사람들 대부분이 자신을 위해 권력투쟁을 했음이 백일하에 드러난 셈이다. 또 국민들의 지역감정이 크게 증폭되었다. 박정희 씨가 지역감정을 조장한 원조임에는 틀림없으나 양 김씨는 의도적이지는 않았다 하더라도 그때 그들의 행위가 결과적으로 엄청나게 지역감정을 증가시켰다. 아무리 출신지역이 다르다고 해서 유세하는 대통령 후보에게 그렇게 돌팔매질을 한 이유가 어디에 있었겠는가! 도대체 그들은 누구를 위해 민주화 투쟁을 했는가? 삼척동자라도 두 사람이 다 나오면 둘 다 떨어질 줄 알 수 있는데도 그들은 왜 몰랐을까? 여하튼 같이 나와 보기 좋게 떨어졌다. 그 뒤 아집으로 보기좋게 순차적으로 당선이 되었다.

위에서 필자가 아집을 버려야 욕망이 달성된다고 했는데 그렇지도 않은 모양이다. 대통령뿐만 아니라 국회의원이나 장관도 마찬가지이다. 아집으로 당선되기도 하고, 좌절되기도 하고. 물론 당선자 중에는 반성적 의식을 가진 순수한 사람도 있다. 그러나 아집으로 권모술수를 부리고 보스에게 아첨하는 자가 당선되는 비율이 높다. 그러니까 정치가 불신을 받지 않을 수 없고, 그런 사람에게 아집을 버리라고 한들 무슨 소용이 있겠는가? 그리고 아집으로 되었든, 대안이 없어 되었든, 아집을 상쇄하고도 남는 민주화 투쟁으로 되었든 당선되고 나서는 정치를 잘했어야 했는데 독선 정치, 측근 정치, 패거리 정치, 돈 정치, 지역감정의존 정치, 인기 정치, 정권재창출을 위한 왜곡된 정치, 개혁의 지지부진 등에 있어서는 양 김씨가 어떻게 그렇게도 난형난제(難兄難弟)를 이루는지 모르겠다. 특히 그분들은 왜 그리 오만한지 모르겠다. 군인 출신들은 도덕적 정당성이 없어서 그랬는지 미안해하고 잘해보려고 노력하는 모습이라도 보였지만 두 분은 그렇지 않다. 도덕적, 법적 정당성과 칠전팔기 끝에 성공한 자신들의 능력에 대한 자부심 때문일 것이다. 그럴수록 겸손하면 얼마나 좋을까? 그분들이 자부심을 갖는 것은 그분들의 자유지만 그로 인해 국가나 국민들에게 피해가 가서는 안 될 것이다. 특히 김 전 대통령은 퇴임 후에도 오만과 객기를 부리고 있는데 왜 그러는지 도저히 이해가 되지 않는다. 그리고 현 대통령은 외교만은 단연 돋보이고 아직 재임중이라 후반부에 가서 개혁을 어떻게 마무리지을지를 두고봐야 하겠지만, 양 김씨가 단일화에 실패한 것과 정치불신을 가져오게 한 것에 대해서는 반드시 국민에게 책임을 져야 하고 국민도 언젠가는 심판을 해야 한다.

그리고 좀 길게 보자. 아집이 일시적으로 성공한다고 해서 그것이 장기적으로도 성공할까? 또 권력획득에 눈이 멀어 날뛰다가 정치권이 공멸하고, 나라가 거덜나고, 국민이 말할 수 없는 고통을 받아도 좋은가? 오늘의 어지러운 현상이 발전의 한 과정인지도 모른다. 우리는 이것이 발전의 진통이 되도록 정치인을 포함한 모든 국민이 정치 허무주의를 털어버리고 겸허하게 반성하고 노력해야 할 것이다.

우리는 항상 두눈을 부릅뜨고 깨어 있어야 하며 부정이나 잘못이 있을 경우 날카롭게 비판하고 준엄하게 심판을 내려야 한다는 것이다. 오늘날 NGO 중심의 시민운동은 이런 면에서 당연히 일어나야 할 일이며 모든 시민은 거기에 참여하고 협력해야 한다. 그리고 이제는 국민들도 소아병적인 지역감정이나 학연 및 비합리적 의리관계의 굴레를 벗어나서 대승적 차원에서 투표를 해야 한다. 그리고 요사이 젊은이들은 기성의 권위를 인정하지 않고 자유분방하고 개인적·이기적 경향으로 흐른다고 우려하는 목소리가 높다. 그 여파로 학교, 가정, 공동체가 무너지고 있다고 개탄한다.[95] 그러나 그들에겐 기성세대보다 높은 솔직성, 비판성, 비민주적 권위에의 도전 등 긍정적 요소도 있다. 또 그들은 집을 소유나 재산개념으로 생각하지 않고 주거개념으로 바꾸고 있으며, 권력이나 부를 우습게 보고 남의 눈치나 체면 같은 것에 개의치 않고 각자 나름대로 자신의 행복을 찾고 있다. 또 국회에서도 소장파 의원들의 목소리가 높아가고 있다.

그러나 젊은이들(나이가 많아도 의식이 참신한 사람)의 의식의 변화로 기성의 권위를 깨뜨리고 사회구조 변화를 가져오기에는 아직 그들의 힘이 턱없이 미약하다. 또 그들의 참신한 의식도 대학 다닐 때나 국회에 처음 등단했을 때 잠시일 뿐, 사회나 기성조직 속에 들어가면 자신도 모르게 힘의 한계를 느껴 동화되고 만다. 또 살기 위해, 경쟁에 이기기 위해 반성보다 아집에 사로잡혀 그들도 부나 권력을 추구하려고 한다. 특히 불황이나 IMF 같은 사태가 오면 직장조차 가지지 못하는 사람이나 박봉에 시달리는 사람이 수두룩한데, 그들에게 아집을 버리고 창조적 노동을 하라고 해보아야 아무런 소용이 없다. 그리고 NGO운동

---

95) 여기에는 젊은이들도 다소 책임이 있지만 그보다는 황금만능주의인 자본주의체제와 이기적 경쟁을 부추기는 교육제도의 잘못이 더 크다.

도 일부 단체는 벌써 참신성을 잃어가는 것 같고, 조직자체도 기성의 조직을 닮아 권위적·비민주적으로 되어가고 또 정부나 기업에 이용당하거나 정부의 발목만 잡는 경우도 적지 않은 것 같다. 그러니까 사회구조가 근본적으로 변하지 않는 한 의식개혁도 어렵고, 의식이 개혁되지 않는 한 사회구조개혁도 어렵다. 이렇게 되면 결국 순환논리에 빠져 악순환이 되고 만다.

우리는 이 악순환의 고리를 어디서 어떻게 풀어야 할까? 반성의 자의식과 건전한 욕망, 아집의 자의식과 왜곡된 욕망을 가르는 현실적 토대는 무엇일까? 사회구조가 어떻게 되면 아집을 극복하는 반성적 사유를 할 수 있을까? 의식과 욕망을 통합하여 건전하게 자아를 실현시키는 것은 '노동'이다. 이야기가 더 진전되기 위해서는 의식과 욕망이 구조지어지는 일상적 삶의 영역, 즉 노동의 영역으로 한 걸음 더 들어가야 하겠다.

우리의 일상적 삶이 영위되는 기반은 노동이다. 주체적이고도 창조적 노동을 한다면 노동 자체가 즐거움이요, 자기발전의 과정이 될 수 있는데 왜 그렇게 되지 않는 것일까? 그것은 노동이 타인에 의해 통제되고 고통과 상실을 가져오고 스트레스만 쌓이게 하는 '소외된' 노동이기 때문이다. 왜 노동은 이러한 구조적 차이를 가지는 것일까? 창조적 노동과 소외된 노동의 본질적 차이는 어디에 있을까? 여기서 우리는 사회구조 중에서도 가장 기본이 되는 노동구조를 깊이 생각하지 않을 수 없다.

노동의 문제

노동의 본질

인간은 자연의 일부이면서도 반자연적 동물이다. 그러므로 인간은 자연에 순응하면서 대립하기도 한다. 앞장에서도 말했지만 노동은 인간이 자연과 관계를 맺으면서 욕망충족에 필요한 물품을 획득하는 과정이다. 다시 말하면 노동은 합목적적이고 의식적인 활동으로서 인간과 자연의 통일과정이다.

인간과 자연 사이의 물질대사로서의 노동은 크게 두 가지 의미를 갖는다.[96] 우선 노동은 인간이 자신의 욕망충족에 적합하도록 자연을 이용하고, 변형하고, 가공하는 과정이다. 이러한 과정은 구체적인 자연적 신체나 인위적 도구를 동원하여 외부의 자연으로부터 유용성을 만들어내는 활동이다. 하지만 노동의 더 중요한 의미는 인간이 외부자연에 대한 대상적 실천을 통해서 내부에 잠자고 있는 자기 자신의 본성(본질)을 변화시킨다는 점이다.

여기에는 또 두 가지 중요성이 있다. 첫째는 힘든 노동을 통해 인간은 부단히 많은 경험을 하게 되고, 또 대상에 대한 인식의 한계를 자각하게 된다. 인식의 한계로 인해 자연에 대한 많은 생각과 연구를 함으로써 그것에 대한 인식이 확대되고, 그에 따라 자연을 이용하는 능력이 발달하게 되면, 인간의 삶은 새롭게 변모되고 그와 함께 인간 자신이 변화하는 것이다. 둘째는 개인능력의 한계를 자각한 인간은 협업과 분업을 하게 되고 그것을 제대로 하자면 의사소통이 되어야 하므로 그 과정에서 도구와 언어를 만들고 공동체도 제대로 형성했을 것이다. 도구와 언어를 통해 축적된 지식이 전승·발전된다는 점에서 노동의 역사는 바로 인류의 역사가 된다. 따라서 노동은 인간과 자연과의 관계일 뿐만 아니라 인간과 인간의 관계요, 동시에 사회성과 역사성을 갖는 것이다.

---

96) 한국철학사상연구회,《삶, 사회 그리고 과학》, 78쪽.

그러나 분업의 발달은 정신노동과 육체노동이 분리되고 대립될 소지를 안고 있다.[97] 노동은 정신적 노고와 육체적 수고가 통합됨으로써 비로소 동물과 다른 인간적 노동이 된다. 그런데 일의 능률성, 효율성만 추구하다 보니 정신노동만 하는 인간과 육체노동만 하는 인간들로 나뉘게 되고 더욱이 전자가 후자를 지배하게 되면, 양자가 다 왜곡되어 인간적인 노동을 수행할 수 없게 된다. 불행히도 인류의 역사는 이러한 분업의 폐단을 적나라하게 현실로 드러내어 왔다.

그러면 노동이 의식과 결부되어 어떻게 발전하여왔으며 노동소외가 어떻게 일어나게 되었는가를 살펴보자.

노동의 역사와 소외

인류 역사 가운데 원시 공산사회가 무너지기 전까지 수십만 년에 이르는 긴 세월 동안, 사람이 다른 생명체들에 비해 열악한 신체조건을 가졌는데도 그 험난한 자연조건 속에서 살아남을 수 있었던 것은 감각과 의식이 통일된 상태에서 욕망을 충족시킬 길을 찾았기 때문인 것으로 여겨진다. 그러나 계급사회의 등장과 더불어 이 행복한 결합은 금이 가기 시작한다. 원시공동체사회에서는 욕망충족의 대상이 공동으로 생산되고 공동으로 분배되었기 때문에 구성원들은 같이 먹고, 같이 굶고, 같이 자고, 같이 일어났다. 또 개체의 삶을 넘어서서 생명을 유지하려는 욕망도 공동으로 충족되었기 때문에, 따로 자기 몫을 챙길 필요도 없었고 그러한 일이 용납되지도 않았다. 개체보존은 공동체의 책임이었고 공동체의 일원인 개인은 공동체의 살길을 찾는 것이 곧 자기의 살길을 찾는 것이었다.

---

97) 같은 책, 81쪽.

　　그러나 계급사회의 등장과 더불어 정신노동과 육체노동으로 점차로 분리되었다. 이 분리과정은 욕망충족과 관련해서 보면 '감각과 의식의 분리'를 의미했다.[98] 계급 없는 공동체사회는 무너졌지만 피지배계급은 옛날과 마찬가지로 기본적인 생존의 욕망을 충족시키는 일에 급급했기 때문에 감각은 의식으로부터 분리될 수 없었다. 그러나 과거와는 달리 자연의 위협을 상대로 싸워야 하는 것만 아니라 사회 내부에서 생긴 적(지배계급)과도 싸워야 하기 때문에 피지배계급의 의식은 훨씬 더 스트레스를 받게 되고 육체의 피곤과 함께 복잡해지고 더욱 고통스러워질 수밖에 없었다. 이에 비해 지배계급의 의식은 감각적 구체성을 잃고 점차로 추상화의 길을 밟아갔다. 지배계급은 계급지배를 통해서 의식과 감각이 결합하지 않더라도 개체를 보존할 길을 알아냈다. 먹이와 잠자리는 스스로의 감각으로 확인하거나 힘들게 몸을 놀리지 않더라도 노예의 힘을 빌려 마련할 수 있었다.

　　그러나 감각의 토대를 떠난 육체, 노동을 하지 않는 의식은 늘 텅 빈 개념, 곧 '없는 것'으로 남아 있고, 비어 있는 그릇을 노동력 상실로 채울 수 없는 지배계급은 항상 생존의 불안에 떨게 되었다. 이 불안감은 지배계급 개체보존의 유일한 물질적 근거인 더 많은 사적 소유물을 축적하려는 욕망으로 바뀌고, 이 사적 소유물의 더 많은 축적은 더 많은 착취와 수탈로 이어졌다.[99] 착취가 심해지자 감각과 의식이 결합된 피지배계급도 생존의 위협을 받아 불안해졌으며, 착취부분을 메우기 위한 과도한 노동은 기쁨이 아니라 고역이 되었으며 박탈감과 자아상실을 느끼게 되고 노동소외가 일어나게 된 것이다.

　　이처럼 '계급'지배와 함께 지배계급 내부에서 싹트기 시작한 '소유

---

98) 한국철학사상연구회, 《삶과 철학》, 76쪽.
99) 같은 책, 77쪽.

욕'이 모든 악의 근원임을 알았기 때문에 석가는 2500년 전에, 무소유, 곧 공동체적 소유가 인류를 구해낼 유일한 길임을 설파하였고, 수탈이 얼마나 심했던지 공자는 "세금(가혹한 정치)이 호랑이보다 무섭다(苛政猛虎)"고 했으며, 예수는 "부자가 천국에 들어가기는 낙타가 바늘구멍으로 들어가는 것보다 더 힘들다"고 했으며, 근대에 와서 마르크스는 아예 사유재산제도 자체의 폐지를 주장했던 것이다.

그러나 이러한 감각과 의식의 분리 및 노동소외가 중세까지만 해도 혈연공동체나 농경공동체가 있어서 그렇게 심각하지 않았으나, 자본주의 사회의 도래로 말미암아 농경공동체마저 급속도로 무너져 내리고, 농경공동체 안에서 자급경제와 자율적인 문화의 틀을 지켜오던 대부분의 사람들이 임금노동자가 되어 도시사회로 팔려오게 되자, 이제는 인류의 대부분이 상품경제 사회에서 강제로 감각과 의식이 분리된 채 병든 욕망(지배욕, 향락욕, 소유욕)의 제물이 되고 있다.

이러한 노동소외를 개탄하고 분석한 사람이 마르크스이다. 그의 분석에 의하면 소외(Entfremdung) 현상의 요체는 노동의 생산물이 전도되어 노동자에게 낯선 위력으로 대립한다는 데 있다. 인간이 스스로 노동의 주체가 되지 못하고 또한 노동의 생산물이 인간 자신에게 낯선 것으로 남아 있는 한, 인간은 소외되기 마련이다. 그런데 단지 생존 수단뿐만 아니라 인류문화 전반이 노동의 산물이기 때문에 인간소외는 경제적 형태 이외에 온갖 종류의 사회문화적 형태로 나타난다. 정치적 소외, 종교적 소외, 심리적 소외 그리고 현대과학기술과 정보로부터의 소외 등 사회 전 분야에 걸쳐 소외현상이 나타나고 있다.

특히 자본주의의 전형적이고도 기본적인 소외현상은 '상품물신주의'이다. 이것은 인간노동이 소외됨으로써 노동의 산물인 상품이 거꾸로 인간을 지배하는 것이다. 상품과 상품의 관계에서 상품이 화폐로 전화되면 그 물신성은 더욱 심화되고 일상적이 된다. 화폐 속에서 인간들의 관계는 전면적으로 사물들간의 관계인 것처럼 물화(物化)되고 은폐된다. 자본주의 사회에서 화폐는 삶의 전 영역에 침투하여 이전 시대 신이 담당했던 역할을 대행한다. 그러므로 자본주의 사회에서 돈이면 다 된다는 냉소주의, 돈이 삶의 전부가 되는 배금주의, 무절제한 과소비가 선망의 대상이 되는 향락주의 등이 팽배한 것은 오히려 자연스럽기까지 하다.[100]

노동은 구체적 측면과 추상적 측면이 있다. 구체적 측면은 상품의 사용가치 즉 유용성으로 나타나고, 추상적 측면은 상품의 교환가치 즉 환금성으로 나타난다. 그리고 상품생산의 노동은 추상성이 구체성을 압도할 수밖에 없다. 근대적 의미의 노동(추상성)이 등장하면서 "생산적 활동은 그 의미, 동기, 대상과 단절되고 임금을 버는 수단에 불과해졌다. 즉 생산활동은 삶의 일부가 되기를 그치고 생계를 유지하는 수단이 되었다."[101] 다시 말하면 무엇을 만드느냐는 부차적인 문제가 되고, 몇 시간 고생하여 얼마나 버느냐가 본질적인 문제가 된다.

이렇게 노동이 단순한 돈벌이를 위한 수단이 되고 만다면 노동의 긍정적 의미, 즉 창조적 기쁨과 자아실현이라는 의미는 어디서 찾을 수 있겠는가? 그렇다고 임금이 많고 노동시간이 적으면 여가를 이용하여 문화생활을 즐김으로써 인간적 소외나마 줄일 수 있지만 자본주의체제 하에서 생산수단이 없는 임금 노동자의 대다수는 생계비에도 제대로 미치지 못하는 임금과 과도한 노동시간에 시달리고 있다. 또 그런 일자리나마 얻지 못해 버둥거리는 사람이 적지 않다.

노동소외가 이 지경에 이르면 개인이 반성을 해서 아집을 버리고 욕

---

100) 이종철 편, 앞의 책, 91~92쪽.
101) 강내희 편, 《문화과학》 20호, 29쪽.

망의 구조를 개편시킨다고 해결될 문제도 아니고, 또 먹고살기가 급급해 반성할 여유도 생기지 않으므로 개편시킬 수도 없다. 그러면 어떻게 하면 노동소외를 극복하고 노동의 긍정적 의미를 회복할 수 있을까? 결국 현 사회의 노동구조를 바꿀 수밖에 없다. 노동구조를 바꾼다는 것은 현재의 생산관계를 바꾼다는 것이며 그것은 사회를 근본적으로 변혁시킨다는 것을 뜻한다. 즉 ‘혁명’을 말하는 것이다. 왜냐하면, 현재의 생산관계는 언제나 지배계급에 의해 보호받으므로 낡은 생산관계의 폐지와 새로운 생산관계의 성립은 격렬한 갈등과 투쟁의 과정을 통하여 진행될 수밖에 없기 때문이다.

그러나 인류의 역사는 인간의 존엄성을 살리는 또 모든 인간이 주체가 되어 자유와 평등을 누리는 사회로 바뀌어왔다. 프랑스대혁명, 미국의 독립전쟁, 러시아의 10월혁명 등은 사회를 변혁하고 노동구조를 바꾼 인류의 대역사(大役事)이다. 그러나 우리는 혁명을 두려워할 필요가 없지만 피할 수 있으면 피해야 한다. 왜냐하면 혁명적인 대역사는 쉽게 이루어지지는 않으며, 그것은 많은 피를 요구하기 때문이다. 피를 흘리지 않고 노동구조를 바꾸려면 의식개혁과 구조개혁을 병행할 수밖에 없다. 민주주의가 발전하면 피를 흘리지 않고도 얼마든지 구조개혁을 할 수가 있다. 그러나 민주주의 하기도 참 어렵다. IMF 환란 후 구조조정만이 우리 경제를 살리는 길이라는 것을 다 알면서도 아직도 지지부진 상태이다. 또 지방자치단체의 난개발은 우리를 아찔하게 만들고 있다. 그리고 민주화를 이룩한 지 10년이 다 되어가지만 아직도 ‘국가보안법’ 하나 제대로 개정을 못하는 것을 보면……. 정말 보안법으로 억울하게 목숨을 잃은 민주 투사들이 지하에서 통곡하는 울음소리가 보수 기득권층들에게는 들리지 않는가? 정말 개혁의 발목만 잡는 자칭 유신 본당인 JP는 이제 정치에서 완전히 손을 떼었으면 좋겠다.

미래와의 대화

그러면 앞으로 노동구조를 어떻게, 어떤 방향으로 바꾸어야 노동의 주체성이 회복되고 창조성이 살아나서 노동이 자아실현의 활동이 될 수 있을까? 분명하게 말할 수는 없지만, 다만 현재까지의 삶의 경험과 지식을 바탕으로 자유롭게 의견을 말해보겠다.

먼저 나는 현 자본주의체제는 끝내야 한다고 생각한다. 물론 재래의 생산방식으로는 증가하는 인구의 욕망을 충족시키기 어려웠던 상황에서 자본주의가 수행했던 장점과 업적을 모르는 바 아니다. 그러나 이제는 끝내야 한다. 여기는 자본주의를 상세하게 분석하는 자리도 아니고 또 나에게는 그런 능력도 없다. 이야기를 계속하기 위해 필요한 몇 가지만 강조하겠다.

첫째, 자본주의체제하에서 인류는 영원히 불평등을 안고 살아야 한다. 자본주의체제는 이윤을 남기지 않으면 작동하지 않으며 망할 수밖에 없는 체제이기 때문이다. 이윤을 남기기 위해 사생결단의 경쟁을 하며 그 결과 빈부격차가 벌어지지 않을 수 없다. 혹자는 노동자의 임금이 옛날보다 많이 올라서 그만큼 빈부격차가 줄었다고 할지 모른다. 물론 노동조합운동으로 임금이 좀 오른 것은 사실이다. 그러나 이것도 호경기일 때 이야기지 불경기일 때 임금을 깎고 해고시키고 공장문을 닫으면 노동자들은 속수무책이다. 그리고 선진국 노동자들은 생활수준이 나아졌는데 이것도 저개발 국가에 대한 무역 착취와 이민자들에 대한 노동력 착취에서 얻어진 것이다. 이러한 사실은 갈수록 커지는 강대국과 약소국의 빈부격차와, 자국 노동자와 이민 노동자 사이의 현격한 임금격차를 보면 쉽게 알 수 있다. 만일 이민 노동자들이 본국으로 돌아가거나 반기를 든다면 미국 경제도 하루아침에 무너질 수 있다. 그리고 어떤 나라가 대체로 평등하고 사회보장제도가 잘 되어 있다면 그 나라는 이미 자본주의국가가 아니고 사회주의국가일 것이다.

둘째, 자본주의는 이윤을 남기기 위해서 수단과 방법을 가리지 않기 때문에 '자연환경의 상품화'는 물론이고 '인간 신체의 상품화'[102]도 서슴지 않는다. 그러니까 그것은 자연과 인간을 파괴하는 체제이다. 자연환경은 인간 자신이 만든 것도 아닌데 왜 인간들이 멋대로 그것을 분할하고 소유의 대상으로 삼는지, 정말 인간의 방자함과 소유욕의 간악함을 개탄하지 않을 수 없다. 우리나라도 조선이 망할 때까지 토지는 원칙적으로 국유제였다.[103] 인디언들은 서구 제국주의자들이 쳐들어오기 전에는 토지의 소유개념도 없었고, 철따라 여기저기 옮겨다니면서 농사도 짓고 사냥을 하면서 살았다. 그들은 땅이나 물 등의 분할은 생각조차 아니했다. 이러한 분할과 소유개념은 서구의 원자론적 개인주의에 기인하며 자본주의체제가 부채질을 했다. 따라서 자본주의체제를 그대로 유지하면 지구의 황폐화는 불을 보듯 뻔하다.

셋째, 자본주의 경제는 이윤을 남기기 위해 끊임없이 사람들의 욕망을 부풀리고 충동질하여 향락적 · 퇴폐적 소비욕망을 증가시키고 늘 새로운 상품을 만들어내고 대대적인 광고 · 선전을 한다. 광고 · 선전은 엄청난 자원의 낭비이다. 그리고 사람들의 상승하는 욕구를 만족시키려면 경제가 계속 확대, 성장해야 하는데 그것은 불가능하다. 경제 자체나 자원고갈의 문제도 있지만 아무리 물건을 만들어내도 인간의 무한한 욕망을 만족시킬 수가 없다. 왜냐하면 욕망이라는 것은 일단 발생

---

102) 성의 상품화는 말할 것도 없고, 혈액 · 장기 등의 매매도 앞으로 급속도로 진행될 것이다. 미국에서는 대리모가 많고 '공정가격'이 2만 달러라고 한다. 말하자면 자궁의 임대료가 2만 달러라는 것이다.

103) 서양 자본주의의 못된 영향을 받은 일본이 우리를 식민지화하고 토지신고를 하라고 했을 때 많은 사람들이 신고를 하지 않아 토지를 잃은 것도 토지의 소유개념이 약해서 그렇게 된 면도 있다.

하면 우리는 그것을 달성시키기 위해 노력하든가 아니면 억제해야 한다. 억제된 욕망은 우리에게 계속 그것의 해소를 요구하면서 우리를 갈등과 불안 속에 가두어 둔다. 또 충족시키면 더 큰 욕망이 발생한다. 그러므로 가장 현명한 방법은 욕망 자체가 발생하지 않도록 하는 것이다. 자연적으로 발생하는 욕망이야 어쩔 수 없지만, 자본주의는 인위적으로 욕망을 만들어내고 부풀리기 때문에 아주 나쁘다.

넷째, 자본주의는 제로섬(zero-sum) 게임보다 더 나쁜 게임을 하고 있다. 자신들의 이익을 위해 게임에 참여한 사람은 물론 게임에 참여하지 않은 많은 제삼자에게도 피해를 주고 있다. 예를 들어 서울의 여름 자연 온도가 27°C라고 하자. 그런데 공장, 자동차, 냉장고, 에어컨 등에서 열을 내뿜기 때문에, 실제 서울의 온도가 30°C라고 하면 에어컨도 없는 일반 서민들은 27°C에서 지낼 것을 3°C가 더 높은 온도에서 덥게 지내는 셈인 것이다. 서민의 입장에서는 얼마나 억울한 일인가! 이것뿐만 아니라 물, 공기의 오염 등도 마찬가지이다. 돈을 번다고 물을 오염시켜놓고는 정수기 팔아 또 돈 벌고. 심지어 우리나라에서는 기업이 금융기관에서 대출을 받아 부도를 내면 그 빚마저 국민들이 갚고 있으니 분통이 터질 일이다.

다섯째, 자본주의는 견제세력이 없어 망한다. 산업혁명 후부터 약 250년간 자본주의가 몇 번의 위기를 맞았으나 무너지지 않고 발달해온 것은 사회주의 원리인 사회보장제도와 공산주의라는 외부 견제세력 때문이었다. 자본주의는 스스로 수정을 하고 내부 개혁을 할 수가 없다. 왜냐하면 자본주의 이론에 의하면 사회제도들은 스스로를 돌본다. 그리고 효율적인 제도를 가진 사회들은 더 생산적이기 때문에 비효율적인 제도를 가진 사회들을 파괴시킨다. 의도적인 사회개혁은 필요하지 않다. 시장의 보이지 않는 손(invisible hand)은 개인들이 원하는 상품을 조달해주는 것과 마찬가지로 효율적인 제도를 만들어준다. 그러나 보이지 않는 손은 소득분배에는 적용되지 않는 것이 역사적 경험이다. 지금은 공산주의라는 외부 견제세력도 없기 때문에 자본주의를 그냥 두면 방자해져서 어떤 횡포를 부려서 지구를 망하게 할지 모른다.

여섯째, 자본주의는 공동체의 필요성을 노골적으로 부정하는 체제이다. 자본주의는 경제적 부적격자를 경제활동에서 축출하고 소멸시키는 것을 경제적 강자의 의무라고 믿는다. 하나의 공동체로 통합되기 위해서는 사회구성원들로 하여금 함께 일하게 만들 수 있는 어떤 공동목표를 강조하는 유토피아적 비전이 있어야 하는데(모든 종교와 공산주의에는 그런 것이 있었다) 자본주의에는 그런 것이 있을 수 없다. 오직 하나 있다면, 개인 소비를 최대화하기 위해 개인들이 가지고 있는 관심만을 상정한다.[104] 그러나 긴 안목에서 보면 개인적인 탐욕은 사회를 통합시킬 수 있는 목표가 아니다. 그런 사회에서 함께 일하면 생활수준이 다소 향상될지 모르지만 사람들이 개인적인 권리들만 주장하고 어떤 사회적 책임도 지지 않는다. 자본주의의 영향으로 지금 우리의 촌락공동체, 가정, 학교가 다 무너지고 있지 않은가?

일곱째, 자본주의사회는 인간적·도덕적 사회가 아니다. 경쟁이 치열한 자본주의체제하에서는 경쟁에 이기기 위해서 전력투구를 하게 되니까 자연적으로 이웃을 돌볼 생각이나 여유가 없어진다. 그러므로 협조, 봉사, 정직, 연대, 사랑, 희생 같은 덕목은 사라지고, 능률성, 합리성, 수익성, 계산성, 기술성, 사기성 같은 수단적인 것들만 위력을 발휘한다. 목적보다 수단이 앞서고 이성은 수단을 위한 도구적 이성으로 전락하여 반성과 비판 능력을 상실한다. 이로 인해 인간관계가 정이 없이

---

104) 레스터 C. 서로우, 유재훈 옮김,《자본주의의 미래》, 고려원, 1997, 370쪽.

메마르고 삭막할 뿐만 아니라 돈이 인격이 되는 가치관의 전도현상이 일어난다. 그렇게 되면 윤리질서가 붕괴되고 온갖 범죄가 발생하고 폭력이 난무할 것이다.

마지막으로, 자본주의는 끊임없이 공적 부문을 사적 부문으로 만든다. 교육은 반 이상 삼켜버렸고 이런 추세로 나가면 전기, 철도, 우편 등도 모두 삼켜버릴지 모르겠고 순수하게 공적인 것은 군대만 남을지도 모른다. 역사학자들은 "로마제국이 암흑시대의 심연 속으로 깊이 빠져 들어감에 따라 사적인 것들이 점점 공적인 것들을 몰아냈으며, 결국 사적 부문이 모든 것을 삼켜버림으로써 공적 부문이 사라져버리고 곧 망했다"고 분석한다. IMF 이후 민영화 바람이 세차게 불고 있다. 정부가 국민복지는 생각하지 않고 수익성만 높이기 위해 공기업을 민영화하거나 해외에 매각하는 것은 바람직하지 않으며 나도 '한전 민영화'에 반대 서명을 했다.

대안은 무엇인가

첫째로는 '제3의 길'이 있다. 중도니, 중도좌파니 하면서 영국의 블레어와 독일의 슈뢰더 총리가 떠들고 있지만 필자는 여기에 반대한다. 두 주장이 대립하고 있을 때는 각각의 장단점을 적당히 혼합하여 양 주장의 예봉을 피하는 주장을 하는 사람들이 나타나기 마련이다. 이런 사람들은 자본주의의 속성이나 역사를 의식하지 않은 것이다. 지금의 현실은 누이좋고 매부좋은 식으로 얼버무려도 좋을 만큼 한가한 시기가 아니다. 사실 사회보장제도는 우파인 비스마르크가 먼저 실시했고 루스벨트가 좀 과감하게 실시했다. 그러나 모두 일시적이 되어버렸고, 자본주의 구조를 그대로 두고 그것을 실시해보아야 사탕발림이라는 것이 판명되었다. 그리고 그것은 사회주의의 전유물이 아니고 자본주의가 체제불만 세력을 회유하기 위한 기만술책이었다. 지금 영국의 앤서니 기든스(Anthony Giddens)가 주장하는 '제3의 길'은 완전한 중도도 아니고 자본주의 골격에 사회주의 살을 조금 붙인 것이다. 그래서 현재로서는 정치적으로는 민주주의, 경제적으로는 사회주의 길 외에 대안이 없는 것 같다. 그러니까 사회주의 골격에 자본주의 살을 붙여야 한다. 즉 민주사회주의로 나아가야 한다. 그렇다면 사회주의의 골격은 무엇인가? 바로 생산수단의 공유이다. 모든 토지는 국유제로 하고 기업체는 구성원의 공유로 하는 것이다. 그리고 구성원이 민주적으로 대표를 뽑고 의사결정에 참여하는 것이다. 토지를 국유로 하면 전국적 차원에서 효율적으로 국토를 관리할 수 있고, 기업체나 지자체의 난개발을 막을 수 있고 자연환경도 보존할 수 있다. 무상몰수는 곤란하니까 정부가 현 소유주에게 싼값으로 사서 사용권은 경작자에게 주고 수확량에 따라 일정 비율을 조세로 거두면 된다. 또 기업체의 공유는 요사이 금융업이 발달되었기 때문에 주식, 사채, 스톡옵션 등의 지분을 사장이나 소유주에게는 좀더 주면서 구성원 전체에게 배분하면 된다. 물론 보수 기득권층이 반발할 것이다. 그러므로 의식 개혁도 중요하다.

공동체가 앞선다

재벌이나 기득권층도 반성적 의식을 가지고 발상의 전환을 하면 그렇게 흥분하고 반대할 것도 없다. 우리는 흔히 개인이 모여서 자신들의 이익을 위해 사회를 구성한 것으로 잘못 알고 있다. 그러나 어떤 중요한 인류집단도 개인주의적인 자연상태에서 살아본 경험이 없다. 어떤 야만집단도 함께 모여 자신들의 이익을 위해 정부를 형성하기로 결정해본 적도 없다. 개인성은 사회보다 먼저 존재하고 나중에 사회질서를 얻기 위해 사회에 종속되는 그러한 것이 아니고 사회질서의 직접적 산물이다. 흄(David Hume)이나 로크가 말한 것처럼 여러 세월에 걸쳐 개인들은 자연상태보다도 공동체가 가져다주는 혜택을 얻기 위해 자신들의 권리를 포기하고 공동체에 위임한 것이 아니라 개인들이 공동체에 대항하여 점진적으로 자신들의 권리를 획득해왔다. 이것은 지난 역사가 증명하고 있지 않은가! 사회가치들이 개인가치들을 특징짓는 것이었지 그 반대는 아니었다.[105] 개인성은 공동체에 희생되어야만 하는 무엇이기보다 공동체의 산물이다. 따라서 사회가 있고 다른 사람이 있으니까 돈을 벌었지 혼자 있으면 무슨 돈을 번단 말인가? 그리고 악착같이 돈을 많이 모아봐야 죽을 때 한 푼도 가져가지 못한다는 다 아는 사실도 좀더 깊이 인식해야 할 것이다. 또 자식들에게 물려주어봐야 서로 많이 가시려고 싸움질이나 하고. 카네기 같은 사람은 시회에서 번 돈을 사회에 모두 환원하고 죽지 않았는가! 사실 이런 일은 남을 위하는 일도 되고 자신을 위하는 일도 된다. 왜냐하면 빈부격차가 심해지고 노동소외가 만연되면 혁명이 일어날 수밖에 없고 그렇게 되면 재벌이나 노동자나 다 공멸하기 때문이다.

다음으로 자본주의의 물질주의나 퇴폐적 향락에서 벗어나 인간성을 회복하고 인간주의로 돌아와야 하겠다. 그리고 이제는 자연을 훼손하면서까지 개발하여 부가가치를 크게 내는 삶보다는 절약과 절제를 하면서 전 생명체가 자연과 더불어 사는 삶을 살아야 하겠다. '연성 에너지' 노선을 제안했던 미국의 에이머리 로빈스는 "인류가 살 길은 에너지의 대량생산이 아니라 절약과 효율에 있다"고 말한다. 그는 "네가와트는 메가와트보다 싸다"[106]고 주장하고 있다. 전기를 절약하는 쪽이

---

105) Mark A. Lutz, Kenneth Lux, *Humanistic Economics : The New Challenge*, New York, 1988.
106) 이 글은 신문에서 읽었는데 어느 신문, 며칠자인지 모르겠다.

생산하는 것보다 싸게 먹힌다는 것이다. 정말 이제는 소비보다 절약이, 개발보다 보존이 미덕인 시대이다.[107] 양보다는 삶의 질을 생각하고 쾌적한 환경 속에서 서로 오순도순 사는 것이 올바른 삶일 것이다. 특히 자본주의는 공동체성과 유대성을 파괴하고 이기주의, 경쟁주의를 조장하기 때문에 비인간적 · 비윤리적 범죄를 막을 수가 없다.

예부터 "가난 구제는 나라님도 못한다"고 했다. 모두가 무절제하게 욕망을 추구하고 낭비를 하면 자원은 한정되어 있는데 국가인들 어떻게 하겠는가. 지금처럼 이렇게 낭비를 해서는 자본주의 아니라 사회주의 체제라도 지탱할 수 없다. 이제는 개인들 스스로 욕망을 줄이고 작은 것(집, 자동차, 건물 등), 소식에 만족하고 절제를 해야 한다. 요사이 젊은층에서 주택을 재산 소유개념으로 보지 않고 주거개념으로 보는 것은 아주 바람직한 의식의 변화이다. 사실 집이란 것이 내가 살다 가면 그만인 것 아닌가? 그러니까 집을 두 채 이상 가진 사람은 한 채만 남겨 놓고 모두 싸게 팔고, 아파트나 러브호텔을 자연 경관이 좋은 곳에 함부로 짓는 것은 절대 막아야 한다.[108] 쾌락이나 탐욕은 온갖 질병을 낳고 우리의 건강을 좀먹는다. 정말 작은 것이 아름다운 시대가 왔다. 죽을 때는 한 푼의 돈도 가져갈 수 없다는 것을 다시 명심하면서 화폐의 능력을 최소화하고 자본에 팔리는 임금노동을 극소화하면서 개개인의 주체적 생산능력을 극대화하면 우리는 얼마든지 인간다운 삶을

---

107) 지난 8월 대동철학회 일로 안동대학교에 갔다가 이화령 터널을 지나왔는데 정말로 터널도 많이 뚫고 길도 잘 닦아놓은 데 놀랐다. 편리하고 시간이 단축되어 좋았지만, 나 혼자 "국토는 좁은데 이렇게 길을 많이 만들면 나중에 무엇을 먹고 사느냐"며 걱정도 했다. 만일 외국 농산물 수입에 차질이 생긴다면 그때는 굶어죽을 것인가? 이젠 도로 건설도 그만했으면 좋겠다.

108) 경관이 좋은 자리는 길이 보존하여 우리뿐만 아니라 후손을 포함하여 모든 사람이 그것의 아름다움을 누려야 하는데 돈있는 소수의 사람만 누리는 것이 과연 바람직한 일인가?

살 수 있다. 요사이 젊은 벤처기업인들은 창조적 모험정신과 공생과 나눔의 문화를 실현하고 있다. 이와 함께 NGO 운동도 순수하고 자발적으로 잘해나가면 머지않아 자본주의도 와해될 것이다.

이래도 또 반발이 있을 것이다. "왜 당신은 소련이나 동구권에서 실패한 것을 보고도 사회주의를 들고 나오느냐?"고.

나는 사회주의혁명이 한 번 실패했다고 해서 재시도해서는 안 된다는 논리는 받아들이고 싶지 않다. 실패했다고 해서 그 사상이 나빴다고만 할 수도 없다. 인류 역사는 그런 실패를 거듭함으로써 발전해온 것이 아닌가? 나는 내 상식선에서 주장하는 사회주의가 소련이 실제 적용한 사회주의와 얼마나 같은지 다른지도 모른다. 한 가지 분명한 것은 자유와 함께 인간의 존엄성을 보장하는 평등을 실현하려는 이념은 좋은 것이고 반드시 실현시켜야 한다는 것이다. 나는 사회주의이념이 나빠서 소련이 실패한 것도 아닐 것이고, 또 망한 것은 공산 독재국가들이지 사회주의사상이 아니다. 러시아의 독재정치, 경제적 낙후성, 서구 열강에 의한 고립, 그리고 급속한 산업화 정책 및 군사주의적인 파행성 등 관료주의적이고 권위적인 독재체제 아래서 사회주의가 어떻게 성공할 수 있었겠는가? 물론 소비에트 사회주의가 본래의 얼굴을 알아보기 힘들 정도로 심하게 변용된 것이라 하더라도 그것이 사회주의가 아니라는 것은 아니다. 그것도 사회주의를 추구하는 세력에 의해 현실적인 제약 조건들 아래에서 일정한 형태로 성립된 사회주의임에는 틀림없다. 실제로 사회주의는 사회를 이상주의적 공동체로 재조직하려는 희망에서 나온 것이다. 그러므로 우리는 그것을 어떤 고정된 틀로 볼 필요는 없다. 그러므로 명심할 것은 사회주의는 민주주의와 결합해야만 제대로 꽃을 피울 수 있지 독재체제와 결합해서는 안 된다는 사실이다. 현재 우리들이 추구해야 할 사회주의 모델은 노르웨이, 스웨덴, 덴마크

등 북유럽 형 사회주의를 우리 현실에 맞게 비판적으로 수용한 형태가 되어야 할 것이다.

민주주의와 사회주의의 결합은 이상적 궁합이다. 둘이 결합하면 자유도 꽃을 피우고 평등도 꽃을 피운다. 물론 우려는 있다. 평등을 실현하려면 국가의 강력한 통제력이 필요한데 그렇게 되면 국가가 독재국가로 흐를 위험성이 있기 때문이다. 이런 위험성은 혁명을 해도 마찬가지이다. 어떤 혁명도 필연적으론 정치권력의 장악을 위한 투쟁으로 귀결된다. 러시아 공산체제의 실패원인도 낡은 지배계급을 쳐부수고 새로운 노동구조(생산관계)를 만든 세력들이 지배계급이 되자 이들도 인민을 억압·착취했기 때문이다. 그래서 나는 비록 혁명 과도기라 할지라도 프롤레타리아 독재가 필요하다는 이론을 절대 반대한다. 어떤 형태로든 독재는 안 된다. 결국 독재의 결과 그들은 자유도 잃고 평등도 잃었던 것이다. 여기서 우리는 역사의식에 투철해야 됨을 알 수 있다. 역사는 자유와 평등을 확대하는 방향으로 반드시 발전하며, 역사 발전의 주체는 민중임을 확실히 이해해야 한다. 가까운 우리의 현대사만 되돌아보자. 3·1독립운동, 4·19혁명, 부마항쟁, 광주항쟁, 6·29선언 등 모두가 다 민중이 주체가 된 민주항쟁이 아니었던가! 그때마다 민족 대표나 국회의원을 비롯한 정치인들이 무엇을 했는가! 이제는 국가의 비민주적 통치에 아무도 복종하지 않는다. 그러니까 공산국가가 성립된 당시보다도 독재의 위험은 많이 줄어들었다. 그래도 독재의 위험이 있으면 있을수록 사회주의는 민주주의와 단단히 결합해야 한다. 사회주의는 민주주의와 대립되는 개념이 아니라 민주주의의 완성이다. 그리고 사회주의가 어느 정도 달성되면 국가의 힘을 축소시키기 위해 지방자치와 분권화를 강력하게 시도하면 될 것이다.

시장원리는 어느 경제체제에서나 필요한 원리이다. 그러나 그것이

만능은 아니다. 시장은 공공의 합의를 기초로 하여 당연히 조정되어야 한다. 그러므로 나는 극단적 시장주의인 신자유주의를 반대한다. 미국과 같은 '자유적' 시장원리가 아니라 중국이나 독일과 같은 '사회적' 시장원리가 되어야 한다. 물론 창의적이고도 자유로운 기업활동을 할 수 있도록 정부는 쓸데없는 규제는 풀고 정경유착의 고리를 끊고 소유와 경영을 분리시키고 경영의 투명성을 제고시켜야 한다. 미국의 대표적 지성인 노엄 촘스키(Noam Chomsky) 교수는 신자유주의가 자본축적과 생산의 효율성만을 강조한 나머지 왜곡된 분배와 착취, 불평등, 생태계 파괴 등 수많은 문제를 야기하고 있다고 비판한다. 신자유주의는 자유란 이름으로 전세계 금융질서를 교란하고 있다. 미국이 지배하는 WTO와 IMF도 신자유주의의 전도사에 불과하다. 자유도 '개인적 자유'가 아니라 '사회의 개인적 자유'가 되어야 한다. 사회를 전제로 하지 않고서는 자유라는 말도 성립되지 않는다. 우리가 무인도에 혼자 산다면 자유니 평등이니 하는 말이 나올 수도 없고 나올 필요도 없다. 사회가 있기 때문에, 두 사람 이상이 살기 때문에 나의 자유, 개인의 자유가 문제되는 것이다. 이 때문에 서울대 차인석 명예교수는 "인간이 '사회적 존재'라는 규정은 인간이 개인으로서 존재하되 개인과 개인은 각기 독립해있는 것이 아니라 처음부터 사회적 관계 안에 존재한다는 것이다"[109]라고 말한다.

자본주의의 발달한 기술이 인공위성을 우주에 보내고 인터넷으로 전세계를 일일 생활권에 들게 만들고 악랄한 공산권마저 쓰러뜨리고 전세계를 석권했는데 자본주의체제가 망할 리가 없다고 장담하는 사람도 적지 않을 것이다. 마르크스도 "어떠한 사회구성체도 그 구성체 아래서

---

109) 차인석, 《사회의 철학:혁신 자유주의와 사회주의》, 민음사, 1992, 264쪽.

생산력이 발달할 수 있는 여지가 조금이라도 있으면 결코 붕괴되지 않는다"[110]고 했다. 자본주의체제가 아직 생산력이 발달할 수 있는 여지가 얼마나 남아있는지 필자는 정확히 모른다. 또 마르크스 말이 그럴 듯하게 들리지만 얼마나 맞는 말인지도 모르겠다. 그러나 사회체제들은 갑자기 붕괴될 수도 있다. 고대 로마제국이나 중국, 최근의 소련연방의 붕괴를 봐라. 그렇게 쉽게 무너지리라고 누가 장담이나 했는가? 고대 로마의 발달한 지식이나 기술도 공동체가 원활하게 작동하지 못하고 사회가 기술을 제대로 받아들이지 못하니까 아무 쓸모가 없게 되었다. 로마제국 후에 암흑시대가 왔고, 중국은 중세 이래 근대까지 침체를 벗어나지 못했다. 로마나 소련이나 외부의 침공에 의해 망한 것이 아니라 내부모순에 의해 망했다. 특히 자본주의는 내부모순을 스스로 개혁할 수도 없고, 지금은 공산주의라는 견제세력도 없기 때문에 아주 위험하다. 자본주의의 생산 여력은 남아도 얼마 남지 않았을 것이다. 미국의 저명한 사회학 교수인 월러스틴(Immanuel M. Wallerstein)은 《자유주의 이후(*After Liberalism*)》에서 공산주의의 붕괴는 자유주의의 몰락을 가져온다고 했다. 그러므로 자본주의의 몰락이 전세계의 멸망을 가져오기 전에 지혜를 짜모아 새로운 인간다운 공동체를 형성해야 되는 것이다.

　내가 정치적으로는 민주주의, 경제적으로는 사회주의라고 한 것도 자본주의의 불평등을 저주한 나머지 궁여지책으로 생각해낸 또 하나의 어정쩡한 중도인지도 모른다. 우선 현재 사람들이 익히 알고 있는 사상 중에서 바람직하다고 생각되는 것들을 손쉽게 조합한 것이다. 그러니까 아직 확고한 확정된 패러다임을 갖고 하는 이야기는 아니다. 좀더

---

110) 한국철학사상연구회, 《삶, 사회 그리고 과학》, 296쪽에서 재인용.

참신하고 인간적인 훌륭한 사상이 얼마든지 나올 수 있다. 예를 들어 너무나 인간이 소외되고 물신주의에 빠져있으므로 이것들을 극복할 수 있는 '문화주의'(좀 막연하지만)를 내세워도 좋은 것이다. 그러나 문화주의를 표방하더라도 그 속에 사회주의의 평등개념은 담겨야 한다. 그러니까 내가 말한 민주사회주의는 우리가 나아가야 할 하나의 방향제시라고 보면 무난할 것이다. 특히 정보사회로 진입하면서 문화와 교육을 강조하고 인간의 가치를 중시하는 조짐이 일어나고 있다. 여기서 명심할 것은 "정보를 소유의 대상으로 보지 말고 공유의 대상으로 보며 정보를 공공재로 간주해야 하는 일이다."[111]

정보는 얻는 데는 비용이 많이 들기 때문에 정보를 공유의 대상으로 보지 않고 소유의 대상으로 보게 되면, 정보의 빈부격차가 벌어져 우리는 현 체제보다 더 소외를 느낄지도 모른다. 사실 소외는 인간존재의 완전성을 파괴하는 병이다. 소외와 투쟁하는 것은 인간이 자신의 존엄성을 복원하기 위해서 투쟁하는 것이다.[112]

그러나 모든 것을 너무 비관할 필요는 없다. 인간에 의해 왜곡된 구조나 질서도 반드시 인간에 의해 바로잡힐 수 있다. 인간은 자유롭고 평등하게 살기를 원하는 존재이고 창조성, 정의감, 연대성이 있는 존엄한 존재이므로 주체성을 갖고 투철한 역사의식으로 살아가면 좋은 사회가 형성될 것이다.

---

111) 강내희 편, 《문화과학》, 36쪽.
112) 월러스틴, 강문구 옮김, 《자유주의 이후》, 당대, 1996, 319쪽 참조.

어떻게 살 것인가

다시 이 물음으로 돌아온다. 싫어도 어쩔 수 없이 돌아오기 마련이다. 지금까지 인간이 무엇이고, 철학, 종교, 과학이 어떻고 한 것도, 또 의식, 욕망, 노동을 분석한 것도 결국 '어떻게 살아가야 할 것인가'라는 문제를 알기 위한 것이었다. 이 물음이야말로 우리 삶의 알파요, 오메가이기 때문이다.

"그래, 어떻게 살면 좋을꼬?"

정답이 없는 것은 뻔하다. 인류 역사 이래 수많은 종교가와 철학자들이 이 문제에 매달리고 나름대로 고민도 하고 고행도 해왔지만 속시원한 대답을 듣기가 어려웠다. 사람마다 성격이 다르고 환경이 다르고 교육받는 것이 다르고 또 인간은 끊임없이 변화하니까 어떤 고정불변의 대답을 기대하는 것이 어리석을지 모른다. 그래서 노자는 《도덕경》 첫머리에 "도라고 말할 수 있는 것은 진짜 도가 아니다"라고 했는지? 이와 비슷하면서도 좀 다르게 영국의 비트겐슈타인(Ludwig J. J. Wittgenstein)은 《논리철학 논고(*Tractatus-logico-philosophicus*)》의 마지막 문장에서 "말할 수 없는 것에 대해서는 침묵하라"라고 했다. 이 말은 말할 수 없는 것에는 침묵해야 하겠지만 말할 수 있는 것은 말로 나타내라는 뜻도 되겠다. 언어에도 한계가 있지만 전달이나 이해를 높이는 데에는 언어만큼 유용한 수단도 없다. 여기서도 불완전하나마 언어의 힘을 빌려 조금 나타낼 수밖에 없다.

　인간은 많은 차별성을 갖고 있으면서도 또 많은 공통성이 있다. 이 공통성을 갖고 제일 먼저 말할 수 있는 것은 본성(본질)은 공통성이 높으므로 '본성대로 살아라'라는 것이다. 이 말은 당연히 보편성이나 추상성을 띤다. 그러나 삶의 구체성이나 특수성은 본인들이 직접 살아가면서 체험하고, 독서하고, 사람과 사귀면서 본인 스스로 터득할 수밖에 없다. 본성대로 산다는 것은 신체활동과 의식활동을 열심히하면서 사는 것이다. 자동차나 전화 및 인터넷 등 문명의 이기들은 시간과 공간을 단축시켜 인간의 활동을 광범위하고 빠르게 하는 데 그 목적이 있지, 그로 인해 걷기를 게을리하거나 사람을 직접 만나는 것을 게을리하는 데 있지 않다. 또 부유한 나라나 부유한 가정에서 태어났다고 해서 일하고, 생각하고, 절약하는 것을 게을리해서는 안 된다. 부는 항존하는 것도 아니고 부모가 자기 죽을 때까지 살아있는 것도 아니다.

　다음으로 자신의 존재에 대해 무거움과 소중함을 가져달라는 것이다. 비록 자신의 의지와는 무관하게 태어났지만 인간은 결코 우연적인 존재가 아니다. 한신대 김광수 교수에 의하면 "성인 남자가 한 번 사정할 때 2억 마리 정도의 정자가 배출된다고 한다. 그리고 적당한 조건이 갖추어질 경우 그 중 한 마리만이 난자와 결합하여 세상구경을 할 '생명'에 당첨된다. 2억분의 1이라는 낮은 확률이다. 2억 마리의 가능한 생명체들 중 1억9999만 9999마리가 존재를 거부당하고 단 한 마리가 햇빛을 볼 수 있는 것이다."* 그러니까 존재한다는 것이 소중하다는 이야기인데 논리적 필연성이 있는 이야기는 아니지만 존재하기 쉬운 것보

---

* 김광수, 《둥근 사각형의 꿈》, 철학과현실사, 30쪽 참조.

다야 존재하기 어려운 것이 더 소중한 것은 사실이다. 요사이 DNA 구조나 게놈지도의 연구로 복제인간이 가능하고 질병 극복의 신기원을 열었다고 하면서 존재를 가벼이보는 경향이 있다. 그러나 이런 연구도 자연적 존재가 있으니까 가능한 것이고, 아직 생사병로의 신비가 다 풀리지 않았다. 그리고 나는 아직 복제양이나 복제인간을 참존재로 보지 않는다.

물론 위의 이야기는 인간에게만 해당되는 것이 아니고 다른 동물에도 해당되는 것이니까, 그것을 가지고 인간 존재의 소중함을 강조하는 것은 다소 무리가 있다. 그리고 우리는 여름에 음식 쓰레기를 며칠만 버리지 않으면 구더기가 득실거리는 것을 보고 생명이란 적당한 온도, 양분, 물, 공기만 있으면 나타나는 것이라고 가볍게 볼 수도 있다. 그러나 이렇게 생각해보자. 지금 지구상에는 아직도 무인도가 많이 있다. 거기에는 각종 동식물이 산다. 그러나 우리의 경험으로는 현재 무인도가 있는 곳에 육지나 유인도의 사람이 가서 살지 않는 한 거기에 인간이 생길 것 같지 않다. 이러한 사실은 내가 창조론을 믿지 않으면서도 그것을 폐기하지 못하는 이유이다. 여하튼 인간은 동물과 다른 고등동물이며 게다가 의식까지 있는 동물이다. 따라서 인간은 세계의 모든 것을 인식하고 반영한다. 이런 면에서 인간은 소우주*라 할 수 있다. 객관적 시각에서 보면 '나'라는 인간도 별볼일 없는 일개 존재에 불과한 것같지만 주관적 시각에서 보면 놀랍게도 세계의 존재는 나의 존재에 의존적이라는 것을 알 수 있다. 한 인간은 일반적인 보편성을 가진 인간이기 이전에 다른 존재와 구별되는 신체를 가진 개체이며 또한 개별적 운명을 가진 자아이다. 개체적 자아는 세계 속의 그 무엇보다도 우선한

---

* 신체적인 면에서 인간은 무기층, 유기층(식물층 · 동물층), 의식층을 다 포함하고 있으므로 이런 면에서도 인간을 소우주라 할 수 있다.

다. 만약 세계가 존재하고서도 나 자신이 없다면 세계가 나에게 무슨
의미가 있겠는가! 나의 존재는 세계의 어떤 것과도 바꿀 수 없다. 인간
의 소중함과 가치는 이 '자아관념'에서 출발한다. 우리는 '자아존재'의
무거운 가치를 느끼고 가능한 한 생명을 연장시켜야 한다. 그러므로 자
살은 금물이다.

그 다음으로 모든 인간은 자신의 입장에서는 모두가 자아이다. 따라
서 나의 소중함에서 당연히 다른 모든 사람의 소중함이 연역된다. 그래
서 예부터 '인간존중' '상호인정' '이웃사랑'을 강조해온 것이다. 그러
나 이것들의 출발점은 '먼저 남에게 피해를 주지 않는 것이다.' 이것이
윤리의 기본이요, 출발이다. 공자는 일찍이 "내가 하고 싶지 않은 일을
남에게 시키지 말라"*고 했고, 그리스도는 "네가 남에게 대접을 받고자
하거든 네가 먼저 남을 대접하라"(〈누가복음〉 6:31, 〈마태복음〉 7:12)
라고 했고, 칸트는 "네 의지의 준칙이 항상 동시에 보편적 입법의 원리
로 여겨지도록 행위하라"라고 했던 것이다. 이러한 기본이 되고 나서
남을 존중하고, 사랑하고, 도와주면 더욱 좋은 것이고, 이 기본이 되어
있지 않으면 아무리 사랑하라고 해도 소용이 없고, 설사 사랑한다 해도
그것은 이기적 사랑이지 참사랑이 아니다. 특히 여기서 명심할 것은 내
자식이 소중하면 남의 자식도 소중한 것이다. 인간도 거의 본능에 가까
우리 만큼 자기 자식을 사랑한다. 남의 자식을 자기 자식처럼 사랑하라
는 것은 무리이지만 남의 자식의 소중함은 인정해야 한다. 이것만 제대
로 되어도 우리가 개탄하는 망국 과외, 돈봉투, 부정입학, 기업과 학교
및 교회의 세습 같은 비리는 없어질 것이다. 아이는 아이들끼리 경쟁을
해야지 부모의 돈이 아이의 능력을 대신하는 것은 정말 야비하고 불공

---

* 《논어》, 〈顔淵〉: 己所不欲勿施於人.

정한 것이다.

　다음으로 우리는 모든 일에 감사하고 만족할 줄 알아야 하겠다. 너무 남과 비교하지 말고, 돈이 적으면 적은 대로 마음편하게 살면 되지 않는가! 자기 주어진 처지에서 각자 능력에 맞게 성실하게 살면 된다. 현재 나는 돈많은 사람들이 양주 먹고, 골프치고, 벤츠 타는 것에 대해서는 소주 먹고, 테니스치고, 엘란트라 타는 것으로 감사하고 만족하며 그들을 그렇게 부러워하지 않는다. 생활에 만족을 느끼느냐, 못 느끼느냐는 상대적이다. 가난해도 만족을 느끼는가 하면 돈이 아무리 많아도 불만을 느끼는 사람이 적지 않다. 또 지위가 높으면 그에 상응한 책임도 막중하고 고달픈 것도 많다. 특히 우리나라는 자식들에 대한 부모의 기대치가 너무 높아서 아이들에게 좌절감을 안겨주고 불행에 빠뜨리는 경우가 많다. 부모 자신도 자식에 대한 과잉 욕심으로 비리를 저지르고 남의 자식을 짓밟고 내 자식을 높이려는 무리를 행한다. 한국청소년개발원이 청소년들의 가치관을 조사했는데 이 가운데 눈길을 끄는 것은 '자아만족도'에 대한 조사이다. 이 결과 한국 학생들의 자아만족도는 37.2%, 미국은 88.9%, 프랑스는 70.6%로 우리보다 월등하게 높았다.*

　다음으로 인간은 주체적 삶을 살아야 한다. 인간은 동물과 달리 스스로 정한 목적과 스스로 내린 판단에 따라 주체적으로 행동한다. 주체성이 있어야 자유로울 수 있고 자유로워야 비판도 할 수 있고, 악에 대해 반항도 할 수 있다. 때로는 정의와 공동선을 위해 자기의 목숨도 초월할 수 있다. 인간의 존엄성은 바로 이러한 행동에서 나온다. 누가 자기를 불합리하게 차별대우를 해도, 부당한 억압을 해도 분노를 느끼지 못하고 저항할 줄 모르고 권력에 아첨이나 하는 사람에게 우리는 존엄을

---

* 《동아일보》 2000년 10월 12일자, 횡설수설.

느낄 수 없다. 권력이 있다고 남용하고 돈이 있다고 남을 업신여기고, 지식이 많다고 거만하고, 자기 이익을 위해 계산이 빠른 그런 사람을 우리는 존경하지 않는다. 용기와 자존감을 가지고 자신의 삶의 주인이 되지 않으면 그 사람은 노예이거나 동물과 마찬가지이다. 왜 한 번밖에 없는 삶을 남에게 의존하거나 남의 눈치를 보며 부화뇌동해서 산단 말인가? 처음부터 확고한 가치간과 굳은 신념을 가지고 태어나는 사람은 아무도 없다. 나도 왕따를 당하고 돈이 궁할 때는 적당히 타협하고 모나지 않게 살아야겠다는 생각을 한 적도 여러 번 있었지만, 그때마다 '사범교육을 받았고 철학을 공부했고, 또 3·15부정선거에 항의를 하고 서울문리대에서 학생운동을 했다'는 생각을 하게 되고 이런 의식이 나의 자존심을 지켰다. 그렇다고 올바른 타협을 거부하는 것은 아니다. 우리는 공동생활에 지장을 주거나 남에게 피해를 주지 않는 한 개성을 살려야 한다. 내 인생은 내가 사는 것이지 남이 살아주는 것이 아니다.

다음으로 자아실현을 위해 노력하면서 사는 것이다. 철학에서는 자아실현을 도덕의 궁극목적으로 보는데 그것은 완전선의 실현이다. 그러나 처음부터 완전선을 실현할 수도 없다. 단기적으로 우선 그때그때 자기가 목적했던 바를 달성하는 것이다. 신체를 튼튼하게 키운다든지, 대학입시나 각종 시험에 합격을 한다든지, 친구를 사귀고 여행을 간다든지 기술이나 예술을 연마한다든지, 직장을 얻는다든지 하는 일들이 모두 자아실현의 일부이다. 그리고 이 모든 것이 자아실현에 수렴되어 장기적으로는 '가치있는 것', 즉 선의 실현이 되어야 한다. '가치있는 것'이란 사람에게 이로움을 주는 것인데 보다 많은 사람에게, 보다 강렬하게, 보다 오랫동안 이로움을 주는 것일수록 가치가 큰 것이다. '베스트셀러'라고 해서 반드시 가치가 큰 책이라 할 수 없다. 그것이 반짝하고 단명에 그칠 때 소수의 사람에게 오래 읽히는 고전보다 훨씬 못할 수도 있다. 여하튼 자아의 소질을 살려서 능력을 최대로 발휘하여 가치 있는 것을 실현하는 것이 바로 자아실현이다. 자아실현 과정의 모든 활동이 인격을 형성하며 또 역으로 형성된 인격의 뒷받침이 있어야 보다 가치있는 것의 실현이 나온다. 따라서 '인격완성'이 자아실현의 궁극목적이 된다. 궁극목적은 그 어떤 것의 수단이 될 수 없는 목적 그 자체다. 그러므로 수단적인 권력이나 부를 위해서 목적 자체인 인격을 손상하는 일은 아주 어리석고 나쁜 행동이다.

그러면 어떻게 자아를 실현해야 할까?

자아를 실현하기 위해 무엇을 어떻게 하겠다는 모범답안을 미리 정해놓고 거기에 집착하는 것은 좋지 않다. 누가 무엇을 근거로 그런 바람직한 인간상을 제시할 수 있겠는가? 설사 제시한다 하더라도 그것이 나머지 가능성을 배제하므로 오히려 자아의 자유로운 발전을 저해할 수 있다. 먼저 자기의 능력과 소질에 맞춰 학문이나 직업을 신중히 선택하고 실현 가능한 목표부터 노력하여 이루어나가다 보면 새로운 큰 목표가 나타나는 법이며, 남에게 피해를 주지 않고 남과 더불어 인간적으로 살면서 성실히 노력하다 보면 자연스럽게 목표가 이루어진다. 그러나 애써 열심히 노력했으나 시대상황이나 개인의 불운으로 목표가 달성되지 않을 수도 있다. 그럴 때에는 최선을 다했으니까 '되면 좋고 안 되면 그만이다' 하면서 마음을 비우는 '진인사대천명' 하는 자세가 필요하다. 이때 마음을 비우지 못하고 욕망에 집착하게 되면 자아가 스트레스를 받아 손상을 입거나 비윤리적 행위로 남에게 피해를 줌으로써 인격 손상을 입는다. 집착을 버리고, 또 패배를 솔직히 인정하거나 남에게 양보하는 것이 인격을 살지게 하는 것이다. 이런 자세는 반성을 통해 아집을 극복한 사람에게 가능하다.

흔히 쉬운 말로 "인간은 인간답게 살아야 한다"고 한다. 동어반복 같고, 막연하지만 비인간적인 소외현상이 많이 일어나고 보니 호소력이 없는 말도 아니다. 우리는 '인간답게' 사는 삶은 어떤 삶이냐고 설명하라고 하면 좀 막연하지만 비인간적인 일들을 나열하라고 하면 쉽게 나열할 수 있다. 예를 들어, 아집에 사로잡혀 돈을 벌기 위해 사기를 치거나 부정을 하고, 명예를 얻기 위해 가면을 쓰고, 권력을 얻기 위해 권모술수를 부리고, 자기에게 도움이 되는 실력자를 찾아다니면서 아첨을 하고, 정이 두터운 사이였는데도 별볼일 없는 사람은 쳐다보지도 않고 또 힘이 있다고 거만하게 횡포를 부리는 등등이다. 사실 인간답게 산다는 것은 '본성대로 산다'는 것이고 본성대로 산다는 것은 도덕적으로 산다는 것이다. 그렇다면 인간사회에서 일어나는 비인간적인 일들은 인간본성의 산물이 아니란 말인가! 인간본성에서 인간석인 일과 비인간적인 일이 동시에 나오는 이 모순을 우리는 어떻게 이해해야 하는가? 인간성을 고정·불변하는 모순덩어리로 보지 말고 변화·발전하는 존재로 보면 모순에서 벗어날 수 있다. 반성은 아집보다 늦게 나온다. 그리고 그것은 인간본성상 반드시 나오게 되어있다. 그러므로 전체적·장기적으로 보면 인간은 모순을 극복해가면서 인간적으로 살아가는 것이다. 그러나 반성적 사유는 윤리의식, 사회의식, 역사의식으로 발전하는 것이다. 물론 사회구조가 올바르게 되어있고 교육이 잘되면 이런 의식은 빨리 발전될 수 있다. 아직도 친구를 눌러야 자신이 잘 살 수 있는 학교 교육에 우리는 실망하면서도 그럴수록 올바른 교육에 희망을 걸어야 한다. 결국 인간답게 산다는 것은 반성하면서 도덕적으로 살아가는 것이며 아집을 극복하면서 '창조적 노동'으로 살아가는 것이다.

마지막으로 우리는 공동체의식과 역사의식을 키우면서 살아가야 한다. 내가 태어날 때부터 사회가 있었고, 사회규범이 있었고, 문화와 문명이 있었다. 우리 주위를 돌아보면 음식이고 옷이고 책이고, 또 전화,

자동차, 컴퓨터 등 내가 직접 만든 것은 하나도 없다. 고대 자급자족시대에는 남에게 의존하는 것이 적었지만 오늘날 산업사회에서는 모두가 서로 의존되어 살아가며 서로 힘을 빌리고 협력하지 않으면 안 된다. 따라서 산업사회나 문화사회일수록 공동체적 삶은 더 필요하고 이것은 우리가 선택하는 것이 아니라 운명이다. 문명의 이기들을 보면, 물론 그것을 살 때 값을 깎으려고 하지만, 때로는 내가 무임승차하는 기분이 든다. 왜냐하면 내가 그것을 만들 수도 없거니와 설사 만들 수 있다고 해도 직접 만들려면 비용이 훨씬 더 들 것이다. 이렇게 우리는 이전 시대나 동시대 사람들에게 많은 혜택을 입고 살아간다. 그러므로 우리는 동시대나 미래 사람들에게 많은 혜택을 주어야 한다.

이런 의식이 바로 공동체의식이요 역사의식이다. 그러나 개인의 윤리의식만으로는 쉽게 이런 의식으로 연결되지 않는다. 먼저 자신의 삶과 맞닿아 있는 모든 사람들의 기쁨과 슬픔을 제것으로 느낄 줄 알아야 한다. 그런 것이 역사의식과 연결되어 미래로 나아가야 한다. 오늘날 환경오염 문제가 심각한데 이것은 우리 세대가 미래 세대에 빚을 떠넘기는 파렴치한 행위이다. 또 통일을 다음 세대로 미루는 것도 마찬가지이다. 미래를 의식하지 않으면 역사는 필요가 없다. 따라서 인간답게 산다는 것은 반성적 윤리의식으로써 개인의 사생활을 올바르게 하는 것일 뿐만 아니라 역사의 변화, 발전을 과학적으로 인식하고, 이 인식에 근거하여 우리 시대의 모순과 문제들을 해결하기 위해 용감하게 실천한다는 뜻이다. 자신의 능력이 크면 큰 대로 작으면 작은 대로 자기의 주어진 위치와 환경 안에서 최선을 다하면 그것으로 훌륭한 삶이다. 결국 역사는 민중이 이끌어가니까.

이러한 철학적 반성을 통해서 얻어진 결론은 공허한 듯하며 때로는 우리를 곤혹스럽게 한다. 그것은 자신의 눈앞의 이익과 반하기 때문이요, 또 우리의 상식과 관습 그리고 모순으로 가득한 우리 사회를 지배하고 있는 왜곡된 이데올로기들과 날카롭게 충돌할 때가 많기 때문이다. 반성이란 이렇게 자기가 믿고 있었던 것에 대한 부정에서 시작된다. 그러나 그러한 반성을 통해서만 우리는 삶의 진정한 주체가 될 수 있고 그렇게 함으로써 역사는 발전하는 것이다.